AF279523

Über die Autorin

Claudia Sagmeister, geboren 1972, lebt mit ihrer Familie in Niederbayern. Ihre Bücher landen regelmäßig auf der BoD-Bestsellerliste. Sie ist verheiratet und hat zwei erwachsene Töchter.

Claudia Sagmeister

Das LEBEN ist zu kurz für BUTTERCREME

Roman

Bibliografische Information der Deutschen Nationalbibliothek: Die Deutsche Nationalbibliothek verzeichnet diese Publikation in der Deutschen Nationalbibliografie; detaillierte bibliografische Daten sind im Internet über dnb.dnb.de abrufbar.

Die automatisierte Analyse des Werkes, um daraus Informationen insbesondere über Muster, Trends und Korrelationen gemäß §44b UrhG („Text und Data Mining") zu gewinnen, ist untersagt.

Deutschsprachige Erstausgabe
©2024 Claudia Sagmeister
https://claudiasagmeister.de
Lektorat und Korrektorat: Bianca Weirauch
Covergestaltung: Veronika Fuchs
Herstellung und Verlag: BoD - Books on Demand, Norderstedt
Druck: Libri Plureos GmbH, Friedensallee 273, 22763 Hamburg
ISBN: 978-3-7597-5275-8

Für »Puppe«

(Martina)

Ein Roman über beste Freunde und die große Liebe

Prolog

Ich erinnere mich noch genau an den Moment, als ich Jens das erste Mal traf.

Er saß in Reihe vierundzwanzig auf dem Sitz am Mittelgang auf dem Flug von Teneriffa nach München.

»Möchten Sie etwas zu trinken?«

Es traf mich wie ein Blitz, als er von seiner Zeitung auf und mir direkt in die Augen sah. Das waren die aufregendsten Augen, die ich je gesehen hatte. Wow! Blautürkis mit einem Stich ins Grüne. Ich spürte meine Knie weich werden, fühlte die Wärme in meinem Gesicht. So etwas war mir zuvor noch nie passiert. Obwohl ich es auf Kurzstrecken häufig mit attraktiven Geschäftsmännern zu tun habe. Und manch einer von ihnen ist auf einen kleinen Flirt aus.

Ich versuchte, mir daher nicht anmerken zu lassen, wie nervös er mich machte, streckte den Rücken durch und sah ihn auffordernd an.

Er lächelte mich charmant an. »Ein Glas Wasser bitte und dazu einen Weißwein.«

Ich reichte ihm das Gewünschte und wendete mich dem Fluggast neben ihm zu.

»Du bist rot geworden«, bemerkte Tine später schmunzelnd, als wir unseren Wagen verstauten. »Habe ich was verpasst?«

»Bradley Cooper auf C vierundzwanzig!«, raunte ich ihr zu.

»Niemals! Den hätte ich bemerkt.« Tine schaute natürlich sofort in die besagte Richtung.

Als habe er es bemerkt, hob der Mann in diesem Moment ebenfalls den Kopf. Unsere Blicke trafen sich.

Ertappt drehte ich mich weg. »Nicht der Echte«, beruhigte ich sie. »Aber ich finde, er sieht ihm verdammt ähnlich. Und er hat dieselben wunderschönen Augen«, schwärmte ich hingerissen.

Tine wollte sich natürlich sofort selbst davon überzeugen und durchquerte das Flugzeug, ehe ich sie stoppen konnte. Wenig später kehrte sie zurück.

»Nicht übel, aber überhaupt nicht mein Typ«, verkündete sie unbeeindruckt.

Das war mir nur recht. Tine ist eine absolute Schönheit. Lange rote Haare, Modelmaße, für die sie aber zugegebenermaßen einiges tut, und Beine bis zum Hals. Tine weiß, welche Wirkung sie auf Männer hat, und lässt keine Gelegenheit aus, sich das von ihnen bestätigen zu lassen.

Neben ihr komme ich mir wie ein Mauerblümchen vor. Obwohl ich ansonsten mit meinem Aussehen ganz zufrieden bin. Aber gegen Tine kommt so schnell keine andere Frau an. Sie hat das gewisse Etwas. Normalerweise habe ich damit kein Problem. Auch nicht, dass sie Männer wie Eintagsfliegen behandelt. Ganz im Gegenteil, es ist mir völlig egal. Wir sind beste Freundinnen, vom ersten Tag an, aber dieser eine Fluggast hatte es mir wirklich angetan. Und auch, wenn ich nicht im Traum damit rechnete, ihn wiederzusehen, wäre es ein Albtraum, wenn Tine ebenfalls Gefallen an ihm fände. Ich atmete erleichtert auf.

Tine lachte und knuffte mich leicht in die Seite. »Na los! Worauf wartest du noch? Nutz deine Chance, Sophie, solange wir in der Luft sind.«

»Bist du verrückt?« Entsetzt starrte ich sie an.

»Er trägt keinen Ehering«, fügte sie mit einem vielsagenden Blick hinzu, »außerdem scheint er sich für dich zu interessieren.«

»Quatsch«, wiegelte ich energisch ab und fühlte, wie ich schon wieder errötete.

Tine grinste schadenfroh. »Ach ja? Und wieso beobachtet er dich dann?«

Es fiel mir schwer, nicht sofort wieder in seine Richtung zu sehen, um mich zu vergewissern, aber das wäre selbst mir zu auffällig gewesen. Außerdem war ich zum Arbeiten hier und nicht, um einen Mann aufzureißen.

Die Zeit bis zur Landung in München verging leider im wahrsten Sinn des Wortes wie im Flug. Doch sooft sich die Gelegenheit ergab, versuchte ich, einen Blick auf den aufregenden Fluggast in der letzten Reihe zu erhaschen. Tine hatte recht. Unsere Blicke kreuzten sich verdächtig oft.

Beim Aussteigen reichte er mir die Hand. Der kleine Zettel mit seiner Nummer, der sich darin verbarg, wanderte unbemerkt in meine Blazertasche. Das war nun vier Jahre her.

Kapitel 1

Bremsen quietschten, dann folgte ein dumpfer Aufprall. Regungslos betrachtete ich die Szene, die sich gerade vor meinen Augen abspielte. Ein Auto hatte den Mann, der unvermittelt auf die Straße getreten war, erfasst und zu Boden geworfen. Ich konnte nicht sagen, ob er verletzt oder bereits tot war. Das Gesicht von mir abgewandt, lag er nur ein paar Meter von mir entfernt am Boden und bewegte sich nicht mehr. Die Situation wirkte surreal, denn obwohl ich mir sicher war, ihn nicht zu kennen, fühlte ich mich in gewisser Weise zu ihm hingezogen. Und während aus allen Himmelsrichtungen Menschen auf die Straße eilten, um zu helfen, stand ich weiter starr vor Entsetzen da, unfähig, irgendetwas zu unternehmen.

»Guten Morgen. Heute ist Donnerstag, der dreiundzwanzigste März. Sie hören die Sechs-Uhr-Nachrichten. Athen. Bei einem Flugzeugabsturz in Griechenland sind gestern Nachmittag alle Passagiere und die Besatzung ums Leben gekommen.«

Schweißgebadet schreckte ich hoch. Den Rest der Radiomeldung vernahm ich nur mehr mit halbem Ohr. Wochenlang schon verfolgte mich die Szene mit dem Unfall des Unbekannten nun im Schlaf.

Zuerst hielt ich es für einen ganz gewöhnlichen Albtraum. Doch nachdem er immer und immer wiederkehrte, begann ich langsam zu grübeln, welche Bedeutung ich diesem Traum zumessen sollte. Es war doch sicher nicht normal, alle paar Wochen dasselbe zu träumen?

»Guten Morgen, meine Schöne.« Jens küsste mich zärtlich auf die Wange und riss mich aus meinen Grübeleien. »Ist alles in Ordnung mit dir? Woran denkst du?« Prüfend sah er mich an.

Nach drei Jahren kannte Jens mich so gut, dass ich ihm nichts vormachen konnte. Doch so sehr ich ihn auch liebte, Jens war ein zu großer Realist, um zu verstehen, wie man sich von einem Traum aus der Ruhe bringen lassen konnte. Darum schwindelte ich ihm Kopfschmerzen vor.

Er sah mich verständnisvoll an und fuhr sanft mit der Kuppe seines Zeigefingers über meine Stirn. »Die hast du in letzter Zeit aber oft. Du solltest das abklären lassen.«

Es war süß, wie er sich um mich sorgte, und es machte mir ein schlechtes Gewissen, weil ich ihn anschwindelte.

»Vielleicht trinke ich einfach zu wenig«, beschwichtigte ich ihn. »Bestimmt kommt es daher.«

Jens stand auf und kam gleich darauf mit einem Glas Wasser aus der Küche zurück, das er mir reichte. Ich nahm es entgegen, trank und gab ihm das Glas zurück. Er stellte es am Boden neben dem Bett ab und schlüpfte zurück unter die Decke.

»Besser?«, fragte er mich.

»Viel besser. An diesen Service könnte ich mich gewöhnen«, fügte ich hinzu.

Jens sah mich an. »Ich weiß. Ich möchte auch viel lieber jeden Morgen neben dir aufwachen als neben meinen schnarchenden Kollegen.« Er lachte. »Aber wir wissen beide, dass das nicht geht. Noch nicht«, ergänzte er.

Ich nickte. Jens hatte damit einen wunden Punkt in unserer Beziehung angesprochen.

Dass wir nicht immer zusammen sein konnten, lag nicht daran, dass ich als Flugbegleiterin viel unterwegs war, sondern dass Jens als Projektleiter für eine Baufirma im Ausland arbeitete. Sie errichteten eine riesige Hotelanlage mit Haupt- und Nebengebäuden auf Teneriffa. Dazu Appartements für die Angestellten und eine großzügige Freizeitanlage für die Gäste. Wenigstens zwei Jahre würde es dauern, bis dieser Auftrag abgeschlossen werden konnte. So lange mussten wir noch eine Fernbeziehung führen, in der Jens nur jeweils für ein Wochenende im Monat nach Deutschland kam. Zu mir und auch weil er zum Hauptsitz der Firma musste. In der restlichen Zeit arbeitete er fast rund um die Uhr und hauste zusammen mit ein paar Kollegen in einer Container-Anlage, um jeden Cent für unsere gemeinsame Zukunft zur Seite legen zu können. Er tat mir leid, weil er für uns auf jeglichen Luxus verzichtete. Darum versuchte ich, ihm die wenige Zeit, die wir gemeinsam verbringen konnten, so schön wie möglich zu gestalten. Und natürlich nutzte ich die Zeit, die ich Strohwitwe war, flog, sooft es ging, und knauserte, um ebenfalls möglichst viel zur Seite legen zu können. Wir wussten ja beide, wofür wir es taten und dass diese Zeit in zwei Jahren hoffentlich vorbei sein würde. Es war gut, dass wir beide unsere Arbeit liebten. Beide schätzten wir die Abwechslung, beide reisten wir gerne und interessierten uns für fremde Länder und ihre Kulturen. Darum stand es auch nie zur Debatte, vorzeitig daran etwas zu ändern, solange es nicht unbedingt notwendig war. Und so bestand unser Glück aus den wenigen Stunden im Monat, die wir zusammen verbrachten, und unzähligen Telefonaten während der restlichen Zeit. Wobei auch diese immer nur kurz und unregelmäßig waren. Jens konnte mich nur aus seinem Bürocontainer anrufen, und auch nur, wenn er dort alleine war. In seiner Unterkunft gab es kein WLAN.

»Ich springe mal eben kurz unter die Dusche«, sagte ich rasch, als ich spürte, dass sich der bevorstehende Trennungsschmerz anbahnte. Gegen den war ich machtlos. »Setzt du schon mal den Kaffee für uns auf?«

Jens brummte zustimmend, kuschelte sich jedoch noch tiefer unter die Bettdecke.

Spaßhaft zwickte ich ihn in die Seite. »Hey Schlafmütze, aufstehen, Frühstück machen, los, los!«

»Sklaventreiberin!«, grummelte er, jedoch gespielt, streckte sich ausgiebig und verschwand kurz darauf nackt in Richtung Küche.

Ich hörte Geschirr klappern und verzog mich ins Bad. Dort betrachtete ich mich im Wandspiegel. Meine Figur war nicht schlecht, nur die kurzen braunen Haare standen mir wie üblich am Morgen in alle Himmelsrichtungen vom Kopf ab. Resignierend zuckte ich die Schultern und drehte das Wasser in der Dusche auf. »Ich kenne dich zwar nicht, aber ich wasche dich trotzdem!«, sagte ich zu meinem Spiegelbild, während ich zur Zahnbürste griff. Heißer Wasserdampf beschlug bereits das Glas, als ich unter die Dusche trat. Wenige Augenblicke später fühlte ich mich bedeutend besser. Das warme Wasser trug zunehmend zu meiner Entspannung bei. Ich quetschte ordentlich Gel auf die Duschblume und begann, damit in kreisenden Bewegungen meinen Körper abzureiben.

»Ich liebe diesen Duft an dir. Granatapfel, hmm.« Jens' dunkle Stimme drang sanft in mein Ohr. Völlig unbemerkt war er ins Bad gekommen und zu mir unter die Dusche geschlüpft. Zärtlich umarmte er mich von hinten. Er nahm mir das schäumende Knäuel ab und seifte mich langsam damit ein. Dabei fuhren seine weichen Hände sanft die Rundungen meines Körpers nach.

Ich schmiegte mich an ihn. Er fühlte sich herrlich warm an, kuschelig und sehr männlich. Die Bilder des Albtraums der letzten Nacht verblassten. Sanft biss er mich in den Nacken. Mein ganzer Körper wurde von einer Gänsehaut überzogen. Langsam drehte ich mich zu ihm um und küsste ihn lang und innig.

»Ich fürchte, wir müssen jetzt wirklich aufstehen«, sagte ich leise, den Kopf an sein Schlüsselbein gelegt. »Sonst musst du ohne Frühstück los und das möchte ich nicht.« Ich seufzte traurig.

Fraglos waren wir nach der morgendlichen Dusche wieder im Bett gelandet.

»Das nehme ich gerne in Kauf. Mir reicht ein Kaffee und den bekomme ich auch im Flieger. Auch wenn die Flugbegleitung, die ihn mir servieren wird, sicher nur halb so attraktiv ist wie du«, zwinkerte er mir zu.

»Tja, um meinen Kaffee zu bekommen, müsstest du morgen früh nach Stockholm fliegen«, gab ich feixend zurück.

»Ein verlockender Gedanke.« Jens tat kurz so, als würde er darüber nachdenken. »Aber in Spanien scheint definitiv mehr Sonne und wärmer ist es auch. Da befasse ich mich viel lieber jetzt noch ausgiebig mit dir, in der kurzen Zeit, die uns noch bleibt.« Dann drehte er sich auf mich und verschloss mir den Mund mit einem Kuss.

Es wurde ein sehr kurzes Frühstück, denn wir nutzten die Zeit bis zu seiner Abreise wirklich ausgiebig. Schließlich würden nun wieder viele Tage völliger Abstinenz und Sehnsucht vor uns liegen.

Ich war verrückt nach diesem Mann, der so mir nichts, dir nichts in mein Leben geflogen war. Noch nie in meinem ganzen, nun schon vierunddreißig Jahre andauernden Leben hatte ich mich wohler gefühlt. Jens war mein absoluter Traummann.

Schneller als mir lieb war, hieß es Abschiednehmen. Mittlerweile gewohnt, fiel es mir trotzdem immer noch schwer, ihn für so lange Zeit gehen zu lassen.

Jens stand schon reisefertig im Flur, als der Taxifahrer klingelte, der ihn zum Flughafen bringen sollte. Diesen Luxus gönnten wir uns, denn er bescherte uns mindestens eine Stunde mehr Zeit zusammen, als wenn er die öffentlichen Verkehrsmittel nahm.

Vom Fenster aus warf ich ihm eine Kusshand zu, während ich tapfer die aufsteigenden Tränen unterdrückte. Ein lieb gewonnenes Abschiedsritual und Jens erwiderte es, indem er sich mit zwei Fingern die Schläfe tippte. Ich seufzte und sah dem Wagen nach, bis er meinem Blickfeld entschwand.

Es war noch nicht einmal Mittag. Am Abend war ich mit Tine bei Freddy und seinem derzeitigen Lebensabschnittsgefährten zum Essen eingeladen. Bis dahin hatte ich noch jede Menge Zeit, die ich alleine totschlagen musste. Als Erstes fing ich damit an, das Frühstücksgeschirr zu spülen. Anschließend putzte ich das Bad, saugte die Wohnung und widmete mich als Letztes dem Schlafzimmer. Das Bett war immer noch warm. Ich nahm das Kissen und umklammerte es mit den Armen. Tief drückte ich meine Nase hinein und schnupperte daran. Es roch nach Jens.

Eigentlich wollte ich heute die Bezüge waschen. Ich ließ keine Sentimentalität aufkommen, riss ich mich am Riemen. Er kommt ja wieder. In vier Wochen. Oh mein Gott. Vier lange, einsame Wochen. Fast dreißig einsame Nächte. Resolut zog ich die Bettwäsche ab und verstaute sein Kissen in der Kommode. Dann packte ich die ganze Schmutzwäsche in einen Wäschekorb und machte mich damit auf den Weg in den Waschkeller. Vor der Wohnungstür im ersten Stock blieb ich stehen und klingelte.

Frau Schubert öffnete die Tür. Sie lächelte freundlich, als sie mich erkannte. »Na Kindchen, sind Sie wieder alleine?«

Sie kannte Jens und wusste, dass wir in einer Fernbeziehung lebten. Und gewiss hatte sie das Taxi vorhin gesehen.

Die nette alte Dame und ich waren seit meinem Einzug vor fünf Jahren Nachbarn. Anfangs hatten wir uns nur kurz gegrüßt, wenn wir uns zufällig über den Weg gelaufen waren. Mit der Zeit waren kleinere Gespräche entstanden und als ich mich einmal ausgesperrt hatte und den Schlüsseldienst anfordern musste, bot sie mir an, für den Fall der Fälle einen Ersatzschlüssel bei ihr zu hinterlegen. Das tat ich liebend gern. Und es war auch sehr praktisch, denn Jens besaß keinen eigenen Schlüssel. Er hatte immer Angst, ihn in Spanien zu verlieren, und Frau Schubert war praktisch immer da. So konnte er jederzeit in die Wohnung, wenn ich unterwegs war. Im Gegenzug überließ mir Frau Schubert ihren Reserveschlüssel, sollte ihr etwas zustoßen. Ich wusste, dass ich mich auf sie verlassen konnte und umgekehrt. Frau Schubert gehörte auch nicht der Sorte Frauen an, die während der Abwesenheit in fremden Sachen schnüffelten. Und es war tatsächlich auch schon vorgekommen, dass ich sie vom Flughafen aus anrief, weil ich dachte, der Herd wäre an.

»Ja leider«, bestätigte ich ihre Frage. »Weswegen ich da bin. Ich weiß, dass Sie heute eigentlich Waschtag haben, aber ich muss morgen früh wieder los und komme erst am Dienstag zurück. Würde es Ihnen etwas ausmachen, mit mir zu tauschen?«, bat ich sie.

Frau Schubert lachte. »Denken Sie, eine alte Frau wie ich hat so viel Wäsche, dass die Maschine den ganzen Tag läuft? Waschen Sie nur, so lange und viel Sie wollen. Ich habe nur ein paar Handtücher. Das rentiert sich für mich sowieso nicht. Und die Kleidung sammle ich noch bis zum nächsten Waschtag, damit die Maschine voll wird. Sonst wäre es die reinste Verschwendung.«

»Vielen Dank. Sie sind ein Schatz.« Etwas Weiches strich um meine Beine. Ich sah nach unten. Eine große, wuschelige Katze rieb ihren Kopf an meiner Wade. »Sie ist so eine Schönheit«, sagte ich, stellte den Wäschekorb ab und ging in die Hocke. Vorsichtig kraulte ich die Katze unter der Kehle, was sie sich mit einem wohligen Schnurren gefallen ließ.

»Sie mag Sie«, sagte Frau Schubert. »Nicht wahr, Poupette?« Sofort machte die Katze kehrt und stellte sich neben ihr Frauchen.

»Und wie wohlerzogen sie ist«, bemerkte ich nicht ohne Bewunderung.

Statt einer Antwort streichelte Frau Schubert ihrem Liebling den Rücken. Sie richtete sich wieder auf.

»Einen schönen Sonntag noch, Frau Schmidt.«

»Warten Sie.«

Frau Schubert stutzte.

»Ich habe ja eigentlich auch nicht so viel Wäsche. Wenn Sie möchten …« Ich zögerte. War es dumm, ihr diesen Vorschlag zu unterbreiten? Egal, nun hatte ich den Satz schon begonnen. »Also was ich sagen wollte …«

»Ja?« Fragend sah sie mich an.

»Ich habe mir gerade gedacht, wir könnten unsere Wäsche ja auch gerne zusammenwerfen. Also nur, wenn Sie es möchten.

Ich bekomme die Maschine auch nicht ganz voll. Und es wäre überhaupt kein Aufwand für mich.«

Sie sagte nichts. Dann lächelte sie plötzlich. »Das ist wirklich überaus nett von Ihnen. Vielleicht die Handtücher, wenn es Ihnen wirklich nichts ausmacht. Den Rest erledige ich nächste Woche. Das Waschen selbst macht mir ja nichts aus, aber die Tücher müffeln doch sehr, wenn sie zu lange liegen, und ich hänge sie immer nass auf den Balkon. Das kommt billiger, als den Trockner anzuwerfen. Trotzdem bin ich jedes Mal froh, wenn ich den schweren Korb mit den nassen Sachen die Treppen hochgeschleppt habe.«

»Das kann ich doch für Sie machen«, bot ich ihr spontan an.

»Ich muss mich doch auch noch ein bisschen bewegen und die Treppen sind sozusagen meine Gymnastik«, lachte Frau Schubert.

»Dann sagen Sie mir nächstes Mal Bescheid und wenn Sie mit dem Waschen fertig sind, trage ich für Sie die Sachen nach oben.«

»Darauf komme ich bestimmt irgendwann gerne zurück.« Die alte Dame freute sich. »Und nun hole ich Ihnen schnell die paar Tücher. Sie sind ein Engel.«

Kapitel 2

»Ist er weg?« Tine öffnete mir im Bademantel die Wohnungstür. Die Zahnbürste steckte ihr noch zwischen den Zähnen. Ihr
frisch gewaschenes Haar verbarg sich unter einem türkisen
Handtuchturban. Ich folgte ihr ins Bad.

»Wieso bist du noch nicht fertig angezogen?«, rügte ich sie
und sah auf meine Armbanduhr. Wir waren um achtzehn Uhr mit
Freddy verabredet und der hasste Unpünktlichkeit. Jetzt war es
halb sechs.

»Gib mir fünf Minuten.« Tine spukte geräuschvoll die
Zahnpaste ins Waschbecken. Sie schlüpfte aus dem Bademantel
und streifte ein paar hautenge dunkle Jeans über. Dazu wählte
sie einen dünnen cremefarbenen Pulli. Überrascht bemerkte ich
die teuren Dessous, die sie trug.

»Hast du heute noch was vor?«

Sie grinste mich entschuldigend an, ohne auf meine Frage
einzugehen, aber ihr Blick sprach Bände.

Ich setzte mich indes auf den Rand ihrer Badewanne und
checkte meine Mails. Jens hatte mir gleich nach der Landung
geschrieben, dass er gut angekommen war. Das machte er
immer so. Ich antwortete mit einem Kussmund-Emoji und
hoffte, dass es ihn noch erreichte, bevor er kein Netz mehr hatte.

Tine hatte in der Zwischenzeit etwas Make-up aufgelegt.
»Muss Liebe schön sein«, witzelte sie und sah mich vom
Spiegel aus an.

»Nur keinen Neid. Wer hat, der hat!«

»Gott bewahre«, entgegnete sie entsetzt. »Lieber gar keinen Mann als so eine verkorkste Beziehung wie eure.«

»Ha, ha, ha, das ist ja wohl der Witz des Jahres. Ich glaube, dass du im letzten Jahr wesentlich mehr Sex hattest als Jens und ich«, zog ich sie auf.

Tine schoss prompt zurück: »Was ja nicht besonders schwierig ist, wenn man sich nur zwei Tage im Monat sieht.«

Ich ergab mich. »Waffenstillstand.« Für eine Debatte über meine Beziehung fehlte mir gerade jegliche Lust und Energie.

Tine drehte sich vom Waschtisch weg und neigte den Kopf nach unten. Sie öffnete den Turban, rubbelte sich kurz damit die Haare und schüttelte sie einmal durch. Dann griff sie zum Föhn und blies sie damit trocken. Zwischendurch knetete sie mit der Hand ein wenig ihre Locken durch. Das Ganze dauerte nur wenige Minuten.

Zufrieden betrachtete sie sich im Spiegel. »Perfekt. Wir können los.«

Ich seufzte. Es war unfair, dass manche Menschen mit nur wenigen Handgriffen aussahen wie aus dem Ei gepellt, wohingegen andere, sprich: ich, eine Ewigkeit dafür brauchten, um auch nur einigermaßen passabel auszusehen. Tine gehörte eindeutig zur ersten Gattung.

Freddys Wohnung lag nur wenige U-Bahn-Stationen von Tines entfernt. Normalerweise war diese Strecke leicht zu Fuß zu bewältigen, da wir nun aber doch ein wenig spät dran waren, wählten wir die Bahn.

»Wie schön, dass ihr da seid, ihr Süßen! Kommt rein, kommt rein.« Freddy wischte sich geschäftig die Hände an seiner Kochschürze ab, die aussah, als habe er sie eben erst angelegt, und begrüßte uns in seiner gewohnt überschwänglichen Art mit Küsschen links und rechts. »Das Essen ist sofort fertig.«

Ich wickelte die Blume aus, die ich auf dem Weg zu Tine für ihn besorgt hatte, und überreichte Freddy das Arrangement einer weißen Amaryllis mit einem großen, grünen Anthuriumblatt.

Er strahlte uns entzückt an. »Auch noch Blumen. Das wäre doch nicht nötig gewesen. Nun kommt herein, meine Süßen.« Mit großer Geste führte er uns ins Zimmer. »Kläuschen, kommst du, unsere Gäste sind da!«, flötete er durch den Flur. Dann wandte er sich wieder an uns. »Tut mir leid, ihr Süßen, aber ich muss fix zurück an den Herd, sonst war alles für die Katz'. Setzt euch schon mal, und nehmt euch bitte was zu trinken. Ich brauche noch zehn Minütchen, dann bin ich wieder bei euch. Kläuschen!! Besuch!!« Diesmal verlieh er seinem Ruf etwas mehr Nachdruck. Dann verschwand er eilig mit seiner Blume in die Küche.

Wir setzten uns an den Tisch. Freddy hatte eingedeckt wie für ein Festmahl im Königshaus. Weißes Porzellan, Silberbesteck und Stoffservietten. In zwei silbernen Leuchtern steckten neue, weiße Tafelkerzen. Rotwein- und Wassergläser standen exakt platziert, fast wie ausgemessen parat. Der dazugehörige Wein leuchtete tiefrot in einer bauchigen Karaffe.

»Es duftet himmlisch!«, rief ich in Richtung Küche. »Was gibt es denn?«

»Lass dich überraschen!«, schallte es von dort zurück.

Egal, was es gab, ich freute mich auf den Abend. Unser Freund war ein begnadeter Hobbykoch. In fast regelmäßigen Abständen lud er Tine und mich zu sich ein. Vor allem dann, wenn er wieder irgendwo ein neues Rezept entdeckt hatte, das er unbedingt ausprobieren wollte, oder wenn er etwas Besonderes ergattert hatte. Und es gab kaum etwas, was bei ihm nicht schmeckte.

Freddy scheute sich nicht davor, exotische Rezepte auszuprobieren, hatte aber gleichermaßen ein Faible für bodenständige Hausmannskost. Früher war auch Jens mit eingeladen. Gerade zu Beginn unserer Beziehung hatten wir oft zusammen mit meinen Freunden etwas unternommen. Doch mit den Jahren zogen wir uns immer mehr zurück. Jens wollte seine kostbare Freizeit mit mir allein verbringen.

Freddy hatte dafür vollstes Verständnis und passte seine Kochabende unserem Turnus an.

Tine nahm es nicht ganz so gelassen, musste sich aber fügen.

Freddy steckte den Kopf durch die Tür und blickte verwundert auf unsere leeren Gläser. »Ihr habt euch ja noch gar nichts eingeschenkt. Nehmt euch doch schon mal ein Glas Rotwein. Den habe ich letzte Woche im Duty-free-Shop in Lyon erstanden. Direkt aus Frankreich, extra für heute Abend eingeflogen.« Er zwinkerte uns verschmitzt zu. »Wenn er gut ist, hole ich nächsten Monat Nachschub. Kläuschen hat ihn vor einer halben Stunde dekantiert, damit er ausreichend atmen kann. Wo steckt der überhaupt?« Suchend sah er sich um, doch bevor wir etwas erwidern konnten, war Freddy auch schon wieder verschwunden. »Klaus! Kommst du jetzt endlich? Wir essen gleich!«

Dass Freddy die Koseform vermied, war kein gutes Zeichen. Die beiden Männer waren erst seit wenigen Monaten ein festes Paar.

Tine und ich zweifelten anfangs daran, dass sie gut zusammenpassen würden. Freddy, der extrovertierte Paradiesvogel mit seinem pedantischen Ordnungswahn, und Klaus, der eher bieder wirkende Versicherungsvertreter, der manchmal etwas unsortiert auf uns wirkte. Doch die beiden harmonierten ausgesprochen gut miteinander, und vielleicht waren es genau diese Gegensätze, die beide brauchten, um glücklich zu sein. Nach wenigen Wochen zog Klaus bei Freddy ein. Auch hier warteten Tine und ich vergeblich auf den großen Knall.

Heute jedoch schien Ärger in der Luft zu liegen, wenn man auf die Zwischentöne achtete, sobald Freddy seinen Namen rief.

»Entschuldigt bitte.« Klaus betrat leicht gehetzt das Wohnzimmer. »Ich musste unbedingt noch etwas fertig machen. Das Angebot musste heute noch raus, sonst springt mir der Kunde ab.«

Tine stand auf und küsste Kläuschen auf die Wange. »Du musst dich doch vor uns nicht rechtfertigen.«

»Wir sind ja noch gar nicht lange hier«, fügte ich beschwichtigend hinzu und begrüßte ihn ebenfalls.

»Wein?« Er hielt auffordernd die Karaffe hoch.

»Gerne«, erwiderte ich.

Kläuschen legte fachmännisch eine Serviette um den Hals der Karaffe und schenkte ein. »Darf ich dir auch Wein eingießen?«, rief er Freddy zu.

Statt einer Antwort hörte man eifriges Scheppern der Töpfe. Klaus blieb abwartend stehen und warf uns einen belustigten Blick zu. Gerade, als er die Karaffe zurückstellen wollte, kam Freddy mit einer großen, dampfenden Platte ins Zimmer.

»Natürlich sollst du mir auch Wein eingießen, was für eine Frage. Aber nimm eine Serviette, damit du nicht wieder rumkleckerst.«

Klaus' Lächeln erstarb. Demonstrativ hielt er seinem Partner den Dekanter entgegen und zeigte auf den Tropfschutz. Wortlos goss er ihm ein.

»Piccata vom Schwein mit einer herrlich cremigen Bramata, dazu grüne Bohnen im Speckmantel«, verriet Freddy, was er Feines für uns gekocht hatte, und stellte die Servierplatte mittig auf den Tisch. Eilig huschte er zurück in die Küche, kam jedoch sofort mit einer Sauciere zurück. »Dazu eine absolut göttliche Morchel-Soße a la Hugo«, schwärmte Freddy. »Ihr werdet es lieben«, prophezeite er uns.

Das stand ohne Zweifel. Es duftete absolut verführerisch. Freddy legte jedem eine schöne Portion auf den Teller.

»Lasst es euch schmecken. Einen guten Appetit allerseits.«

Während des Essens unterhielten wir uns über den Flugplan der nächsten Woche. Kläuschen blieb dabei ziemlich wortkarg. Normalerweise beteiligte er sich an unseren Gesprächen, interessierte sich für die Maschinen, die Destinationen oder was auch immer. Heute saß er eher schweigsam daneben, redete nur, wenn er etwas gefragt wurde.

»Und, was machst du diese Woche, Klaus, wenn Freddy unterwegs ist?«

Bevor Klaus antworten konnte, schnitt Freddy ihm bereits das Wort ab und übernahm das Reden für ihn: »Ach was soll er schon großartig machen ohne mich. Er langweilt sich vermutlich zu Tode. Mein Kläuschen kann sich ja noch nicht einmal selbst etwas zu essen machen.«

»Ja, es grenzt fast an ein Wunder, dass ich die letzten fast fünfzig Jahre meines Lebens ohne Freddy überleben konnte«, ergänzte Klaus ironisch.

Freddy bemerkte den Unterton nicht. »Gut, wenn man eine Mutter hat, nicht wahr?«

»Ich hatte auch schon vor dir Beziehungen, mein Liebling. Und stell dir vor, darunter gab es tatsächlich Männer, die ebenfalls kochen konnten.«

Freddy winkte unbeeindruckt ab. »Aber sicher nicht so gut wie ich. Schmeckt es euch?«

»Diese Morchel-Soße ist wirklich der absolute Hammer«, schwärmte ich und tunkte den letzten Rest mit einem Stück Weißbrot aus meinem Teller. »Findest du nicht auch?«, wandte ich mich an Klaus, um dem Gespräch wieder eine positivere Wendung zu geben. Außerdem hatten wir uns bisher fast ausschließlich über unsere Arbeit unterhalten und Klaus war dabei sehr stumm gewesen. Ich konnte mir denken, dass er es als einziger »Nichtflieger« in dieser Runde nicht einfach hatte.

»Hm, ja, ganz köstlich«, erwiderte er knapp, ohne den Blick vom Teller zu heben.

»Du kannst auch ruhig, ohne dass man dich danach fragen muss, sagen, dass es dir schmeckt!«, monierte Freddy.

»Man kommt bei dir ja kaum zu Wort.«

Freddy legte die Gabel beiseite, tupfte sich mit seiner Stoffserviette die Mundwinkel und blickte seinen Lebensgefährten erwartungsvoll mit hochgezogenen Augenbrauen an.

Klaus seufzte tief. »Es schmeckt sehr gut. Vielen Dank für dieses köstliche Mahl, lieber Freddy.« Sein Lächeln wirkte wie eine Grimasse.

Freddy nickte huldvoll. »Na bitte, geht doch.« Dann deutete er mit dem Zeigefinger auf Klaus' Teller. »Und gekleckert hast du auch wieder!«, tadelte er. »Nun guck mal, wie das Tischtuch aussieht.«

Tine warf mir einen schnellen Blick zu und räusperte sich vernehmlich. »Mir ist leider auch ein kleines Missgeschick passiert, Freddy, tut mir leid.«

»Nicht so schlimm, mein Liebchen. Ich hätte sie ja sowieso gewaschen.« Dabei tätschelte er ihr liebevoll die Hand.

Man merkte Klaus die aufsteigende Wut an, trotzdem aß er stumm weiter.

Um die angespannte Stimmung aufzulösen, fragte ich: »Wer ist eigentlich dieser geheimnisvolle Hugo?«

»Hugo!?«, rief Freddy entzückt aus. »Hugo ist ein ganz wunderbarer Koch. Er ist mit uns geflogen, vor vier Wochen, von Valencia nach München. Er war vor einigen Jahren Chefkoch im lè petit cuisine in Zürich. Ich war dort einmal ganz zufällig mit Kollegen zum Essen. Da habe ich diese Soße schone einmal gegessen. Ich habe ihn natürlich sofort wiedererkannt, als ich ihn in der Maschine sah, und habe ihn angesprochen. Das hat ihn sehr gefreut. Er war mit drei Leuten eines Fernsehteams unterwegs. Sie haben zusammen Filmaufnahmen für eine Kochshow gemacht. Zuerst in Spanien, danach folgen noch welche in der Schweiz. Ein sehr interessanter Mann ist das, leider hetero! Der hätte mir sonst gefährlich werden können. Wie sagt man, die Liebe geht durch den Magen«, zitierte er.

Ich bemerkte, dass Klaus bei Freddys enthusiastischen Schilderungen von diesem Ausnahmekoch die Zähne zusammenbiss. Seine Wangenknochen traten stark hervor. Als spüre er meinen Blick, sah er auf und griff dann nach seinem Weinglas.

Ich lächelte ihm mitfühlend zu. Freddy plapperte manchmal sehr unüberlegt vor sich hin. Ich glaube, es war ihm gar nicht bewusst, dass er mit seinem Gerede andere Menschen verletzen konnte.

»Er hat mir dann tatsächlich das Rezept für diese göttliche Soße verraten, als ich ihn darauf ansprach. Natürlich topsecret, das versteht sich. Aber ich darf mich jederzeit bei ihm melden, hat er gesagt und mir seine Nummer gegeben.« Freddy zwinkerte uns verschwörerisch zu. »Ich habe heute einen riesigen Topf voll Soße gekocht, obwohl Morcheln so was von teuer sind. Aber ich wollte das Rezept natürlich sofort ausprobieren und sehen, ob es genauso schmeckt wie damals in Zürich. Außerdem hat Hugo davon geschwärmt, dass es seine Lieblingssoße ist. Und was soll ich sagen, ich hatte Glück. Ich habe diese Pilze tatsächlich zu einem Spitzenpreis im Internet bekommen. Wenn ihr lieb seid gebe, ich euch was von der Soße mit nach Hause.« Er war ganz in seinem Element.

»Für mich nicht«, sagte Tine schnell. »Ich habe heute noch eine Verabredung. Aber sie ist ehrlich superlecker!«

»Und ich bin die nächsten Tage unterwegs«, lehnte ich entschuldigend ab. »Aber Klaus wird sich bestimmt darüber freuen«, ergänzte ich mit einem vorsichtigen Seitenblick auf Klaus.

»Um Himmels willen. Hast du eine Ahnung, wie viel Sahne in dieser Soße ist. Keine Ahnung, wie Hugo das macht, wo er doch ständig probieren muss, aber der ist gertenschlank. Und mein Kläuschen setzt auch so schon etwas Speck an. Die Kalorien von heute reichen für die ganze Woche. Ab morgen ist bei ihm wieder Diät angesagt. Nein, nein, Schätzchen, ich pack dir die Soße in eine Schale, dann kannst du sie auch einfrieren. Wenn dein Jens das nächste Mal nach Hause kommt, musst du nur noch ein paar Nudeln kochen, fertig. Sie schmeckt nämlich auch ganz hervorragend zu Spaghetti. Dazu ein schöner Weißwein. Perfekt!«

Ich glaube nicht, dass er seinen Partner absichtlich provozieren wollte, doch die Art und Weise, wie er auf seine Figur anspielte und gleichzeitig von einem anderen Mann schwärmte, brachte bei Klaus das Fass zum Überlaufen. Geräuschvoll schob er den Stuhl nach hinten und erhob sich vom Tisch.

»Ihr entschuldigt mich?«, wandte er sich an Tine und mich. »Ich habe noch einiges an Arbeit zu erledigen.« Seinen Partner würdigte er keines Blickes.

»Du kannst zumindest deinen Teller abräumen! Ich habe schließlich den ganzen Abend in der Küche gestanden und gekocht. Es wäre schön gewesen, wenn du wenigstens den Abwasch übernommen hättest, aber bitte, wenn du noch arbeiten musst, lass dich von mir nicht aufhalten. Dann mach ich das eben auch noch alleine«, beschwerte sich Freddy wie eine beleidigte Hausfrau.

»Lass mal, Klaus«, ging ich schnell dazwischen. »Ich helfe Freddy dabei. Ich mach' das wirklich gerne. Zu Hause wartet niemand auf mich, also habe ich jede Menge Zeit und so kann ich mich wenigstens ein bisschen für das leckere Essen revanchieren.«

Klaus lächelte mich flüchtig an. Dann stapelte er sein benutztes Geschirr und verschwand wortlos in der Küche.

Freddy atmete genervt aus.

»Es macht mir wirklich nichts aus, dir zu helfen«, beteuerte ich. »Im Gegenteil, eigentlich habe ich noch gar keine Lust, nach Hause zu gehen. Die erste Nacht ohne Jens ist für mich immer besonders schlimm, weil ich weiß, dass es jetzt wieder ewig dauert, bis wir uns wiedersehen. Zumindest kommt es mir wie eine Ewigkeit vor und mein Bett fühlt sich so leer an.«

Freddy tätschelte mir mitfühlend den Handrücken.

»Also ich gehe davon aus, dass mein Bett heute auch leer bleibt.« Tine checkte kurz ihr Handy. »Aber alleine schlafen werde ich trotzdem nicht.« Sie zwinkerte uns zu. »Ihr seid mir nicht böse, wenn ich mich jetzt verabschiede?«

Wir verneinten.

Sie küsste Freddy auf die Wange und warf mir eine Kusshand zu. »Danke für das wunderbare Essen.« Dann war sie weg.

»Da waren es nur noch zwei.« Ich prostete Freddy mit meinem fast leeren Weinglas zu.

»Noch ein Schlückchen?« Er hielt die Karaffe hoch.

»Lass uns zuerst den Abwasch erledigen. Sonst bin ich zu müde, um noch irgendetwas zu tun.«

Freddy fing bereits an, das schmutzige Geschirr abzuräumen. »Wie gesagt, ich hatte ja gekocht. Es wäre Kläuschens Part gewesen aufzuräumen.«

»Lass ihn doch, wenn er noch arbeiten muss.«

»Wer's glaubt!«

»Dicke Luft bei euch?«

Freddy winkte ab. »Das Übliche. Wir streiten in letzter Zeit ziemlich oft. Auch weil ich finde, dass es an der Zeit ist, seine Familie kennenzulernen, aber Kläuschen will sich damit noch Zeit lassen. Ich frage mich wozu. Wir sind ein Paar, wir wohnen zusammen, da ist es doch völlig normal, wenn wir einen Schritt weiter gehen.«

»Du hast ihn heute ein paarmal ziemlich provoziert«, warf ich vorsichtig ein.

»Er ist sich meiner viel zu sicher. Es schadet nicht, wenn er weiß, dass es außer ihm noch andere Männer gibt, die ich gut finde. Auch wenn die leider auf Frauen stehen.«

»Mich würde es verletzen, wenn Jens in meiner Gegenwart von anderen Frauen schwärmen würde.«

»Vielleicht ist es ihm doch nicht so ernst mit uns, wie ich geglaubt habe. Oder er schämt sich für mich.«

»Das ist doch totaler Unsinn, und du weißt das auch. Du bist ein ganz toller Mensch. Klaus liebt dich. Hör auf damit, dir so etwas einzureden. Er wird seine Gründe haben, warum er noch Zeit braucht. Vielleicht ist seine Familie kompliziert. Oder sie haben irgendwelche Leichen im Keller«, mutmaßte ich augenzwinkernd. »Du solltest ihm vertrauen. Das ist das Wichtigste bei einer Beziehung. Sonst läufst du Gefahr, dass es mit euch in die Brüche geht, und das täte mir echt leid.«

»Das sagt sich so leicht.«

»Schau mal, Jens und ich sind wesentlich länger zusammen als ihr beide. Ich kenne weder Kollegen von ihm noch Freunde, geschweige denn seine Mutter.«

Freddy starrte mich mit offenem Mund an. »Das ist nicht dein Ernst!«

»Mein vollster, aber dafür gibt es auch eine ganz einfache Erklärung. Seine Mutter hat Alzheimer und fürchtet sich daher vor fremden Menschen. Sie lebt ziemlich zurückgezogen in ihrem Haus in der Nähe bei Bergisch Gladbach und wird dort von einer ausländischen Pflegekraft betreut. Jens skypt einmal die Woche mit ihnen und erkundigt sich, wie es ihr geht. Manchmal klappt es ganz gut, und dann gibt es wieder Zeiten, da erkennt sie ihren eigenen Sohn nicht mehr.«

Ergriffen fasste Freddy sich an die Brust. »Gott, wie traurig.«

»Ich kann damit leben. Auch damit, dass er den ganzen Urlaub bei ihr verbringt. Er ist ihr einziger Verwandter und muss sich um alles kümmern. Vom Ausland aus ist das sehr schwierig.«

»Das könnte ich nicht aushalten. Wenn ich verliebt bin, möchte ich meinen Partner immer und überall um mich haben.«

»Hätte ich die Wahl, wäre mir das auch lieber, aber Jens hat von Anfang an mit offenen Karten gespielt. Ich wusste, worauf ich mich einließ, und darum ist es für mich in Ordnung.«

Das war ein bisschen gelogen. Lächerliche zwei bis drei Tage im Monat gehörten ausschließlich mir und mittlerweile war es mir nicht mehr genug. Doch wenn ich das Thema bei Jens anschnitt, blockte er sofort ab. Solange seine Mutter lebte, musste ich ihn mit ihr teilen.

»Wer weiß, wie lange sie noch da ist«, betonte er immer, wenn ich Forderungen nach einem gemeinsamen Urlaub stellte.

Ich hätte auch kein Problem damit gehabt, ihn nach Bergisch Gladbach zu begleiten, nur um mehr Zeit mit ihm verbringen zu können. Tagsüber hätte er sich um seine Mutter und alle wichtigen Angelegenheiten kümmern können, und ich hätte ihn dabei so gut wie möglich unterstützt. Aber die Nächte hätten uns gehört. Diese Option stand für Jens jedoch nicht zur Debatte. Zu umfangreich sei der ganze Schreibkram, der sich während seiner Abwesenheit anhäufen würde. Die Abrechnungen mit dem Pflegedienst und alles andere, was zu erledigen sei. Es gab nicht die geringste Chance für mich, Jens lehnte meine Begleitung kategorisch ab. Auch weil die polnische Arbeitskraft während seines Urlaubs zu ihrer Familie in ihre Heimat reiste und er deshalb rund um die Uhr für seine Mutter verfügbar sein müsse.

Ich schluckte die Kröte und sah es ein.

Freddy war schwer beeindruckt. »Schätzchen, du bist eine Heilige. So eine Beziehung wäre mein Tod.«

Kapitel 3

»Delta zehn braucht Extension«, rief mir Tine zu.

Ich griff in eines der Ablagefächer für Gurtverlängerungen. Der Passagier in Reihe zehn war leider so beleibt, dass der normale Sicherheitsgurt nicht ausreichte, um ihn anzuschnallen. Mit dem Verbindungsstück klappte es problemlos.

»Habt ihr den Passagier auf B vierunddreißig schon gesehen? Das ist vielleicht ein schöner Mann.« Freddy kam gerade vom Kontrollgang zurück und verschloss das letzte Gepäckfach.

Tine warf ihm einen mahnenden Blick zu. Sie hatte ihn wohl gehört. Es war einer der seltenen Flüge, auf denen wir das Glück hatten, zusammen eingeteilt zu werden, und dann auch noch mit einem Overnight.

»Freddy!«, mahnte ich mit hochgezogenen Augenbrauen. »Du bist in festen Händen, also hör auf, dich für andere Männer zu interessieren.«

»Keine Sorge, bei uns ist wieder alles in Ordnung. Kläuschen hat sich letzte Woche ganz süß bei mir dafür entschuldigt, dass er beim Abendessen so schlecht gelaunt war.«

»Besonders nett warst du zu ihm aber auch nicht. Ständig hast du ihn provoziert oder versucht, ihn eifersüchtig zu machen. Eigentlich hättest du dich bei ihm entschuldigen müssen.«

Freddy blickte mich entgeistert an. »Also das sehe ich ganz anders. Klaus weiß, dass ich ihn niemals betrügen würde. Aber gucken darf man doch. Ich weiß ja auch nicht, was Klaus so treibt, wenn ich in der Luft bin. Wer sagt mir denn, dass er sich da nicht mit anderen Männern trifft?«

Ich schüttelte den Kopf. »Du redest Blödsinn.«

»Außerdem hat er sich am Sonntag unmöglich verhalten«, fuhr er daraufhin fort. »Erst lässt er mich die ganze Arbeit alleine machen, obwohl er weiß, dass wir Gäste bekommen, dann erscheint er erst zur Essenszeit auf der Bildfläche und als krönenden Abschluss kleckert er herum wie ein kleines Kind, obwohl ich mir solche Mühe mit dem Tisch gegeben habe. Da darf man doch wohl verärgert sein.«

»Ach komm. Was macht es für einen Unterschied, wer die Tischdecke einsaut? Bei Tine war es okay, bei Klaus machst du ein Fass auf?«

»Er passt einfach nie auf.«

»Es kommt auf dasselbe Ergebnis raus. Du musstest sie im Anschluss so oder so waschen. Wenn du ein Problem damit hast, lass sie das nächste Mal einfach weg. Der Tisch ist mit einem Lappen sofort wieder blitzblank gewischt.«

»Aber es sieht viel schöner aus mit weißer Tischwäsche.«

»Freddy, was ich dir damit sagen möchte, ist, dass ich glaube, ihr habt viele sinnlose Diskussionen um Nichtigkeiten. Du musst lernen, das Leben gelassener zu nehmen. Und vor allen Dingen solltest du mehr Vertrauen zu deinem Partner haben.«

»Entschuldigt bitte, wenn ich eure traute Zweisamkeit störe«, unterbrach uns Tine, »aber wir starten demnächst. Würde es euch was ausmachen, die Notfallübung durchzuführen? Eure Privatgespräche könnt ihr später führen, wenn wir gelandet sind.«

Als Kabinenchef duldete sie keine Nachlässigkeiten. Jedes Crewmitglied hatte seine Aufgabe zu erledigen und es herrschte ein striktes Zeitmanagement, das einzuhalten war. Funktionierte das nicht tadellos, bekamen selbst ihre Freunde einen rauen Ton zu hören. Allerdings trennte sie Berufliches und Privates strikt voneinander. So blieb, was im Flugzeug geschah, für gewöhnlich in der Luft.

Später, beim Verstauen der Getränkewagen, steckte mir Janine einen Umschlag zu.

»Was ist das?«

»Meine Kündigung.« Mein verdutzter Blick brachte sie zum Lachen. »Die Einladung zu meiner Hochzeit. Ich hoffe doch, du hast flugfrei?« Sie strahlte übers ganze Gesicht.

Janine war schon lange mit einem Piloten liiert, der für eine englische Linie flog. Es war absehbar, dass die beiden heiraten würden. Leider bedeutete es gleichzeitig, dass Janine in naher Zukunft bei uns aufhören würde. Somit lag sie mit dem Wort Kündigung nicht unbedingt falsch.

»Wir wünschen uns so sehr, dass das Wetter mitspielt. Wir planen nämlich ein Fest im Freien. Nichts Großes, Familie und ein paar Freunde, etwa sechzig Personen.«

Ich freute mich für sie und versprach, beim Request das Datum der Hochzeit zu berücksichtigen. Und ich musste es Jens schnellstmöglich mitteilen. Es war mir wichtig, ihn an diesem Tag dabeizuhaben.

Auch Janine und Ron hatten es nicht leicht. Die Flugpläne unterschiedlicher Gesellschaften so abzustimmen, dass genügend Zeit füreinander blieb, stellte beide oft vor eine gewaltige Herausforderung. Janine überlegte gelegentlich sogar, den Arbeitgeber zu wechseln. Nun war es also so weit. Vielleicht würde sie auch gar nicht mehr fliegen und sich stattdessen mit der Familienplanung befassen. Sie hatte mir erzählt, dass sie auch Kinder haben wollten.

Ich beneidete sie darum, dass ihr Traum nun wieder ein Stück näher rückte. Gerne hätte ich das von mir auch behauptet. Jens hatte früher immer abgeblockt, wenn ich darauf zu sprechen kam. Wir planten zwar, in ein paar Jahren ein kleines Haus zu kaufen, um endlich zusammenzuziehen. Das Thema Ehe und Kinder vermied er aber, so gut es ging. Doch meine biologische Uhr tickte unaufhaltsam. Möglicherweise war Janines Fest die passende Gelegenheit, meinem Schatz einen Denkanstoß über unsere gemeinsame Zukunft zu geben. Tine und Freddy hatten ebenfalls eine Einladung erhalten. Wir würden alle zusammen hingehen, wenn es der Flugplan erlaubte.

Jetzt musste ich nur noch Jens überreden, sein freies Wochenende auf das Datum der Vermählung zu legen, dann stand einem perfekten Fest nichts mehr im Wege. Normalerweise nahm ich mit meinem Flugplan Rücksicht auf ihn. Diesmal müsste er sich mir anpassen. Das war nur fair.

Für einen kurzen Moment erwog ich, die Hochzeit vor ihm zu verheimlichen und ihn einfach damit zu überrumpeln. Doch dann bekam ich ein schlechtes Gewissen. Jens freute sich immer so auf die Zweisamkeit mit mir, auf das Kuscheln und die langen, zärtlichen Nächte. Ich würde ihm damit die ganze Freude nehmen und auch die Entspannung, die er so dringend brauchte, wenn er nach Hause kam. Und sicher hätte er dann auch nicht die passende Kleidung für so einen Anlass dabei.

Ich drückte Janine kurz an mich und ließ die Einladung in der Innentasche meines Blazers verschwinden, ehe Tine mich erneut tadeln konnte. Sobald wir in Kairo gelandet waren und das Flugzeug verlassen hatten, schickte ich Jens eine Sprachnachricht, dass es wichtige Neuigkeiten gab, die ich dringend mit ihm zu bereden hätte.

Kaum hatte ich das Handy weggelegt, rief er zurück.

»Hey du, was ist los?«

»Ich hatte nicht erwartet, dass du Zeit hast, um die Nachricht abzuhören. Wie geht es dir?«

»Wir sind gut im Zeitplan, trotzdem jede Menge Arbeit. Ich bin gerade auf dem Weg in den Bürocontainer, um mir einen Kaffee zu holen, dann muss ich sofort zurück zur Baustelle. Du klangst so aufgeregt, ist etwas passiert?«

»Ich habe heute etwas Wunderschönes erfahren, eine tolle Neuigkeit!«, rief ich aufgedreht in den Hörer.

Jens war zunächst verstummt. Ich dachte erst, die Verbindung sei unterbrochen, dann vernahm ich ein zögerliches: »Okay?«

Ich weiß nicht, was mich in diesem Moment ritt, doch mit einem Mal bekam ich Lust, ihn ein wenig auf die Schippe zu nehmen. Wie würde seine Reaktion ausfallen, wenn er nicht sofort erfuhr, dass diese Neuigkeit die Einladung zu einer Hochzeit war? Es gab auch andere Ereignisse, die eine Frau, sprich: ich, als »wunderschön« empfinden konnte, eine Schwangerschaft zum Beispiel. Ich wäre vor Glück außer mir, wenn ich von Jens ein Kind erwarten würde. Ich drückte mich daher absichtlich zweideutig aus, um zu sehen, was passierte. »Es ist etwas, dass uns beide betrifft.«

Am anderen Ende herrschte absolute Stille. Jens hatte es wohl die Sprache verschlagen, darum fuhr ich fort: »Rate doch mal. Kannst du dir nicht denken, was es sein könnte?«

Er räusperte sich. »Öhm – Sophie …« Er stockte mit der Antwort. Ich sah ihn direkt vor mir, wie er sich gerade nervös mit der Hand durchs Haar fuhr. Das machte er immer, wenn er überfordert oder verunsichert war. »Ich habe jetzt echt keine Zeit zum Rätselraten. Wie gesagt«, er räusperte sich wieder, »ich muss gleich wieder zurück zum Bau. Es ist gerade echt stressig. Entweder kommst du zum Punkt, oder wir verschieben das Gespräch bis zum Abend.«

»Wir sind zu einer Hochzeit eingeladen.« Ich machte mir nicht die Mühe, meine Enttäuschung über seine Reaktion zu verbergen.

»Das war's?«

»Ja!« Knappe Frage, knappe Antwort.

»Okay.« Er atmete hörbar auf. »Puh! Ich dachte schon …« Er lachte erleichtert auf. Das verletzte mich noch mehr.

»Was dachtest du?« Die Frage fiel schärfer aus als gewollt.

»Ach nichts. Ist nicht so wichtig.« Einen Moment schwiegen wir beide. Dann sagte Jens: »Hör zu, die Statiker warten auf mich. Wir reden später. Lass uns am Abend telefonieren, ja? Mach's gut, ich liebe dich!«

Ehe ich irgendetwas erwidern konnte, hatte er bereits aufgelegt. Er hatte nicht einmal nachgefragt, wer heiratete, ob es Freunde oder Verwandte waren oder wann das besagte Event steigen würde. Nichts davon schien ihn zu interessieren. Es war offensichtlich, dass er dachte, ich sei schwanger. Dass das der Grund für meine Aufregung sei. Und er hatte sich nicht einmal die Mühe gemacht, sein Entsetzen darüber oder besser gesagt, seine Erleichterung, dass dem nicht so war, vor mir zu verbergen. Wütend steckte ich das Handy in die Handtasche zurück. Warum hatte er überhaupt zurückgerufen, wenn er keine Zeit zum Reden hatte? Meine Nachricht hatte er ja so interpretiert, dass es sich für mich um etwas Wichtiges handelte, was ich mit ihm zu bereden hatte. So etwas besprach man doch nicht in ein paar Sekunden. Missmutig scharrte ich mit den Fußspitzen über den Fliesenboden.

Tine, die nicht weit von mir entfernt stand, nahm verwundert ihre In-Ears heraus. »Ärger?«

»Männer!«, gab ich verächtlich zurück.

Sie sah kurz auf ihre Armbanduhr. »Unser Shuttlebus müsste bereits da sein. Lass uns später im Hotel darüber reden.«

»Es geht um Janines Hochzeit«, begann ich zögerlich, als wir eine Stunde später vor unserem Tee in der Hotelbar saßen.

»Aha, und du kannst nicht dabei sein?«

»Doch.«

Tine überlegte. »Du willst den Bräutigam selbst heiraten?«

Unwillkürlich musste ich lachen. »Verlockender Gedanke, Ron ist ziemlich attraktiv, aber nein.«

»Dann weiß ich nicht, wo dein Problem liegt.«

Ich erzählte ihr von dem Gespräch mit Jens. Tine hörte aufmerksam zu, ohne mich zu unterbrechen.

»Verstehe. Und weil er nicht sofort in Jubel über das Ereignis ausbricht, bist du jetzt eingeschnappt«, konstatierte sie.

»Er sollte annehmen, dass ich schwanger bin, doch stattdessen war er erleichtert, dass es nur irgendeine x-beliebige Hochzeit ist«, erklärte ich schmollend.

Tine zog die Augenbrauen zusammen und sah mich lange an. »Nenn mir einen vernünftigen Grund, warum er sich drüber freuen sollte? Ihr plant doch gar keine Kinder, oder habe ich was nicht mitbekommen?«

Ich schüttelte den Kopf. »Jetzt noch nicht. Aber ein Kind zu erwarten, wenn man sich liebt, ist doch trotzdem etwas ganz Wunderbares«, versuchte ich, sie trotzig zu überzeugen.

»Absolut.« Dann ergänzte sie: »Wenn man sich Nachwuchs wünscht. Wenn man eine Familie plant. Wenn man zusammenlebt und nicht Tausende Kilometer voneinander entfernt. Wenn man …«

»Hör auf!« Ich hielt mir die Ohren zu. »Du hast ja recht. Aber ich wünsche mir so sehr, irgendwann eine kleine Familie zu haben«, gab ich traurig zurück.

»Und Jens? Ist er derselben Ansicht wie du?«

Darauf konnte ich ihr keine ehrliche Antwort geben. Ich schwieg.

»Es wäre der denkbar schlechteste Zeitpunkt für ein Kind. Sei ehrlich, Sophie. Eine Schwangerschaft, jetzt, würde euer beider Leben total auf den Kopf stellen. Nichts wäre mehr wie vorher. Es würde alles nur noch viel komplizierter machen. Du müsstest von heute auf morgen aufhören zu fliegen. Wärst mit dem Kind völlig auf dich allein gestellt, von der finanziellen Belastung einmal abgesehen. Oder würdest du von Jens erwarten, dass er seinen Beruf aufgibt und sich hier in Deutschland etwas Neues sucht, um bei euch zu sein? Vergiss es! Er liebt seinen Job genauso wie du. Er verdient damit eine Menge Geld. Den Traum vom Haus könntet ihr vorerst begraben, denn dass er hier in der Nähe eine gleichwertige Stelle bekommt, läuft gegen null. Also noch einmal. Warum bitte schön sollte er über so eine Neuigkeit Luftsprünge machen?«

Tine hatte mit jedem einzelnen Punkt recht. Es fiel mir schwer, es einzugestehen. Aber wenn ich ehrlich mit mir ins Gewissen ging, war es so. Ich nickte müde und unterdrückte eine Träne.

»Wenn es für dich so wichtig ist, dass du mit deiner Familienplanung nicht mehr länger warten willst, musst du mit Jens sprechen. Vielleicht findet ihr eine Lösung, die für euch beide passt. Eure Fernbeziehung ist für mich sowieso wie eine

Liebe in der Warteschleife und wenn du ehrlich bist, kann es mit euch nicht ewig so weitergehen.«

Tine sprach an, was ich mir selbst schon oft gedacht hatte. Ich hatte mich die letzten Jahre mit diesem Zustand nur zufriedengegeben, weil es nicht anders ging und weil ich es nicht anders kannte, aber mittlerweile wollte ich mehr. Es reichte mir nicht mehr, ihn nur hin und wieder zu sehen. Neunzig Prozent unseres Lebens verbrachten wir getrennt voneinander. Ich wollte ihn aber zu hundert Prozent für mich haben. Darum nahm ich mir Tines Rat fest zu Herzen und beschloss, bald mit Jens darüber zu sprechen.

Erst sehr spät am Abend meldete Jens sich wieder bei mir. Ich war bereits eingenickt und etwas schlaftrunken, als ich das Gespräch annahm. Jens schien es gar nicht aufzufallen.

»Hey du! Tut mir leid, dass ich heute so kurz angebunden war. Ich stehe hier ziemlich unter Stress, weil es Probleme mit der Baustelle gibt. Wir werden mit dem Gießen der Decken nicht fertig und hinken im Zeitplan hinterher. Der Konzern macht deswegen ordentlich Druck und jetzt ist auch noch einer der Kräne kaputt und wir müssen auf das Ersatzteil aus Deutschland warten.«

Normalerweise hätte ich ihm jetzt gut zugeredet und Mut gemacht, dass sich alles regeln würde. Heute nicht. Ich fühlte mich total ausgelaugt. Jens fiel meine Einsilbigkeit auf.

»Aber jetzt genug gejammert«, schwenkte er um. »Erzähl doch mal. Du hast gesagt, wir sind zu einer Hochzeit eingeladen. Das ist doch wirklich mal was Schönes. Kenne ich die beiden?«

Sein ehrliches Interesse versöhnte mich etwas. Ich erzählte von Janine und Ron, wie sie sich kennengelernt hatten und dass auch sie bisher in einer Fernbeziehung lebten.

»Aber damit ist nun Schluss. Janine wird bald nach der Hochzeit bei uns aufhören. Vielleicht hört sie auch ganz mit der Fliegerei auf, wer weiß.«

»Ja, die beiden sind wirklich zu beneiden«, sagte er.

Ich hielt die Luft an. Kam da noch mehr? Jens räusperte sich. »Ja?« Erwartungsvoll presste ich den Hörer ans Ohr.

»Wann findet denn dieses denkwürdige Ereignis statt?«

Enttäuscht ließ ich die Schultern sinken. Nach einem Blick auf die Einladung gab ich ihm das Datum durch.

»Weißt du schon, was du anziehen wirst? Ich möchte schließlich farblich zur schönsten Frau der Feier passen, damit jeder sieht, dass wir zusammengehören!«

»Heißt das, du kommst mit?«, erkundigte ich mich hoffnungsvoll.

»Auf alle Fälle. Da sind mit Sicherheit einige Kollegen des Bräutigams eingeladen. Ich möchte doch nicht, dass dir irgend so ein flotter Flugkapitän den Kopf verdreht und mit dir davonfliegt. Du gehörst zu mir und das darf auch jeder sehen.«

Und schon hatte er mich wieder um den Finger gewickelt. Nachdem wir die Garderobenfrage geklärt hatten, quatschten wir noch ein wenig über dies und jenes. Jens hatte mir fest zugesagt, zur Hochzeit zu kommen. Ich notierte mir das Datum dick in meinem Kalender. Wer weiß, vielleicht würde dieser Tag auch für uns ein ganz besonderer werden.

Kapitel 4

Bereits vom Gehweg aus sah ich, dass in meiner Küche Licht brannte. Mist! Ich konnte mich zwar nicht erinnern, doch offensichtlich hatte ich vergessen, es zu löschen, bevor ich vor drei Tagen die Wohnung verließ. Gerade kam ich aus Amerika zurück. Die nächsten beiden Tage hatte ich frei. Ich freute mich auf meine gemütliche Couch, ein Glas Rotwein und dazu vielleicht eine Schnulze im Fernsehen. Für den morgigen Abend waren Tine und ich mit Freddy verabredet. Einer seiner Freunde malte. Abstrakt, aber scheinbar erfolgreich, denn er hatte ihn mitsamt Begleitung zu seiner ersten Vernissage eingeladen. Freddy hatte angekündigt, lieber zwei sehr attraktive Damen anstelle seines Lebensgefährten mitzubringen, da noch nicht sicher war, ob Klaus mitkam oder nicht. Freddy behauptet, er habe nicht das nötige Kunstverständnis und fühle sich bei so einer Veranstaltung vielleicht nicht wohl. Ich war noch nie auf einer Vernissage und freute mich sehr darauf – Kunstverständnis hin oder her.

Ich drehte den Schlüssel im Schloss. Die Tür sprang auf, es roch nach Essen. In meiner Küche klapperte jemand mit Geschirr. Irritiert trat ich ein und sah nach, was da vor sich ging.

»Überraschung!« Jens kam mir strahlend, mit ausgebreiteten Armen entgegen.

Jubelnd fiel ich ihm um den Hals. »Was machst du denn hier?«

»Ich hatte Sehnsucht«, erwiderte er mit einem Augenzwinkern. Eine Weile standen wir eng umschlungen in der Küche und küssten uns.

Es war mir egal, was der Grund für seine Anwesenheit war, er war hier bei mir. Einzig allein das zählte. Jens küsste meinen Mund, meinen Hals und tastete dabei suchend mit den Händen unter meine Bluse. Geschickt öffnete er den Verschluss meines BHs. Ich machte mich am Gürtel seiner Hose zu schaffen. Langsam bewegten wir uns dabei in Richtung Schlafzimmer. Im Flur hob er mich auf seine Arme und trug mich zum Bett.

Erschöpft lagen wir nebeneinander.

»Irgendwie riecht es verbrannt.« Ich schnupperte.

»Verdammt!«, rief Jens. »Die Pizza!« Splitterfasernackt stürmte er in die Küche, von wo aus, kurz darauf, lautes Geklapper zu hören war. Zerknirscht kam er zurück. »Nun wirst du wohl mit Luft und Liebe vorliebnehmen müssen. Unser Essen habe ich gerade in den Müll gekippt. Ich hatte die Pizzas gerade in den Backofen gestellt, als du nach Hause kamst.«

Ich lachte. »Lieferservice?«

Er nickte ergeben. »Lieferservice. Was möchtest du?«

»Such du aus. Ich mache mich inzwischen frisch und zieh mir was Bequemes an.«

»Aber zieh nicht zu viel an. In Natur gefällst du mir wesentlich besser.«

Jens verschwand ins Wohnzimmer, während ich ins Bad huschte. Frisch geduscht legte ich dezenten Lippenstift auf und sprühte mir etwas von dem neuen Duft, den ich im Duty-free-Shop erstanden hatte, auf mein Dekolleté. Dann schlüpfte ich ohne Unterwäsche in eine bequeme Jogginghose und ein T-Shirt. Ich war mir sicher, dass ich die Klamotten nicht lange tragen würde. Ich öffnete die Flasche Wein, die am Tisch im Wohnzimmer stand, und goss ein. Jens musste sie mitgebracht haben. Die tiefrote Flüssigkeit duftete intensiv nach Beeren und Kirschen. Ich kostete. Nicht schlecht. Nachdem ich ein paar Kerzen angezündet hatte, stellte ich die Stereoanlage an und suchte nach einer ruhigen Hintergrundmusik.

»Doch nicht italienisch?«, fragte ich nach, als Jens später mit den Tüten vom Asiaten ins Wohnzimmer kam.

»Das hätte zu lange gedauert. Der Chinese war schneller. Ich dachte, du hast sicher Hunger nach diesem langen Flug.«

Jetzt, da er mich darauf ansprach, merkte ich erst, wie mir der Magen knurrte. Wir verzichteten auf Geschirr und aßen direkt aus der Verpackung.

»Und warum bist du nun wirklich zu Hause?«, nahm ich unser Gespräch wieder auf. »Ursprünglich wolltest du doch erst nächste Woche kommen.«

»Der Termin in der Firma wurde vorverlegt. Ich habe dir ja erzählt, dass wir Probleme auf der Baustelle haben. Die Chefs haben kurzfristig eine Konferenz anberaumt, darum musste ich gestern schon anrücken.«

»Und wie lange bleibst du?« Wenn er gestern angekommen war, war es gut möglich, dass er morgen schon wieder abreisen musste.

Jens zerstreute meine Zweifel. »Ich fliege wie gewohnt am Sonntag mit der Mittagsmaschine. Wir haben morgen den ganzen Tag für uns.« Dabei sah er mir tief in die Augen, küsste mich erneut und drückte mich sanft zurück aufs Sofa.

Morgen war die Ausstellungseröffnung. Ich legte meine Hand auf seine Brust und hielt ihn davon ab weiterzumachen.

Überrascht sah er mich an. »Keine gute Idee?«

Ich musste mich räuspern und setzte mich aufrecht hin, bevor ich ihm davon erzählte. »Ich würde da sehr gerne hingehen«, schloss ich. »So eine Gelegenheit bietet sich mir nicht alle Tage.«

Jens hörte mir aufmerksam zu und schwieg einen Moment lang. Sicher war er nun enttäuscht. Was war ich für eine dumme Gans. Da wollte er mich überraschen, kam eine Woche früher als geplant nach Hause und ich hatte nichts Besseres zu tun, als ihm zu erzählen, dass ich morgen Abend schon eine Verabredung mit Freunden hatte.

»Ich kann natürlich auch absagen, wenn du …«

Er legte seinen Zeigefinger auf meinen Mund. »Denkst du, es ist okay, wenn ich mitkomme?«, fragte er und sah mir dabei tief in die Augen.

Wieder einmal wusste ich, warum ich diesen Mann so liebte. »Ich kümmere mich sofort darum, dass du ebenfalls auf der Gästeliste stehst.« Rasch tippte ich eine Nachricht an Freddy in mein Mobiltelefon und informierte ihn über den Stand der Dinge. Die Antwort kam wenig später. »Wir freuen uns. David lässt ausrichten, Jens ist herzlich willkommen.«

»Siehst du«, sagte ich mit einem Blick auf die Traube Menschen, die sich vor dem Eingang der Galerie gebildet hatte, »es ist ganz zwanglos.« Kurz bevor wir loswollten, hatte es zu Hause doch noch eine kleine Diskussion gegeben, weil Jens fand, er habe nicht das richtige Outfit für so einen Anlass dabei. Nur mit Mühe konnte ich ihn davon überzeugen, dass Jeans und ein weißes Hemd absolut passend waren. Als kleinen Gag wickelte ich ihm einen meiner feinen Seidenschals aus Indien locker um den Hals. Es sah wider Erwarten sehr gut aus.

»Außerdem musst du nur mir gefallen und sonst niemandem«, sagte ich, drückte ihm einen Kuss auf den Mund und zog ihn zur Haustür. Und da hieß es immer, nur wir Frauen würden jammern, dass wir nichts anzuziehen hätten.

Jens betrachtete sich überrascht im Spiegel. Er gefiel sich damit und ließ den Schal um. »Ich glaube, den werde ich mit nach Spanien nehmen«, eröffnete er mir. »Dann habe ich immer etwas von dir bei mir, was ich tragen kann, ohne dass es auffällt.«

Ich entdeckte Tine in der Menschenmenge und winkte ihr stürmisch zu. Zu meiner Überraschung war Klaus doch mitgekommen. Wir begrüßten uns alle so überschwänglich, als hätten wir uns seit Wochen nicht gesehen.

»Schön, dass du auch mitgekommen bist«, sagte Tine zu Jens. »Freddy hat mir verraten, dass du im Lande bist. Wie lange bleibst du?«

»Leider nur bis morgen, dann muss ich wieder zurück auf meine Insel.«

»Musst du oder willst du?« Sie zwinkerte ihm zu.

Ich wusste genau, worauf sie anspielte. Aber hier war der falsche Ort und es war auch nicht der richtige Zeitpunkt, um über unsere Zukunft zu reden.

»Tine!«, knurrte ich warnend.

»Wieso? Man wird doch noch fragen dürfen. Es gibt ja auch bei uns genügend Arbeit. Es muss schon einen triftigen Grund dafür geben, dass man dieses Opfer auf sich nimmt. Außer es ist keines.«

»Da hast du recht, aber wer darf schon arbeiten, wo andere Urlaub machen, und weißt du was? Ich verdiene dabei auch noch ein Schweinegeld!«, schoss Jens zurück. »Und wenn ich genug zusammenhabe, hänge ich diesen Job an den Nagel und mache mir hier ein schönes Leben, während ihr alle noch ackern müsst.« Jens grinste breit.

»Touché!« Tine lachte laut auf und hakte sich auf der anderen Seite bei Jens unter. »Kommt, lasst uns Bilder gucken!«

Die Gemälde waren allesamt sehr farbintensiv. Sie zeigten die Leidenschaft, die der Künstler beim Malen empfunden haben musste. Unter all den grellen Werken hingen aber auch vereinzelt solche, die er komplett in Schwarz- und Grautönen gehalten hatte.

Wir besahen uns gemeinsam die ganze Ausstellung. Dann klopfte jemand an ein Glas.

Etwas mittig im Raum scharrten sich die Gäste um einen jungen Mann, der auf der untersten Stufe einer Wendeltreppe stand. Er hatte feine Gesichtszüge und schlanke, zarte Hände. Obwohl seine Jeans zerrissen war, sah man ihr an, dass sie teuer gewesen sein musste. Trotzdem passte dieser designte Bohèmian-Look gut zu seinem Typ. Auch der ältere Herr, der neben ihm stand, roch schwer nach Geld.

Ich wollte mich durch die Menge hindurch weiter nach vorne drängeln, um mehr zu sehen, doch Jens hielt mich am Arm zurück. Sein Gesichtsausdruck wirkte angespannt, fast panisch.

»Ich möchte weiter nach vorne, damit ich besser verstehen kann, was gesagt wird«, raunte ich ihm zu, doch er schüttelte ablehnend den Kopf. »Ist was?«, erkundigte ich mich besorgt.

Jens hatte Schweiß auf der Stirn. »Wie heißt noch mal der Künstler?«

»Keine Ahnung. Ich glaube David.«

»Nicht sein Vorname. Der Familienname?«

»Habe ich vergessen, wieso?«

Er reagierte verhalten. »Nicht so wichtig. Ich dachte, ich hätte ihn schon mal irgendwo gesehen.«

»Also ich gehe weiter vor. Von hier sieht man ja kaum was.«

Tine stand plötzlich neben uns. »Was ist mit euch?«

»Ich komme mit, wenn das für dich in Ordnung ist«, beschloss ich. »Du kannst ja hierbleiben, wenn du nicht willst.« Ich küsste Jens auf die Wange und folgte meiner Freundin. Als ich mich nach ein paar Metern umdrehte, war Jens nicht zu sehen. Egal, hier konnte er nicht verloren gehen.

Es stellte sich heraus, dass der Ältere der beiden, der auch die Laudatio hielt, der Vater des Künstlers war. Äußerst amüsant beschrieb er, wie er anfangs mit der Neigung seines Sohnes nicht ganz zurechtkam. Dabei gab er unumwunden zu, dass er damit sowohl die künstlerische wie auch die sexuelle Orientierung meinte. Er sei aber mittlerweile sehr stolz darauf, wie sein Sohn seinen eigenen Weg gegangen sei, ohne die finanzielle Unterstützung des Vaters.

»Mein Sohn, du hättest es leichter haben können, wenn du, meinem Wunsch folgend, in meine Fußstapfen getreten wärst. Aber du hast den anderen Weg gewählt, deinen eigenen, und damit viel erreicht. Darauf kannst du sehr stolz sein. Ich bin es jedenfalls und wünsche dir von Herzen viel Glück.« Applaus brandete auf.

»Mit großer Freude eröffne ich heute diese gelungene Ausstellung und ich möchte auch der Erste sein, der eines deiner Werke ersteht.« Damit griff er in die Innentasche seines Jacketts, zog einen Umschlag heraus und überreichte ihn dem Maler. Dann nahm er einen Zettel und steckte ihn an ein sehr großes Bild. »Verkauft!«, war darauf zu lesen. »Dieses Werk wird ab morgen im Eingangsbereich meiner Firma für alle zu sehen sein.«

Wieder setzte Beifall ein. Nach zahlreichen Umarmungen und Glückwünschen an den Künstler zerstreute sich die Menge wieder.

Freddy kam mit Klaus auf uns zu. »Kommt mit, ich stell' euch David vor.«

David war wirklich ein netter Typ. Kein bisschen arrogant oder abgehoben. Tine und ich bedankten uns für die Einladung und führten noch ein wenig Small Talk. Ich schaute mich immer wieder verstohlen nach Jens um, konnte ihn aber nirgends entdecken.

»Dein Freund hat sich aber schnell verkrümelt«, sagte Klaus. Er kam mit einem Glas Prosecco auf mich zu. »Auch ein Schlückchen?«

»Wenn das übrig ist, gerne.« Dankbar nahm ich das Glas entgegen.

»Ist es. Freddy hat bereits was zu trinken.« Er deutete mit seinem Getränk auf die andere Seite. Dort stand Freddy, eifrig mit David ins Gespräch vertieft.

»Weißt du zufällig, wo Jens abgeblieben ist? Ich kann ihn nirgends sehen. Langsam mache ich mir echt Sorgen.« Wieder blickte ich mich suchend um.

»Er ist vorhin bei der Rede nach draußen gegangen. Es sah fast ein wenig nach Flucht aus, was mich wundert. Schließlich ist das doch sein Chef!«

Ich verstand gerade gar nichts. »Wer?«

»Na der Alte. Strathmann! Das ist doch der oberste Boss der Firma, für die dein Jens arbeitet. Außer er hat mittlerweile den Arbeitgeber gewechselt.«

Hastig trank ich aus und drückte das leere Glas dem verdutzten Klaus in die Hand.

»Danke schön. Ich schau mal nach, wo er abgeblieben ist.«

Jens stand einen Block weiter am Gehsteig und rauchte.

»Kannst du mir mal erklären, was los ist? Du verschwindest plötzlich ohne ein Wort. Hätte Klaus dich nicht gesehen, wüsste ich nicht, wo du bist.« Ich war ein bisschen sauer.

»Alles in Ordnung.«

»Warum stehst du dann hier draußen und rauchst?«

»Ich fand die Luft drinnen so stickig, außerdem interessieren mich diese ganzen Reden nicht. Immer diese Lobhudelei.«

»Es hängt nicht zufällig damit zusammen, dass da drinnen dein Chef steht?«, bohrte ich nach.

»Woher weißt du das?« Überrascht sah er auf.

Ich antwortete nicht.

Jens drückte den Zigarettenstummel mit der Schuhspitze aus. »Okay, du hast recht. Es hat damit zu tun, dass da drinnen mein Boss ist. Ich wollte nicht, dass er mich hier sieht.«

»Warum nicht? Es müsste ihn doch freuen, wenn du Interesse für die Kunst seines Sohnes zeigst.«

»Weil ich eigentlich seit heute wieder auf der Baustelle sein müsste. Ich habe ihm vorgelogen, dass ich noch eine dringende familiäre Angelegenheit zu erledigen hätte. Wenn er mich jetzt hier mit dir sieht, kommt das nicht gut bei ihm an. Du weißt ja, was gerade auf der Baustelle los ist.«

Ich verstand. »Warte hier.« Ich ging zurück in die Galerie und suchte nach einem meiner Freunde. Freddy war der Erste, der mir in die Arme lief. Rasch erklärte ich ihm, dass wir uns auf den Heimweg machen würden, weil ich den restlichen Abend noch gerne mit Jens alleine verbringen wolle. Freddy hatte dafür vollstes Verständnis und wünschte uns viel Spaß.

»Wir telefonieren morgen Nachmittag!«, versprach ich. Dann spazierten wir nach Hause. Uns würde sicher etwas einfallen, womit wir uns den Abend vertreiben konnten.

<h1 style="text-align:center">Kapitel 5</h1>

Die weiße Kugel rollte blitzschnell über den Tisch und versenkte eine der vollen in einem Loch an der langen Bande. Beifallheischend sah ich Freddy an und inspizierte den Tisch, welche Kugel ich als Nächstes in die Versenkung schicken wollte.

»Dann seht ihr euch ja in zwei Wochen schon wieder.« Freddy hatte das Kinn auf den Queue gestützt und verfolgte gespannt meine Taktik.

»Leider nicht. Durch den vorgezogenen Termin in der Firma hat sich das nun alles verschoben. So schön die Überraschung auch war, aber jetzt dauert es wieder vier Wochen, bis er nach Hause kommen kann.«

»Wie schade für euch.«

»Ja, aber es könnte schlimmer sein. Es wäre auch möglich gewesen, dass er erst in sechs Wochen wieder heimfliegen darf. Da ist mir diese Lösung weit lieber.«

»Und wie ist es jetzt mit Janines Hochzeit?«

Darüber hatte ich mir selbst schon Gedanken gemacht, aber Jens beteuerte, dass er das geregelt hätte. Der Termin stand fix in seinem Kalender und er würde zuverlässig einen Tag vorher anreisen.

Freddy und ich spielten nun schon seit einer Stunde Billard. Kläuschen hatte noch einen Termin und wollte nachkommen. Auf der alten Bahnhofsuhr, die an der Wand gegenüber dem Tresen hing, sah ich, dass es bereits einundzwanzig Uhr war.

»Hast du eine Ahnung, wo Tine heute so lange bleibt?«, fragte ich Freddy. Auch sie war normalerweise ein festes Mitglied unseres Kneipenstammtisches im Barnies.

»AA 717.« Freddy blickte auf seine Armbanduhr und überlegte kurz. »Wenn ich mich nicht irre, hebt die in einer Stunde ab. Sie müsste also jeden Moment hier aufkreuzen.«

Ich schüttelte ungläubig den Kopf. »Wo gabelt sie nur immer wieder ihre Männer auf?«

Fünf Minuten später öffnete sich die Eingangstür zur Kneipe und sie erschien auf der Bildfläche.

»Habe ich's nicht gesagt?«, triumphierte Freddy. »Da ist sie schon, unsere Gottesanbeterin.«

Tine zog erstaunt die Augenbrauen hoch. »Meinst du mich?«

»Natürlich, wen denn sonst, du männerverschlingendes Insekt.« Er warf ihr theatralisch eine Kusshand zu.

Anstatt zu fragen, grinste sie ihn nur äußerst zufrieden an. »Ja?«

»Hattest du gestern noch eine aufregende Nacht, mein Täubchen?«

»Nicht nur die Nacht. Also der Zimmerservice im Kempinski ist wirklich ausgezeichnet. Den kann ich nur empfehlen.«

»Schön, wenn du deinen Spaß hattest.«

»Den hatte ich, keine Sorge. Jetzt hole ich mir erst einmal was zu trinken, seid ihr versorgt?«

Wir bejahten.

»Und dann will ich die ganzen schmutzigen Details von dir hören«, rief Freddy ihr hinterher.

»Vergiss es. Wo ist denn Klaus überhaupt?«

»Das wüsste ich auch zu gerne.« Freddy wirkte schlagartig nicht mehr so fröhlich und aufgekratzt wie gerade eben.

»Er hatte angeblich noch einen sehr wichtigen Kundentermin. Heute, am Sonntagabend. Pah!«

»Bei manchen geht es halt nur am Wochenende. Klaus ist eben ein sehr gewissenhafter Versicherungsagent. Er kümmert sich um seine Klienten«, verteidigte ich ihn.

Freddy sah nicht so aus, als wäre er meiner Meinung.

»Hey, jetzt mach nicht so ein Gesicht.« Ich stupste ihn in die Seite. »Lass uns lieber weiterspielen. Du bist dran.«

Lustlos umrundete er den Tisch. Visierte hier an, probierte dort und zielte schlussendlich einfach drauflos. Dabei rutschte er mit seinem Queue ab, streifte die weiße Kugel seitlich, sodass sie in eine andere Richtung rollte und haarscharf an einer von meinen vorbeirollte. »Eigentlich habe ich gar keine rechte Lust mehr zu spielen.« Schmollend legte er den Stock auf den Rand des Billardtisches.

»Was ist denn auf einmal mit dir los? Wir hatten doch gerade noch so viel Spaß?«

»Ich kann mich einfach nicht konzentrieren, wenn ich nicht weiß, wo Kläuschen steckt. Ich meine, es ist doch schon sehr seltsam, dass dieser Abendtermin so lange dauert.«

Langsam war ich von ihm genervt. »Freddy, bitte. Jetzt hör doch mal mit deinen grundlosen Unterstellungen auf.«

»Wer sagt denn, dass es grundlos ist? Kläuschen wollte um acht hier sein. Jetzt ist es halb zehn. Der Termin war um sechs Uhr! Würdest du da nicht auch misstrauisch werden?«

»Nein, würde ich nicht. Wenn Klaus dich betrügen würde, worauf du ja offensichtlich hinauswillst, dann könnte er das viel einfacher haben, und zwar jederzeit, wenn du unterwegs bist, oder?«, hielt ich ihm vor Augen.

»Weißt du denn, was dein Jens die ganze Zeit treibt, wenn er so lange weit weg ist?«, schleuderte er mir biestig entgegen. Ich ließ mich aber nicht aus der Ruhe bringen.

»Dasselbe wie ich. Wir freuen uns auf die Zeit, wenn wir wieder zusammen sind. Freddy, eine Beziehung ohne Vertrauen ist zum Scheitern verurteilt. Jetzt sei keine Mimose und freu dich, dass du so einen tollen Partner gefunden hast. Übrigens könnte er dasselbe von dir denken. Hast du darüber schon einmal nachgedacht?«

»Ich habe jetzt trotzdem keine Lust mehr auf Billard«, gab er miesepetrig zurück. »Tine kann meine Partie zu Ende spielen.«

»Was kann ich?« Die Besagte kam soeben mit einem Pils zurück.

»Freddy hat keine Lust mehr zu spielen, übernimmst du für ihn?«

Sie besah sich kurz die Lage. Es lagen nur mehr wenige Kugeln da, die es zu bespielen gab. »Aber nur dieses eine Spiel«, willigte sie ein. »Ich bin heute schon echt müde. Ich bleibe auch nicht lange.«

Zufrieden übergab Freddy seinen Billardstock. »Erschöpft würde es wohl besser treffen«, zog er sie auf. »Du wirst älter, meine Liebe. Du solltest dich langsam um etwas Festes umsehen.«

»Danke, aber wenn ich mir eure traurigen Beziehungen so ansehe, bleib ich lieber bei à la carte«, schoss sie zurück.

Freddy zog eine Schnute und verkrümelte sich an den Tresen.

»Findest du nicht auch, dass es zwischen den beiden ziemlich oft knirscht?«, fragte ich. Tine überlegte. »Hm, solange er die Musikbox in Ruhe lässt, ist, denke ich, noch alles im grünen Bereich.«

Lachend klatschten wir uns gegenseitig ab. Nach einer guten Viertelstunde hatten wir die Partie beendet. Als wir uns danach zu Freddy an die Bar gesellten, hatte sich dort auch sein Partner eingefunden. Klaus hatte den Arm um Freddy gelegt und beide waren in ein friedliches Gespräch vertieft. Es schien wieder alles in bester Ordnung zu sein.

»Ihr habt euch gestern ja ziemlich schnell verkrümelt«, sagte Klaus später zu mir. »Schade eigentlich. Wir sind anschließend noch alle zusammen zum Feiern ins Kempinski.« Klaus klopfte einladend auf Freddys frei gewordenen Platz. Dieser war schon wieder in der Kneipe unterwegs und unterhielt sich mit anderen Leuten.

Ich setzte mich. »Jens wollte seinem Chef nicht über den Weg laufen. Darum sind wir nach Hause gelaufen. Ich wusste nicht einmal, dass Davids Vater der Chef von Jens ist«, gab ich zu.

»Strathmann? Das verstehe ich nicht. Das ist doch ein ganz normaler Typ. Einer wie du und ich, total sympathisch. Mit dem kann man total gut reden.«

»Kennst du ihn näher?«

»Das möchte ich nicht behaupten. Wir waren die letzten Gäste auf der Vernissage und sind noch eine Weile beisammen gestanden und haben uns mit David und seinem Vater unterhalten. Und auf einmal meinte er, wir könnten doch zusammen noch einen Absacker nehmen, und hat vorgeschlagen, ins Kempinski zu fahren. Er hat uns alle eingeladen, aber ohne den großen Macker zu geben. Es war total leger, wir hatten einen Heidenspaß, sag' ich dir. Das hätte euch bestimmt auch gefallen. Du hast echt was verpasst.«

Ich schwieg.

Kläuschen schüttelte lachend den Kopf. »Aber das Beste war Tine. Du hättest sie sehen sollen. Ich glaube, sie riecht Piloten auf eine Meile Entfernung. Wir waren noch nicht mal richtig in der Hotelbar angekommen, da landete sie gleich wieder einen Aufriss. Und was sag' ich, American Airlines.«

»Ja, manchmal glaube ich auch, sie hat dafür ein eingebautes Radar.« Wir prosteten uns feixend zu.

»Mir kann es ja egal sein. Sie ist natürlich nicht mit uns nach Hause gegangen. Wollte noch bleiben. Wie es ausgegangen ist, weißt du ja bestimmt.«

Ich nickte.

»Na ja, sie muss selbst wissen, was sie tut. Aber immer dieser Wechsel, nie dauerhaft eine Beziehung, das ist doch schon fast krankhaft. Das grenzt doch schon an Nymphomanie.«

Tine war unbemerkt zu uns gekommen und hatte die letzten Sätze mitbekommen, doch anstatt eingeschnappt oder gekränkt zu sein, lehnte sie sich rücklings zwischen uns an den Tresen und sagte zu Klaus: »Weißt du, meine Oma hat immer gesagt, das Leben ist zu kurz für Buttercreme. Warum sich nur auf eine Torte konzentrieren, wenn es so viele leckere Kuchen gibt.«

»Aber wenn diese eine Torte für dich einfach perfekt ist und du nie wieder eine andere haben willst?«

Tine hob belehrend den Finger. »Glaub mir, meine Oma war eine sehr kluge Frau. Sie hat einen Krieg und zwei Männer überlebt und sogar im Seniorenheim machte sie noch Herrenbekanntschaften. Sie wurde achtundneunzig Jahre alt und war bis zu ihrem Tod topfit. Sie wusste, wovon sie sprach.«

»Aber um einen Mann zu überleben, müsstest du erst einmal einen finden, mit dem du es länger als eine Nacht aushältst«, hielt ich dagegen.

»Ich will mich noch nicht auf eine Sorte festlegen, ich teste noch ein Weilchen, was mir am besten schmeckt«, grinste sie frech. »Das gestern war ein Sahnestückchen, mal sehen, was der Nächste ist.«

Kläuschen hob sein Glas. »Auf das Kuchenbüfett.«

»Auf das Kuchenbüfett«, echoten wir und stießen zusammen an.

Kapitel 6

»Was machst du diesen Freitag?«, fragte ich Jens zwei Wochen später, als wir am Mittwochabend telefonierten.

»Arbeiten.« Er lachte.

»Auch nachts?«

»So lange es sein muss. Warum fragst du?«

»Was würdest du dazu sagen, wenn wir uns am Freitag, so wie es eigentlich geplant war, doch sehen könnten?« Es wäre unser eigentlicher Besuchsturnus gewesen, hätte er sich nicht durch den vorgezogenen Heimatflug verschoben.

»Das wäre wunderbar, aber leider, leider …«

»Ich komme am Freitag nach Teneriffa Nord!«, ließ ich die Katze aus dem Sack.

»Ich dachte, es ist dein freies Wochenende?«

»Korrekt, aber eine Kollegin ist krank geworden und ich bin Stand-by. Als ich erfahren habe, dass sie Kurzstrecke Teneriffa geflogen wäre, habe ich mich sofort dafür gemeldet und siehe da, es hat geklappt. Und das Beste daran ist: Es ist mit Overnight.«

»Klasse.« Jens freute sich ehrlich. »Wann kommst du an?«

»Relativ spät. Geplante Landung ist um zwanzig-fünfzig. Das ist der einzige Wermutstropfen.«

»Optimal. Wir arbeiten sowieso meistens bis acht. Dann komme ich anschließend mit einem Firmenwagen zu dir.«

»Ich hatte eigentlich vor, mir einen Mietwagen zu nehmen und zu dir zu fahren. Du könntest mir endlich einmal deine Baustelle zeigen und dann bleibe ich bei dir über Nacht. Ich muss nämlich leider am nächsten Tag schon ziemlich früh wieder am Flughafen sein.«

Jens zögerte. »Versteh mich nicht falsch, Sophie, aber Frauenbesuche sind bei uns in der WG tabu. Das haben wir so vereinbart und bisher funktioniert das auch.«

»Ernsthaft? Wieso das denn?«

»Weil ich keine Lust habe, dass sich meine Kollegen von Zeit zu Zeit eine Dame vom horizontalen Gewerbe einladen. Wer das unbedingt nötig hat, muss aushäusig tätig werden.«

»Na das sind ja schöne Zustände bei euch.«

»Es hat eben nicht jeder so eine scharfe Braut zu Hause wie ich.«

»Wir sehen uns aber nur einmal im Monat«, erinnerte ich ihn an unser reduziertes Liebesleben.

»Aber diese Wochenenden leben wir ziemlich intensiv aus, findest du nicht? Also ich kann gut damit leben, auch wenn ich dich natürlich gern öfter bei mir hätte.« Ich war beruhigt. Es stimmte, an unseren Wochenenden verbrachten wir wirklich viel Zeit im Bett.

»Außerdem sind wir in unserem Container alle auf engstem Raum. Es gibt kein Einzelzimmer«, erinnerte Jens mich. Daran hatte ich gar nicht gedacht. Wir verabredeten daher, dass Jens mich um halb zehn am Flughafen Teneriffa Nord abholen würde und dann bei mir im Hotel über Nacht blieb. Ich bekam vor lauter Vorfreude Herzklopfen.

Zum Wochenende hin verschlechterte sich das Wetter über dem Atlantik und den Kanarischen Inseln. Ausgerechnet am Freitag hatte die Urlaubsregion, auf der es fast ganzjährig Sommer war, unter einem extremen Tiefdruckgebiet zu leiden. Es kam von Marokko und zog über einige Inseln hinweg. Eine äußerst seltene Wetterlage, die nicht zu unterschätzen war. Es war mit großen Regenmengen und starken Stürmen zu rechnen. Auch unsere Fluggäste bekamen das überdeutlich zu spüren. Die Maschine wackelte stark und der Hinweis, den Sicherheitsgurt angelegt zu lassen, blieb während der letzten zwei Stunden Flugzeit permanent aktiv. Umso erleichterter waren alle, dass wir trotz der Turbulenzen über dem offenen Meer planmäßig und schadlos landen konnten. Einige waren jedoch ziemlich grün um die Nase. Im Gegensatz zu mir begann für sie nun der Urlaub, und bis zu ihrem Rückflug war die Erinnerung an die Anreise schon verblasst.

Außer nassen Straßen war vom Unwetter im Norden der Insel keine Spur mehr zu sehen. Wie verabredet, platzierte ich mich in der Nähe des Ausgangs und wartete darauf, von Jens abgeholt zu werden. Ich hatte dafür extra auf den Shuttlebus verzichtet, der mich mit den anderen Crewmitgliedern ins Hotel bringen sollte.

Immer wieder spähte ich durch die dicken Glaswände, sobald draußen ein Wagen vorfuhr. Aber Jens kam nicht. Langsam machte ich mir Sorgen. Ihm war doch nichts passiert? Es war absolut untypisch für ihn, sich nicht wenigstens bei mir zu melden und Bescheid zu geben, weshalb er sich verspätete. Nachdem ich eine Stunde gewartet hatte, griff ich zum Telefon und wählte seine Nummer. Es klingelte, ohne dass er abhob. Ich bekam ein mulmiges Gefühl. Noch einmal versuchte ich es und diesmal hatte ich Glück. Jens klang ziemlich außer Atem.

»Sophie, verdammt! Ich habe völlig die Zeit vergessen und nicht bemerkt, dass es schon so spät ist. Bei uns ist die Hölle los. Ich komme hier absolut nicht weg. Es tut mir so leid.« Er klang ganz atemlos.

»Was ist passiert?«

»Ein Riesenproblem auf der Baustelle, das totale Chaos.«

»Oh je, hat euch das Unwetter so schlimm erwischt?« Ich machte mir sofort Sorgen, aber ihm schien nichts passiert zu sein, sonst wäre er nicht am Telefon. Sofort fragte ich nach: »Geht es dir ansonsten gut? Wir haben es beim Flug ausreichend zu spüren bekommen, aber hier am Flughafen sieht es gar nicht schlimm aus, darum dachte ich, es wäre hier ruhiger gewesen.«

»Ja, ja, das Unwetter, genau«, bestätigte Jens schnell. »Es kam ganz plötzlich, wie aus dem Nichts. Erst war alles ruhig und nur der Himmel ganz schwarz und auf einmal brach die Hölle über uns herein. Die ganze Baustelle ist überschwemmt, so hat es geschüttet. Du kannst dir nicht vorstellen, wie es hier aussieht. Wir versuchen gerade mithilfe von Pumpen, dass wir alles einigermaßen trocken bekommen. So ein Mist aber auch!«, schimpfte er. Seine Stimme klang gedämpft. Er hörte sich so weit weg an. Das musste an der Verbindung liegen. Ich hatte Mühe, ihn zu verstehen.

Nun war er völlig zerknirscht. »Jetzt bist du da und wartest auf mich und ich kann hier nicht weg. Es tut mir so leid, Sophie, aber ich kann meine Leute mit den ganzen Aufräumarbeiten nicht einfach alleine lassen und Feierabend machen. Das verstehst du doch?«

Natürlich verstand ich es. »Mach dir keine Gedanken.« Ich bemühte mich um einen unbeschwerten Tonfall. Er hatte gerade genug Stress, und ein schlechtes Gewissen meinetwegen sollte er deswegen nicht auch noch bekommen. Ich schluckte, mir war gerade zum Heulen zumute. »Und wenn ich kurzfristig versuche, ein Auto aufzutreiben?«, warf ich vorsichtig ein. »Wir könnten uns auch bei dir in der Nähe ein Hotelzimmer nehmen? Ausnahmsweise. Dann hätten wir zumindest ein paar Stunden für uns? Und ich könnte sehen, dass es dir wirklich gut geht.« Hoffnungsvoll wartete ich seine Antwort ab.

Er atmete schwer. Ich wusste, was das bedeutete.
»Momentan kann ich noch überhaupt nicht absehen, wie lange das Aufräumen hier noch andauern wird. Ich bin auch total verdreckt, müsste erst zurück in die Unterkunft, um mich zu duschen. Ehrlich, versteh mich nicht falsch, ich habe mich so auf dich gefreut und ich möchte am liebsten alles stehen und liegen lassen und zu dir fahren, aber es geht nicht. Ich bin ziemlich erledigt.«

Ich beruhigte ihn, log, dass es nicht so schlimm für mich sei und ich einfach nur froh war, dass er das Ganze unbeschadet überstanden habe. Es hätte auch ganz anders ausgehen können.

Jens versprach mir, dass wir die verlorene Zeit sehr bald nachholen würden. Ich fragte mich nur, wann und wie. Irgendwann wussten wir beide nicht mehr, was wir sagen sollten. Ich war müde.

»Sophie? Ich muss jetzt auflegen.« Jens klang erschöpft. »Ich liebe dich!«

»Ich liebe dich auch«, erwiderte ich mit einem dicken Kloß im Hals. Dann legte er auf.

Was für eine riesengroße Enttäuschung. Niedergeschlagen suchte ich mir ein Taxi und ließ mich zum Hotel bringen. Von der Crew war niemand zu sehen. Sicher schliefen schon alle. Der Portier händigte mir den Schlüssel fürs Zimmer aus. Dort angekommen, betrachtete ich wehmütig das große Bett, das ich nun für mich alleine hatte. Ich stellte meinen Koffer ab und ging ins Bad, um mir die Hände zu waschen. Es brachte nichts, jetzt in Trübsal zu verfallen. Entschlossen straffte ich die Schultern, schnappte mir den Zimmerschlüssel und machte mich auf den Weg ins Restaurant. Wenigstens hier hatte ich Glück, es war noch geöffnet. Mit meinem Teller wanderte ich die verschiedenen Stationen des Buffets entlang. Dann suchte ich nach einem ruhigen Platz, was zu dieser späten Uhrzeit kein Problem darstellte.

»Ist es okay, wenn ich mich zu dir setze?«

Ich war so in meine Gedanken vertieft, dass ich gar nicht bemerkte, wie Carsten, ein Kollege, auf mich zukam. Eigentlich wäre ich lieber für mich allein geblieben, doch ich wollte nicht unhöflich sein, wir hatten ja morgen den Rückflug zusammen.

»Ja klar, setz dich.« Ich wies auf den freien Stuhl gegenüber. Eine Weile aßen wir schweigend vor uns hin, dann fragte er:

»Ich dachte, du seist hier verabredet?«

»Das hat leider nicht geklappt.«

»Tut mir leid.«

Ich hatte das Gefühl, eine Erklärung abgeben zu müssen, daher ergänzte ich: »Das Unwetter hat uns einen Strich durch die Rechnung gemacht.«

»Das Unwetter?«

»Ja, das Tief, das für unseren abenteuerlichen Flug verantwortlich war, erinnerst du dich?«

Carsten lachte. »Und ob. Mein erster Weg im Hotel hat mich an die Bar geführt. So übel war mir. Aber sag es bitte nicht weiter.«

»Keine Sorge, das bleibt unter uns.«

»Aber was hat das Unwetter mit deiner Verabredung zu tun?«, erkundigte er sich weiter. »Kommt dein Freund mit einer anderen Maschine?«

»Mein Freund arbeitet hier auf den Kanaren auf einer Großbaustelle. Die wurde davon total überschwemmt. Es muss dort in den letzten Stunden ziemlich gewütet haben.«

»Dein Freund arbeitet auf Lanzarote?«, fragte Carsten.

»Nein. Die Baustelle ist hier auf Teneriffa, nicht weit weg von hier, etwa dreißig Kilometer.«

Carsten setzte an, um etwas zu sagen, zögerte kurz und meinte dann nur: »Ach so!« Wir aßen schweigend weiter.

»Ihr seid noch nicht so lange zusammen, oder?«, mutmaßte er nach einer Weile.

Ich lachte: »Wie kommst du darauf?«

»Nur so ein Gedanke. Wie lange kennt ihr euch schon?«

»Wir kennen uns tatsächlich schon sehr lange«, sagte ich.

Carsten wartete ab.

»Vier Jahre«, ergänzte ich. »Jens und ich sind seit vier Jahren zusammen.«

»Und dein Freund ist Spanier?«

»Nein. Jens ist Deutscher. Wir haben uns auf seinem Rückflug nach München kennengelernt. Er arbeitet für ein deutsches Bauunternehmen hier auf der Insel. Ungefähr noch zwei Jahre, dann kommt er wieder zurück.«

Carsten nickte verstehend, ohne mich anzusehen, und spielte mit seiner Serviette, dann fragte er plötzlich: »Hast du noch Lust auf einen Absacker an der Bar?«

»Ich bin eigentlich ziemlich müde«, entschuldigte ich mich. Das war nicht einmal gelogen.

»Komm, sei kein Frosch. Wer weiß, wann wir wieder zusammen fliegen. Nur ein Glas.«

Ergeben ließ ich mich breitschlagen. »Ein Glas, okay, aber nicht mehr. Ich muss echt langsam ins Bett.« Vielleicht war es gar nicht so verkehrt. Rotwein half immer, wenn ich nicht einschlafen konnte, und bevor ich später grübelnd im Bett lag und trauerte, dass mein Tête-à-Tête mit Jens fehlgeschlagen war, willigte ich ein.

Carsten war sehr nett. Wir verstanden uns bestens. Mit jedem Schluck Wein stieg auch mein Stimmungsbarometer wieder an.

»Wie kommt es, dass wir noch nie zusammen geflogen sind?«, fragte ich ihn.

»Ich bin noch nicht so lange hier.«

»Meinst du damit München oder unsere Gesellschaft?«

»Beides. Ich lebe erst seit Kurzem in München.«

»Und hast du dich schon eingewöhnt?«

»Noch nicht so ganz. Ich kenne hier kaum jemanden.«

»Weil du vorher bei einer anderen Gesellschaft warst?«, mutmaßte ich.

»Nein. Ich bin tatsächlich noch ziemlich neu in dieser Branche«, gab er ohne Umschweife zu.

»Ach ja? Das hätte ich nicht vermutet. Du wirkst ziemlich routiniert, wenn ich das sagen darf.«

»Danke schön.« Carsten lächelte mich an. »Es macht mir auch unheimlich Spaß. Man kommt ganz schön in der Welt herum.«

»Ja, das stimmt. Ich liebe es auch. An die meisten Orte würde ich ohne die Fliegerei niemals kommen. Was macht deine Freundin? Fliegt sie auch?«, erkundigte ich mich ohne Hintergedanken.

Carsten starrte eine Weile stumm vor sich hin.

»Entschuldige. Ich wollte nicht indiskret sein«, beteuerte ich. »Es geht mich auch überhaupt nichts an.«

Er schüttelte den Kopf. »Nein, ist schon in Ordnung.« Er nahm einen Schluck von seinem Gin. Behutsam stellte er das Glas ab und begann: »Sabine und ich waren zehn Jahre lang zusammen. Wir kannten uns seit der Schulzeit. Eines Tages kam ich von der Arbeit nach Hause und sie lag im Flur.«

»Tot?« Ich war zutiefst erschüttert.

»Nein. Sie hatte einen epileptischen Anfall gehabt. Völlig aus dem Nichts heraus. Im Krankenhaus erklärte man ihren Eltern und mir, dass sie ins Wachkoma gefallen sei. Wochenlang hatten wir gehofft, dass sie wieder zurückkommt. Wir waren uns einig, sie nicht in ein Pflegeheim zu geben, doch ich musste ja auch noch arbeiten. Darum haben sie ihre Eltern zu sich genommen. Jede freie Minute war ich bei ihr, sooft es ging. Irgendwann ist sie dann ganz friedlich eingeschlafen.«

»Wie lange hat das gedauert? Ich meine, ab dem Tag, an dem du sie gefunden hast, bis zu ihrem …?« Ich ließ den Satz unvollendet.

»Tod? Sprich es ruhig aus, es ist in Ordnung. Zwei Jahre.«

»Zwei Jahre!«, stieß ich entsetzt aus. Das war beinahe unvorstellbar für mich.

»Am Schluss waren wir alle erleichtert, dass sie es geschafft hatte. Wir hatten alles versucht, aber in der ganzen Zeit des Hoffens und Bangens ist irgendwie jeder ein kleines bisschen mit ihr gestorben. Verstehst du, was ich meine?« Carsten sah mich an.

Ich hatte einen Kloß im Hals und konnte nicht antworten.

»Weißt du«, fuhr er fort, »du sitzt da, hältst ihre Hand und denkst dir, jetzt, jetzt hat sie mich gedrückt. Dann holst du den Arzt und erfährst, dass sich absolut nichts verändert hat. Man will einfach nicht begreifen, dass der Mensch, den man wie nichts auf der Welt liebt, nicht mehr derselbe ist, wie er war. Dass er nie wieder mit dir reden oder lachen wird, dich nie wieder von sich aus berühren kann. Sie hat so gerne getanzt.« Ein trauriges Lächeln huschte über sein Gesicht. »Doch, einmal hat sie noch gelächelt«, erinnerte er sich und lehnte sich zurück.

»Als sie gestorben ist, da hatte sie kurz vorher einen ganz zufriedenen Ausdruck im Gesicht, fast als wisse sie, was komme, und freue sich darauf. Ich war dabei, als es passiert ist. Ganz zufällig. Es war ein Tag wie jeder andere auch. Es gab keine Anzeichen dafür, dass es passieren würde. Ich habe sie angesehen und mit ihr geredet und dann mit einem Mal hat sie ganz fein gelächelt und ist gegangen. Einfach so.«

Eine Träne lief mir übers Gesicht. Ich schluckte.

Carsten drückte sanft meinen Arm. »Auf Sabine, und dass sie da oben tanzt, wo immer sie jetzt ist.« Er hielt mir sein Glas entgegen.

»Auf Sabine!«

Bevor ich in dieser Nacht einschlief, beschäftigte mich der Gedanke an Carsten und Sabine noch eine ganze Weile. Nach ihrem Tod hatte er es in der Wohnung, die sie früher gemeinsam bewohnten, nicht mehr ausgehalten. Er brauchte dringend einen Ortswechsel. Zu schmerzhaft erinnerte ihn dort alles an sie. Seine Freunde hatte er vernachlässigt und irgendwann stellte sich die Frage, was er sich vom Leben noch erwartete. Da erfuhr er von seiner Cousine, dass dringend Flugbegleiter gesucht wurden und er durchaus gute Chancen hätte, angenommen zu werden. Carsten erzählte, dass er früher immer davon geträumt hatte, mit Sabine zu reisen. Warum sollte er das nun ohne sie nicht beruflich machen? Die Ausbildung zum Flugbegleiter dauerte acht Wochen. Das war überschaubar. Er hatte ja nichts zu verlieren. Wenn es nicht das war, was er erwartete, konnte er jederzeit in seinen alten Beruf zurückkehren. Kurzerhand bewarb er sich bei der Airline und wurde genommen. Er kündigte seinen sicheren Job, die Wohnung, verkaufte die Möbel und begann in München ein neues Leben.

Ich schämte mich dafür, dass ich mir einen Kopf machte, weil das Treffen mit Jens buchstäblich ins Wasser gefallen war. Im Gegensatz zu Carsten und Sabine hatten wir unser ganzes Leben noch vor uns.

Kapitel 7

»Ich weiß ganz sicher, dass ich zu dir gesagt habe, du sollst den Nudelsalat einpacken!«

Freddy hatte sich, die Hände in die Hüften gestemmt, bedrohlich vor Klaus aufgebaut.

»Das hast du nicht! Du hast gesagt, alle italienischen Sachen. Also habe ich die Ciabattas, die verschiedenen Antipasti, den Pecorino, das Pesto und den Chianti eingepackt. Nudelsalat ist bayrisch, nicht italienisch.« Klaus war ebenfalls sauer. Diese Diskussion ging schon eine Weile vor sich hin.

»Es ist italienischer Nudelsalat, Klaus. Ich habe ihn extra für Tine gemacht, weil sie den so gerne isst«, belehrte ihn Freddy.

»Woher soll ich das wissen? Dann musst du ihn das nächste Mal eindeutiger beschriften oder mir klare Anweisungen geben. Ich hätte auch die Sandwiches zu Hause gelassen. Sandwiches sind amerikanisch!« Klaus verlor langsam die Geduld und das wollte bei seinem ruhigen Gemüt etwas heißen.

»Ich glaube, wir haben trotzdem ausreichend zu essen dabei«, mischte sich Tine beschwichtigend ein.

Wir trafen uns zu einem Picknick im Englischen Garten, das unter das Motto »Europa« gestellt war. Jeder von uns sollte dazu Essen beisteuern, das einem speziellen Land zugeordnet war.

»Darum geht es nicht«, beharrte Freddy, »sondern darum, dass Kläuschen mir nie richtig zuhört.«

»Ich passe sehr wohl auf, was du sagst, und du hast gesagt italienisch, und das, was für mich eindeutig italienisch ist, habe ich in die Kühltasche gelegt.«

»Die Sandwiches sind mit Tomate, Mozzarella und Basilikum.«

»Hallo zusammen, bin ich zu spät?«

Der Disput zwischen den beiden wäre wahrscheinlich noch ewig so weitergegangen, wäre Carsten nicht aufgetaucht. Beim Rückflug hatten wir unsere Nummern ausgetauscht. Ich fand ihn ausgesprochen sympathisch und irgendwie tat er mir so alleine leid. Außerdem war er neu in der Stadt und kannte noch nicht viele Leute. Darum beschloss ich spontan, ihn das nächste Mal einzuladen, wenn unsere Clique etwas zusammen unternahm.

»Es war gar nicht so einfach, euch zu finden, der Park ist ja riesig«, sagte er lachend und stellte seinen Korb ab.

»Garten«, korrigierte ihn Freddy. »Das ist ein Garten, kein Park.«

Bevor Freddy seine schlechte Laune nun an Carsten auslassen konnte, stand ich von der Decke auf und schritt ein.

»Schön, dass du da bist. Carsten, darf ich dir meine Freunde vorstellen? Das sind Freddy und Klaus und das hier ist …«

Tine war aufgestanden und umarmte den laut auflachenden Carsten zu meiner Überraschung überschwänglich.

»Wie klein doch die Welt ist. Hi, Tine, wie geht's?« Carsten strahlte und küsste sie auf beide Wangen.

»Ihr kennt euch?« Überrascht sah ich zwischen beiden hin und her.

»Das kann man wohl sagen « Tine grinste Carsten vielsagend an.

»Verstehe.« Ich hob abwehrend die Hände »Keine Details!«

»Und ob!« Freddy sprang begeistert von seinem Platz auf. Der Streit mit Klaus war wie weggeblasen. Er legte Carsten eine Hand auf den Arm und zeigte auf das Tischtuch am Boden, um die jeder seine Decke platziert hatte. »Du kannst deine Sachen hier hinstellen, mein Süßer. Kläuschen, nun mach doch mal Platz für unseren Gast!« Er scheuchte seinen Lebensgefährten zur Seite und deutete Carsten an, sich neben ihn zu setzen. »Setz dich erst mal und danach wollen wir alle schmutzigen kleinen Details von dir und Tine hören.«

Tine schüttelte empört den Kopf. »Nicht, was du denkst!«

»Wie schade.« Freddy reagierte gespielt enttäuscht.

Klaus, froh darüber, nicht mehr Zielscheibe seiner Schimpftiraden zu sein, betrachtete wortlos die Szenerie.

»Wir sind …«, begann Tine.

»… schon mal zusammen geflogen«, beendete Carsten schnell den Satz und sah sie eindringlich an. Eine Spur zu schnell, wie ich fand, und auch Tine wirkte für einen Moment überrascht.

»Ich glaube, es war Nizza?«, überlegte sie laut.

Hielten uns die beiden für blöd? Da war doch eindeutig mehr dahinter. Ich fragte mich nur, wieso sie darum so ein Geheimnis machten. Sicher war da mal was zwischen ihnen gelaufen, so wie sie sich benahmen. Und wenn schon, Tine machte doch sonst auch kein Geheimnis um ihre Affären und auch Carsten war mir keinerlei Rechenschaft schuldig.

»Marseille«, verbesserte er sie. Erklärend für uns fügte er an: »Ich hatte mir mit Muscheln den Magen verdorben und wurde auf dem Rückweg fluguntauglich.«

»Du hast den ganzen Flug gekotzt, mein Lieber. Die Toilette vorne war überwiegend von dir belegt. Wir hatten schon befürchtet, eine Notlandung einlegen zu müssen.«

Verlegen verzog Carsten das Gesicht. »Es war einer meiner ersten Flüge und alle dachten, ich wäre untauglich, dabei war es nur verdorbenes Essen. Ich lag drei Tage flach, dann ging es wieder.«

»Was hast du uns denn heute Schönes mitgebracht? Etwa Meeresfrüchte?«, neckte sie ihn. Sie flirtete ihn eindeutig an.

Ich warf einen Blick zu Freddy, der das auch zu bemerken schien.

Klaus widmete sich mittlerweile der Anordnung des Büfetts.

»Hatte ich überlegt, aber letztendlich entschied ich mich dann doch für Schnitzel mit Kartoffelsalat. Außerdem habe ich einen Apfelkuchen dabei.«

»Selbstgebacken?« Freddy spähte skeptisch unter die Folie, mit der das Backwerk abgedeckt war, und schnupperte.

»Natürlich.«

»Prüfung bestanden, du darfst bleiben«, grinste ich.

Obwohl er sie anfangs etwas kritisch beäugte, war Freddy von Carstens Fleischteilchen begeistert. Er hatte sie in kleine Partyschnitzel geteilt. »Ich komme einfach nicht drauf, was du in die Panade gemischt hast«, rätselte er.

Carsten ließ ihn noch ein Weilchen zappeln, dann sagte er: »Ich mische die Brösel mit Knoblauch, Kräutern und einem Hauch Parmesan.«

»Parmesan! Da wäre ich nie darauf gekommen.« Anerkennend klatschte er in die Hände. Danach fachsimpelten die beiden ein wenig über die kleinen Kniffs und Tricks in der Küche. Es freute mich, dass Carsten so gut aufgenommen wurde.

Gemeinsam aßen und lachten wir. Auch Freddy und Klaus hatten ihren Streit beigelegt. Die Sonne schien uns ins Gesicht. Es war ein herrlicher, entspannter Nachmittag. Vollgefuttert lag ich auf meiner Decke und beobachtete das Wolkenspiel am blauen Himmel.

»Ente.«

»Wie bitte?« Verdattert drehte ich mich zur Seite.

Carsten setzte sich neben mich. »Ich finde, die Wolke sieht aus wie eine Ente«, sagte er.

»Hm? Eher wie ein Dinosaurier«, hielt ich dagegen.

»Darf ich?«, fragte er und legte sich neben mich. Eine Zeit lang spielten wir das Spiel weiter.

»Du hast sehr nette Freunde«, sagte er plötzlich. »Ich fühle mich total wohl bei euch. Danke, dass du mich heute eingeladen hast.« Er hatte sich auf die Seite gedreht und stützte den Kopf auf die Hand.

Ich tat es ihm gleich, sodass wir uns ansehen konnten. »Ich hatte so das Gefühl, dass du ganz gut zu uns dazupasst.«

»Findest du das wirklich?«

»Ja klar. Sonst würde ich es nicht sagen.«

»Und du fändest es auch okay, wenn ich mich euch öfters mal anschließen würde?«

»Ich würde mich sogar ehrlich darüber freuen. Ich mag dich, Carsten«, sagte ich, ohne weiter darüber nachzudenken.

»Ich mag dich auch, Sophie.« Er riss ein Gänseblümchen ab und überreichte es mir.

Ich drehte es zwischen den Fingern und steckte es mir dann hinters Ohr.

»Unternehmt ihr viel zusammen?«, fragte er.

»So oft es geht. Tine und Freddy sind für mich so etwas wie meine Familie. Wir kennen uns schon ewig und sind die besten Freunde.«

Carsten nickte und drehte sich wieder auf den Rücken. »Freunde sind extrem wichtig. Das wurde mir erst bewusst, nachdem Sabine nicht mehr da war. Diese verdammte Leere. Ich wusste plötzlich nichts mehr mit meiner Zeit anzufangen. Meine Freunde hatten inzwischen Familie und andere Interessen. Das passiert mir kein zweites Mal mehr. Wobei ich gerade wieder ein bisschen einsam war. Bis du kamst«, gestand er mir. Wir schwiegen eine Weile. Dann sah er mich wieder an. »Und Klaus, was ist mit ihm?«

»Er gehört zu Freddy. Die beiden leben zusammen, deshalb gehört er automatisch dazu.«

»Genauso wie dein Freund, vermute ich.«

Einen Moment lang wusste ich nicht, wie ich darauf antworten sollte.

»Habe ich was Falsches gesagt?«

»Wir sehen uns nur sehr selten. Ich habe dir ja erzählt, dass Jens auf Teneriffa arbeitet. Darum war ich so enttäuscht, dass unser Treffen damals nicht geklappt hat. Das Unwetter letztens, du erinnerst dich sicher.«

Gedankenverloren knabberte er an einem langen Grashalm.

»Na ja, jedenfalls sind diese wenigen Stunden, wenn er da ist, für uns so wertvoll, dass wir sie am liebsten alleine genießen.

Jens ist nicht so der Fan von Veranstaltungen oder gemeinsamen Unternehmungen mit Freunden.«

Carsten drehte sich wieder zu mir. Mit einem eigenartigen Blick schaute er mir tief in die Augen. Dann holte er tief Luft: »Sophie, ich glaube, ich muss dir etwas sagen.«

Eine eigenartige Spannung lag zwischen uns. Ich fühlte, wie sich die Härchen auf meinem Arm aufstellten.

»Wer hat Lust auf eine Runde Frisbee?« Tine hielt auffordernd die Scheibe hoch.

Erleichtert sprang ich auf. »Ich bin dabei!« Ich hatte gerade das Gefühl, dass unser Gespräch in eine Dimension abdriftete, zu der ich nicht bereit war, daher kam Tines Unterbrechung für mich genau zum richtigen Zeitpunkt.

Carsten wirkte für einen Moment wie überrumpelt, hatte sich aber gleich wieder im Griff.

Freddy erhob sich ebenfalls. »Komm schon, Kläuschen, ein bisschen Bewegung wird dir guttun.«

»Ich habe keine Lust. Spielt ihr mal ohne mich.«

»Spielverderber!« Freddy zog schmollend ab.

»Ich setze auch aus«, sagte Carsten. »Ich bin so vollgefressen von den ganzen Leckereien, ich fühle mich völlig bewegungsunfähig.« Er legte sich zurück auf meine Decke und verschränkte demonstrativ die Hände hinter dem Kopf.

Wir drei entfernten uns ein wenig vom Picknickplatz und verteilten uns auf der Wiese.

»Carsten ist wirklich ein ganz netter Typ«, sagte Tine zu mir, als wir uns gemeinsam um das Frisbee bückten, das zwischen uns auf den Boden gefallen war. »Ich kenne ihn wirklich sehr gut«, betonte sie. »Und ich fände es echt schön, wenn er öfter mit dabei wäre. Hättest du damit ein Problem?«

Ehe ich antworten konnte, fuhr Freddy dazwischen. »Tuschelt ihr zwei schon wieder? Ich will es auch wissen.«

Tine winkte ab. »Später.« Sie machte eine feine Kopfbewegung zu den beiden auf der Decke.

Freddy verstand. Wir warfen eine ganze Weile die Scheibe hin und her. Irgendwann wurden wir müde, die Sonne schien kräftig und heizte uns gewaltig ein. Klaus und Carsten hatten in der Zwischenzeit den Kuchen aufgedeckt.

»Wisst ihr, worauf ich jetzt Lust hätte?«, sagte ich. »Auf einen schönen, kühlen Eiskaffee!«

»Mit viel Schlagsahne«, ergänzte Klaus und blickte versonnen in die Weite.

»Tada!« Carsten griff in seinen Korb und zauberte aus einer Kühltasche fünf Becher einer bekannten Marke mit fertigem Eiskaffee heraus. Ebenso eine Dose Sprühsahne!

»Dafür könnte ich dich küssen!«, sprudelte ich leichtfertig los, ohne zu überlegen.

»Bitte, nur zu, tu dir keinen Zwang an.« Auffordernd hielt mir Carsten sein Gesicht entgegen. Um mir keine Blöße zu geben, küsste ich ihn schnell auf die Wange.

Er schloss seine Augen und überlegte einen Moment. Dann sagte er: »Na gut, für den Anfang bin ich auch damit zufrieden. Wobei ich finde, ich hätte mehr verdient!«

Für den Bruchteil einer Sekunde herrschte Schweigen, dann sagte Tine lachend: »Na dann komm her.« Sie nahm sein Gesicht zwischen ihre Hände und küsste ihn wie selbstverständlich auf den Mund.

Eine Spur zu lange, wie ich fand. Ich verstand selbst nicht, warum es mich störte. Vermutlich, weil ich wusste, dass es Tine nie ernst mit einem Mann war und Carsten schon zu viel durchgemacht hatte. Ich wollte nicht, dass er sich falsche Hoffnungen machte. Wobei mich das überhaupt nichts anging und die beiden sich ja schon länger kannten, wie Tine behauptete. Dann wusste sie offensichtlich auch über seine Vergangenheit Bescheid. Trotzdem fühlte ich mich irgendwie für ihn verantwortlich. Schließlich hatte ich ihn zu unserem Picknick eingeladen und nicht Tine.

Er grinste zufrieden. »Das war schon viel besser! Kuchen?«

Später am Abend, machten wir uns alle gemeinsam auf den Weg zur U-Bahn. Am Bahnsteig trennten sich jedoch unsere Wege. Freddy und Kläuschen mussten in die eine Richtung, Tine, Carsten und ich in die entgegengesetzte.

Tine hatte sich bei Carsten untergehakt. Sie flirtete richtig mit ihm, fiel mir auf. Ich beäugte das mit einem zwiespältigen Gefühl.

»Eigentlich habe ich noch gar keine Lust, in mein einsames Zuhause zu fahren«, bemerkte er, als wir uns seiner Haltestelle näherten.

»Dann komm doch noch mit zu mir«, schlug Tine überraschenderweise vor. Sie sah mich an. »Was ist mit dir, Sophie? Kommst du auch noch mit?«

»Ich kann nicht. Jens ruft später an.«

»Da kann man nichts machen. Also, wie ist es mit dir? Hast du noch Lust auf einen Absacker oder fürchtest du dich alleine mit mir?«, flirtete sie ihn schon wieder an.

Carsten überlegte kurz. »Wieso nicht?«, erwiderte er.

Zu Hause grübelte ich noch eine Weile darüber nach, was ich davon halten sollte. Tine nahm nie Männer in ihre Wohnung mit. Ihr privates Refugium war ihr äußerst wichtig. Und sie hielt sich so unliebsame oder hartnäckige Verehrer vom Hals, wenn sie nicht wussten, wo sie wohnte. Sollte es diesmal anders sein? Hatte sie an Carsten ehrliches Interesse, oder sah sie ihn doch nur als Kumpel an? Die beiden hatten sich am Nachmittag ausnehmend gut verstanden. Sie lachten und schäkerten zusammen wie ein altes Ehepaar. Dabei hatte es sich nicht so angehört, als hätten sich die beiden erst vor einigen Wochen kennengelernt. Und dann der Kuss? Ich war froh, als endlich das Telefon klingelte und mich aus meinen Gedanken riss. Jens! Warum zerbrach ich mir den Kopf über Tine und Carsten? Beide waren alt genug, um zu wissen, was sie taten. Es stand mir auch nicht zu ihnen zu sagen, was sie zu tun oder zu lassen hatten. Vielleicht hatte er, ebenso wie Tine, nur Interesse an einem kurzen Vergnügen, einer kleinen Bettkantengeschichte, ganz unverbindlich und ohne jede Verpflichtung. Ich sollte es ihnen gönnen, statt mir darüber den Kopf zu zerbrechen, doch so ganz funktionierte es nicht.

»Wie war dein Tag?«, fragte ich eher teilnahmslos.

Jens erzählte wie immer von der Baustelle. Ich hörte nur mit halbem Ohr zu. Immer wieder tauchten Bilder von Tine und Carsten vor meinem inneren Auge auf. Die Art, wie sie sich beim Picknick angesehen hatten. Der leichte Umgang, den sie pflegten. Sie mussten sich definitiv schon länger kennen. So vertraut, wie sie miteinander waren. Vielleicht war ja schon mal was zwischen ihnen gelaufen und Tine wollte es mir nur nicht erzählen.

»Ist bei dir alles in Ordnung?« Jens klang besorgt.

Ich hustete kurz. »Ja, warum fragst du?«

»Du bist heute so schweigsam. Bist du krank?«

»Tut mir leid. Wir waren heute Nachmittag picknicken im Englischen Garten und ich bin ehrlich gesagt total erledigt.«

»Du und Tine?«

»Ja. Und Freddy, Klaus und Carsten.«

»Der Künstler, von der Vernissage?«, fragte er.

»Nein, das war David.« Ich war überrascht, dass sich Jens nicht an den Namen erinnerte. Schließlich war David der Sohn seines Chefs. »Carsten ist ein Kollege.«

»Von Freddy?«, hakte er nach.

»Nein. Das heißt auch. Wir kennen uns vom Flug nach Teneriffa. Carsten ist neu bei uns, darum habe ich ihn eingeladen. Aber Tine kannte ihn auch schon.«

Jens schwieg. Das gab mir irgendwie das Gefühl, mich vor ihm rechtfertigen zu müssen.

»Ich glaube, Carsten hat ein Auge auf Tine geworfen«, fuhr ich daher fort. »Du hättest mal sehen sollen, wie sie miteinander umgegangen sind. Und nach dem Picknick ist er noch mit zu ihr nach Hause gefahren.« Ich bemühte mich, das Ganze so heiter wie möglich zu erzählen, obwohl mich die Erinnerung daran nicht ganz so gelassen stimmte. Es klappte.

Jens begann leise zu lachen. »Typisch Tine. Die lässt auch wirklich nichts anbrennen.«

Obwohl er recht hatte, gefiel es mir nicht, wie er über meine Freundin sprach. Aber ich war froh, dass er wieder ganz normal mit mir redete.

»Ich freue mich übrigens auch schon sehr darauf, wenn ich übernächste Woche wieder bei dir in München bin. Wir haben einiges nachzuholen«, sagte er und seine Stimme wurde dabei ein wenig tiefer.

»Was denn?«, fragte ich begriffsstutzig nach.

»Na unser verkorkstes Wochenende.«

»Ach so, das!«

»Du kannst das ganze Wochenende über mich verfügen. Du bestimmst, was wir machen, ich bin mit allem einverstanden.«

»Ich lasse mir was Schönes einfallen«, sagte ich und war mir sicher, dass wir diesmal nicht dasselbe meinten.

Kapitel 8

Ich sah Tine erst am Donnerstag beim Fliegerstammtisch im Barnies wieder. Eigentlich musste ich zur Arbeit und hatte nur eine knappe Stunde Zeit, aber ich hatte weder Tine noch Carsten seit dem Picknick gesehen oder einen von beiden gehört, darum hoffte ich, zumindest hier jemanden anzutreffen. Ich brannte darauf zu erfahren, was am Sonntagabend noch zwischen ihnen gelaufen war.

Zufrieden vor sich hin grinsend, lehnte Tine mit dem Rücken an der Theke und tippte auf ihrem Smartphone herum. Carsten war nicht da, soweit ich das auf den ersten Blick sehen konnte.

Ich platzte fast vor Neugier. »Na, du scheinst ja gute Nachrichten bekommen zu haben, wenn ich dein zufriedenes Grinsen richtig deute«, zog ich sie auf und küsste sie zur Begrüßung auf die Wange. Sie hatte ihr Handy so gedreht, dass ich leider keinen Blick aufs Display werfen konnte.

»Sehr vielversprechend«, erwiderte sie zufrieden und schaute wieder auf den Bildschirm. »Das kann man wohl sagen. In der Tat. Das klingt hier alles sehr vielversprechend«, betonte sie langgezogen. Mit einem letzten markanten Fingertipp schloss sie die Mail und legte das Smartphone mit dem Bildschirm nach unten auf die Theke. Sie griff nach ihrem Glas und sog genüsslich am Strohhalm.

Ich wartete vergeblich auf irgendwelche Information. Offensichtlich wollte sie nichts erzählen. »Von Carsten?«, mutmaßte ich mit Blick auf das Telefon.

Erstaunt blickte sie auf. »Wie kommst du darauf?«

Ich warf ihr einen vielsagenden Blick zu. »Der kleine Absacker bei dir zu Hause, letzten Sonntag.«

»Sophie, das zwischen Carsten und mir ist ganz anders, als du denkst«, fing sie an, sich zu verteidigen.

Abwehrend hob ich beide Hände. »Du bist mir keine Rechenschaft schuldig. Was zwischen euch läuft, geht mich nichts an. Und ich will es ehrlich gesagt auch gar nicht wissen.«

Tine betrachtete mich mit einem merkwürdigen Blick, während sie geräuschvoll ihr Getränk schlürfte. »Stimmt, es geht dich nichts an«, erwiderte sie langsam und setzte dann hinzu: »Noch nicht.«

»Aber irgendwie fühle ich mich trotzdem ein bisschen für Carsten verantwortlich. Schließlich habe ich ihn zum Picknick mitgebracht«, setzte ich hinzu.

»Sophie, ich glaube, Carsten ist alt genug, um für das, was er tut, selbst Verantwortung zu übernehmen«, antwortete Tine. »Und ich auch«, fügte sie hinzu. »Wie gesagt, es geht dich nichts an.« Ihr Tonfall klang jetzt abweisend.

Ich war alarmiert. Also lief doch etwas zwischen den beiden.

»Tine, versteh mich nicht falsch«, begann ich mich zu verteidigen. »Carsten hat mir von seinem früheren Leben erzählt. Er hat einfach schon zu viel durchgemacht und ich möchte nicht, dass er enttäuscht wird. Ich finde, er hat es verdient, glücklich zu werden. Ich habe ihn zu unserem Picknick eingeladen, damit er neue Leute kennenlernt, ja, vielleicht sogar Freunde findet, und es hat ihm ja offensichtlich ganz gut bei uns gefallen. Ich möchte nicht, dass er gleich wieder enttäuscht wird.«

»Und dabei denkst du an mich?« Sie wirkte verletzt.

»Ja«, gab ich offen zu. »Tine, du sammelst Männer wie andere Leute Briefmarken. Dir war noch nie ein Typ wichtig. Du hattest noch nie eine Beziehung, um die du kämpfen musstest.«

»Bist du jetzt meine Therapeutin oder was wird das?«, fuhr sie mich an. »Vielleicht war einfach noch nicht der Richtige dabei. Vielleicht bin ich auch beziehungsunfähig. Aber ich hatte dabei immer meinen Spaß und die Männer auch.«

»Eben, es geht dir um Spaß.«

Wieder dieser ironische Blick.

»Meinetwegen um guten Sex!«, fuhr ich sie an.

Tine nickte zustimmend.

»Siehst du. Darum, wenn du es mit Carsten nicht ernst meinst und er für dich auch nur eine deiner üblichen Bettkantengeschichten werden soll, verschone ihn bitte! Falls es nicht eh schon zu spät ist.« Es klang härter als gewollt. Ich hatte mich regelrecht in Rage geredet.

Tine sagte nichts. Sie sah mich nur lange nachdenklich an.

Vielleicht hatte ich sie mit dem, was ich gesagt hatte, verletzt, aber alles entsprach der Wahrheit. Ich konnte mir nicht vorstellen, dass sie an Carsten ernsthaft interessiert war, darum sollte sie die Finger von ihm lassen.

»Hey Mädels, streitet ihr etwa?« Janine kam gut gelaunt zu uns herüber. Sie wirkte ziemlich überdreht.

Sofort setzten Tine und ich ein freundliches Gesicht auf.

»Natürlich nicht«, log ich. Es lag überhaupt nicht in meiner Absicht, Tine zu verärgern, aber sie konnte, was Männer betraf, ziemlich egoistisch und herzlos sein.

»Wie kommst du darauf?« Auch Tine gab sich harmlos.

»Es sah nur gerade ganz danach aus. Wobei das überhaupt nicht zu euch passt.« Janine gab Barnie, dem Inhaber der Kneipe, ein Zeichen. »Eine Cola bitte!«, rief sie ihm zu.

»Keine Sorge, alles in Ordnung«, sagte ich.

»Ach Mädels, noch vier Wochen, dann seid ihr mich endgültig los.« Sie strahlte übers ganze Gesicht. Ihre Hochzeit stand kurz bevor.

»Du machst also tatsächlich ernst und hörst bei uns auf? Ich kann es nicht fassen. Hast du schon was Neues?«, erkundigte sich Tine.

»Noch nicht. Aber ich habe seit zwei Wochen die Pille abgesetzt.« Sie zwinkerte uns vielsagend zu. »Wenn es passiert, habe ich sowieso Pause.«

»Und wenn nicht?«, hakte ich nach.

»Wir versuchen es jetzt einfach mal eine Zeit lang, und sollte es nicht klappen, kann ich mich immer noch nach einer neuen Gesellschaft umsehen. Wobei Ron meint, er verdiene genug für uns beide.«

»Du willst dich wirklich finanziell von einem Mann abhängig machen?«, erkundigte sich Tine fassungslos. Für sie war das ein unvorstellbarer Zustand. Darum würde ein Kind für sie auch nie zur Debatte stehen. Kinder kosteten Geld, man musste sich für sie einschränken und konnte nicht mehr tun und lassen, was man wollte. Und das Schlimmste – dieser Zustand würde über mehrere Jahre anhalten. Für die temperamentvolle und egozentrische Tine ein absolutes No-Go!

Janine lachte: »Ja, ich will!«

Tine verdrehte entsetzt die Augen.

»Wie ist es mit dir, Sophie? Wie sieht deine Lebensplanung aus?«, wandte sich Janine neugierig an mich.

»Darüber habe ich mir ehrlich gesagt noch keine konkreten Gedanken gemacht.«

»Möchtest du denn nicht irgendwann Kinder haben?«

»Doch, natürlich. Ich finde den Gedanken, eine Familie zu gründen, sehr schön.«

Janine nickte zustimmend.

»Aber Jens' Projekt läuft noch über ein Jahr in Spanien«, gab ich zu bedenken.

»Und du glaubst, dann kommt er nach Deutschland zurück?«, mischte sich Tine skeptisch ein.

»Warum nicht?« Worauf wollte sie hinaus?

»Weil er seinen Beruf und seine Freiheit ebenso liebt wie du?«

»Erstens war es unser gemeinsamer Plan, dass wir in dieser Zeit genug Geld verdienen, um uns zusammen eine Existenz aufzubauen, und zweitens waren wir dann lange genug getrennt voneinander. Das Thema Ausland ist für Jens erledigt!«

»Vergiss es, Sophie! Du machst dir was vor. Jens hat überhaupt kein Interesse daran, hier zu leben.«

»Wie kommst du darauf?« Entrüstet starrte ich sie an.

»Überleg doch mal. Was macht ihr denn, wenn er hier ist. Wann wart ihr zuletzt mit Freunden unterwegs oder von mir aus auch allein. Ihr kapselt euch ab, genießt eure Zweisamkeit und kommt das ganze Wochenende wahrscheinlich nicht aus dem Bett raus.«

»Hey, ihr streitet ja schon wieder.« Janine ging dazwischen.

Ich hatte sie ganz vergessen. Eigentlich wollte ich gegen das, was Tine mir gerade an den Kopf geworfen hatte, protestieren, aber irgendwie stimmte auch, was sie sagte. Wir hatten uns abgekapselt. Aber ich war mir sicher, dass sich das wieder ändern würde, wenn Jens dauerhaft hier lebte. Etwas anderes wollte ich mir gar nicht vorstellen. Mir waren meine Freunde sehr wichtig. Sie waren für mich Familie. Aber noch sahen wir uns zu selten. Noch gehörten diese wenigen Tage im Monat ausschließlich uns beiden allein. Wie wir sie nutzten, konnte Tine egal sein. Was allerdings langsam wirklich ein Problem wurde, war die Zeit. Ich war über dreißig, allzu lange durfte ich mir mit der Familienplanung wirklich nicht mehr Zeit lassen.

»Dass ausgerechnet du mir das vorwirfst, finde ich ja schon sehr komisch«, schoss ich zurück.

»Auszeit!« Janine versuchte, uns wieder herunterzuholen.

»Womit wir wieder beim Thema wären«, ergänzte ich und spielte auf unser vorheriges Gespräch an.

Sie nickte und zog ihr Handy heraus. Mit einem kurzen, zufriedenen Lächeln steckte sie es in die Tasche und stand auf. »Ich muss los.« Sie drückte Janine an sich »Mach's gut. Wir sehen uns spätestens bei deiner Hochzeit.« Tine zögerte kurz, dann drückte sie auch mich an sich. »Komm her, du Ziege. Ich will mich nicht mit dir streiten. Dafür bist du mir viel zu wichtig.«

Ich drückte sie fest an mich. »Ich mich mit dir auch nicht. Tut mir leid. Ich wollte dich vorhin nicht verletzen.«

Sie küsste mich auf die Wange. »Das will ich auch nicht.«

»Aber ich will auch nicht, dass Carsten verletzt wird. Vielleicht kannst du das ein bisschen verstehen«, setzte ich hinzu.

Der Anflug eines Lächelns glitt über ihr Gesicht. »Ich verspreche dir, ich werde nichts mit ihm machen, was er nicht selber will«, sagte sie mit einem eigenartigen Blick.

Janine sah verständnislos zwischen uns hin und her.

»Bis bald«, rief ich ihr nach, doch da war sie schon aus der Tür.

Ich sah auf die Uhr. Mir blieb noch eine Viertelstunde, bis ich mich auf den Weg zum Flughafen machen musste. Zeit genug, um eine Nachricht an Jens zu senden.

»Ich muss dann auch los«, verabschiedete ich mich bei Janine. »Ich möchte nur noch kurz an Jens schreiben.«

Janine nahm ihre Cola. »Ich bin schon so gespannt auf ihn. Er kommt doch zur Hochzeit?«

»Auf alle Fälle. Wir kommen beide.«

Gerade als ich meine Handtasche öffnete, erklang der Summton für eine eingegangene WhatsApp. Das war wohl Gedankenübertragung, freute ich mich.

Janine winkte mir kurz zu und bahnte sich mit ihrem Getränk einen Weg durch die Menge in den hinteren Teil des Lokals zu den Billardtischen.

Ich zog mein Handy heraus. Die Nachricht kam nicht von Jens, sondern von Carsten.

»Was machst du am Samstag? Hast du frei und Lust auf Kino?«

Ich überlegte kurz, ob Tine ihm von unserem Gespräch erzählt haben könnte, doch dann hätte sie ihn unmittelbar, nachdem sie das Lokal verlassen hatte, angerufen haben. Aber warum sollte er mich dann ins Kino einladen? Das ergab keinen Sinn.

»Sorry, aber Jens kommt dieses Wochenende nach Hause. Wir sind das ganze Wochenende verplant. Du weißt ja, wir sehen uns nicht so häufig.« Damit sollte die Sache geklärt sein. Dann musste ich aber doch noch einen kleinen Seitenhieb loswerden. »Vielleicht hat Tine Lust auf Kino?« Mal sehen, wie er reagierte. Die Antwort kam prompt.

»Tine hat für Samstag schon eine Verabredung. Schade. Ich dachte, wir könnten alle zusammen zum Open-Air-Kino gehen. Freddy und Klaus kommen auch mit. Dann wird es eben ein reiner Männerabend werden. Viel Spaß euch beiden.«

Wie unangenehm, ich dachte, er wolle mit mir allein ins Kino gehen, und hatte ihm quasi meinen Freund unter die Nase gerieben. Dabei wollte Carsten lediglich einen netten Abend für die Clique organisieren. Egal. Ich beendete den Chat und schrieb meine Mail an Jens. Er war nicht online. Dann würde er sie eben später bekommen. Vermutlich hatte er eh gerade keine Zeit, sie zu lesen und zu beantworten. Ich informierte ihn noch schnell, wie lange ich noch erreichbar war. Dann machte ich mich auf den Weg zur S-Bahn.

Jens meldete sich erst am Wochenende und hatte wieder einmal nur wenig Zeit zum Telefonieren. Er habe einen wichtigen Termin in der Firma und käme daher schon einen Tag früher. Ausgerechnet da hatte ich Langstrecke und konnte unmöglich vor Freitag zurück sein. Dafür hatte ich am Montag noch frei, doch da würde Jens schon wieder zurück auf seiner Baustelle sein. Ich ärgerte mich wie Bolle und machte meiner Wut Luft.

»Na toll!«, schimpfte ich los. »Ich bin unterwegs. Du kennst doch meinen Flugplan.«

»Hey, jetzt reg dich doch nicht auf. Natürlich kenne ich deinen Plan, aber mein Chef kennt ihn nicht.«

»Ich soll mich nicht aufregen. Das wird ja immer besser. Seit beinahe vier Jahren richte ich meinen Flugplan komplett danach aus, wann du nach Hause kommst. Dann setz dich jetzt bitte du einmal für mich ein. Erinnere ihn an eure Abmachung. Er weiß doch, dass deine Freundin für eine Airline arbeitet.«

Zumindest hatte Jens behauptet, dass sein Chef darüber Bescheid wusste. Der wollte nämlich die monatlichen Heimatflüge einschränken und Jens hatte es damit begründet, das Recht auf einen monatlichen Heimflug zu seiner Frau zu haben. Dafür verzichtete er auf einen Teil des Gehalts, das mit den Flugkosten verrechnet wurde.

»Sophie, diesmal geht es nicht anders. Schluss der Debatte. Der Termin steht und kann nicht verschoben werden.«

Ich seufzte verstimmt: »Hätte es ihm nicht früher einfallen können? Dann hätte ich noch tauschen können. Jetzt ist es zu spät.«

»Du kannst dich ja krankmelden«, schlug er vor. Ich dachte, er mache einen Scherz, aber Jens meinte es ernst.

»Auf keinen Fall!«, protestierte ich. Es tat mir zwar in der Seele weh, dass wir auf einen Teil unserer wertvollen Zeit verzichten mussten, und ich hätte heulen können deswegen, aber ich würde nicht lügen. Das ging gegen mein Ehrgefühl.

Jens fand das übertrieben. Doch dann sagte er plötzlich: »Okay, dann sehen wir uns diesmal eben nur einen Tag. Ich komme dann schon am Donnerstag und hol mir den Schlüssel bei Frau Schuhmann.«

»Schubert«, verbesserte ich ihn. Er hatte echt kein gutes Namensgedächtnis.

»Kaufst du vorher noch fürs Wochenende ein und füllst den Kühlschrank auf? Bei mir wird es am Donnerstag ziemlich spät werden. Ich fahre vom Flughafen aus gleich in die Firma. Danach habe ich keine Lust mehr, noch die Läden abzuklappern, und ich habe auch mein Gepäck dabei, daher muss ich sowieso erst in die Wohnung.«

»Ja, kann ich machen«, grummelte ich, dass er mir auch das noch aufs Auge drückte. Ich ging ja schließlich auch arbeiten.

»Ich wärme dafür schon mal das Bett vor«, versprach er mir. Doch seltsamerweise ließ mich das diesmal kalt. Irgendwie hatte ich das Gefühl, dass es ihm weniger ausmachte als mir, dass wir einen Tag weniger zusammen hatten, und das ärgerte mich fast noch mehr.

Es musste sich bei uns ganz gravierend etwas ändern. So konnte es jedenfalls nicht länger weitergehen.

Kapitel 9

Es war, als habe sich das Schicksal gegen mich verschworen. Nicht nur, dass Jens schon seit über einem Tag allein in meiner Wohnung saß, nun hing auch noch eine riesige Gewitterzelle über München fest, wegen der wir nicht landen konnten. Es war zwanzig Uhr. Beinahe unaufhörlich zuckten grelle Blitze in der Wolkendecke und obwohl wir schon seit einer halben Stunde in gebührendem Abstand mit unserer Maschine kreisten und drauf warteten, dass es nachließ, wackelte der Vogel oft ganz schön bedrohlich. Es war echt ungemütlich. Wer einen empfindlichen Magen hatte, griff zur Spucktüte. Schließlich kam die Durchsage des Piloten, dass man sich aus Sicherheitsgründen zur Landung in Nürnberg entschlossen habe. Erleichtertes Aufatmen vereinzelter Fluggäste war zu hören.

Einige Minuten nachdem wir unseren Kurs geändert hatten, wurde auch der Flug wieder ruhiger. Dafür grollte ich nun vor mich hin. Natürlich ging die Sicherheit der Passagiere und der Crew vor, aber mir ging nun noch mehr wertvolle Zeit mit Jens verloren.

Einige Fluggäste reagierten ebenfalls recht ungehalten darüber, dass sie nicht wie geplant nach Hause kamen. In München würden nun vergeblich Angehörige oder Freunde auf ihre Ankunft warten, die ohnehin schon verspätet gewesen wäre. Da es sich aber um den Charterflug einer großen Reederei handelte, versicherte uns der Pilot, dass diese auch für den Rücktransport der Passagiere sorgen würde. Uns, die Crew, traf es dagegen härter. Wir wurden kurzfristig in einem Hotel einquartiert und mussten am nächsten Tag mit dem Flieger zurück nach München. So ein verdammter Mist!

Es wäre doch besser gewesen, ich hätte eine Krankheit erfunden und wäre zu Hause geblieben. Ich hoffte nur, dass Jens inzwischen mitbekommen hatte, dass unsere Maschine umgeleitet wurde. Ansonsten machte er sich mit Sicherheit bald Sorgen, warum ich nicht nach Hause kam. Ich konnte ihn erst anrufen, wenn wir im Flughafengebäude in Nürnberg waren. Das zöge sich aber noch hin.

Mehrfach hatte ich nach der Landung versucht, eine Verbindung zu Jens herzustellen. Aber entweder war die Leitung völlig überlastet oder tot. Keine Ahnung, was da los war. Ich presste das Telefon ans Ohr, während ich durch die Menschenmenge dem Ausgang entgegenhastete.

»Sophie? Sophie!« Eine bekannte Stimme rief meinen Namen.

Ich blieb überrascht stehen und drehte mich um. Suchend glitt mein Blick in die Richtung, aus der das Rufen kam. Erst sah ich den erhobenen Arm, der mir zuwinkte, dann Carsten, der sich eilig einen Weg zu mir bahnte.

»Was machst du denn hier?«, begrüßte ich ihn. Ich freute mich ehrlich, ihn zu sehen.

»Gestrandet, wie du, nehme ich an. Trinken wir irgendwo einen Kaffee zusammen oder fährst du gleich ins Hotel? Wo werdet ihr untergebracht?«

Ich nannte ihm den Namen des Hotels. Carsten strahlte über das ganze Gesicht. »Wir auch. Das nenne ich mal Glück im Unglück.«

»Carsten, tut mir leid, ich habe keine Zeit«, wehrte ich ab. »Ich bleibe nicht im Hotel. Ich muss versuchen, irgendwie nach München zu kommen.« Ich hatte überlegt, mich nun doch kurzfristig krankzumelden, sollte ich irgendeine Möglichkeit finden, nach Hause zu kommen.

»Warum willst du dir das antun? Die ganze Crew bleibt hier und morgen fliegen wir alle entspannt zurück. Komm, lass uns zusammen zum Hotel fahren.«

»Auf keinen Fall. Jens ist seit gestern in München und ich war Langstrecke unterwegs. Am Sonntagmittag fliegt er zurück nach Teneriffa. Ich muss unbedingt nach Hause! Denkst du, ich schaffe es noch, einen Zug zu erwischen?«

»Vergiss es! In München geht die Welt unter. Hast du noch keine Nachrichten gesehen?«

Ich schüttelte den Kopf. Carsten zog sein Smartphone hervor und tippte auf die neuesten Meldungen eines Nachrichtensenders. Er reichte mir sein Handy.

Auf dem Film wirkte es tatsächlich so, wie er gesagt hatte. Straßen waren überflutet, umgeknickte Bäume mussten beseitigt werden. In vielen Kellern und Tiefgaragen stand das Wasser zum Teil kniehoch.

Der Münchener Hauptbahnhof war wegen eines Leitungsschadens sogar vorübergehend für den Bahnverkehr gesperrt worden. Ein Baum war in eine Oberleitung gekracht. Die Option mit dem Zug fiel damit schon mal weg.

Und das Ganze war noch nicht ausgestanden. Eine zweite Gewitterzelle zog heran und diese war noch größer als die vorherige und würde auch den Nürnberger Raum treffen. Erste Ausläufer sollten bald zu spüren sein.

Resignierend gab ich Carsten das Telefon zurück. »Unwetter sind mein Schicksal!«, sagte ich. »Erst auf Teneriffa und jetzt dieses hier.«

»Sophie, hör mal, was ich dir neulich schon sagen wollte …«

Mein Handy klingelte. Rasch zog ich es aus der Jackentasche und nahm das Gespräch an.

»Na endlich, wo steckst du denn? Ist mit dir alles in Ordnung?« Jens!

»Wir mussten in Nürnberg landen. München war zu gefährlich. Hast du die Änderung im Internet nicht gesehen?«

»Hier herrscht absolutes Chaos. Stromausfall, die halbe Stadt liegt im Dunkeln. Ich hatte keine Ahnung, was mit dir ist. Ich bin so froh, dass es dir gut geht. Wann kommst du zurück?«

»Das weiß ich noch nicht. Ich wollte den Zug nehmen, aber der Münchener Bahnhof ist gesperrt. Und gerade habe ich erfahren, dass eine weitere Unwetterzelle aufzieht, die noch größer sein soll und auch Nürnberg treffen kann. Meine Kollegen bleiben über Nacht im Hotel, aber ich versuche, irgendwie nach München zu kommen.«

»Das ist doch absoluter Unsinn, Sophie! Ich will nicht, dass du irgendwas riskierst und dir etwas zustößt.«

Wir schwiegen beide.

»Hör zu«, fuhr Jens fort. »Das Beste wird sein, wenn du auch im Hotel bleibst und morgen mit der Crew nach Hause fliegst.«

Ich fühlte einen Kloß im Hals. »Aber dann haben wir kaum mehr Zeit für uns.«

»Denk doch mal logisch. Selbst wenn es dir gelingen sollte, nach München zu kommen, macht das einen Unterschied von höchstens acht Stunden, oder?«

Ich antwortete nicht darauf. Für mich machte es durchaus einen Unterschied, ob ich acht Stunden mehr mit Jens hatte oder nicht. Warum sah er das nicht genauso? Der Kloß im Hals wurde dicker und dicker.

»Also, bleib wo du bist, und mach es dir im Hotel gemütlich. Wir sehen uns morgen.«

Ich konnte nicht antworten, nickte nur, doch das konnte Jens natürlich nicht sehen. »Mhm«, gab ich mühsam von mir.

»Schlaf dich erst mal aus. Du musst ja völlig erledigt sein.«

Ich schniefte.

»Sophie? Ich liebe dich!« Die Leitung war tot.

Eine Träne kullerte mir über die Wange.

Carsten stand ein wenig abseits und wartete auf mich. »Doch Hotel?«, fragte er mitfühlend.

Ich nickte. »Jens findet, es ist besser so. In München muss die Hölle los sein.«

»Sag’ ich doch!« Er legte einen Arm um mich. »Komm, lass uns zum Shuttle gehen und zusammen zum Hotel fahren. Dann hauen wir uns die Birne voll und trinken auf die Ungerechtigkeit des Lebens!«

Unwillkürlich musste ich lachen.

Auch in Nürnberg hatte es mittlerweile begonnen, wie aus Kübeln zu schütten. Dummerweise war uns das Shuttle zum Hotel knapp vor der Nase weggefahren. Während Carsten sich auf die Suche nach einem Taxi machte, stellte ich mich unter das schützende Vordach des Flughafengebäudes. Der Wind kam gefühlt von allen Seiten, dadurch bekam ich trotzdem Regen ab. Carsten war erfolgreich gewesen. Das Taxi hielt wenige Meter von mir entfernt. Er saß bereits auf der Beifahrerseite. Obwohl ich mich beeilte einzusteigen, fühlte ich mich völlig durchnässt, bis ich im Wagen saß.

»Tut mir leid«, entschuldigte ich mich beim Fahrer für die Sauerei, die ich hinterlassen würde.

»Macht nichts. Dafür können Sie ja nichts, junge Frau. Und außerdem trocknet das ja wieder!« Er sah mich freundlich an und drehte die Heizung auf. Ich beschloss, ihm ein extra großes Trinkgeld zu geben.

»Wenn das erst der Anfang ist, dann bin ich neugierig, was da noch nachkommt«, sinnierte der Chauffeur, als der Wagen, von einer heftigen Windböe erfasst, plötzlich ausbrach. Mit beiden Händen umklammerte er fest das Lenkrad und brachte ihn wieder in die Spur. Der Regen peitschte über die Straßen, die Wischblätter brachten das Wasser kaum von den Scheiben. Die beiden Männer unterhielten sich über die Prognosen der Wettervorhersage.

Ich hörte nur mit halbem Ohr zu und versuchte, durch die beschlagenen Scheiben einen Blick nach draußen zu erhaschen. Vereinzelt blitzte es bereits. Nach etwa einer Viertelstunde Fahrt hielten wir vor einem schönen Hotel. Bevor ich reagieren konnte, hatte Carsten bereits seine Geldbörse gezückt und die Rechnung beglichen.

Völlig durchnässt wie zwei Straßenköter eilten wir zur Rezeption. Ich wollte schnellstens auf mein Zimmer und dann unter die heiße Dusche, bevor ich mich in den nassen Klamotten erkältete.

»Treffen wir uns in einer halben Stunde wieder hier unten auf einen Schlummertrunk?«, fragte ich Carsten.

»Sehr gerne. Ich warte, bis du eingecheckt hast.«

Die Dame am Empfang händigte ihm seine Zimmerkarte aus. Dann kam ich an die Reihe. Sie blickte in ihren PC, tippte ein paarmal herum und sah dann kurz auf. »Einen kleinen Moment bitte.« Ihre Miene war undurchdringlich. Sie ging zu ihrem Kollegen und flüsterte ihm gestikulierend etwas zu. Anschließend kehrten beide zurück.

»Es tut mir sehr leid, aber es gab da wohl ein Missverständnis«, begann der Rezeptionist. Ehrliches Bedauern spiegelte sich in seinem Blick.

»Wie darf ich das verstehen?«, hakte ich nach.

»Ihr Zimmer ist bereits vergeben.«

Ich hatte mich wohl verhört. »Das kann nicht sein. Ich bin eben erst angekommen. Mein Kollege hier«, ich zeigte auf Carsten, der etwas abseits stand, »kann das bezeugen.« Ich nannte ihm den Namen der Gesellschaft, die für unsere Zimmerbuchung zuständig war. Schließlich zeigte ich ihm die Bestätigung auf meinem Handy.

»Das ist alles absolut korrekt. Der Fehler liegt bei uns«, gab der Concierge zu. Er sah kurz seine Kollegin an, die einen roten Kopf bekommen hatte. »Sehen Sie, die Crew ist schon vor einer Stunde hier eingetroffen. Wir haben gedacht, sie sei vollzählig und das Zimmer wäre übrig. Durch das völlig überraschend eintretende Unwetter sind außer Ihnen noch viele andere Leute hier in Nürnberg gestrandet. Wir sind total ausgebucht. Darum haben wir Ihr Zimmer anderweitig vergeben. Es tut mir sehr leid.«

Das durfte doch nicht wahr sein. Ich war völlig durchnässt und fror mittlerweile schon. Alles, was ich wollte, war eine heiße Dusche, trockene Kleidung und ein Bett.

Verzweifelt sah ich ihn an. »Bitte, geben Sie mir einfach irgendein Zimmer, wo ich schlafen kann. Es kann auch gerne ein Personalzimmer sein oder was immer Sie noch finden.«

Seine Kollegin sah mindestens so verzweifelt aus, wie ich mich fühlte, als sie antwortete: »Es tut mir wirklich sehr, sehr leid, aber wir sind völlig ausgebucht. Ich hänge mich natürlich sofort ans Telefon und versuche, für Sie noch irgendwo etwas aufzutreiben.«

Der Mut verließ mich.

Carsten, der mittlerweile hinzugekommen war und das Drama verfolgt hatte, nahm mich entschlossen am Handgelenk. »Du kannst bei mir schlafen.«

»Bist du verrückt? Auf keinen Fall!«

»Willst du jetzt mitten in der Nacht los und dir etwas Neues suchen?« Er nickte dem Empfangspersonal zu. »Sie schläft bei mir.«

»Wir werden Sie auf jeden Fall für die Unannehmlichkeiten entschädigen.« Erleichtert reichte mir der Mann am Empfang eine weitere Zimmerkarte zu. »Wir entschuldigen uns in aller Form dafür.«

Ich zögerte, die Karte entgegenzunehmen.

Carsten drückte meinen Arm. »Jetzt sei vernünftig, Sophie, und komm mit.« Er grinste: »Ich tu dir auch nichts. Auch nicht, wenn du mich darum bittest.«

»Vergiss es!« Entschieden ergriff ich die Karte und stapfte hinter ihm her.

Kapitel 10

Das Zimmer bestand aus einem überbreiten Einzelbett. Nach einer Couch sah ich mich vergeblich um.

»Dann hoffe ich mal, dass es eine Wanne gibt«, witzelte Carsten gut gelaunt hinter mir, »sonst bleibt mir wohl nur der Teppich, nachdem ich dich so großspurig eingeladen habe, bei mir zu nächtigen.«

Wir gingen zum Bad und lugten hinein. Es besaß eine riesige Glasdusche mit Regenwaldbrause. »Mist!«

»Du darfst als Erster duschen, wenn du dich dafür um ein Abendessen kümmerst«, bot ich an. »Wer das Bett bekommt, knobeln wir später aus. Ich will dich ja nicht ganz vertreiben, schließlich muss ich, dank dir, nicht draußen im Regen auf einer Parkbank schlafen. Ich bin wirklich froh, ein trockenes Dach über dem Kopf zu haben. Danke.«

»Einverstanden.« Er lächelte mich an. Carsten stellte seine Tasche ab und verschwand ins Bad.

Ich wollte jetzt nur noch raus aus den nassen Klamotten, die mir schon viel zu lange am Leib klebten. Kurzerhand zog ich meine Uniform aus und legte sie über den einzigen Stuhl im Raum. Um jedoch nicht halb nackt im Zimmer herumstehen zu müssen, schlüpfte ich kurzerhand unter die Bettdecke. Außerdem fröstelte es mich.

Aus dem Bad drang das Rauschen der Dusche zu mir herüber. Irgendwie war es seltsam zu wissen, dass im Nebenraum ein nackter Mann unter der Dusche stand, der nicht mein Mann war. Ich war mir nicht sicher, wie Jens das finden würde, wenn ich ihm davon erzählte. Ob er sich über diesen Umstand amüsieren würde, oder ob er damit ein Problem hätte. Spontan beschloss ich, es nicht zu tun. Für mich hatte es ohnehin keine Bedeutung. Carsten hatte mich mehr oder weniger gerettet. Ohne ihn wüsste ich jetzt nicht, wo ich schlafen sollte. Trotzdem fühlte ich mich irgendwie schuldig, als würde ich hier gerade etwas Verbotenes tun, etwas, das sich nicht gehörte. Unsinn!, schalt ich mich selbst. Carsten war ein Kollege, ein Freund, wenn man so wollte. Er hatte mir lediglich seine Hilfe in einer Notlage angeboten. Es war absolut harmlos, was wir hier taten. Um mich abzulenken, schaltete ich den Fernseher an.

Die Badezimmertür ging auf und Carsten kam heraus. Er hatte einen Bademantel an, sein Haar war vom Duschen noch feucht. Er entdeckte mich, wie ich bis unters Kinn zugedeckt im Bett lag, und lachte laut los.

»Bilde dir bloß nichts ein. Es ist absolut nicht so, wie du denkst!«, entgegnete ich streng, musste aber selbst über diese surreale Situation grinsen.

»Wenn uns jetzt jemand sehen könnte, käme er nie auf den Gedanken, dass wir nichts Schmutziges im Sinn haben«, grinste er frech.

»Wieso hast du nichts an?«, erkundigte ich mich.

»Gegenfrage. Wieso liegst du halb nackt im Bett? In meinem Bett, wohlgemerkt! Und übrigens, ich habe etwas an. Zwar nicht viel, aber immerhin einen Bademantel.«

»Wollten wir nicht nach unten und einen Schlummertrunk nehmen?«, erinnerte ich ihn.

»Stimmt. Aber meine Klamotten waren total feucht und Wäsche zum Wechseln habe ich auf Kurzstrecke eher selten dabei. Ich fand es eklig, wieder in die alten Sachen steigen zu müssen. Ich habe alles über den Wandheizkörper im Bad gehängt und hoffe, dass die Sachen bis morgen früh trocknen. Oder bringe ich dich damit in Verlegenheit?«

»Keinesfalls! Der Anblick eines nackten Mannes ist mir durchaus bekannt.«

»Eines halb nackten Mannes bitte, so viel Korrektheit muss sein!«

»Entschuldigung, eines halb nackten Mannes«, korrigierte ich mich. »Ich hatte auch Angst, mir in den nassen Kleidern eine Lungenentzündung zu holen, daher habe ich sie ausgezogen und mich so lange, bis das Bad frei wird, ins Bett gelegt.«

»Dann schlage ich vor, du gehst jetzt ins Bad und ich nehme derweil deinen Platz ein.«

Ich zögerte einen Moment davor, in Unterwäsche vor ihm durchs Zimmer zu hüpfen. Diesen Umstand hatte ich nicht bedacht, als ich mich so schnell unter die Decke verkrümelt hatte.

Carsten bemerkte es. »Ich schaue mal, was es vom Fenster aus zu sehen gibt«, sagte er rücksichtsvoll und schlenderte hinüber.

Diese Geste fand ich sehr nett. Rasch schlüpfte ich aus dem Bett und zu meinem Gepäck. Ich nahm einige frische Sachen und meinen Kulturbeutel heraus und verschwand im Bad.

Das heiße Wasser prasselte wohlig auf meinen Kopf und die Schultern und suchte sich einen Weg über meinen Körper nach unten zum Boden. Ich stöhnte entspannt auf. Es war, als würde der ganze Stress, die Anspannung der vergangenen Stunden von mir abgespült werden. Ich füllte großzügig Duschgel auf meine Hand und begann ruhig, mich damit einzuseifen. Wie sehr ich diese behagliche Wärme des Wassers genoss. Ich schloss die Augen und wünschte mir für einen Moment, Carsten wäre hier bei mir und würde mich einseifen. CARSTEN!!! War ich verrückt? Jens natürlich! Ich verstand gerade selbst nicht, wie ich auf diesen völlig absurden Gedanken kam. Was passierte da gerade mit mir? Wie kam ich dazu, mir diese Intimität mit einem anderen Mann als mit Jens vorzustellen? Verärgert über mich selbst und dieses Gedankenwirrwarr, schrubbte ich mir ruppig den Seifenschaum ab und stellte die Dusche für einen Moment auf kalt. Erschrocken über den plötzlichen Temperaturwechsel, schrie ich auf.

»Ist alles in Ordnung bei dir? Geht es dir gut?« Carsten musste mich gehört haben.

»Ja, alles okay.« Ich nahm ein Badetuch und frottierte mich grob ab. Mein Blick fiel auf meine Kleidung. Eigentlich hatte ich gar keine rechte Lust mehr, nach unten zu gehen.

Ich schlüpfte in eine frische Unterhose und wickelte mir das Badetuch fest um den Körper. Dann trat ich nach draußen.

»Oh, wie ich sehe, bevorzugen Sie den gleichen Designer wie ich«, witzelte Carsten, als er meinen Aufzug entdeckte.

»Macht es dir was aus, wenn wir nicht mehr in die Bar gehen und stattdessen im Zimmer bleiben?«

»Ganz und gar nicht. Solange du mir nicht an die Wäsche gehst, ist das völlig okay.«

Ich warf ihm einen tadelnden Blick zu und ging zum Trolley, um meinen Schlafanzug herauszuholen. Dann verschwand ich abermals im Bad. Kurz darauf erschien ich wieder im Zimmer.

»Komm zu Papi!« Carsten klopfte einladend auf die Seite neben sich im Bett. Mir blieb gar nichts anderes übrig, wenn ich nicht den Rest der Nacht als Säule im Zimmer stehen wollte.

»Sollen wir uns etwas vom Zimmerservice bestellen?«, erkundigte er sich.

»Ich habe eigentlich nicht viel Hunger, aber eine Kleinigkeit würde ich nehmen.«

»Pizza?«

»Hört sich gut an.«

Carsten reichte mir die Karte. Wir bestellten eine große Margarita mit extra Käse, die wir uns teilen wollten. Dazu eine Flasche Wasser und zwei Mal heißen Tee.

Carsten überließ mir die Wahl des Programms. Ich zappte mich durch alle Sender, bis ich einen Film fand, den wir beide mochten. Tief in die Kissen gekuschelt, lagen wir nebeneinander und amüsierten uns über die Handlung. Es hatte etwas sehr Vertrautes, so neben Carsten zu liegen. Ich hatte das Gefühl, ihn schon ewig zu kennen. Seine Gegenwart tat mir gut.

Der Zimmerservice klopfte und brachte den Tee. Carsten holte eine kleine Flasche Rum aus der Minibar und verteilte den Inhalt auf beide Tassen.

»Heißer Tee mit Rum wärmt von innen. Nicht, dass du dich noch erkältest«, sagte er fürsorglich.

Wenig später traf unser Essen ein. Wir stellten den Ton ab, während wir aßen.

»Jetzt fehlt nur noch eines«, nuschelte ich mit vollem Mund.

Carsten hob kauend den Kopf. »Und das wäre?«

»Ein Glas Wein.«

»Mal sehen, ob ich in der Minibar fündig werde«, sagte er und sprang aus dem Bett. Ich kam nicht umhin, ihn dabei zu betrachten. Seine muskulösen Beine steckten in Boxershorts. Er hatte eine gute Figur.

Kurz darauf kam er mit zwei kleinen Flaschen zurück. »Weiß oder Rot?«

»Weiß.«

Carsten goss den Wein in Gläser und schlüpfte zurück ins Bett. »Madam«, er reichte mir ein Glas. »Zum Wohl!«

Schweigend aßen wir weiter. Nachdem das letzte Stück verputzt war und Carsten den Teller weggestellt hatte, rückte er sich im Bett zurecht, stützte den Kopf auf seine Hand und sah mich an. »Beim letzten Mal habe ich dir meine Geschichte erzählt, heute bist du an der Reihe.«

»Was willst du wissen?«

»Alles. Erzähl mir von dir und Jens.«

»Von mir und Jens? Puh!« Ich blies die Luft aus den Backen.

»Da weiß ich gar nicht, wo ich anfangen soll.«

»Egal, versuch es mal. Was ist so toll an diesem Mann, dass du mit der wenigen Zeit, die ihr zusammen verbringt, zufrieden bist?«

»Wie kommst du darauf, dass ich damit zufrieden bin?«

»Wenn du es nicht wärst, hättest du schon längst etwas daran geändert oder dich von ihm getrennt. Also, was ist sein Geheimnis?«

Ich musste einen Augenblick über seine Worte nachdenken. Wenn ich ehrlich mit mir war, war ich mit dem Zustand unserer Beziehung, der räumlichen Distanz, überhaupt nicht einverstanden. Anfangs konnte ich es akzeptieren. Zeitweilig war es auch ganz praktisch für mich, weil ich ja selbst viel unterwegs war und dadurch kein schlechtes Gewissen haben musste, Jens allein zu lassen. Doch über die Jahre hatte sich eine gewisse Routine eingeschlichen, an der keiner von uns je etwas verändert hatte. Sogar der Sex war zur Routine geworden. In den letzten Wochen hatte ich mich jedoch oft bei dem Gedanken ertappt, dass ich dieses Leben auf Dauer nicht mehr führen wollte.

»Sophie?«

»Entschuldige, ich war mit meinen Gedanken gerade ganz woanders. Also, was ist so toll an Jens?« Ich schloss die Augen und dachte an den Moment, als wir uns das erste Mal sahen. »Er hat wunderschöne blaue Augen. Ich glaube jedes Mal, darin zu versinken, wenn ich hineinschaue. Er gibt mir das Gefühl, der wichtigste Mensch auf der Welt für ihn zu sein.«

»Das heißt, er lässt alles stehen und liegen, wenn du ihn brauchst, und kommt zu dir nach München?«

»Nein, das wäre ja auch gar nicht so einfach möglich.«

»Wieso nicht?«

»Weil er Verantwortung hat, für die Leute auf der Baustelle und für den ganzen Ablauf dort.«

»Aber er hat auch Verantwortung für dich. Du bist seine Partnerin.«

»Ja. Aber ich habe ja auch noch Tine, Freddy und Klaus«, zählte ich auf. »Die sind vor Ort und auch für mich da, wenn ich Hilfe brauche.«

»Das ist nicht dasselbe. Angenommen, du wärst schwer krank oder hättest einen Unfall und müsstest ins Krankenhaus. Würde er dann kommen?«

»Was soll die Frage? Natürlich würde er kommen. Aber ich wäre dann ja sowieso in guten Händen und somit wäre es nicht unbedingt notwendig. Du stellst dir das, glaube ich, zu einfach vor. Jens kann nicht einfach mal so in ein Flugzeug steigen und heimkommen. Das muss alles geplant werden. Er braucht einen Ersatz auf der Baustelle, der für ihn einspringt.«

»Wie lange seid ihr zusammen?«

»Vier Jahre.«

»Das heißt, ihr pendelt seit vier Jahren zwischen Spanien und Deutschland hin und her.«

»Er.«

Carsten sah mich fragend an.

»Jens kommt zu mir. Ein Wochenende pro Monat von Freitag bis Sonntag, wenn er in seiner Firma zu tun hat.« Als ich es aussprach, bemerkte ich zum ersten Mal selbst, wie seltsam sich das für jemand anderen anhören mochte.

»Das verstehe ich jetzt gerade nicht.« Carsten setzte sich auf. »Was meinst du damit, wenn er in seiner Firma zu tun hat. Ich meine, er hat doch Urlaub, Überstunden, freie Tage, ist mal krankgeschrieben oder so. Bleibt er da immer in Spanien?«

Das »Ja« kam mir eher zögerlich über die Lippen.

»Sophie, ich …« Carsten zögerte.

»Es ist in Ordnung so, echt. Ich weiß, das kann sich keiner vorstellen, aber für uns passt es, wie es ist. Jens hat gute Gründe, warum er nicht öfter kommen kann, aber das ist zu kompliziert, um dir das in Kürze zu erklären. Und eigentlich möchte ich darüber auch nicht sprechen. Lass uns von etwas anderem reden.«

Carsten ließ nicht locker. »Du könntest doch deinen Flugplan so legen, dass du immer wieder mal die Route Teneriffa fliegst und ihr euch dort treffen könnt. Hallo! Ich meine, das ist doch die leichteste Übung.«

»Jens möchte das nicht. Er ist mit seiner Baustelle so verplant, dass er für ein Treffen mit mir keine Zeit hätte.«

»Sophie, kein Mensch arbeitet rund um die Uhr. Ich hätte was weiß ich was dafür in Kauf genommen, um mehr Zeit mit Sabine zu verbringen. Warst du schon mal auf dieser Baustelle, wo er arbeitet, oder da, wo er wohnt?«

Ich verneinte.

»Und wenn er dann bei dir ist – was macht ihr dann?«

»Bitte?«

»Wie verbringt ihr eure Zeit?«

»Ich koche für ihn, wir schauen seine Lieblingsfilme …«

Carsten verdrehte genervt die Augen.

»Und wir verbringen sehr viel Zeit im Bett, wenn du es genau wissen willst«, fuhr ich ihn an. Langsam machte mich seine Ausfragerei wütend.

»Du zählst lauter Dinge auf, die du für ihn machst. Was tut er für dich?«

»Er muss nichts für mich machen. Ich kann fast den ganzen Monat, wenn ich allein bin, etwas für mich tun. Aber wenn Jens bei mir ist, dann soll er sich erholen und es macht mir Spaß, ihn zu verwöhnen. Du verstehst das nicht. Wieso willst du das alles so genau wissen?«

»Weil du ein ganz besonderer Mensch bist, Sophie, und weil ich finde, du hast jemand verdient, der das auch sieht.«

»Das tut Jens!« Unser Gespräch hatte sich fast zu einem Streit ausgewachsen.

»Und warum belügt er dich dann?«, entfuhr es Carsten. »Entschuldige, das hatte ich nicht sagen wollen.«

»Nein, nein. Raus mit der Sprache, wie kommst du darauf, dass er mich belügt?«

Carsten rang eine Weile mit sich. Dann sah er mich fest an. »Es gab kein Unwetter damals auf Teneriffa, und auch keine Überschwemmung.«

»Quatsch! Jens konnte damals nicht kommen, weil auf dem Bau alles unter Wasser stand, das totale Chaos war da. Warum sollte er sonst so etwas behaupten?«

»Das frage ich mich auch. Aber Fakt ist, er hat es getan.«

»Völliger Unsinn!« Ich schüttelte den Kopf. »Lassen wir das. Ich habe eigentlich keine rechte Lust mehr zu reden und ehrlich gesagt, bin ich schon ziemlich müde.«

Carsten wollte noch etwas sagen, doch ich drehte mich energisch zur Seite und signalisierte damit sehr deutlich, dass ich nun schlafen wollte.

Er löschte das Licht. »Es tut mir leid, Sophie. Ich wollte dich nicht verletzen. Ich finde einfach, du hast jemand verdient, der dich wirklich liebt.«

Ich war zu wütend, um darauf zu antworten.

In dieser Nacht lag ich noch lange wach und dachte darüber nach, was Carsten gesagt hatte. Auch er schien wenig Schlaf zu finden. Schweigend lagen wir Rücken an Rücken nebeneinander. Am nächsten Morgen versuchte ich so zu tun, als sei nichts gewesen. Ich verabschiedete mich ziemlich knapp, vielleicht ein wenig zu distanziert, und fuhr mit dem Crewbus zum Flughafen. Die Unbekümmertheit zwischen uns war verloren gegangen.

Kapitel 11

Ich stieß mir das Bein an etwas Hartem, als ich die Tür öffnete und meine Wohnung betrat.

»Du hast ja schon gepackt?« Enttäuscht sah ich auf den Koffer, der griffbereit im Raum stand.

»Jetzt komm doch erst einmal zu Hause an.« Jens nahm mich in den Arm und küsste mich innig.

Ich konnte mich gar nicht richtig freuen, so irritierte mich das wartende Gepäck im Flur. »Warum steht dein Koffer schon da?«

Er atmete genervt aus. »Ich wollte es dir schonend beibringen. Ich muss heute Abend schon zurück.«

»Wieso? Ich meine, davon hast du kein Wort erwähnt. Du fliegst doch jedes Mal am Sonntag mit der Nachmittagsmaschine. Ich dachte diesmal auch?«

»Ich muss morgen früh unbedingt auf der Baustelle sein.«

»Die Baustelle, immer ist es diese blöde Baustelle. Ich hatte gehofft, du würdest morgen erst die Abendmaschine nehmen, weil wir uns dieses Mal eh kaum gesehen haben«, jammerte ich.

Er nahm mich tröstend in die Arme und wiegte mich beruhigend wie ein kleines Kind hin und her.

»Was ist dir wichtiger? Die Baustelle oder ich?«

Er ließ mich los. »Jetzt mach doch kein solches Drama draus. Was ist das überhaupt für eine Frage?«

»Du hast sie nicht beantwortet. Also, was?«

Er drückte mich wieder an sich. »Sophie, ich glaube, du bist einfach total übermüdet. Das ist ja auch kein Wunder. Weißt du was? Du legst dich jetzt ins Wohnzimmer auf die Couch, mit deiner Decke, die du so liebst, und ich mache dir inzwischen einen schönen heißen Kakao. Oder du gehst ins Bett und ich komme dann später zu dir, ein wenig kuscheln. Zusammen fällt uns bestimmt etwas ein, wie wir die letzten Stunden zusammen noch ausgiebig genießen können. Was meinst du?« Die letzten Worte waren mehr ein raues Flüstern, dicht an meinem Haaransatz. Jens küsste meinen Kopf, wanderte mit seinen Lippen über meinen Hals und begann dann, sanft an meinem Ohr zu knabbern. Aber ich war zu verletzt, um ihm nachzugeben. Kurz bevor ich schwach wurde, straffte ich die Schultern.

»Du hast recht. Es war eine harte Woche für mich. Ich bin müde und lege mich ins Bett.« Damit ließ ich ihn im Flur stehen und ging in mein Schlafzimmer. Ich verdunkelte den Raum und legte mich ins Bett. Ich war nicht müde. Das war gelogen. Ich fühlte mich nur furchtbar erschöpft und enttäuscht. Carstens Worte drangen wieder in mein Gedächtnis. Würde Jens wirklich alles stehen und liegen lassen, wenn ich ihn brauchte, oder war Jens seine Arbeit und das freie Leben auf Teneriffa mittlerweile wichtiger geworden als ich? Gestern hatte ich noch etwas anderes behauptet, heute war ich mir da nicht mehr so sicher.

Keine Ahnung, wie lange ich so dalag und grübelte, irgendwann musste ich in einen leichten Dämmerschlaf gefallen sein und wurde davon wach, dass sich jemand eng an meinen Körper schmiegte.

»Es geht nicht anders, Sophie, es tut mir leid«, flüsterte er mir zu. »Es ist ja auch nicht meine Schuld, dass wir so ein kurzes Wochenende haben, das musst du zugeben. Hätte es sich nicht blöderweise mit deinem Flugplan überschnitten ...«

»Ach jetzt bin ich auf einmal schuld«, empörte ich mich.

»Niemand hat Schuld. Das war eben höhere Gewalt. Aber wir holen das alles nach. Ich verspreche es dir.«

Ich wollte fragen wann, aber Jens' warme weiche Hände tasteten sich unter mein Hemd und streichelten über meinen Körper. Dabei drückte er sich fest an mich. Ich versuchte erst, mich innerlich dagegen zu wehren, doch ich schaffte es nicht. Dann dachte ich an Carsten und Sabine und wie unsinnig jeder Streit war. Es konnte so viel passieren.

Jens hörte nicht auf, mich zu streicheln. Ich drehte mich zu ihm. Seine Küsse wurden fordernder und ich spürte seine Erregung. Mit geübten Griffen streifte er meinen Slip ab. Auch ich hatte Sehnsucht nach ihm und ohne dieses blöde Unwetter hätten wir uns mit Sicherheit schon mehrmals geliebt, denn so war es immer, wenn er bei mir war. Ich erwiderte seine Liebkosungen und ließ mich endlich fallen.

Viel später, als wir erschöpft nebeneinanderlagen, fasste ich mir dennoch ein Herz und fragte: »Wie lange wollen wir eigentlich noch eine Beziehung auf Distanz führen?«

Er sah mich überrascht an. »Das weißt du doch. Ginge es nach mir, würde ich am liebsten jede freie Minute mit dir verbringen, aber das ist nicht möglich.«

»Du weichst mir aus.«

»Ich werde auf alle Fälle noch so lange in Spanien sein, wie es meine Arbeit verlangt. Reicht dir das als Erklärung?«

»Nein. Du meinst so lange, bis dieses Bauprojekt abgeschlossen ist? Wie lange wird das voraussichtlich noch sein?«

Jens atmete genervt aus. »Zwei Jahre in etwa, wenn es gut läuft eineinhalb, je nachdem.«

»Und dann?«

»Dann werden wir sehen, welches Projekt als Nächstes auf mich zukommt. Von irgendetwas müssen wir ja schließlich leben.«

»Ein Projekt in Deutschland.«

»In Deutschland oder, wenn es nicht anders geht, auch wieder woanders. Wir werden es sehen, wenn es so weit ist.«

»Wir wollten uns hier eine Existenz aufbauen«, erinnerte ich ihn an unsere Pläne.

»Das weiß ich. Aber leider läuft nicht immer alles nach Plan. Ich weiß nicht, was sie mir als Nächstes anbieten werden.«

»Planst du mich dabei mit ein?«

»Was meinst du damit?«

»Ich möchte nicht ewig eine Beziehung auf Distanz führen. Wir sind viel zu lange voneinander getrennt und auf Dauer sind mir drei Tage im Monat mit dir nicht genug. Wenn dir die Firma ein Projekt hier in Deutschland anbieten würde, würdest du es annehmen, um in meiner Nähe zu sein?«

»Aber sicher doch.« Er zögerte. »Es kommt natürlich auch auf den Verdienst an und Deutschland heißt nicht unbedingt München oder Bayern. Es kann auch im Norden sein oder im Osten von Deutschland.«

»Solange dort ein Flughafen in der Nähe ist, den unsere Linie anfliegt, ist das für mich kein Problem«, beharrte ich.

Jens drückte mich an sich »Ich verstehe dich ja. Eigentlich hatte ich vor, noch ein paar Jahre richtig Hardcore zu ackern, um uns dann ein schönes, sorgenfreies Leben bieten zu können. Vielleicht mit einem kleinen Häuschen, das uns gehört. Raus aus der Mietwohnung, raus aus der Stadt. Irgendwo da, wo wir zwei uns wohlfühlen.« Er küsste mich wieder und beendete so unser Gespräch. Doch mit dieser Aussage war ich vorerst zufriedengestellt. In Gedanken malte ich mir bereits aus, wie es dann sein würde.

Kapitel 12

Marianne Rosenberg dröhnte mir schon beim Betreten des Barnies in voller Lautstärke entgegen. »Ich suchte Liebe bei dir!« Okay, alles klar.

Der gleichnamige Besitzer meiner Stammkneipe verdrehte zur Begrüßung nur vielsagend die Augen. Stumm wies er mit dem Kopf zum hinteren Bereich der Theke. Vermutlich lief der Song schon zum wiederholten Male. Wie erwartet, saß Freddy mit hängenden Schultern auf einem Barhocker und starrte frustriert in das halb volle Glas vor sich. Die Farbe des Getränks und die Größe des Glases ließen mich erahnen, dass der Inhalt etwas Hochprozentiges war. Ganz großes Drama also.

Tine lehnte mit dem Rücken zu mir am Tresen.

»Hallo ihr zwei!« Ich begrüßte Tine mit einem Kuss auf die Backe.

»Hallo, Sophie.« Tines Blick sprach Bände.

Freddy nahm keine Notiz von mir. Nicht einmal, als ich meine Jacke über den freien Stuhl neben ihm ablegte.

Ich gesellte mich zu Tine. »Liebeskummer?«, erkundigte ich mich, obwohl mir die Antwort bereits klar war.

Sie hob resignierend die Hände. Wir kannten solche Situationen zur Genüge, wobei wir eigentlich dachten, Freddy habe mit Klaus seinen Deckel gefunden, wie man so schön sagt. Früher war er ständig auf der Suche nach dem Mann fürs Leben. Immer dachte er, ihn endlich gefunden zu haben. Die Beziehung ging dann ein paar Wochen gut, dann war Schluss. Meistens lag es daran, dass seine Partner nicht treu waren, der eine oder andere nutzte ihn nur aus, weil er eine Bleibe suchte. Darum waren Tine und ich auch skeptisch, als Klaus bereits nach wenigen Wochen bei Freddy einzog, waren aber in den letzten Monaten eines Besseren belehrt worden.

Ich umarmte ihn von hinten und legte meine Wange an seine. »Wieder Krach mit Kläuschen?«, fragte ich vorsichtig.

»Er ist vor zwei Wochen ausgezogen«, jammerte er fast tonlos und stierte weiter trübsinnig vor sich hin.

Überrascht fuhr ich hoch. »Wieso erfahren wir das erst jetzt?« Ich sah Tine an, sie winkte nur ab.

»Ich dachte immer noch, er kommt zurück.« Er nahm einen großen Schluck und stellte das Glas hart ab.

Ich winkte Barnie zu und bestellte mir ein Bier. Was nun folgen würde, dauerte für gewöhnlich länger. Während Barnie mir das Glas zuschob, rutschte ich auf den Hocker neben meinen Freund.

Freddy suhlte sich gerne in seinem Kummer und nahm dankbar jede Gelegenheit wahr, um ausgiebig über die Ungerechtigkeit des Lebens zu jammern. Dabei lag es nicht selten genug an ihm, dass er verletzt wurde. Anstatt es locker anzugehen und erst einmal zu sehen, ob derjenige es überhaupt ernst mit ihm meinte, war Freddy immer sofort Feuer und Flamme. Manche erdrückte er regelrecht mit seinem Überschwang an Liebe, andere nutzten seine Großzügigkeit aus. Er war auch schon mit Männern zusammen, von denen er wusste, dass sie es mit der Treue nicht so genau nahmen. Er glaubte immer, bei ihm wären sie anders.

Anschließend verfiel Freddy jedes Mal in ausgeprägtes Selbstmitleid, versumpfte im Barnies und beschloss dann im Laufe des Abends, zwischen Rosenberg und Korn zukünftig abstinent zu leben und jedem männlichen Wesen aus dem Weg zu gehen.

»Was war denn der Grund dafür, dass Klaus ausgezogen ist?«, erkundigte ich mich bei ihm.

Freddy bot wirklich einen bedauernswerten Anblick, wie er da so leidend über dem Holztisch hing und vor sich hin trauerte.

»Du fragst das jetzt nicht wirklich, oder?« Tine wirkte genervt.

»Nüsschen?«, unterbrach uns Barnie und stellte unaufgefordert die Schüssel vor uns ab.

Tine griff mit der Hand in die Schale. Kopfschüttelnd begann sie, die Schale von den Erdnüssen zu pulen und auf dem Tresen abzulegen. »So ein Schwachsinn!«

Ich sah sie erstaunt an.

Auch Freddy schien von ihrer Reaktion überrascht zu sein. »Was willst du damit sagen?«, fuhr er entrüstet hoch.

»Weil es sonnenklar ist, warum Klaus die Biege gemacht hat. Darum.«

Ich hielt die Luft an.

»Ach ja? Dann erklär es mir doch bitte mal. Ich verstehe es nämlich nicht.« Freddys Herzschmerz wich gerade einer handfesten Empörung. Die Art, wie eine seiner besten Freundinnen auf seinen Liebeskummer reagierte, brachte ihn derart auf, dass er aus seinem Selbstmitleid erwachte.

Auch mich überraschte, wie Tine mit ihm umsprang. Das war neu. Üblicherweise hörten wir uns stundenlang seine Gefühlsduseleien an, trösteten ein wenig und ließen den Dingen ihren Lauf. Es regelte sich ohnehin alles von selbst. Freddy flirtete gern und hatte schnell wieder eine neue große Liebe am Start. Aber diesmal war ich ehrlich verwundert, dass es mit den beiden nicht funktioniert hatte. Bei Klaus hatte ich seit Langem wieder ein gutes Gefühl gehabt. Der extrovertierte, egomanisch schrille Freddy und der ruhige, bodenständige Klaus ergänzten sich in jeder Hinsicht. Zumindest sah es für alle Außenstehenden so aus.

»Er war der Mann meines Lebens«, setzte Freddy nun äußerst theatralisch hinzu.

»Oh bitte! Ihr wart doch nur ein paar Wochen zusammen!«

»Acht Monate!«, betonte Freddy.

»Es hat doch sowieso nicht mehr gepasst bei euch«, echauffierte sich Tine. »Ihr solltet beide froh sein, dass dieses Elend so schnell ein Ende gefunden hat.«

»Wie kannst du nur so unsensibel sein?«, schniefte Freddy, »das hätte ich nicht von dir gedacht.«

»Tine meint es nicht so«, beschwichtigte ich ihn und sah Tine scharf an.

»Was soll das heißen, es hat nicht mehr gepasst? Wir waren sehr glücklich zusammen«, schnauzte Freddy Tine an.

»Du vielleicht, aber dein Kläuschen? Du hast doch nur noch an ihm herumgenörgelt. Nichts konnte er dir recht machen.«

Freddy schwieg.

Meiner Meinung nach hätte sie es dabei belassen können, doch sie setzte noch einen drauf.

»Eigentlich ist es doch immer dasselbe bei dir. Wie oft bist du in den letzten Jahren auf die Nase gefallen? Schau dir doch die Typen erst einmal genau an. Lern sie besser kennen, bevor du sie in dein Herz und vor allem in deine Wohnung lässt. Aber nein, sobald bei dir ein neuer Mann auf der Matte steht, ist es sofort Herzchen, Sternchen, Feuerwerk – die ganz große Liebe, bla, bla, bla. Jeder bekommt sofort deinen Wohnungsschlüssel, kaum, dass du seinen Namen kennst. Und nach ein paar Wochen trauter Zweisamkeit kommt dann der Knall. Ein Wunder, dass dir noch keiner die Bude ausgeräumt hat.«

Ich warf ihr einen warnenden Blick zu. Sie ignorierte mich. In gewisser Weise gab ich ihr ja durchaus recht, aber musste sie es gleich mit der Holzhammer-Methode angehen?

»Vielen Dank für die guten Ratschläge. Du bist ja Expertin, was Männer angeht. Wie lange hat deine letzte Affäre noch mal gedauert? Lass mich überlegen. Ach, ich vergaß, Beziehungen sind für dich ja so etwas wie eine ansteckende Krankheit. Manische Bettflucht trifft es wohl eher. Buchstabiere doch mal das Wort BEZIEHUNG! Gibt es das überhaupt in deinem Vokabular?«, keifte Freddy beleidigt zurück.

Es war Zeit, mich einzumischen. »Ihr benehmt euch wie kleine Kinder. Schluss jetzt!«

Tine setzte gerade zum Gegenschlag an. Ich hielt sie zurück. »Ich sagte, Schluss! Endgültig.« Angefressen drehte sie sich von uns weg. Eine Weile wartete ich ab. Keiner sprach ein Wort. Freddy war irgendwann aufgestanden und hatte erneut Geld in die Musikbox geworfen. Nun saß er wieder zwischen uns, süffelte an seinem Whisky und stierte vor sich hin.

Eingeschnappt knackte Tine lautstark eine Nuss nach der anderen. Marianne trällerte melancholisch über verletzte Gefühle vor sich hin.

Mich drückte die Neugier. »Und was war jetzt wirklich der Grund für die Trennung?«, fragte ich vorsichtig nach, bedacht, nicht wieder ein Fass aufzumachen.

»Er wird ihn, wie üblich, mit seinem Putzfimmel in den Wahnsinn getrieben haben«,, schnaubte Tine, ohne uns anzusehen.

Diesbezüglich war Freddy in der Tat ein schwieriger Mensch. Er war ein fürchterlicher Pedant in Sachen Ordnung und Sauberkeit.

»Vermutlich hat Klaus die Zahnpaste nicht ordentlich zugedreht.« Sie verdrehte abermals die Augen, dann schlug sie theatralisch die Hände an die Wangen. »Oh mein Gott, ich weiß es! Er hat die Haare im Waschbecken liegen lassen.«

»Tine!«, fuhr ich sie genervt an. Gerade hatte sich die Lage beruhigt, nun fing sie wieder an zu stänkern. »Hast du deine Tage, oder warum bist du heute so mies drauf? Ich habe Freddy gefragt, jetzt halte du dich bitte raus!«

»Ach ist doch wahr. Jedes Mal dieselbe Leier. Ich habe es langsam satt.«

»Diesmal nicht!«, kam es betrübt von der anderen Seite.

»Was dann, Freddy, spuck es aus.«

Tine hörte nicht auf zu sticheln. »Hat er deinen ausgezeichneten Musikgeschmack nicht ertragen?« Tine legte es offensichtlich auf Streit an. Ich verstand nur nicht wieso.

Freddy reagierte nicht darauf. Stattdessen hielt er dem Barkeeper sein leeres Glas entgegen. »Bringst du mir noch einen?«

»Die Musik, ich wusste es!« Tine stichelte ungehalten weiter. »Du hast ihn mit deinem Schlagerfimmel vertrieben. Kein Wunder, das hält ja kein normaler Mensch aus!«

»Ich besitze einen ausgezeichneten Musikgeschmack«, verteidigte sich Freddy.

»Man hört's!«

Marianne Rosenberg trällerte noch immer von Liebe vor sich hin. Es war ein Wunder, dass noch niemand aufgestanden war und die Jukebox zertrümmert hatte. Das war ja kaum auszuhalten.

Erschöpft hielt ich mir die Ohren zu und stützte mich auf den Tresen. »Könnt ihr bitte, bitte damit aufhören? Ich halte das nicht mehr aus. Was soll denn das ganze Theater? Ich dachte, wir verbringen hier einen netten Abend zusammen, spielen ein bisschen Billard. Stattdessen schlagt ihr beide euch die Köpfe ein. Da geh ich lieber nach Hause.« Ich knallte mein Bierglas lauter als gewollt auf die Theke. »Barnie! Zahlen bitte.« Enttäuscht zog ich meine Jacke vom Stuhl und drückte Barnie einen Schein in die Hand. »Passt so.« Ich lächelte ihn an. Dann drückte ich Freddys Arm. »Wir telefonieren, mach's gut.«

Tine hielt mich am Ärmel fest, als ich an ihr vorbeigehen wollte. »Tut mir leid.« Sie sah mich gequält an.

Ich glaubte ihr, aber so leicht sollte sie nicht davonkommen. Abwartend blieb ich neben ihr stehen. Sie zögerte einen kurzen Moment, als ich auffordernd in Freddys Richtung nickte.

»Sorry.« Vorsichtig strich sie ihm mit dem Finger über den Handrücken. »Ich bin heute einfach furchtbar schlecht drauf.«

»Ach ja?« Freddy gab sich erstaunt. »Gut, dass du es erwähnst, sonst wäre es uns gar nicht aufgefallen!« Er war noch immer eingeschnappt.

»Ja.« Tine zog eine Schnute. »Für eine funktionierende Partnerschaft müssen beide an sich arbeiten. Und ehrlich, Freddy dein permanentes Beziehungsgedöns nervt mich mittlerweile. Und Marianne Rosenberg auch«, bekannte sie und seufzte auf.

Freddy wollte etwas sagen, doch Tine kam ihm zuvor. »Und nur, weil ich mich nicht dauerhaft an einen Typ binde, heißt das nicht, dass ich davon keine Ahnung habe.«

Freddy ignorierte den ersten Teil dessen, was Tine gesagt hatte. Stattdessen verteidigte er sein Idol, ja er brach regelrecht eine Lanze für sie.

»Marianne Rosenberg ist eine ganz begnadete Künstlerin und ich vergöttere sie. Sie steht seit neunzehnhundertsiebzig auf der Bühne, hat neunzehn Studioalben veröffentlicht und sechsundsechzig Singles aufgenommen. Ihre Lieder besitzen eine Tiefgründigkeit, die Herzen berührt. Mach ihr das erst einmal nach, bevor du über sie ablästerst.«

»Ich kann leider nicht singen«, nuschelte Tine halbherzig.

Es ging schon wieder los. Absolut lächerlich. »Schluss damit! Freddy, du musst uns nicht sagen, warum ihr euch getrennt habt, wenn du nicht magst. Das ist völlig in Ordnung.«

»Setz dich bitte.« Freddy wies geknickt mit dem Kopf auf meinen alten Platz. »Ich erzähle euch ja, was los war.«

»Aber nicht, wenn wir das Gespräch wieder auf demselben Niveau führen wie gerade eben. Darauf habe ich echt keinen Bock mehr«, ermahnte ich beide.

Er nickte ergeben.

»Und von dir will ich jetzt auch keinen Ton mehr hören, bis er fertig ist. Verstanden?« Ermahnend sah ich Tine an. Dann hockte ich mich wieder auf meinen Platz.

Freddy streckte dem Wirt drei Finger entgegen: »Drei Kurze, Barnie!«

Barnie stellte vor jeden von uns ein Glas Schnaps ab. Gleichzeitig griffen wir danach.

»Haben wir uns wieder lieb.« Auffordernd hielt Tine ihr Glas in unsere Richtung. Erleichtert stieß ich mit ihnen an. Was war heute nur mit meinen Freunden los?

Kapitel 13

»Es lag an meinem Essen«, murmelte Freddy trocken und stellte sein Glas ab.

»Quatsch!«, entfuhr es mir heftiger als gewollt. »Du kochst hervorragend. Wer daran etwas auszusetzen hat, der hat deine Küche gar nicht verdient.« Tröstend streichelte ich seine Wange.

Die Leidenschaft für gute Küche konnte man Freddy ansehen. Obwohl er viel Wert auf sein Äußeres legte, hatte er sich in den letzten Monaten ein nettes kleines Bäuchlein angefuttert. Ständig probierte er an neuen Gerichte herum und nur die frischesten Zutaten kamen bei ihm auf den Tisch. Freddy kochte sehr gerne für andere Leute. Familie und Freunde mit seiner Kochkunst zu verwöhnen, machte ihn glücklich. Geld spielte dabei fast keine Rolle.

Man konnte sich gewiss über manches bei Freddy beklagen, aber ganz sicher nicht über schlechtes Essen. So viel war sicher.

»Wir hatten Kläuschens Mutter eingeladen, damit wir uns endlich kennenlernten.« Er seufzte dramatisch.

»Na endlich. Und weiter?«, forderte ich ihn auf.

»Ich war schrecklich nervös, denn ich wollte doch unbedingt einen guten Eindruck auf sie machen.«

»Das kann ich mir gut vorstellen.«

»Ich habe Kläuschen gelöchert, was ihre Leibspeisen sind, welchen Wein sie gerne trinkt, einfach alles. Ihr kennt doch das schöne neue Service, das ich mir zugelegt habe. Der Tisch sah phänomenal aus. Die Blumendekoration ganz apart asiatisch gehalten. Und mit dem Essen hatte ich mir diesmal extra viel Mühe gegeben.« Er sah so verzweifelt aus.

»Was gab es denn?«, fragte ich, neugierig geworden. Mir lief bereits das Wasser im Munde zusammen, ohne dass ich das Menü kannte.

»Thai-Curry-Hühnchen mit Bambussprossen und Jasminreis. Kläuschen sagte, sie habe eine Schwäche für asiatisch, darum hatte ich mir für diesen Anlass etwas ganz Besonderes einfallen lassen.« Freddy sah aus, als würde er gleich in Tränen ausbrechen. Ich verstand noch immer nicht, wo das Problem lag.

»Hört sich doch sehr lecker an«, versuchte ich, das Gespräch in Gang zu halten. »Sie war gewiss schwer beeindruckt von deinen großartigen Kochkünsten.«

»Ja.« Freddy schlug sich schniefend die Hände vors Gesicht. »Vor allem, als sie im Gesicht knallrot wurde, ihr Hals zuschwoll und sie keine Luft mehr bekam.«

»Zu scharf?«, fragte nun auch Tine gespannt nach.

Freddy lugte vorsichtig zwischen seinen Fingern hindurch. »Nein, ich hatte vor lauter Aufregung vergessen, dass sie hochgradig allergisch ist. In der Soße war jede Menge Erdnussbutter.«

Entsetzt schlug ich mir die Hände vor den Mund, dann, nach dem Bruchteil einer Sekunde, drehte ich mich weg. Meine Schultern zuckten, ich presste fest die Lippen aufeinander und bemühte mich, das Wort »Brot« mit langem Vokal zu denken. Diesen Trick hatte ich mir bei einer Schauspielerin abgeguckt, die das einmal in einem Interview erwähnte. Es beruhige sie, wenn sie die Kontrolle über sich verlor. Und laut ihr klappte es immer. Bei mir so einigermaßen, bis ich Tine glucksen hörte. Danach konnte ich mich nicht mehr beherrschen. Ich prustete laut los. Tine ebenfalls. Wir bogen uns, bis uns die Tränen über die Backen liefen. Es dauerte ein Weilchen, bis wir uns wieder beruhigt hatten.

Barnie sah kopfschüttelnd zu uns herüber.

»Den restlichen Abend haben wir im Krankenhaus verbracht«, setzte Freddy noch eins drauf.

Wieder kreischten wir los.

»Das ist ja wie in einem schlechten Film.« Tine atmete schwer.

»Kläuschen ist noch in der Nacht ausgezogen.«

»Das war sicher der erste Schock«, beruhigte ich ihn.

»Gib ihm ein wenig Zeit, das wird schon wieder«, stimmte mir auch Tine zu.

»Er hatte zwei Wochen Zeit, wie viel braucht er denn noch?«, regte sich Freddy auf. Dann wurde er wieder stiller. »Er meinte, er hänge sehr am Leben seiner Mutter. Diese Sache vergegenwärtige ihm wieder, wie wenig ich mich eigentlich für ihn interessiere. Es sei unverzeihlich, dass ich solche lebenswichtigen Informationen über seine Familie einfach vergessen würde.«

»Das hast du doch nicht mit Absicht gemacht«, sprang ich ihm zur Seite. »Hast du versucht, noch einmal mit Klaus darüber zu reden?« Ich persönlich fand seine Reaktion total überzogen.

»Zwecklos. Er blockiert alle meine Anrufe. Sagt, ich bin für ihn nur ein selbstverliebter Egozentriker.«

Tine tupfte sich mit den Handflächen die Wangen trocken. »Es ist natürlich schon so, dass du an Klaus ständig herumkritisiert hast.«

Freddy wehrte ab. »Du übertreibst.«

»Vielleicht ist dir das nicht bewusst, aber Tine hat recht«, stimmte ich zu.

»Dir hat dies nicht gepasst, was er gemacht hat, und jenes auch nicht. Ständig hast du ihn verbessert oder getadelt«, gab Tine vorsichtig zu bedenken. »Bei dir muss immer alles nach deinem Kopf gehen. Man kann es dir nur schwer recht machen.«

»Ich bin eben ein Perfektionist. Das weiß Kläuschen auch. Chaos kann ich gar nicht ab«, rechtfertigte er sich.

»Eben. Du bist immer perfekt und hast für Fehler anderer nur begrenzt Verständnis und bei deinem Partner gar nicht. Gerade weil du an Klaus immer herumgenörgelt hast, ist es nachvollziehbar, dass er dir diesen Vorfall nicht so leicht verzeihen wird. Immerhin hätte es ganz dumm enden können.«

Freddy war ehrlich verzweifelt. »Das weiß ich ja alles selbst. Ich wollte ihm sagen, wie leid es mir tut. Dass mir so etwas ganz sicher nie wieder passieren wird. Ich habe seiner Mutter einen riesigen Blumenstrauß geschickt und mich in aller Form bei ihr entschuldigt.«

»Wie hat sie reagiert?«, erkundigte ich mich.

»Sie war ganz zauberhaft. Seine Mutter hat mir sofort verziehen, aber wann beziehungsweise ob sie wieder bei uns essen wird, wollte sie offenlassen.«

»Dann gib bei deinem Klaus nicht auf und versuch es weiter. Irgendwann wird er sich einkriegen und ihr könnt reden.« Ich war überzeugt, dass das alles nur eine Frage der Zeit war.

»Das hatte ich gehofft«, seufzte Freddy betrübt, »aber heute habe ich ihn gesehen, zusammen mit dem Schuhverkäufer von Good Shoes.«

»Bist du sicher?« Tine zweifelte. Sie war jetzt bedeutend netter zu ihm als vorhin. »Vielleicht sind sie nur befreundet.«

Freddy blieb skeptisch. »Es schien sehr eindeutig. Die zwei gingen äußerst vertraut miteinander um, wenn ihr versteht, was ich meine.«

»Dann lief da aber schon vorher was, wenn er mit wehenden Fahnen zum nächsten Typ wandert«, entfuhr es mir. Ich war enttäuscht von Klaus, ich hatte ihn anders eingeschätzt.

»Barnie! Schiebst du uns bitte noch mal drei Korn rüber?« Diesmal orderte Tine den Schnaps. Wenigstens vertrugen sich die beiden wieder. »Auf uns drei einsame Herzen!« Versöhnlich hielt sie das Glas hoch.

»Moment mal«, protestierte ich. »Ich befinde mich in einer äußerst glücklichen Beziehung!«

»Du bist doch die meiste Zeit des Jahres allein. Wenn du damit glücklich bist, solltest du dringend über deine Beziehung zu Jens nachdenken«, erwiderte Tine und kippte ihr Glas. »Was haltet ihr jetzt von einer Partie Billard? Hat jemand Lust?«, setzte sie hinzu, ehe ich auf ihre Äußerung reagieren konnte.

Es brauchte einiges an Überredungskunst, um Freddy zu einer Partie zu bewegen, aber nach einer Weile taute er auf. Nachdem er zweimal gegen uns gewonnen hatte, besserte sich seine Laune zusehends.

»Verrätst du mir, was heute mit dir los ist?«, fragte ich Tine etwas später, als wir allein am Billardtisch lehnten.

Freddy hatte in der Menge einen Bekannten erspäht und bequatschte ihn am Tresen.

»Deine miese Laune hängt doch nicht nur mit Freddys Herzschmerz zusammen?«

Tine schnupperte gedankenverloren an ihrem Glas Wein. »Ach vergiss es!« Sie winkte ab.

»Es geht um einen Mann«, mutmaßte ich. Da sie es nicht bestritt, wusste ich, dass ich richtig lag.

»Okay. Dann gibt es nur zwei Möglichkeiten. Entweder du kriegst ihn nicht …«

Tine zog die Augenbrauen hoch, als hielte sie diese Variante für völlig ausgeschlossen.

»… oder du wirst ihn nicht mehr los«, vervollständigte ich meinen Satz.

»Touché.«

»Habe ich was verpasst?« Scherzhaft stupste ich sie mit dem Zeigefinger zwischen die Rippen. Das konnte sie nämlich absolut nicht leiden.

»Es ist ja nicht, dass wir nicht unseren Spaß zusammen gehabt hätten«, begann Tine zögernd, »aber er ist so was von anhänglich. Dabei habe ich von Anfang an klargestellt, dass das nur eine einmalige Sache mit uns ist. Wir springen zusammen in die Kiste, verbringen eine Nacht zusammen und das war es dann. Am nächsten Tag geht jeder wieder seine Wege.«

In meinem Magen begann es zu rumoren. »Und jetzt?«

»Jetzt schreibt er mir ständig Mails, faselt was von ›sich in mich verliebt zu haben‹, bla, bla. Der ist wie eine Zecke, die sich festgebissen hat..«

»Wir sprechen hier aber nicht von Carsten, oder?« Der Gedanke, dass es so sein könnte, versetzte mir einen Stich.

Sie winkte ab. »Unsinn! Wie kommst du denn darauf? Ich habe Carsten schon eine Weile nicht mehr gesehen. Glaube, er hatte Kurzstrecke und ich war ja Langstrecke unterwegs.«

»Ja, das ist richtig. Wir haben uns in Nürnberg getroffen.«

Sie hob überrascht die Augenbrauen.

»Zufällig«, bemühte ich mich zu ergänzen. »Wegen des Unwetters am Freitag, unser Flug wurde umgeleitet. Wir haben uns zusammen …« Beinahe wäre mir herausgerutscht, dass wir uns ein Zimmer, schlimmer noch, ein Bett geteilt hatten. Doch das sollte mein Geheimnis bleiben, so sagte ich schnell: »… ein Taxi zum Hotel geteilt. Weil der Shuttle-Service schon weg war.«

»Ach so.« Sie schwieg eine Weile, ich ließ ihr Zeit.

»Erinnerst du dich an den Flug nach Kairo? Den Copiloten, der dann die Gesellschaft gewechselt hat?«, rückte sie schließlich heraus.

»Ich erinnere mich vor allem daran, dass du am nächsten Morgen aus einem fremden Zimmer kamst, als ich dich gesehen habe«, gab ich mit einem erleichterten Augenzwinkern zurück.

Sie nahm einen Schluck Weißwein.

»Wo liegt das Problem? War er so schlecht im Bett?« Ich fand den Typen damals sehr nett. Zumindest, was ich auf die kurze Zeit sagen konnte. Zudem sah er gut aus, war sportlich, durchtrainiert, besaß perfekte Manieren, absolut schleierhaft, warum er Tine nicht mehr reizte als für einen One-Night-Stand.

»Ich will keine feste Beziehung. Schon vergessen? Das Leben ist zu kurz für …«

»Ja, ja, ja.« Ich winkte ab. »Schon kapiert. Und weiter?«

»Er steckte damals in einer Beziehungskrise mit seiner Freundin. Anscheinend hat er sich nach der Geschichte mit mir von ihr getrennt und dachte, er könne jetzt bei mir landen. Der ist so was von hartnäckig, hat einiges versucht, um an meine Nummer zu kommen. Ich hatte richtig Mühe, ihn mir vom Leib zu halten. Und jetzt kommt ausgerechnet der zu Janines Hochzeit. Ich habe es per Zufall erfahren. Ist wohl ein Freund ihres Zukünftigen.«

»Oh je!«

»Genau. Es hat so lange gedauert, bis er endlich kapiert hat, dass es bei dieser einmaligen Affäre bleiben wird. Auch wenn ich zugeben muss, dass er wirklich sehr attraktiv ist, und die Nacht mit ihm war toll. Aber ich habe eben meine Prinzipien.«

»Hast du nie darüber nachgedacht, deine Prinzipien über Bord zu werfen? Wie willst du den perfekten Mann finden, wenn du dich auf niemanden öfter als eine Nacht einlässt?«

»Den kann ich nicht finden, weil es den perfekten Mann nicht gibt, kapiert! Es gibt ihn nicht!«, bekräftigte sie noch einmal. »Auf Kompromisse lasse ich mich erst gar nicht ein, basta! Ich befürchte nur, dass das ganze Tamtam wieder von vorne losgeht, wenn ich ohne Begleitung auf der Hochzeit erscheine.«

»Das ist gut möglich.« Ich seufzte. »Was hast du vor?«

»Wegbleiben ist keine Option. Das will ich nicht und ich kann es Janine nicht antun.«

»Dann brauchst du einen Begleiter für das Fest«, schlug ich vor. »Jemanden, der sich als dein Freund ausgibt …«

»… ohne irgendwelche Hintergedanken dabei zu haben«, ergänzte sie.

»Und der dir die lästigen Verehrer vom Hals hält«, vervollständigte ich ihre Überlegungen.

»Tja, woher nehmen, wenn nicht stehlen? Gut aussehende Singlemänner wachsen eben nicht auf Bäumen. Außerdem müsste er nach der Feier sang- und klanglos wieder von der Bildfläche verschwinden.«

Ich wies mit meinem Bierglas zu Freddy hinüber, der uns leicht angeschickert entgegentorkelte. »Oder Barnie?«

»Danke.« Tine schien mit meiner Auswahl nicht ganz einverstanden zu sein. Beide Männer waren zwar ausgesprochen nett und würden den Spaß vielleicht sogar mitmachen, nur leider stellten sie optisch nicht das dar, was Tine sich unter ihrem Liebhaber vorstellte, und sei es auch nur gespielt.

»Was ist mit mir, Liebchen?« Freddy kam zurück zu seinem Stammplatz.

»Tine benötigt für die Hochzeit von Janine und Ron dringend einen attraktiven Begleiter, um sich damit einen hartnäckigen Verehrer vom Hals zu halten. Wir dachten dabei an dich.« Dort, wo mich ihr Ellbogen traf, würde morgen mit Sicherheit ein blauer Fleck glänzen.

»Ich weiß dein Angebot zu schätzen.« Freddy tätschelte Tines Hand. »Aber erstens befinde ich mich noch in der Trauerphase und bin damit nicht authentisch genug und zweitens bin ich selbst eingeladen.« Er grinste zufrieden. »Außerdem weiß jeder, dass ich nicht auf Frauen stehe, Schätzchen. Tut mir schrecklich leid, aber ich stehe nicht zur Verfügung.« Er hickste.

»So ein Pech aber auch.« Sie versuchte, sich die Erleichterung nicht zu deutlich anmerken zu lassen. »Du wärst meine erste Wahl gewesen.«

Belehrend hob Freddy den Zeigefinger: »Was du brauchst, ist jemand Professionelles.« Er neigte sich wankend zu uns vor und verkündete feierlich: »Ich sage nur ›Munich Man 2000‹!«

Wir sahen uns fragend an.

Tine erfasste es als Erste. »Ein Escort-Service?«

»Nicht irgendein Escort-Service, Schätzchen. Der Escort-Service in München und Umgebung. Nicht billig, das gebe ich zu, aber allererste Sahne. Ich denke, das sollte dir der Spaß wert sein.«

Freddy überraschte mich immer wieder. »Was zur Hölle hast du mit einem Begleitservice zu schaffen?«

Freddy fiel fast vom Barhocker, auf dem er saß. »Ein Kavalier genießt und schweigt.«

Wir fingen ihn gerade noch auf. »Freddy?!«, riefen wir beide gleichzeitig.

»Die haben mich auf der Straße angesprochen. Ich bin eben ein interessanter Typ, der ihnen sofort ins Auge gefallen ist. Sie wollten mich unbedingt in ihre Kartei aufnehmen, aber ich habe abgelehnt.«

»Freddy!!!«

»Schon gut, schon gut! Ich hatte kürzlich einen Fluggast aus der Branche. Er hat mir beim Abschied sein Visitenkärtchen zugesteckt. Daraufhin habe ich das Unternehmen gegoogelt.«

»Ist das ein Service für Männer?«, hakte ich nach.

»Sowohl als auch. Unser Tinchen wird dort mit Sicherheit fündig werden.« Aufgeregt wie ein kleines Kind klatschte er in die Hände: »Wir könnten uns doch alle drei dort eine Begleitung buchen. Das wäre ein Spaß. Keiner geht allein zur Party. Denkt doch bloß, wie sich die anderen ihre Köpfe darüber zermartern würden, mit wem wir uns da amüsieren. Vielleicht bekommen wir sogar Mengenrabatt.« Wenn Freddy begann, übermütig zu werden, war dies meist ein sicheres Zeichen dafür, dass die Promillegrenze erreicht war. Zeit zum Aufbruch. Wir bezahlten die Zeche, hakten uns bei Freddy unter und machten uns gemeinsam auf den Weg zur nächsten U-Bahn-Station.

»Ich gehe mit Jens zur Hochzeit. Kein Bedarf«, erinnerte ich Freddy, ehe er sich in seine irre Idee zu sehr hineinsteigerte. Er sprach von nichts anderem mehr.

»Ich denke, der hasst Massenansammlungen«, entgegnete Tine überrascht.

»Er hat mir fest versprochen mitzukommen. Immerhin ist es unser Wochenende. Ich verzichte gerne auf alles andere, wenn Jens da ist, aber eine Hochzeit kann man nicht nachholen. Darum kommt er mit. Ist das nicht süß von ihm?«

»Ich finde, es ist das Mindeste, dass er mitkommt«, bemerkte Tine unbeeindruckt. »Du richtest dein komplettes Leben nach ihm aus. Da ist es ja wohl nicht zu viel verlangt, wenn er einmal deinetwegen über seinen Schatten springt.«

»Vielleicht bringt ihn das ja auf den Gedanken, selber mal ans Heiraten zu denken«, mischte sich Freddy hicksend ein. »Ihr seid ja schließlich lange genug zusammen.«

Denselben Gedanken hatte ich auch gehabt.

Kapitel 14

Klaus kam nicht zurück.

Freddy durchlief in den vergangenen Wochen ein Wechselbad der Gefühle. Zuerst hatte er eine grenzenlose Wut auf Klaus, der ihm keine Chance gab, sich mit ihm auszusprechen. Dann wandelte sich die Wut urplötzlich in völlig übertriebene Fröhlichkeit. Freddy hielt es allein zu Hause nicht mehr aus. Stattdessen traf man ihn in sämtlichen Clubs der Stadt an.

»Was interessieren mich meine Fehler von gestern«, tönte er gespielt munter, wenn er auf Klaus angesprochen wurde. »Es gibt so viele interessante Männer und ich bin Single!«, posaunte er fröhlich herum. Es nahm ihm nur keiner ab, dass es ihm so gut ging, wie er tat. Jedenfalls nicht die, die ihn besser kannten und wussten, wie es wirklich in ihm aussah, so wie Tine und ich. In unseren Augen versuchte er nur zu überspielen, wie schlecht es ihm tatsächlich ging. Und so, wie er sich aufführte, tat es das mit Sicherheit. Dann war er bei einer Party völlig unvorbereitet auf Klaus getroffen. Von da an ging es mit ihm steil bergab. Freddy verkroch sich in seiner Wohnung oder hing bei Barnie am Tresen ab. Seine neuen Freunde hießen Whisky und Chips. Whisky mochte er schon immer gerne. Aber bisher wusste er ihn zu genießen und er wusste auch, wann er genug davon hatte. Nun schien es ihm egal zu sein. Hatte er dann ein Glas zu viel, verfiel er wieder in Selbstmitleid und klagte jedem, der es hören wollte oder nicht, sein Leid. Das ging so weit, dass Barnie damit drohte, alle Platten von Marianne Rosenberg aus der Musikbox zu entfernen, denn ansonsten laufe er Gefahr, das wertvolle Stück mit dem Beil in Trümmer zu schlagen.

Freddy fühlte sich dadurch von allen Freunden verlassen und verraten.

Das war der Moment, wo ich Klaus anrief und um ein Treffen bat. Er war ziemlich überrascht, von mir zu hören, und verhielt sich anfangs sehr zurückhaltend. Da ich aber nicht locker ließ, war er am Ende doch bereit, sich mit mir zu treffen. Allerdings sollte dieses Treffen an einem neutralen Ort stattfinden.

Wir verabredeten uns in einem kleinen Café nahe des Olympia-Parks. Die Wahrscheinlichkeit, dort auf Freddy zu stoßen, war relativ gering.

Ich war ein paar Minuten vor der Zeit da und reservierte uns einen Platz am Fenster. Klaus erschien pünktlich auf der Bildfläche, das schätzte ich an ihm. Die Begrüßung fiel etwas zögerlich aus.

Ich war aufgestanden, als er an den Tisch kam. »Hallo Klaus. Schön, dass du da bist.«

»Sophie.« Etwas zögernd hielt er mir die Hand entgegen.

Ich wusste nicht, ob ich sie ergreifen sollte, weil es so distanziert wirkte. Daher zauderte ich ein wenig.

Er bemerkte es. Fast unbeholfen, mit einem schiefen Grinsen, zog er sie zurück, berührte verlegen lachend meine Schultern, um mich wie früher auf die Wange zu küssen. »Du siehst gut aus.« Klaus schob mir den Stuhl zurecht.

»Danke. Du auch. Geht es dir auch gut?«

»Wissen Sie schon, was Sie trinken möchten?«, unterbrach uns eine junge Bedienung.

Bevor Klaus gekommen war, hatte ich bereits die Karte studiert. Ich reichte sie ihm. »Sollen wir noch warten oder …?«

Klaus schüttelte den Kopf. »Einen Kaffee bitte«, sagte er und legte die Karte zurück auf den Tisch.

»Für mich bitte ein Kännchen Kräutertee und ein Stück Käsekuchen, danke.«

Das Mädchen notierte unsere Bestellung und verschwand.

Klaus kam gleich zur Sache. »Schieß los, Sophie! Ich gehe davon aus, dass du mit mir über Freddy reden möchtest.«

»Exakt.« Klaus holte tief Luft.

»Ich weiß, es geht mich überhaupt nichts an«, kam ich ihm zuvor. »Das Ganze ist eure Sache. Aber Freddy geht es wirklich nicht gut. Ich mache mir ehrlich große Sorgen um ihn. So hab' ich ihn bisher noch nie erlebt.«

Klaus schüttelte ungläubig den Kopf. »Er zieht wieder das ganz große Drama ab, stimmt's? Spielt er wieder den Bedauernswerten?«

»Klaus, er spielt ihn nicht, er ist es. Du solltest ihn wirklich sehen. Er leidet wie ein Hund unter eurer Trennung«, beharrte ich. »Freddy ist kaum wiederzuerkennen. Er lässt sich gehen, legt kaum mehr Wert auf sein Äußeres und er hat auch ganz schön zugelegt, weil er sich so viel Müll reinzieht«, fügte ich hinzu.

»Das mag ja alles sein, Sophie. Aber er kommt wie immer mit seiner Masche durch. Jeder sorgt sich um den armen Freddy.«

Ich schwieg betreten. Die Bedienung brachte unsere Bestellung. Eine willkommene Ablenkung. Vorsichtig nippte ich an meinem Tee.

»Es ist richtig, ich sorge mich um ihn. Freddy ist einer meiner besten Freunde. Ich mag ihn, wie er ist. Oder besser gesagt, wie er normalerweise ist«, ergänzte ich schnell.

Klaus rührte nachdenklich in seinem Kaffee.

»Und ich vermisse dich«, sagte ich und meinte es auch so. »Ihr habt euch gegenseitig so gut getan. Du warst der ruhige Pol an seiner Seite. Ja, ich gebe zu, ich habe anfangs nicht gedacht, dass es lange halten wird mit euch, aber … Klaus, du gehörst doch mittlerweile zu uns dazu. Ich möchte einfach gerne verstehen, weshalb du so Hals über Kopf ausgezogen bist.«

Bedächtig stellte Klaus seine Kaffeetasse ab. »Freddy wird dir, und Tine sicher auch, erzählt haben, was passiert ist«, begann er.

»Ja, das hat er. Er hat einen schrecklichen Fehler gemacht, der ganz dumm hätte enden können. Das sieht er selbst ein und es tut ihm wahnsinnig leid. Aber er sagt auch, dass er mehrmals versucht hat, mit dir darüber zu reden, und du alle Gesprächsversuche abblockst. Wieso?«

Die Bedienung kam zum Tisch, um nachzusehen, ob alles in Ordnung war.

Klaus wartete, bis sie wieder verschwunden war. Bedächtig verschränkte er die Hände ineinander, lehnte sich in seinem Stuhl zurück und sah mich ruhig an. Dann begann er zu reden. Es war nicht nur, dass Freddy die Nussallergie seiner Mutter vergessen hatte, es hatte sich in den letzten Wochen mehr aufgestaut, weswegen eine Beziehungspause für ihn notwendig geworden war.

»Weißt du«, sagte er und lächelte fast traurig dabei. »Freddys lebensfrohe, exzentrische Art hat mich anfangs total fasziniert. Aber du kennst ihn. Er ist in jeder Hinsicht extrem. Was er macht, wie er sich gibt, wie er lebt. Auf Dauer ist das für jemanden wie mich nicht leicht auszuhalten.«

»Wie meinst du das?«

»Ich bin ein eher ruhiger Typ. Ich mag es gerne mal still und gemütlich. Freddy dagegen liebt Hektik und Rummel. Bei ihm ist jeden Tag Party angesagt und er braucht immer Publikum, das ihn bewundert und anhimmelt.«

Darüber musste ich nachdenken. »Aber hast du denn diese Ruhe nicht, wenn er unterwegs ist?«, fragte ich nach.

»Natürlich, aber sobald Freddy zu Hause ist, ist Schluss damit, und das strengt unheimlich an. Es kann doch nicht sein, dass man froh ist, wenn der Partner endlich zur Arbeit geht. So war es aber am Schluss bei uns.«

Ich war erschüttert. So wie Klaus sprach, hörte es sich nicht für mich an, als würde sich die Beziehung kitten lassen. Oder gab es vielleicht doch noch eine winzige Chance? Ich betrachtete ihn stumm. Klaus hatte seine Hände auf die Tischplatte gelegt. Es waren schöne, gepflegte Hände.

»Hast du ihm das nie gesagt?«, fragte ich nach einer Weile, in der wir beide nur stumm dagesessen waren.

»Doch, aber er hat es nicht verstanden. Es gab Tage, da war ich richtig gestresst, wenn ich wusste, dass er gleich heimkommt.«

Was Klaus mir erzählte, bestürzte mich. »Ich dachte immer, genau deshalb versteht ihr euch so gut. Jeder hat das, was dem anderen fehlt. Ihr gleicht euch gegenseitig aus. Es schien so, als hole Freddy dich aus deinem, entschuldige, Schneckenhaus und du würdest ihn erden, ihn quasi zurück auf den Boden holen.«

»Mag sein. In gewisser Weise ist es vielleicht so.« Er zeigte auf den Rand, den seine Kaffeetasse auf dem Tisch hinterlassen hatte. »Siehst du das?«

»Ja, was ist damit? Stört dich der Fleck? Soll ich die Bedienung um einen Lappen bitten, um ihn wegzuwischen?«

Ich war bereits im Begriff aufzustehen, da hielt er mich zurück. »Bleib. Was ich damit meine, ist, dass Freddy so etwas nicht aushalten kann. Er hätte schon mit einem Lappen hantiert, bevor ich die Tasse überhaupt abgestellt hätte. Ich hätte wie üblich meinen Anpfiff bekommen, die ganze Ruhe wäre beim Teufel gewesen, weil er nur darauf wartete, bis ich wieder etwas bekleckere.«

»Wahrscheinlich.«

»Ganz sicher! Ich war teilweise nur noch am Aufpassen, damit nichts passiert.«

»Das hört sich nicht gut an«, stimmte ich zu. Nachdenklich nippte ich an meinem Tee und warte darauf, dass er weiter sprach.

»Es klingt blöd, aber wenn er Langstrecke geflogen ist, habe ich genau das gemacht.« Er grinste.

Ich verstand nicht. »Ge …kleckert?«

Klaus schlug vergnügt auf den Tisch. »Gekleckert, gekrümelt, schmutziges Geschirr stehen lassen. Wie ein trotziges Kind. Und weißt du was? Es war irgendwie befreiend und hat mir Spaß gemacht.«

Er sprach so laut, dass ich mich verstohlen umsah, ob wir bereits auffielen.

Klaus war in Fahrt. »Wenn wir eingeladen waren oder sonst etwas vorhatten, ermahnte er mich unentwegt zur Pünktlichkeit. Mit dem Ergebnis, dass er mich damit ständig bei meiner Arbeit unterbrach, ich nicht fertig wurde und dadurch tatsächlich nicht zur vorgeschriebenen Zeit an Ort und Stelle war.«

»Aber du warst doch heute auch pünktlich.«

»Ich bin pünktlich! Ich kenne die Uhr, aber aus irgendeinem Grund glaubt Freddy, er müsse in diesem Punkt Verantwortung für mich übernehmen, weil ich es ohne ihn selbst nicht auf die Reihe bekomme.« Etwas heftiger als gewollt, stellte er seine Tasse zurück auf den Tisch und sah genervt aus dem Fenster.

Mittlerweile verstand ich ihn. Klaus zeigte mir gerade eine Seite meines Freundes, die ich bisher so nie wahrgenommen hatte. Ich hätte gerne etwas zu Freddys Verteidigung gesagt, doch mir fiel nichts ein. Ich griff zur Gabel und begann, meinen Kuchen zu essen.

Klaus brauchte einen Moment, bis sein Ärger verraucht war. »Der Abend mit meiner Mutter hat das Fass nur noch zum Überlaufen gebracht«, erklärte er. »Aber es hätte auch jede andere Kleinigkeit dazu gereicht. Es war voll.«

»Freddy denkt, es liegt, entschuldige den Ausdruck, nur an dem misslungenen Abend mit deiner Mutter.«

»Und da liegt unser Problem. Er hat noch immer nicht begriffen, was das eigentliche Problem ist. Seine Egozentrik.«

»Aber bei Tine und mir verhält er sich völlig anders. Da macht er kein Trara, wenn jemand was verschüttet oder mal ein paar Minuten zu spät kommt«, wunderte ich mich.

»Weil ihr seine Freunde seid. Ihr seid ihm in mancher Hinsicht unterlegen ...«

»Na höre mal«, protestierte ich, doch Klaus hob beschwichtigend die Hand und ließ mich nicht weiterreden.

»... zumindest ebenbürtig. Aber niemand ist besser als er. Er hat von sich selbst die höchste Meinung.«

»Das ist mir zu hoch, darüber muss ich erst nachdenken.« Ich nahm mir noch ein Stück vom Kuchen und schob Klaus meinen Teller zu. »Möchtest du? Er ist herrlich cremig.«

»Gern.« Er grinste mich an. Mit seinem Kaffeelöffel stach er ein Stück davon ab und schob es sich in den Mund. »Freddy will immer alles perfekt haben«, nuschelte er mit vollem Mund, nun nicht mehr verärgert. »Die perfekte Wohnung, die perfekte Einrichtung, das perfekte Essen, den perfekten Partner«, zählte er auf.

Seine Analyse brachte es genau auf den Punkt. Nur war es mir bisher noch nie so extrem bewusst geworden wie heute. Man konnte es drehen und wenden, aber alles, was er behauptete, war wahr. Freddys Wohnung könnte man jederzeit für die Zeitschrift »SCHÖNER WOHNEN« abfotografieren. Es gab darin nichts, was irgendwie zusammengewürfelt aussah. Alle Farben waren exakt aufeinander abgestimmt. Gegenstände, die nicht dazu passten, wurden entweder erst gar nicht gekauft oder rigoros entfernt. Freddy hatte damals vor seinem Einzug unzählige Bücher und Magazine gewälzt. Ich dachte immer, die Wohnung sei ein purer Glücksgriff gewesen, doch er hatte mir einmal verraten, dass er einen Makler dafür beauftragt hatte, eine Wohnung in perfekter Lage für ihn zu finden. Den letzten Schliff für die Einrichtung hatte er sich von einer Fengshui-Beraterin geholt. Es blitzte und blinkte bei ihm, wohin man sah. Man konnte jederzeit unangemeldet bei ihm erscheinen, Freddy käme nie in die Verlegenheit, dass nicht aufgeräumt oder geputzt war. Nur ein einziges Zimmer fiel aus der Reihe, der Raum, in dem Klaus bis vor Kurzem sein Büro, seinen Rückzugsort hatte. Über diese Erkenntnis war ich so perplex, dass ich darüber vergaß zu essen.

»Ich fühlte mich teilweise total von ihm bemuttert«, holte mich Klaus aus meinen Gedanken. »Wie ein kleines Kind. Tu dies nicht, mach das nicht, pass auf, mach nichts schmutzig. Wäre ich nicht gegangen, hätte er als Nächstes womöglich noch meine Arbeit überwacht. Aber er, der große, einzigartige Freddy, macht nie Fehler. Bei ihm ist immer alles korrekt und richtig. Er hat mir buchstäblich die Luft zum Atmen genommen, darum musste ich gehen.«

»Ach Kläuschen«, ich stutzte, »entschuldige, Klaus!« Ich seufzte verzweifelt. Ich schloss diesen großen Mann mit seiner ruhigen Art gerade immer mehr in mein Herz.

»Sag ruhig Kläuschen, das ist schon in Ordnung.« Er lächelte wehmütig.

»Es tut mir so unendlich leid für euch. Ich will einfach nicht glauben, dass das jetzt alles vorbei sein soll. Du bist der ruhige Pol, den er braucht. Jemand, auf den er sich bedingungslos verlassen kann. Gibt es denn gar keine Chance mehr für euch?«

»Glaubst du, mir fällt es leicht? Ich liebe ihn noch immer und er fehlt mir jeden Tag, aber so, wie es zwischen uns gelaufen ist, will und kann ich nicht mehr weitermachen. Entweder er ändert sich für mich, oder wir lassen es, wie es ist.«

»Aber ich dachte …?« Unsicher brach ich ab.

»Was dachtest du?«

»Ich dachte, du hättest schon jemand Neues?«

»Wer behauptet denn so was?« Klaus war ehrlich überrascht.

»Freddy! Er behauptet, er habe dich in einer sehr eindeutigen Situation mit dem Schuhverkäufer von Good Shoes gesehen.«

Ein zufriedenes Schmunzeln überzog sein Gesicht. »Ach sieh an, hat er das?« Er sah mir direkt in die Augen und erklärte dann: »Arnold ist ein sehr guter Freund. Wir sind zusammen zur Schule gegangen und kennen uns schon ewig. Ich kann vorübergehend bei ihm wohnen, bis ich mir im Klaren darüber bin, wie es weitergeht.«

Ich atmete erleichtert auf. Dann war das Kind ja noch nicht ganz in den Brunnen gefallen.

Klaus lachte. »Hat Freddy wirklich gedacht, ich hätte schon einen anderen?«

Ich nickte.

Klaus schien der Gedanke zu gefallen. »Das ist vielleicht nicht mal verkehrt. Nein, ich würde sagen, das ist sogar ganz gut.« Zufrieden blickte er aus dem Fenster.

»Worauf willst du hinausß Willst du Freddy etwa eifersüchtig machen?«

»Warum nicht. Wenn er mich so sehr vermisst, wie du sagst, und wenn er mich wirklich zurückhaben will, dann muss er sich jetzt echt ins Zeug legen. Ich will, dass er aufhört zu klammern, und er muss etwas gegen seinen Perfektionismus unternehmen.«

»Ich fürchte, es wird schwer werden, ihn umzukrempeln, er ist nun einmal, wie er ist. Du kannst aus ihm keinen anderen Menschen machen.«

»Das habe ich gar nicht vor. Ein bisschen weniger Freddy, dafür ein wenig mehr Alfred würde mir völlig reichen, wenn du verstehst, was ich meine.«

»Und du bist sicher, dass aus Arnold und dir nicht doch mehr werden könnte als nur sehr gute Freunde?«, vergewisserte ich mich bei Klaus.

Er schüttelte den Kopf. »Arnold ist hetero«, verriet er mir schmunzelnd. »Das muss Freddy aber nicht wissen.«

Ich versprach ihm, dichtzuhalten. Klaus war toll. Ich hoffte wirklich sehr, dass sich die Geschichte zwischen den beiden wieder einrenken ließ.

»Ich mag dich, Sophie. Danke, dass dich auch mein Teil der Geschichte interessiert hat.« Klaus sah mich lange an. »Freddy kann sich echt glücklich schätzen, solche Freunde wie dich und Tine zu haben.«

»Ich bin auch deine Freundin, Klaus.«

»Darauf sollten wir anstoßen.« Er bestellte für uns zwei Gläser Prosecco. »Auf die Freundschaft!«, toastete er mir zu.

»Auf die Freundschaft!«

Anschließend unterhielten wir uns noch eine ganze Weile über eher belanglose Dinge, bis wir uns schließlich voneinander verabschiedeten. Jetzt, da ich Klaus noch besser kennengelernt hatte, täte es mir noch viel mehr leid, wenn sich die beiden nicht mehr zusammenraufen würden. Zum Abschied umarmten wir uns und versprachen, auf jeden Fall in Kontakt zu bleiben.

Kapitel 15

Die Morgensonne schien sanft auf Jens' Gesicht. Ich liebte es, ihn zu beobachten, während er schlief. Sein Gesicht zuckte leicht, sicher träumte er.

»Ich fühle mich irgendwie beobachtet«, sagte er und drehte sich schwungvoll in meine Richtung. Dann begann er, mich zu kitzeln.

Lachend versuchte ich, mich aus seinen Armen zu winden. »Gnade!«, bettelte ich.

Jens betrachtete mich zärtlich. »Weißt du, worauf ich jetzt Lust hätte?«

Ich konnte mir gut denken, was er damit meinte, doch ich wollte nicht schon wieder den halben Samstag im Bett verbringen. Das machten wir ohnehin fast immer. Es musste doch noch etwas anderes als Sex geben. Wenn Jens nach Hause kam, schien er jedes Mal wie ausgehungert zu sein, so als müsse er das Versäumte in drei Tagen nachholen. Anfangs hatte ich damit auch kein Problem gehabt, mir ging es ja selbst nicht anders, aber es musste doch nicht jedes gemeinsame Wochenende nach demselben Schema ablaufen. Auch wenn ich schon wieder dieses wohlige Kribbeln verspürte, wenn er mich so ansah wie gerade eben, heute blieb ich standhaft.

»Auf ein richtig schönes Frühstück«, sagte ich munter und hüpfte aus dem Bett, ehe er reagieren konnte.

»Ich finde, das muss ich mir erst verdienen«, meinte er mit diesem gewissen Unterton. »Mir steht der Sinn gerade nach etwas ganz anderem!«, betonte er.

Ich ging langsam auf ihn zu und spielte dabei mit den Bändern meines dünnen Morgenmantels, so als wolle ich auf sein Angebot eingehen. Dann beugte ich mich ganz nah zu ihm hinab. Jens legte seine Hände an meine Hüften.

»Weißt du, worauf ich Lust habe?« Ich küsste ihn zärtlich und fuhr mit meinem Zeigefinger von seinem Kinn über den Hals und seine Brust, bis ich die Bettdecke zu fassen bekam. »Auf einen schönen langen Einkaufsbummel in der Stadt und einen ausführlichen Brunch in einem netten Café!« Mit Schwung riss ich die Bettdecke weg und sauste damit davon.

»Na warte, du!« Mit einem Satz war er auf den Beinen und verfolgte mich quer durch den Raum. An der Tür holte er mich ein, umklammerte mich mit beiden Armen und versuchte, mich durch Küsse in den Nacken und Streicheleinheiten vom Gegenteil zu überzeugen.

»Wir können doch nicht jedes Wochenende im Bett verbringen«, wehrte ich mich vehement gegen seine Liebkosungen. »Und außerdem hast du mir neulich versprochen, dass ich heute bestimmen darf, was wir machen.«

Fügsam, wenn auch widerwillig, gab Jens sich geschlagen.

Nachdem wir geduscht und angezogen waren, fuhren wir mit der Bahn in die Innenstadt.

»Also Prinzessin, was darf es sein?«

»Ich hätte heute wahnsinnige Lust, mal wieder über den Viktualienmarkt zu schlendern«, sagte ich. Ich mochte das fröhliche Treiben auf dem großen Platz, an dem es so viel zu entdecken gab. Ich liebte die großen Bronzefiguren zwischen den kleinen Holzhäusern. Ein liebevolles Andenken an verstorbene Musiker und Schauspieler.

Jens nahm mich bei der Hand und wir marschierten in Richtung des bekannten Platzes hinter der Peterskirche.

Wie erwartet, war hier alles voller Menschen. Händler boten ihre Waren feil, und sowohl Einheimische als auch Touristen drängten sich dicht an dicht an den Ständen vorbei.

»Bist du sicher?«, fragte Jens skeptisch beim Anblick der vielen Menschen.

Ich wusste, dass er diesen Trubel nicht mochte, doch heute gab ich den Ton an. »Ganz sicher«, bekräftigte ich und zog ihn energisch an den ersten Stand.

Gemütlich schlenderten wir umher, schauten und probierten mal hier, mal dort. An einem Stand mit eingelegten Oliven, Artischocken und anderen mediterranen Köstlichkeiten hielten wir uns besonders lange auf.

»Was hältst du davon, wenn wir uns hiervon etwas mit nach Hause nehmen?« Mir lief bereits beim Anblick das Wasser im Mund zusammen.

Jens wirkte ein wenig gequält. »Eigentlich ist das für mich nichts Besonderes mehr. Ich sitze ja quasi an der Quelle! Mir steht der Sinn viel eher nach einer schönen, deftigen, bayrischen Brotzeit.«

Er sah meinen enttäuschten Blick. Für ihn mochte es Alltag sein, für mich nicht.

»Ein Vorschlag zur Güte.« Ich legte meine Arme um seinen Hals und stellte mich ein wenig auf die Zehenspitzen, um ihm besser in die Augen sehen zu können. »Ich lade dich nachher zu einem deftigen Weißwurstfrühstück mit Breze ein, dafür gibt es abends Antipasti und Rotwein.«

»Eine fabelhafte Idee.« Jens küsste mich. »Du suchst aus und ich kümmere mich inzwischen um den Wein.« Während der Händler bereits mit gezückten Schälchen parat stand und auf die Bestellung wartete, hüpfte ich zwischen den verschiedenen Töpfen umher. Nachdem ich meine Auswahl getroffen und gezahlt hatte, drehte ich mich nach Jens um, den ich in der Weinecke erwartet hatte, doch da war er nicht. Ich trat vor den Stand und blickte mich suchend in alle Richtungen um. Das gab es doch nicht. Jens war wie vom Erdboden verschluckt. Hatte ich ihn missverstanden, war er an einen anderen Stand gegangen, um den Wein zu besorgen? Aber das hätte er mir doch sicher deutlicher gesagt. Am liebsten wäre ich weitergegangen, um ihn zu suchen, doch wenn er zurückkam, fände er mich nicht mehr. Ich nahm mein Handy aus der Tasche und wählte seine Nummer. Mobilbox! Plötzlich entdeckte ich ihn auf der anderen Seite ganz hinten in einem Stand für Trockenblumen. Was um alles in der Welt wollte er denn da?

Hastig überquerte ich den Platz. »Kannst du mir bitte sagen, warum du einfach so abhaust, ohne mir ein Wort zu sagen?«, beschwerte ich mich.

»Oh, tut mir leid, ich habe gar nicht bemerkt, dass du schon fertig bist. Ich wollte mir nur kurz diese Sachen hier ansehen. Gefallen sie dir? Die sehen doch ganz hübsch aus, findest du nicht?« Nein, das fand ich ganz und gar nicht.

»Trockenblumen? Ernsthaft?« Prüfend sah ich erst Jens und dann die Gestecke an. Die Sachen waren überhaupt nicht nach meinem Geschmack. Resolut hakte ich mich bei ihm unter und zog ihn aus dem Stand, ehe er noch auf den irren Gedanken kam, etwas davon zu kaufen.

»Ich finde frische Blumen viel schöner. Und wo ist der Wein?«

»Den habe ich jetzt ganz vergessen.« Er lächelte verlegen.

Ich schüttelte ungläubig den Kopf. »Also wirklich.«

Gemeinsam schlenderten wir wieder zurück. Jens blieb immer einen Schritt hinter mir und sah sich um, als wäre er zum ersten Mal am Viktualienmarkt und könne sich gar nicht sattsehen an der Vielfalt der feilgebotenen Waren.

Der Verkäufer freute sich, noch mal ein Geschäft mit uns zu machen.

»Was denkst du, wollen wir uns nicht langsam einmal einen Platz zum Frühstücken suchen? Mir knurrt schon der Magen.« Er rieb sich demonstrativ über den Bauch.

Eigentlich wäre ich viel lieber noch eine Weile hier herumspaziert, doch ich wollte keine Spielverderberin sein. »Einverstanden!«, willigte ich ein. »Lass uns in den Biergarten gehen.« Der Biergarten war mitten im Viktualienmarkt. Wir konnten hier eine Pause einlegen und anschließend weiter herumflanieren und einkaufen.

Jens schien von dieser Idee nicht begeistert zu sein. Angewidert verzog er das Gesicht. »Ich möchte viel lieber in das schöne Café mit der großen Terrasse. Von da haben wir bestimmt eine viel schönere Sicht auf den Markt.«

Im Grunde war es mir egal, wohin wir gingen. »Also schön, auf zum Café«, stimmte ich zu.

Als wir uns umdrehten, glaubte ich, jemanden Jens' Namen rufen zu hören. Jens tat es offensichtlich nicht. Eilig bahnte er sich einen Weg durch eine Gruppe Touristen. Ich hatte Mühe, ihm zu folgen. Der muss ganz schön hungrig sein, dachte ich mir. Und der Vorname Jens war ja auch nicht unbedingt selten. Vermutlich war er gar nicht gemeint. Stramm marschierte Jens voran, ich versuchte, mit ihm Schritt zu halten.

»Wird das hier ein Wettlauf, oder warum hetzt du so?«, rief ich ihm nach.

Er blieb abrupt stehen und drehte sich zu mir um. »Entschuldige, aber ich muss schon ganz dringend zur Toilette«, sagte er und schaute mir dabei über die Schultern. Dann packte er meine Hand und zog mich weiter. Im Café angelangt, schickte er mich voraus auf die Aussichtsterrasse, um einen Platz zu suchen.

Na das war wohl auf den letzten Drücker, dachte ich. Leider hatten mehrere Leute denselben Gedanken wie wir gehabt und wollten ebenfalls im Freien speisen. Die Terrasse war bis auf den letzten Platz gefüllt. Vielleicht hatte ich Glück und wir konnten uns irgendwo dazusetzen.

»Sophie! Sophie!!«

Was für ein Zufall. An einem der besten Aussichtsplätze des Restaurants saß meine Freundin Tine und winkte mir eifrig zu.

Ich marschierte erfreut durch die Tischreihen hindurch zu ihrem Platz.

»Sind bei dir zufällig noch zwei Plätze frei?«, fragte ich. Dann entdeckte ich das Weißbierglas ihr gegenüber. »Ah, ich verstehe, ein Rendezvous! Tut mir leid, ich wollte nicht stören. Wer ist denn der Glückliche?« Vielsagend grinsend nahm ich meine Taschen wieder auf.

»Du störst überhaupt nicht. Setz dich doch. Carsten ist nur kurz zur Toilette.«

Carsten. Seit Nürnberg hatten wir uns nicht mehr gesehen.

»Bist du allein unterwegs?« Tine sah sich um. »Wo ist Jens? Ich dachte, er wäre dieses Wochenende da?«

»Tja, unsere Männer dürften sich gerade treffen«, sagte ich. Ich erwartete, dass Tine gleich erwidern würde, Carsten sei nicht ihr Mann, das tat sie aber nicht. »Ihr zwei seid zusammen hier?«, erkundigte ich mich und versuchte, dabei möglichst belanglos zu klingen.

»Ja. Das haben wir heute Morgen spontan beschlossen. Wir hatten Lust, zusammen bummeln zu gehen.« Tines Stimme klang harmlos. Ehe ich nachbohren konnte, ob sie sich öfters trafen, kam Carsten an den Tisch. Er sah mich erst erstaunt, dann erfreut an. »Was machst du denn hier? Hat Tine dir Bescheid gegeben, dass wir hier sind?«

»Reiner Zufall! Wir hatten denselben Gedanken wie ihr.«

»Wir?« Fragend hob er eine Augenbraue.

»Jens und ich«, bekannte ich und fügte hinzu: »Er müsste jeden Moment da sein. Du kennst ihn ja bisher nur aus Erzählungen. Wobei, eigentlich müsstest du ihn gerade getroffen haben.«

Carsten schaute mich verwundert an.

»Toilette!«, half ich ihm auf die Sprünge.

»Ja, aber da war niemand außer vielleicht einem älteren Herrn.« Er runzelte die Stirn. »Ich denke doch, dass dein Jens jüngeren Alters ist, oder?« Er schmunzelte.

Ich nickte lachend. »Absolut. Er wird sicher gleich hier sein.«

»Ist er das nicht?«, fragte Tine im selben Augenblick verwundert und deutete auf eine Stelle am Markt unter uns.

Ich erhob mich leicht, um über die Brüstung sehen zu können. »Ja, tatsächlich. Was macht er denn da unten?«, wunderte ich mich.

Jens unterhielt sich dort mit einem Mann, der etwa im gleichen Alter sein musste wie er. Dann verschwand er mit ihm in der Menschenmenge.

Seltsam, was hatte das denn wieder zu bedeuten? Irgendwie verhielt er sich heute Morgen seltsam.

Die Bedienung kam und wollte unsere Bestellung aufnehmen, doch ich hatte noch nicht einmal in die Karte gesehen und bat sie um ein wenig Geduld. Genervt wandte sie sich ab und ging zum nächsten Tisch.

»Seid ihr schon länger da?«, erkundigte ich mich über den Rand der Karte hinweg bei Tine.

»Noch nicht allzu lange. Wir wollten für Carstens Wohnung eine Lampe besorgen.« Während Tine das sagte, zuckte er nur ergeben die Schultern. »Sie stört sich an meiner Beleuchtung. Ich finde, eine Glühbirne ist ausreichend.«

»Mag sein, dass das Licht ausreicht, aber es sieht nicht schön aus«, beharrte Tine. »Man soll sich doch wohlfühlen.«

»Ich fühle mich ausgesprochen wohl in meiner Wohnung.«

»Du vielleicht, ich nicht.«

Misstrauisch beobachtete ich das Geplänkel der beiden. Augenscheinlich hatte sich zwischen ihnen etwas angebahnt. Seit ich Carsten damals zum Picknick im Englischen Garten mit meinen Freunden eingeladen hatte, sah es so aus, als ob er und Tine vermehrt Zeit miteinander verbrachten. Das versetzte mir einen kleinen eifersüchtigen Stich. Ich verstand nur nicht ganz warum. Ich mochte sie beide und ich hatte ja Jens.

»Und was treibt euch zwei aus den Federn?« Tine grinste verschwörerisch. »Normalerweise verbringt ihr doch das ganze Wochenende zu Hause und kommt nicht aus dem Bett heraus.«

Ich empfand die Anspielung fast unangenehm und vermied es, Carsten anzusehen. »Das schöne Wetter und der Hunger«, erwiderte ich. »Apropos Hunger, ich muss jetzt echt mal sehen, was es hier gibt. Ich sollte besser wissen, was ich möchte, wenn die launische Bedienung zurückkommt.«

»Ja, Liebe macht hungrig. Das weiß ich aus eigener Erfahrung. Ich könnte heute einen Bären verdrücken!« Tine zwinkerte Carsten verschwörerisch zu, was der mit einem herzlichen Lachen quittierte.

Ich zuckte fast unmerklich zusammen.

Tine reichte mir die Karte. »Ich gehe mal davon aus, dass ihr letzte Nacht auch ausgiebig Wiedersehen gefeiert habt.«

Ihre offene Art war mir heute fast peinlich. Und was sollte das auch bedeuten? Ich tat, als überhörte ich die Zweideutigkeit und vertiefte mich stattdessen in die Karte, obwohl ich schon lange wusste, was ich bestellen würde.

»Dann solltest du dir vielleicht auch etwas bestellen. Rein vorsorglich, damit du am Abend nicht schlapp machst.« Carsten grinste seine Begleitung vielsagend an.

Ich hatte das Gefühl, irgendwas verpasst zu haben.

»Keine Sorge, mein Lieber, das wird nicht passieren.« Tine warf ihm einen Luftkuss zu.

Resolut klappte ich die Karte zusammen mit dem Vorhaben, schleunigst von hier zu verschwinden. Ich fühlte mich total fehl am Platze. Außerdem wollte ich wissen, wo Jens abgeblieben war.

»Wissen Sie jetzt, was Sie wollen?« Die Bedienung war an unseren Tisch zurückgekommen und sah mich abwartend an.

Es war zu spät, die Flucht zu ergreifen. »Ja. Ich hätte gerne die Weißwürste im Topf mit Breze, ein Weißbier und eine Apfelschorle bitte.«

Nickend nahm sie meine Bestellung auf. »Und Sie?« Die Frage war an Carsten gerichtet, der fragend zu Tine sah.

»Danke, wir sind wunschlos glücklich.« Tine legte die Karte zusammen, die ich ihr entgegenhielt, und steckte sie zurück in die Halterung am Tisch.

»Dann vier Weiße, zwei Brezen, ein Weißbier und eine Apfelschorle.« Die Bedienung wiederholte unsere Bestellung und nachdem niemand widersprach, verschwand sie wieder.

»Glaub nicht, ich hätte dich nicht durchschaut. Du wolltest dich nur vor dem Einkaufen drücken, aber so funktioniert das nicht, mein Lieber.« Tine verschränkte die Arme vor sich auf dem Tisch und beugte sich zu Carsten.

»Ich wollte es zumindest versuchen.« Er grinste frech und neigte sich ihr entgegen. Sie flirteten zusammen, als wären sie allein am Tisch. Nur noch wenige Zentimeter trennten sie voneinander.

Unbehaglich rutschte ich auf meinem Platz neben Carsten hin und her.

»Hallo zusammen.« Jens' Stimme unterbrach das verliebte Geplänkel der beiden.

Ich atmete erleichtert auf.

»Ich hätte dich beinahe nicht gefunden. Hier ist ja vielleicht was los.« Jens rutschte auf den freien Platz mir gegenüber. »Hallo Tine, wie geht's?« Er legte den Arm um sie und zog sie zur Begrüßung kurz an sich heran.

»Wo warst du denn so lange?« Stirnrunzelnd sah ich ihn an.

»Auf der Toilette, das habe ich dir doch gesagt. Hast du schon bestellt? Ich habe vielleicht einen Durst.«

Carsten hielt ihm sein Glas hin. »Möchtest du?«

»Darf ich vorstellen?« Tine zeigte mit der Hand von einem zum anderen. »Carsten, Jens – Jens, Carsten.«

»Gerne.« Jens griff zuerst nach dem Bierglas und nahm daraus einen großen Schluck. »Danke, du bist meine Rettung.« Er gab das Glas zurück und streckte Carsten seine Hand entgegen.

»Entschuldige. Freut mich. Du bist also Tines neueste Eroberung?«

Ehe Carsten darauf antworten konnte, ergriff Tine das Wort.

»Wir dachten, wir hätten dich eben unten auf dem Platz gesehen?« Sie beobachtete seine Reaktion.

»Ja, das ist richtig«, gab er unumwunden zu. »Ich habe unten zufällig einen alten Schulfreund getroffen. Wir haben uns kurz unterhalten und dabei bemerkte ich, dass meine Geldbörse weg war. Ich bin zurück zum Stand«, er sah mich an, »da, wo wir die Antipasti und danach den Wein gekauft haben. Erinnerst du dich? Stell dir vor, sie wurde tatsächlich abgegeben.« Triumphierend hielt er sie hoch.

»Unten, auf der Herrentoilette vom Café, hast du zufällig einen alten Schulfreund aus Bergisch Gladbach getroffen?« Tine blickte äußerst skeptisch drein, dann veränderte sich ihr Blick. »Zufälle gibt es!« Sie warf Carsten einen leichten Seitenblick zu.

»Sag ich doch, ein absoluter Zufall. Was ist jetzt?« Er sah mich auffordernd an. »Hast du nun schon bestellt oder nicht? Ich kann ja nicht … Carsten war dein Name, oder?«

Carsten nickte.

»Ich kann ja nicht Tines Freund das ganze Bier wegtrinken.«

»Tu dir keinen Zwang an!« Carsten deutete auf sein Glas. Den Irrtum, dass er nicht Tines Freund war, stellte er allerdings nicht richtig. Oder war es keiner, fragte ich mich.

»Ja, ich habe bestellt! Es müsste bald kommen«, sagte ich schnell, als alle mich abwartend ansahen, und errötete leicht wegen meiner Gedanken.

»Den musst du doch schon ewig nicht mehr gesehen haben, und ihr habt euch sofort wiedererkannt?«, knüpfte Tine an das vorherige Thema an.

Jens bemerkte erst nicht, dass die Frage ihm galt. »Wen?«

»Na deinen Freund.«

»Ach so, ja, Gernot. Wir haben uns im letzten Jahr zu Hause gesehen, bei einem Klassentreffen. Damals, als ich bei meiner Mutter zu Besuch war. So lange ist das also noch gar nicht her.«

»Und was macht er in München?«

»Er ist nur übers Wochenende hier auf einem Städtetrip, mit seiner Frau. Er wollte mich einladen, mit ihnen Mittag zu essen, aber ich habe gesagt, dass ich schon etwas anderes vorhabe.« Er drückte liebevoll meine Hand und küsste mich.

»Du hättest die beiden ja mitbringen können«, warf Tine ein.

»Ja natürlich«, pflichtete ich ihr bei. »Hast du seine Nummer? Ruf ihn doch an. Wir können uns auch gerne am Nachmittag mit ihnen treffen und ihnen die Stadt zeigen. Das ist doch schön, wenn du Freunde triffst, und ich lerne endlich mal jemand aus deinem früheren Leben kennen.«

Jens winkte ab: »Sie haben einen Tisch im Hofbräuhaus reserviert und ehrlich gesagt, habe ich keine große Lust dazu, mit den beiden unseren Samstag zu verbringen. So gut befreundet sind wir nun auch nicht.«

Die Kellnerin jonglierte mit einem großen Tablett auf unseren Tisch zu.

»Kann ich gleich bezahlen?« Jens hielt die Geldbörse bereits in der Hand.

Mir fiel gerade ein, dass ich die Antipasti bezahlt hatte und den Wein ebenfalls. Wie konnte er denn da seine Börse am Stand liegen lassen?

»Warum hast du es denn so eilig?«, erkundigte sich Tine überrascht.

»Schöne Frau, wenig Zeit.« Jens sah von Tine zu mir.

»Wir zahlen auch gleich«, schloss sich Carsten an.

»Das geht auf mich.« Jens gab der Bedienung das Geld und prostete Carsten mit seinem frischen Weißbier zu.

»Die Firma dankt!«

»Bin ich froh, dass die Geldbörse wieder da ist. Das wäre vielleicht ein Ärger gewesen. Die ganzen Papiere, alles weg.«

Ich hoffte inständig, dass Tine ihre Fragestunde nun beendet hatte, doch es war Carsten, der jetzt das Gespräch an Jens richtete.

»Sophie erzählte mir, du lebst auf Teneriffa. Das finde ich ja wahnsinnig spannend. Wie lange bist du denn schon dort?«

»Ach das sind jetzt schon ein paar Jahre. So genau weiß ich das gar nicht mehr.« Jens nahm eine Wurst aus dem Topf und legte sie mir auf den Teller. Dann griff er erneut hinein und nahm eine für sich heraus.

»Hast du dort eine eigene Wohnung, oder wie muss ich mir das vorstellen?«

Genüsslich biss Jens von seiner Weißwurst ab, kaute lange und wischte sich mit einer Serviette den Mund ab, bevor er auf Carstens Frage antwortete. »Männer-WG, nichts Besonderes. Zweckmäßig und billig.«

»Und wo ist das genau?«

Jens schien von Carstens Interesse ein wenig irritiert zu sein. »Im Norden. Ein kleiner Ort, ganz unbekannt.« Er winkte ab.

»Sag doch mal wo.« Carsten schien ehrlich interessiert zu sein und erklärte auch gleich, warum. »Ich war früher öfters mal auf Teneriffa unterwegs. Ich bin da mit dem Motorrad schon die ganze Insel abgefahren. Das war echt toll damals.« Er lächelte ihn freundlich an. »Sicher kenne ich die Gegend. So groß ist die Insel ja auch nicht. Vielleicht besuch' ich dich das nächste Mal, wenn ich wieder dort bin, und schau' mir eure Baustelle an. Tine hat davon erzählt, was für ein Riesenprojekt das ist. Ich will nämlich bald wieder mal hin und eine Tour machen. Aber dann mit einem Camper. Das ist einfach komfortabler, wenn man zu zweit unterwegs ist. Und auf Teneriffa kann man noch leichter irgendwo stehen bleiben als bei uns.«

Ich bezweifelte, dass Tine Lust hatte, mit einem Camper durchs Land zu reisen, denn fraglos sprach Carsten von ihr.

Anstatt darauf zu antworten, hangelte sich Jens noch eine Wurst aus dem Topf. »Ah, darauf habe ich mich schon den ganzen Morgen gefreut!« Er seufzte zufrieden, tunkte sie in den Senf auf seinem Teller und biss genüsslich hinein.

»Jens?« Ich fand sein Verhalten Carsten gegenüber gerade ein wenig unhöflich.

»Ach ja.« Er wandte sich wieder seinem Gesprächspartner zu. »Ja, kannst du mal machen. Sag mir Bescheid, wenn du in der Gegend bist, dann gebe ich dir die genaue Adresse durch. Aber Kinder, seid mir bitte nicht böse, ich habe eigentlich keine große Lust, jetzt über die Arbeit zu reden. Es ist so schön, einmal nichts von der Baustelle zu hören oder zu sehen.«

»Kein Problem. Wir müssen jetzt sowieso los.« Tine griff nach ihrer Tasche. »Bist du so weit?«

Carsten trank rasch sein Bier aus und erhob sich. »Schönes Wochenende noch euch beiden. Schön, dich mal kennengelernt zu haben, Jens. Ich melde mich, versprochen.«

Jens nickte: »Ja, mach das. Ich kann dir nur nicht versprechen, dass ich auch Zeit haben werde, dir viel zu zeigen. Bin ziemlich eingespannt da unten.«

Tine küsste mich auf die Wange. »Wir hören uns.«

»Tines Neuer ist ganz schön neugierig«, stellte Jens fest, nachdem Carsten und Tine gegangen waren. »Sind die schon lange zusammen?«

»Ich weiß es nicht. Carsten ist neu in unserer Clique. Ich war selbst überrascht, sie heute zusammen zu sehen.«

Er grinste anzüglich. »Aber die zwei haben doch eindeutig was miteinander.«

»Keine Ahnung.«

»Sophie, bitte. So wie die beiden miteinander umgehen, da läuft hundertpro was! Das sieht doch ein Blinder.« Er tupfte sich mit einer Serviette den Mund ab. »Du isst ja gar nichts. Keinen Appetit?«

Ich schüttelte den Kopf. Ich hatte es bereits vermutet, aber wenn es sogar Jens auffiel, musste doch mehr dahinterstecken. Der Gedanke bereitete mir allerdings Unbehagen. Freundschaft ja, gemeinsame Unternehmungen ja, aber ein Verhältnis, noch dazu mit Tine, die ihre Beute verspeiste wie eine Schwarze Witwe, daran konnte ich mich nicht gewöhnen.

»Hast du damit ein Problem?« Forschend sah Jens mich an.

Ich zuckte die Schultern. »Kann sein.«

Er lehnte sich zurück und wartete. Er sagte nichts und ich wusste nicht, wie ich es formulieren sollte, damit es nicht komisch klang.

»Carsten ist ein netter Kollege und er hat vor nicht allzu langer Zeit seine Freundin verloren. Sie ist gestorben. Tine ist die erste Frau seit Sabine. Ich will nicht, dass sie ihn gleich enttäuscht. Du kennst Tine. Sie hatte noch nie Interesse an einer ernsthaften Beziehung.«

»Das ist nicht dein Problem. Die beiden sind alt genug, um selbst zu entscheiden, was sie wollen, das geht dich nichts an.«

Ich wollte protestieren. Schließlich war ich diejenige, die Carsten in unseren Freundeskreis eingeführt hatte, doch Jens fiel mir ins Wort: »Gönn ihnen doch den Spaß. Außer, der Typ interessiert dich auch.« Sein Blick wurde bohrender.

»Quatsch!«, wiegelte ich sofort ab und fühlte mich ein bisschen wie ertappt. »Du hast recht, ich sollte mir darüber wirklich keine Gedanken machen. Ich bin schließlich nicht seine Mutter. Sollen Sie doch tun und lassen, was sie wollen, solange es beiden gut dabei geht.«

»Siehst du«, sagte er und grinste mich dabei unmissverständlich an, »und ich weiß genau, wie ich dich davon ablenken kann, an die beiden zu denken.« Er stand auf, nahm unsere Einkaufstaschen und zog mich an der Hand zur U-Bahn-Station.

Kapitel 16

Normalerweise wachte ich an unseren gemeinsamen Sonntagen immer mit diesem blöden Gefühl auf, dass Jens in wenigen Stunden wieder für einige Wochen aus meinem Leben verschwinden würde, denn so war es für gewöhnlich. Heute nicht! Heute erwartete ihn eine Überraschung. Die wollte ich ihm aber nicht verraten. Noch nicht! Es hatte sich nämlich kurzfristig ergeben, dass ich auf seinem Rückflug als Flugbegleitung eingesetzt worden war. Bisher hatten wir das immer vermieden. Jens wollte es so. Er meinte, er fühle sich da irgendwie komisch dabei und wir müssten uns dann im Flugzeug fast schon distanziert voneinander verabschieden. Es war auch nicht so gerne gesehen, wenn Angehörige mitflogen, während man selbst arbeiten musste. Man konzentrierte sich dabei ganz automatisch mehr auf die eigene Familie und die anderen Passagiere kämen eventuell zu kurz. Im Fall von Jens kam noch hinzu, dass ich wusste, wir würden uns jetzt wieder für längere Zeit nicht sehen, und ich deshalb schon sentimental war. Der Flug heute war eine absolute Ausnahme. Irgendwie freute ich mich richtig darauf, denn es waren noch mal ein paar Stunden mehr, die wir zusammen verbringen konnten.

Zufrieden blinzelte ich in die Sonne. Sogar der Albtraum, der mich ständig verfolgte, hatte mich diese Nacht in Ruhe gelassen. Allerdings hatte mir Jens auch wenig Gelegenheit zum Träumen gelassen. Ich war erstaunt, woher er diese Energie nahm. Er schien irgendwie nie müde oder erschöpft zu sein und auch jetzt hörte ich ihn schon wieder munter unter der Dusche pfeifen, obwohl es noch relativ früh war.

»Du bist heute überraschend gut gelaunt«, bemerkte er später, als wir zusammen frühstückten. »Kein Anflug von Traurigkeit, weil du bald wieder alleine bist?« Nachdenklich musterte er mich über den Tisch hinweg, während er sich ein Brötchen dick mit Schinken belegte.

Ich hatte in der Bäckerei unten an der Ecke frische Semmeln, Croissants und Brezen geholt. Jetzt saßen wir zusammen in der Küche, die Fenster weit geöffnet, was wenigstens ein wenig den fehlenden Balkon ausglich.

»Muss ich mir Sorgen machen?«, neckte er mich. »Hast du einen anderen?«

»Vielleicht gewöhne ich mich einfach langsam daran, dass du mich in regelmäßigen Abständen verlässt!«, neckte ich zurück. Ich vermied es dabei, ihn anzusehen. Nicht dass mich mein Blick verriet.

Doch er schluckte diese Erklärung widerstandslos. Erst eine Stunde später, als er seine Tasche packte, ließ ich die Katze aus dem Sack.

»Hast du was dagegen, wenn ich dich heute ausnahmsweise zum Flughafen begleite?«

Jens nahm mich in die Arme und drückte mich fest an sich. »Warum willst du dir das denn antun?«, raunte er in mein Haar. »Mach es dir doch nicht schwerer, als es ohnehin für dich ist. Bleib zu Hause, genieße den schönen Tag, oder triff dich mit deinen Freunden.«

Ich wand mich aus seiner Umarmung. »Nein, ich komme mit!«, beharrte ich stur.

Jens' Mine wurde plötzlich ernst. »Sophie, versteh mich bitte nicht falsch. Aber es ist mir ehrlich gesagt lieber, wenn du hierbleibst. Ich möchte nicht, dass du mitkommst.«

Seine Antwort überraschte mich dermaßen, dass es mir die Sprache verschlug.

Jens bemerkte offenbar, dass seine Reaktion ein wenig zu schroff gewesen war, daher fügte er in deutlich milderem Ton hinzu: »Das macht mir den Abschied leichter.«

Es klang fast entschuldigend und ich glaubte ihm.

Jens hob mein Gesicht mit seinem Finger hoch, sodass ich ihn ansehen musste. Zärtlich lächelte er mich an. »Ja, auch mir fällt es nicht leicht, dich hier allein zurückzulassen, ich gebe es zu!« Erneut drückte er mich an sich.

Ich lehnte meinen Kopf an seine Brust. Dann atmete tief durch und gestand ihm die Wahrheit: »Darauf kann ich heute leider keine Rücksicht nehmen. Ich bin als Begleitung für deinen Flug eingeteilt!«, murmelte ich.

»Du bist was?« Fast grob schob er mich von sich und schaute mich entsetzt an. Das Lächeln in seinem Gesicht war verschwunden.

»Was ist denn daran so schlimm?« So eine überzogene Reaktion konnte ich nicht nachvollziehen. Ich hatte damit gerechnet, dass er überrascht reagieren würde, aber eigentlich hatte ich mit Freude und nicht mit Ablehnung oder gar Entsetzen gerechnet.

Er fasste sich rasch. »Nichts. Gar nichts. Es ist nur so …« Jens atmete durch und fuhr sich mit der Hand durchs Haar. »Weißt du, ich habe auf dem Flug immer einiges vorzubereiten. Für die Arbeit, du verstehst. Unterlagen, die ich eigentlich am Wochenende bearbeiten müsste. Aber die Zeit mit dir ist mir da einfach viel wichtiger. Darum erledige ich das immer auf dem Rückflug. Ich kann dabei absolut keine Ablenkung gebrauchen, denn ich muss mich voll und ganz auf diesen ganzen Schreibkram konzentrieren.«

Fast beleidigt konterte ich: »Denkst du etwa, ich sitze während des Flugs neben dir? Auch ich habe zu arbeiten! Außer dir werden vermutlich noch etwa hundertfünfzig andere Passagiere an Bord sein, denen ich meine volle Aufmerksamkeit widmen muss. Ich werde also herzlich wenig Zeit zur Verfügung haben, um dich bei deiner Arbeit zu stören.« Ich trat einen Schritt zurück. »Das Einzige, was du während des Fluges von mir hören wirst, ist: ›Darf ich Ihnen etwas zu trinken anbieten!‹« Wütend und verletzt starrte ich ihn an.

Eine Weile schwiegen wir beide.

Jens stopfte wortlos seine Wäsche in den Trolley.

Ich sah ihm noch einen Moment verärgert dabei zu.

Gerade als ich mich abwenden wollte, hörte ich ihn sagen: »So war es doch nicht gemeint. Entschuldige.«

Ich war trotzdem enttäuscht über so eine harsche Abfuhr. »Ich dachte, du freust dich, dass wir noch ein wenig mehr Zeit zusammen verbringen können«, sagte ich mit schiefem Gesicht.

»Das tu’ ich doch auch. Wirklich.«

»Das hat sich eben aber ganz anders angehört.«

»Ich kann mich einfach schlecht konzentrieren, wenn du da in deiner schicken Uniform vor mir herumläufst.« Jens küsste meine Nasenspitze. »Und außerdem ist diesmal einer der Bosse mit an Bord und ich möchte nicht, dass er von uns erfährt.«

Das verstand ich nun ganz und gar nicht, darum bat ich Jens, mir zu erklären, wie er das meinte.

»Der Kemper ist eine ganz linke Ratte. Wenn der mitbekommt, dass ich mich wegen uns auf ein Projekt in Heimatnähe bewerbe, gibt er das mit Sicherheit einem anderen. Der liebt solche Machtspielchen. Das hat er schon öfters gebracht, dafür ist er bekannt.«

»Ich dachte, der Strathmann ist dein Chef?«

»Ist er auch. Aber er kann sich ja nicht um alles kümmern. Der Kemper ist einer seiner wichtigsten Mitarbeiter.«

»Das bist du auch«, verteidigte ich ihn. »Der Strathmann weiß doch, was er an dir hat.« Meine Wut war zwischenzeitlich wieder verraucht.

Zärtlich strich Jens mir eine Haarsträhne aus dem Gesicht.

»Ja, tut er auch. Aber im Vergleich zum Kemper bin ich ein kleines Rädchen. Das Beste wird sein, wir lassen erst gar keinen Verdacht aufkommen, dass wir uns kennen.«

Ich schluckte. »Findest du das nicht ein wenig übertrieben?«

»Liebling, ich mache das doch nicht für mich, sondern wegen uns. Um uns unsere Zukunft nicht zu verbauen. Verstehst du mich jetzt, warum ich nicht vor Begeisterung juble, dass du heute dabei bist? Aber bitte, wenn du nicht willst. Lassen wir es eben darauf ankommen. Aber sag später nicht, ich hätte dich nicht gewarnt.«

»Ich kann es jetzt sowieso nicht mehr ändern. Es ist, wie es ist. Und es ist ja auch nur dieses eine Mal.«

»Du könntest dich krankmelden«, erwiderte Jens. Doch als er meinen ungläubigen Blick sah, ruderte er sofort zurück. »War nur ein Scherz.«

Doch irgendetwas an seiner Mine zeigte mir, dass er diesen Vorschlag eben durchaus ernst gemeint hatte.

Ich schüttelte vehement den Kopf. »Ganz sicher nicht!«

Diese Kröte musste er schlucken, ob er wollte oder nicht. Auch ich nahm meinen Beruf sehr ernst und wenn sein Vorgesetzter wirklich so eine fiese Ratte war, mussten wir uns eben zusammennehmen und so tun, als wäre er nur ein gewöhnlicher Fluggast.

Nachdem die Wohnung aufgeräumt und das Geschirr gespült war, zog ich meine Uniform an und packte noch ein paar wenige Sachen zusammen.

Jens hatte währenddessen noch einige wichtige Telefonate zu erledigen. Er war überrascht, als ihm bewusst war, dass wir uns nicht einmal vernünftig verabschieden konnten, denn unser Rückflug war schon eine Stunde nach der Landung angesetzt. Ich hatte es ihm zwar gesagt, doch irgendwie war diese Information im ganzen Wirrwarr nicht bis in sein Gehirn vorgedrungen.

Auf dem Weg nach unten klingelte ich noch kurz bei Frau Schubert, um den Reserveschlüssel bei ihr zu hinterlegen, den Jens nutzte, wenn er bei mir war. In Spanien brauchte er ihn ja wirklich nicht.

Er war schon nach unten vorausgegangen.Zusammen fuhren wir wenig später mit einem Taxi zum Flughafen.

»Da wären wir«, sagte der Chauffeur und hielt am Seitenrand beim FOC an.

Es war ein seltsames Gefühl, als Jens mir auf der Rückbank des Wagens einen langen Abschiedskuss gab, obwohl wir uns in spätestens zwei Stunden schon wieder sehen würden. Allerdings würden wir uns dann wie Fremde begegnen müssen, was ich immer noch völlig absurd fand. Vielleicht wusste Herr Strathmann gar nicht, was sich dieser feine Herr Kemper alles bei seinen Untergebenen herausnahm. Tine und Freddy hatten Davids Vater als sehr unkompliziert und freundlich beschrieben. Ich hoffte, dass ich irgendwann die Gelegenheit bekam, ihn selbst kennenzulernen. Und wer weiß, vielleicht ergab sich dann auch die Möglichkeit, um dieses Thema anzusprechen? Kurz winkte ich dem abfahrenden Wagen nach, dann schritt ich entschlossen in das Center zum Briefing. Jens wünschte sich von mir absolute Diskretion – bitte, er sollte sie bekommen.

Ich war professionell genug, mir im Flugzeug nichts anmerken zu lassen. Es waren ohnedies lauter Kollegen von mir dabei, die ihn nicht kannten. Ich kannte sie ja selbst kaum. Als ich vor dem Abflug die Sitzreihen kontrollierte, stellte ich überrascht fest, dass Jens nicht auf seinem Stammplatz am Mittelgang saß, sondern einen Platz am Fenster belegt hatte. Zufall oder Absicht? Allerdings kam mir der Mann auf dem Platz neben ihm sehr bekannt vor. »Herr Strathmann!«, rief ich überrascht. »Wie schön, Sie hier an Bord begrüßen zu dürfen!«

Erstaunt sah er von seiner Lektüre auf. »Sie kennen mich?« Ich nickte erfreut und wunderte mich, dass Jens nicht reagierte. Nun brauchten wir doch kein Versteckspiel mehr.

Doch Jens blätterte völlig unbeteiligt im Bordmagazin und beachtete mich überhaupt nicht.

»Ja, von der Vernissage Ihres Sohnes David«, erinnerte ich ihn. »Er ist ein guter Bekannter einer meiner engsten Freunde. Freddy, Sie erinnern sich an ihn?«

»Ach so. Ja natürlich erinnere ich mich.« Erfreut wandte er sich an Jens. »Das ist doch schön, wenn man in meinem Alter noch so einen bleibenden Eindruck bei einer hübschen, jungen Frau hinterlässt, nicht war, Herr Jäger?«

Jens lachte ihn zustimmend an und nickte.

Ich wartete immer noch, dachte, er würde seinen Chef jetzt aufklären, dass ich seine Freundin war, dass wir zusammen bei dieser Ausstellungseröffnung waren. Vielleicht hätte ihm das bei seinem Vorgesetzten sogar ein paar Bonuspunkte eingebracht. Doch er tat nichts dergleichen. Stattdessen sah er mich fest an und sagte: »Hätten Sie bitte ein Kissen für mich?« Und an seinen Chef gewandt: »Ich muss mich im Hotel verlegt haben.«

Ich fühlte mich, als habe man mir einen Eimer Wasser über den Kopf gegossen. Sie und Hotel? Wie benommen machte ich mich auf den Weg, das Gewünschte herbeizuschaffen. Entfernt vernahm ich noch den Kommentar von Herrn Strathmann, dass die Pension in München sicher nicht mit dem Komfort eines bestimmten Hotels auf Teneriffa mithalten konnte. Wahrscheinlich eines ihrer vorherigen Bauprojekte.

»Bitte sehr.« Mit einem professionell freundlichen Lächeln im Gesicht überreichte ich Jens sein Kissen. »Kann ich sonst noch etwas für Sie tun?«, erkundigte ich mich bei ihm. Er sollte nur sehen, dass ich meine Rolle ebenso gut spielen konnte wie er seine.

»Momentan nicht. Ich bin rundum versorgt. Haben Sie vielen Dank.«

Ich war gespannt, welche Erklärung er mir dafür bei unserem nächsten Telefonat liefern würde.

Auch später, als ich mit dem Getränkewagen erneut bei ihnen vorbeikam, vermied Jens jegliche Vertraulichkeit.

»Was darf ich Ihnen zu trinken anbieten?«, stellte ich wie üblich meine Frage.

»Einen Kaffee bitte«, antwortete Herr Strathmann.

Jens schien sehr in seine Unterlagen vertieft zu sein.

»Einen Weißwein und ein Wasser, wie immer für … Sie?« Ohne nachzudenken, hatte ich die Frage gestellt und hätte ihn dabei auch fast noch geduzt. Gerade noch rechtzeitig war mir eingefallen, dass er das Versteckspiel auch vor seinem Chef aufrecht hielt.

Jens sah nicht hoch. »Ja, genau, wie immer, danke«, murmelte er nur.

Ich reichte ihm die Getränke und wandte mich der gegenüberliegenden Sitzreihe zu.

»Sind Sie näher bekannt?«, hörte ich Strathmann fragen. »Die junge Dame kennt ja Ihre Wünsche scheinbar recht gut.«

»Vielflieger! Sie verstehen, da bleibt es nicht aus, dass man sich etwas kennenlernt.«

»Ja, das ist wie im Hotel. Wenn man immer im selben absteigt, gehört man auch irgendwann mit dazu«, stimmte ihm Strathmann zu.

Ich fand dieses Zwiegespräch äußerst verwirrend. Leider konnte ich nicht mehr verfolgen, wie der Dialog weiterging. Ich nahm mir vor, Jens beim Aussteigen beiseitezunehmen und zu fragen, wie ich dieses Gespräch und sein Verhalten zu verstehen hatte. Ich wollte nicht warten, bis wir spät abends oder vielleicht auch erst am anderen Tag telefonieren konnten.

Leider kam es aber nicht dazu. Ich hatte erwartet, dass Jens als letzter Passagier aussteigen würde, um sich doch noch von mir zu verabschieden, doch er hatte es plötzlich sehr eilig und ehe ich mich's versah, hatte er sich an mir vorbeigedrückt und direkt hinter Herrn Strathmann das Flugzeug verlassen.

»Bis demnächst!«, rief er mir unverbindlich zu, die Hand zum Gruß erhoben. Mehr hatte er mir nicht zu sagen.

»Auf Wiedersehen, es hat mich sehr gefreut. Vielleicht sieht man sich wieder einmal bei einer Ausstellung meines Sohnes.« Herr Strathmann nahm sich hingegen mehr Zeit, um sich bei mir zu verabschieden.

Nachdem der letzte Passagier die Maschine verlassen hatte, ging ich enttäuscht die Sitzreihen ab, um nachzusehen, ob jemand etwas vergessen hatte. Das passierte leider immer wieder. Da tippte mir jemand auf die Schulter. Meine Kollegin.

»Sophie, da ist jemand für dich. Einer der Fluggäste.«

Ich ging zurück zum Einstieg. Jens stand dort mit betretener Miene. »Tut mir leid, Sophie, aber ich wollte nicht, dass mein Chef auf falsche Gedanken kommt.«

Welche falschen Gedanken? Warum Strathmann? Ich dachte, Kemper wäre die Ratte in der Firma. Gerade verstand ich gar nichts.

Jens drückte mir rasch einen Kuss auf die Lippen. »Ich rufe dich an und, Sophie, ich vermisse dich jetzt schon. Wir sehen uns diesmal schon früher. In drei Wochen zur Hochzeit.« Dann verschwand er so schnell, wie er gekommen war.

»Was war das denn gerade?« Unbemerkt war eine Kollegin hinter mich getreten und hatte die Szene beobachtet.

»Das war mein Freund« murmelte ich völlig konfus. »Er arbeitet hier auf der Insel und darum sehen wir uns erst in ein paar Wochen wieder.«

»Im Ernst? Das war dein Freund?« Ungläubig blickte sie in die Richtung, in die Jens verschwunden war. »Das hätte ich nicht im Leben vermutet!«

Kapitel 17

»Du bist wo?« Lauter als gewollt schrie ich die Frage ins Telefon. Ich fühlte mich wie in einem schlechten Film und presste den Hörer fest an mein Ohr, um ja alles zu verstehen.

»Jetzt reg dich doch nicht gleich auf. Ich habe doch gesagt, dass es mir leidtut«, entgegnete Jens, nicht begeistert von meiner Überreaktion.

Ich sollte mich nicht aufregen? Es war schier unglaublich. Jens rief aus Bergisch Gladbach an, um mir seelenruhig mitzuteilen, dass er zu seiner Mutter geflogen war anstatt wie geplant zu mir nach München. Ich wartete jetzt schon seit zwei geschlagenen Stunden auf seine Ankunft und er hielt es nicht einmal für nötig, mir vor Abflug mitzuteilen, dass sich sein Zielort geändert hatte. Ich war stinksauer und das durfte er auch ruhig merken.

»Du hattest mir fest versprochen, mit zu Janines Hochzeit zu kommen. Ich habe mich auf dich verlassen«, blaffte ich in den Hörer. Wie stand ich denn jetzt vor den anderen da, ganz abgesehen davon, dass ich mich unsagbar auf dieses Wochenende mit ihm gefreut hatte.

»Es war auch anders geplant, das musst du mir glauben.«

»Ach, muss ich das?«

»Denkst du, ich lüge dich an? Soll ich dir ein Beweisfoto schicken, hier vom Flughafen Köln/Bonn?«

Das war absolut kindisch. Ich schwieg. Was sollte ich darauf auch erwidern. Ich stellte ja gar nicht infrage, dass er dort war. Ich war nur über die Maßen enttäuscht, dass er mich wieder einmal versetzte, ja, dass er es nicht einmal für nötig gefunden hatte, mich frühzeitig zu informieren. Jens setzte mich einfach vor vollendete Tatsachen und erwartete, dass ich seine Entscheidungen bedingungslos akzeptierte.

Er seufzte und schlug einen friedlicheren Ton an: »Sophie, du weißt doch, dass meine Mutter krank ist. Ich kann auch nichts dafür, dass sich ihr Zustand derart verschlechtert hat und dadurch deine Pläne durchkreuzt werden.«

Meine Pläne? Waren es nicht auch seine gewesen?

Da ich nichts darauf erwiderte, fuhr er fort: »Es ist nun mal leider so, dass sie heute Morgen überraschend ins Krankenhaus eingeliefert werden musste. Man hat mich sofort informiert. Ich war heilfroh, dass ich mir dieses Wochenende ohnehin freigeschaufelt hatte, sonst wäre es ein Riesenaufwand für mich gewesen, um überhaupt nach Deutschland zu kommen. So musste ich lediglich den Flug umbuchen.«

Ich reagierte immer noch nicht. Immer gab es irgendetwas, das wichtiger war als ich. Immer hatte etwas anderes Vorrang und immer wurde von mir dafür Verständnis erwartet. So konnte es nicht weitergehen. Es musste sich etwas ändern.

Jens' Stimme wurde leiser. »Ich mache mir wirklich große Sorgen, dass sie sterben könnte, Sophie. Und ich habe ein ganz schlechtes Gewissen, weil sie die ganze Zeit ohne mich auskommen muss und ich mich nicht anständig um sie kümmern kann, wie ich es als ihr Sohn sollte. Sophie, wir beide haben doch noch so viel Zeit vor uns. Wir holen das nach, ich verspreche es dir.«

Wie oft hatte ich diesen Satz in den letzten Jahren zu hören bekommen? Wenn es so weiterging, müssten wir beide wohl ewig leben können, um all das nachzuholen, was uns entglitt.

»Du musst tun, was du für richtig hältst«, sagte ich bekümmert. Ich fand nicht, dass Jens seine Mutter vernachlässigte. Er verbrachte jeden Urlaub bei ihr und kümmerte sich darum, dass sie in ihrem Haus bleiben konnte und von einer Pflegerin betreut wurde. Anderen Menschen ging es nicht so gut. Die wurden von ihren Angehörigen ins Heim abgeschoben, obwohl sie sich vielleicht selbst um sie kümmern könnten. Doch selbst wenn Jens in ihrer Gegend leben würde, könnte er die Pflege nicht selbst übernehmen, er musste schließlich Geld verdienen. Und er hatte auch ein Anrecht auf ein eigenes Leben. Ein Recht auf Familie und Glück.

»Ich bin doch selbst enttäuscht, dass es so gekommen ist«, versicherte er mir. »Was denkst du, wie sehr ich mich auf dich gefreut habe.« Er klang ehrlich zerknirscht. »Die ganze Zeit habe ich mir ausgemalt, was du tragen würdest. Wie sexy du aussehen wirst und wie wir uns vielleicht schon etwas früher aus dem Staub machen würden, um ganz für uns allein weiterzufeiern. Du weißt, wie viel du mir bedeutest, Sophie.« Er flüsterte noch ein paar intime Dinge in den Hörer, die mich fast wieder schwach werden ließen.

»Was gibt es denn zu feiern?«, fragte ich wenig enthusiastisch zurück.

»Lass dich überraschen!« Er räusperte sich. »Ich muss jetzt los, das Taxi wartet.«

»Okay. Mach's gut.«

»Sei nicht traurig, meine Schöne. Ich wünsche dir viel Spaß bei der Hochzeit und, Sophie, ich liebe dich!« Dann legte er auf.

Ich war nahe dran, die Einladung sausen zu lassen. Die Lust nach Feiern war mir gerade gründlich vergangen. Kurz vergoss ich ein paar Tränchen der Enttäuschung und des Selbstmitleids. Dann dachte ich an Janine und wie wichtig es ihr gewesen war, dass ich bei ihrer Hochzeit dabei sein würde. Es reichte, wenn eine von uns heute einen Tiefschlag verschmerzen musste. Janine sollte unbeschwert ihre Hochzeit feiern können.

Ich ging in die Küche und öffnete den Kühlschrank. Im Getränkefach stand noch eine angebrochene Flasche Champagner, den wir bei Jens' letztem Besuch geöffnet hatten. Ich kostete vorsichtig einen kleinen Schluck aus der Flasche. Er schmeckte tadellos. Daran erkennt man den Preisunterschied zur Billigmarke, dachte ich mir. Ich nahm ein Sektglas aus dem Schrank und füllte es bis knapp unter den Rand. Winzige Luftbläschen stiegen in der goldgelben Flüssigkeit auf und platzten mit einem sanften Prickeln an der Oberfläche. Es kitzelte an meiner Oberlippe, als ich die Flöte an den Mund setzte und einen großen Schluck trank. Ah, das tat gut. Ich sollte mir viel öfters etwas Gutes gönnen. Nicht immer nur dann, wenn Jens da war.

Ich stellte die Flasche zurück in den Kühlschrank. Das Glas behielt ich in der Hand. Beherzt straffte ich die Schultern und ging ins Bad. Mit einem Wattepad beseitigte ich vorsichtig die schwarzen Ränder, die die Tränen mithilfe meines Lidschattens unter meinen Augen hinterlassen hatten. Dann trug ich Make-up auf und puderte mir die Nase. Als ich mir die Lippen mit einem zarten Lippenstift nachziehen wollte, hielt ich grübelnd inne. Warum so dezent, fragte ich mich und griff nach einem knalligen Rotton.

Zufrieden betrachtete ich mich im Spiegel. Die Farbe stand mir, ich konnte sie tragen. Jens hatte mir diesen Lippenstift vor langer Zeit einmal mitgebracht, weil er die Farbe so aufregend fand. Bisher scheute ich mich davor, ihn zu tragen. Ich fand ihn fast ein wenig nuttig. Jens behauptete, die Farbe mache ihn an. Ich betrachtete mich erneut. Keine Ahnung, warum ich anfangs so empfunden hatte. Heute fand ich gar nichts Anstößiges mehr an diesem intensiven Rot. Ganz im Gegenteil.

Anschließend ging ich ins Schlafzimmer und öffnete meinen Kleiderschrank. Prüfend betrachtete ich meine Garderobe. Ursprünglich hatte ich für den heutigen Anlass ein geblümtes Sommerkleid vorgesehen. Den aufregenden Teil meiner Garderobe, die Überraschung für Jens, wollte ich darunter tragen. Doch da er es vorzog, nicht zu kommen, würde ihm das verwehrt bleiben. Ich war immer noch enttäuscht darüber, dass ich dieses Wochenende wieder einmal alleine verbringen musste. Wie gerne hätte ich mich mit meinem gut aussehenden Freund bei meinen Arbeitskollegen gezeigt. Es wurde schon gemunkelt, er sei gar nicht existent. Manchmal kam ich mir selbst vor, als bilde ich mir diese Beziehung nur ein. So oft, wie ich alleine war. Jens hatte mir für den heutigen Tag viel Spaß gewünscht. »Den werde ich haben, mein Lieber. Verlass dich darauf. Du wirst mir meine gute Laune heute nicht verderben.« Beherzt prostete ich meinem Spiegelbild zu und trank den Schampus auf ex aus.

Entschlossen griff ich in den Schrank und zog ein sehr figurbetontes, schwarzes Kleid heraus. Eigentlich hatte ich das für einen besonderen Abend mit Jens gekauft. Worauf sollte ich warten. Bisher hatte er sich noch nicht ergeben. Und Jens legte ohnehin keinen Wert darauf, mit mir auszugehen oder etwas zu unternehmen, wo ich es hätte tragen können. Streng genommen benötigte ich, wenn Jens zu Hause war, fast gar keine Garderobe mehr. Außer wir verließen tatsächlich einmal die Wohnung. Wir verbrachten übermäßig viel Zeit im Bett und ansonsten reichte meine normale Freizeitbekleidung völlig aus.

Ich vermisste die Zeit, als wir noch zusammen ins Kino oder wenigstens in ein Restaurant gegangen waren, und ich hoffte sehr, dass es wieder anders werden würde, wenn Jens ganz zurück in Deutschland war. Doch bis dahin wollte ich dieses Kleid ganz sicher nicht ungetragen im Schrank hängen lassen. Ich überlegte kurz. Ein weißes Kleid war auf einer Hochzeit tabu, denn diese Farbe war einzig und allein der Braut vorbehalten. Schwarz fand ich eigentlich auch nicht unbedingt passend für so einen Anlass. Ich wühlte ein wenig in meiner Accessoire-Kiste und fand schließlich eine hübsche rote Ansteckblume. Nachdem ich sie befestigt hatte, stieg ich in meine Pumps, die fast genau denselben Farbton hatten. Dazu die passende Tasche. Zufrieden drehte ich mich vorm Spiegel und betrachtete mich von allen Seiten.

Ich fand mein Aussehen atemberaubend. »Tja, mein lieber Jens, diesen Anblick hast du leider verpasst!«, sagte ich laut zu meinem Spiegelbild.

Kapitel 18

Die Trauung selbst fand nur im kleinsten familiären Rahmen auf dem Standesamt statt. Freunde und Kollegen waren erst zum anschließenden Empfang geladen. Dafür hatte das Brautpaar als Location für diesen Anlass ein Hotel in einem kleinen Landsitz gewählt, dessen Grundstück von hohen Bäumen und Sträuchern eingesäumt wurde. Das Wetter war perfekt. Die Sonne schien und so konnte das Fest wie erhofft im Freien stattfinden. Auf der Rückseite des Hauses befand sich eine riesige Terrasse, die über ein paar rundum führende Stufen nahtlos in den parkähnlichen Garten mündete. Überall waren kleine Stehtische oder Sitzgelegenheiten aufgestellt, an denen man sich zwanglos aufhalten konnte. Allgemein war die ganze Feier leger und locker gehalten und mutete fast mehr wie eine Gartenparty als eine traditionelle Hochzeit an, deren Ablauf oft minutiös durchgetaktet ist.

Für entsprechende Musik sorgte eine kleine Band, die am Rand der Terrasse ihre Instrumente aufgebaut hatte. Unterhalb, inmitten der Grünfläche, befand sich die Tanzfläche aus schweren, glänzenden Terrassenplatten, die zu einem großen quadratischen Platz verlegt und von niedrigen Blühpflanzen eingesäumt war. Auch der übrige Blumenschmuck, der extra für die Hochzeit arrangiert worden war, fügte sich stilvoll in die Farbpalette der angelegten Blumenrabatten ein. Alles wirkte bis ins kleinste Detail harmonisch aufeinander abgestimmt, edel, aber nicht übertrieben.

Durch die breite Terrassenfront konnte man den Salon des Hauses betreten, der einem kleinen Saal nahekam. Sollte das

Wetter umschlagen, konnte hier ohne größeren Aufwand weiter gefeiert werden. Nicht einmal das üppige kalte Buffet müsste dafür umplatziert werden, denn es befand sich unmittelbar hinter den großen Glasschiebetüren, geschützt im Schatten des Saals, aber trotzdem vom Garten aus gut sichtbar und erreichbar.

Nachdem ich mit den Frischvermählten auf ihr junges Glück angestoßen hatte, hielt ich Ausschau nach meinen Freunden. Freddy erspähte ich im hinteren Teil des Gartens, angeregt mit einigen Leuten ins Gespräch vertieft. Tine konnte ich nirgends entdecken. Dafür traf ich ein paar weitere Kollegen, die sich ebenfalls freuten, mich zu sehen.

Es war eine lustige und gesellige Runde und ehe ich mich's versah, hatte ich das erste Champagnerglas geleert. Wobei es, streng genommen, ja schon das zweite an diesem Tag für mich war. Da gerade einer der Kellner mit einem gefüllten Tablett an mir vorbeihuschte, nutzte ich die Gelegenheit und ergriff ein weiteres.

Ich hatte beschlossen, mir heute durch nichts und niemanden mehr die Laune verderben zu lassen. Und Alkohol gehörte schließlich zum Feiern mit dazu. Außerdem musste ich nicht zwangsläufig mit der S-Bahn nach Hause fahren. Wozu gab es schließlich Taxis! Tagaus, tagein sparte ich jeden Cent zur Seite, damit Jens und ich möglichst schnell zu einem gemeinsamen Zuhause kamen. Sämtlichen Luxus stellte ich seinetwegen hinten an. Und was tat er? Ließ mich allein.

Heute hatte die Knauserei Pause. Einmal durfte ich auch egoistisch sein und nur an mich denken. Ich wollte feiern, fröhlich sein und nicht immer nur an später denken.

Die frische Luft und das rasche Trinken führten dazu, dass mir der Alkohol relativ rasch zu Kopf stieg, und so machte ich mich, schon leicht benebelt, auf den Weg zum kalten Büfett. Dort traf ich auch auf Freddy. Mit einem Teller in seiner linken Hand tastete er sich mit kritischem Auge vorsichtig von Platte zu Platte vor. Begeistert begutachtete er die vielen verschiedenen kleinen Köstlichkeiten, bevor er seine Wahl traf.

Ich schmunzelte. Das war ganz nach seinem Geschmack. Unbemerkt näherte ich mich ihm und spähte über seinen Rücken. Er war so vertieft, dass er meine Anwesenheit gar nicht bemerkte.

»Na, hält das Büfett deinen kritischen Ansprüchen stand, oder wurde hier etwa gespart?«, flüsterte ich ihm ins Ohr.

Freddy machte erschrocken einen Satz nach vorne und wäre dabei beinahe aufs Büfett gestürzt. Gerade noch rechtzeitig konnte ich ihn am Arm festhalten.

Wir sahen uns erschrocken an und begannen dann, hemmungslos drauflos zu lachen.

Freddy umarmte mich und schob mich dann ein Stück von sich, um mich in Augenschein zu nehmen. »Herzchen, du siehst umwerfend aus«, stellte er bewundernd fest. »Ein wenig Femme fatale mit einem klitzekleinen Hauch von Tristesse. Jens, du Glücklicher, wo bist du?« Er wandte sich suchend um.

»Der Glückliche hat es vorgezogen, mich heute alleine zu lassen. Daher vielleicht der Hauch von Tristesse, wie du es so schön nennst«, entgegnete ich ironisch und stibitzte mir eines der Kanapees von seinem Teller.

Er protestierte nicht und sah mich aus halb geschlossenen Augen an. »Möchtest du darüber reden?«

»Ganz sicher nicht!«, erwiderte ich bestimmt und nahm mir noch eines. Sie schmeckten köstlich. »Heute verdirbt mir niemand die gute Laune. Auch Jens nicht.«

»Das ist die richtige Einstellung. Dann lass uns feiern!«, rief Freddy übermütig und drückte mir einen leeren Teller in die Hand. »Sieh dir nur mal all die feinen Sachen an. Ach, ich weiß gar nicht, wo ich anfangen oder aufhören soll. Am besten, wir nehmen von allem etwas und tauschen untereinander aus.«

Gemeinsam umrundeten wir die Tische. Freddy legte mir immer wieder verschiedene Delikatessen auf, erklärte mir diese und jene Köstlichkeit und füllte nebenher reichlich unsere Teller. »Schließ mal deine Augen. Und jetzt – Mund auf!«, forderte er mich gerade auf.

Ich tat, wie mir befohlen.

Freddy schob mir etwas in den Mund. Vorsichtig biss ich darauf herum und erkundete die Konsistenz. Dabei entlud sich bei mir eine wahre Geschmacksexplosion auf Zunge und Gaumen. Süß, salzig, leicht scharf, alles zusammen. Es war unbeschreiblich und sehr lecker. »Was ist das?«, fragte ich mit vollem Mund und öffnete die Augen.

»Medjool-Datteln. Die Königin der Datteln sozusagen, eingehüllt in zart schmelzenden Serrano-Schinken mit einer ganz feinen Prise Chili. Und in der Dattel ist noch eine Füllung, die ich noch nicht erschmeckt habe, aber das finde ich schon noch raus«, sagte er und legte dabei mehrere der pikanten Teile auf meinen Teller.

Ich hielt meine Hand über den Teller. »Danke. Ich glaube, wir haben vorerst mehr als genug. Findest du nicht auch?«, sagte ich mit einem Blick auf das, was sich hier mittlerweile angehäuft hatte. »Das reicht ja für ein ganzes Bataillon.«

Freddy grinste. »So, wie du heute aussiehst, würde es mich auch wundern, wenn du lange allein bleibst. Es sind bestimmt einige Männer unter den Gästen, die dir gerne Gesellschaft leisten werden. Und ich glaube, ein paar Singles sind auch dabei.«

»Du vergisst, dass ich nicht auf Männerfang, sondern lediglich von meiner besseren Hälfte versetzt worden bin«, erinnerte ich ihn.

»Ich habe ja nicht gesagt, dass du mit einem von ihnen was anfangen sollst. Aber alleine bleiben musst du deshalb heute auch nicht. Und Spaß haben darfst du trotzdem. Es geht nur darum, ein schönes Fest zu feiern. Mehr nicht.« Entschlossen hakte Freddy sich bei mir unter und zog mich zurück in den Garten zu einem der Bistrotische.

Ich hatte Mühe, ihm auf meinen hohen Hacken zu folgen, ohne etwas zu verschütten. Freddy hatte vorhin Besteck für zwei Personen mitgenommen. Daher ging ich davon aus, dass er in Begleitung war.

»Mit wem bist du hier?«, erkundigte ich mich.

»Lass dich überraschen.« Er grinste und dirigierte mich zielsicher an einigen Grüppchen vorbei zu einem Bistrotisch unter einer Blutpflaume.

David stand etwas abseits der Gäste und strahlte, als er uns auf sich zukommen sah. Freddy zog mich geradewegs in seine Richtung.

»Wie darf ich das verstehen?«, raunte ich ihm zu, als ich begriff, wer es war.

»Das hat sich so ergeben«, raunte Freddy zurück.

Ich schluckte. Es war nicht das, was ich erwartet hatte. Ich mochte David, kannte ihn jedoch nicht sonderlich gut. Aber er war nett und trotz seiner vermögenden Herkunft kein bisschen blasiert. Trotzdem fand ich ihn viel zu jung für Freddy. Außerdem hoffte ich noch immer, dass sich die Geschichte mit Klaus wieder einrenken würde. Der passte meiner Ansicht nach wesentlich besser zu ihm. Leider kam ich nicht mehr dazu, weitere Fragen zu stellen.

»Du erinnerst dich doch noch an meine Freundin Sophie?« Freddy stellte seinen Teller vor David auf dem Tisch ab und gesellte sich neben ihn.

»Hallo David!« Ich streckte ihm meine Hand entgegen, doch er umarmte mich stattdessen und küsste mich freundschaftlich links und rechts auf die Wange.

»Sophie, schön dich wiederzusehen.«

Das war ja schon sehr familiär, dachte ich verwirrt über die herzliche Begrüßung, ließ mir jedoch nichts anmerken.

»Ich freue mich auch. Wie geht es dir?«

»Jetzt lasst uns doch mal alle zusammen auf eine tolle Party anstoßen«, unterbrach uns Freddy und fischte drei Gläser Champagner vom Tablett einer Bedienung, die gerade neben uns stand. »Prösterchen! – Sophie ist allein hier. Ihr Schatz hat sie kurzfristig versetzt«, informierte Freddy David ungefragt. »Wir müssen sie unbedingt ein wenig unter unsere Fittiche nehmen.«

Ich wollte protestieren, da riss Freddy verdutzt die Augen auf und packte mich am Arm. Ich konnte gerade noch mein Glas auf dem Tisch platzieren, sonst wäre es vermutlich in hohem Bogen im Gras gelandet.

»Oh mein Gott! Nun sieh sich einer mal diesen Wahnsinnstypen an.« Freddy starrte wie gebannt in Richtung des Brautpaares und bekam vor Erstaunen den Mund nicht mehr zu.

Alle am Tisch folgten seinem Blick. Ich warf ebenfalls einen kurzen Blick über die Schulter, erkannte aber nichts, was seine Begeisterung in meinen Augen rechtfertigte.

»Tine hatte schon immer ein Händchen für schöne Männer, aber der hier stiehlt ihr glatt die Show.« Seine Augen blitzten vor Verzückung. »Was für ein Jammer, dass dieser Mann hetero ist«, seufzte er. »Die reinste Verschwendung an die Frauenwelt.«

Ich stieß ihn mit dem Ellbogen an. »Jetzt hör auf zu sabbern und gönn ihr das Vergnügen.« Ich lachte, während ich mich, nun doch neugierig geworden, langsam umdrehte, um zu sehen, wer denn dieser Wunderknabe war.

Tine stand mit einem Mann bei Janine und Ron. Sie trug ein eher schlichtes, dunkelgrünes Kleid im Stil der Fünfzigerjahre. Es hatte einen U-Boot-Ausschnitt, war tailliert und besaß einen knielangen Tellerrock mit Kellerfalten, die bei jeder ihrer Bewegungen sanft mitschwangen. Ihr Begleiter hatte wie selbstverständlich den Arm um ihre Taille platziert. Es wirkte zwar lässig und doch hieß diese Geste für jeden anderen Kerl unmissverständlich: »Finger weg, diese Frau gehört mir!«

Noch sah ich beide von hinten, da sie mir bislang den Rücken zudrehten. Ron musste etwas sehr Komisches gesagt haben, denn Tine begann plötzlich herzlich zu lachen und bog dabei lasziv ihren Oberkörper zurück. Ihr Galan hielt sie dabei weiter fest im Griff. Dann nahm er sie in den Arm und küsste sie wie selbstverständlich. Fraglich, ob Zufall oder Absicht, denn er traf dabei nicht den Mund oder ihre Wange, sondern die Stelle zwischen Nacken und Ohr, was dem Ganzen einen wesentlich intimeren Touch verlieh. Dieser Anblick verschlug mir für einen Moment tatsächlich die Sprache, denn nun erst erkannte ich, wer er war – Carsten!

»Macht den Mund zu, ihr beiden, sie kommen zu uns herüber«, mahnte uns David, der als Einziger die Szene völlig unbeeindruckt zur Kenntnis genommen hatte.

Und wirklich, Tine und Carsten hatten uns erspäht und waren auf dem Weg an unseren Tisch. Rasch drehte ich mich wieder zu Freddy und versuchte, ein unverfängliches Gesicht zu machen.

»Sind die beiden ein Paar?«, fragte ich rasch, bevor sie nahe genug waren, um mich zu hören.

»Es sieht fast danach aus«, sinnierte er. »Wobei es mich total überrascht, weil ich dachte …« Er konnte den Satz nicht beenden, da uns die Neuankömmlinge erreicht hatten.

»Hallo, ihr beiden«, begrüßte ich sie, als sei es ganz selbstverständlich, dass sie zusammen hier waren.

»Hallo!« Tine küsste mich wie immer auf die Wange. »Du siehst ja hammermäßig aus«, bekannte sie überwältigt. »Was ist passiert?«

Carsten blieb etwas abseits stehen und nickte mir lächelnd, aber zurückhaltend zu. »Sophie.«

Ein bisschen distanziert, fand ich. Doch seit unserem Streit in Nürnberg hatten wir uns weder gesehen noch gehört. Er hatte zwar ein- oder zweimal versucht, mich anzurufen, doch ich hatte das Gespräch nie angenommen. Ich hatte keine Lust auf weitere Debatten. Verstohlen musterte ich ihn, als er und Tine die anderen Gäste an unserem Tisch begrüßten.

Er hatte sich verändert, rein äußerlich gesehen. Seine Haare waren etwas länger, wodurch sie sich sanft kringelten. Außerdem hatte er sich einen Dreitagebart stehen lassen, was ihm eine leicht südländische Note verlieh. Freddy hatte recht. Carsten sah wirklich unverschämt gut aus.

»Wo ist Jens? Stürmt der schon das Büfett?«, erkundigte sich Tine fröhlich.

»Jens hat es vorgezogen, dieser denkwürdigen Veranstaltung fernzubleiben«, informierte sie Freddy voreilig.

Ich ärgerte mich darüber und warf ihm einen scharfen Blick zu. Freddy bemerkte es gar nicht.

»Ich glaube, er weiß gar nicht, was er da verpasst. Sieht sie nicht rattenscharf aus, unser Schätzchen?« Freddy musterte mich stolz. »Du natürlich auch, Tine, aber das weißt du ja selbst«, ergänzte Freddy schnell.

»Im Ernst?« Tine war platt. Sie wechselte einen flüchtigen Seitenblick mit Carsten und ergänzte dann: »Aber er hatte dir doch fest für heute zugesagt, oder irre ich mich?«

»Ja, das hat er, aber ihm ist leider kurzfristig etwas wirklich Wichtiges dazwischengekommen, weswegen er nicht kommen konnte«, bemühte ich mich, sein Fehlen zu verteidigen, und sah Freddy abermals warnend an. Diesmal bemerkte er es und verdrehte die Augen.

»Das hat sich vorhin aber ganz anders angehört!«, maulte er pikiert.

»Kein Grund, Trübsal zu blasen«, überspielte ich fröhlich meinen Frust und leerte mein Glas in einem Zug. »Wer möchte etwas zu trinken? Ich hole Nachschub.« Ich nahm dem überrumpelten Freddy forsch das Glas aus der Hand, was ihn leicht zu überfordern schien.

»Ich komme mit und helfe dir beim Tragen«, bot Carsten sich rasch an. »Was möchtest du?«, wandte er sich an Tine.

»Was trinkt ihr?« Sie sah auf unsere Gläser.

Ich hielt die leere Sektflöte hoch.

»Oh ja. Dann nehme ich auch gerne ein Glas Champagner, danke dir.« Wie selbstverständlich berührte ihre Hand seinen Arm.

Ich marschierte strammen Schrittes zum Haus, gefolgt von Carsten, der mit leichtem Abstand hinter mir herlief. An der Bar mussten wir kurz warten, bis wir an die Reihe kamen. Ich hatte das Gefühl, dass sich der Boden unter mir leicht bewegte. Kein Wunder, ich hatte ja auch innerhalb kürzester Zeit drei Gläser Alkohol in mich hineingeschüttet, ohne zuvor viel gegessen zu haben. Vielleicht sollte ich lieber auf etwas ohne Alkohol umsteigen, um nicht plötzlich die Kontrolle über mich zu verlieren.

»Geht es dir gut?«, fragte Carsten plötzlich sanft neben mir.

»Natürlich.« Ich sah ihn an und bemühte mich um ein unbekümmertes Lächeln. »Alles in bester Ordnung.« Besonders vor Carsten würde ich mir nicht anmerken lassen, wie sehr Jens mir gerade jetzt fehlte.

Er sah mich zweifelnd an, dann streckte er seinen Rücken durch. »Na, dann ist es ja gut!«, sagte er.

Schweigend warteten wir nebeneinander, bis wir unsere Bestellung aufgeben konnten. Kurz darauf waren wir zurück bei den anderen. Ich war standhaft geblieben und hatte ein Glas Wasser genommen. Ein wenig Abkühlung konnte mir nicht schaden. Carsten trank ein Pils aus der Flasche. Wir standen eine Weile fast wie befangen beisammen. Keiner wusste so recht, was er zum anderen sagen sollte. Die Situation war aber auch irgendwie ungewöhnlich. Allein die Konstellation der Paare, Tine und Carsten, Freddy und David, brachte mich leicht aus dem Konzept. Keines dieser Gespanne gehörte in meinen Augen zusammen. Freddy versuchte, zwischendurch immer wieder die Situation mit Fragen aufzulockern. Auch jetzt machte er einen erneuten Ansatz, die Stille zu durchbrechen.

»Jens, der Lebensgefährte von Sophie, arbeitet übrigens in der Firma deines Vaters. Wusstest du das?«, erkundigte er sich bei David.

»Ach wirklich? Das ist ja interessant. Was macht er denn?« Interessiert wandte er sich zu mir.

Ich erzählte ihm in kurzen Sätzen, was seine Aufgaben waren und dass Jens bereits seit einigen Jahren Leiter des Großprojekts auf Teneriffa war.

Davids Interesse daran, wie unsere Beziehung auf so große Distanz über Jahre funktionieren konnte, war überraschend aufrichtig.

»Ich könnte das nicht ertragen. Allein bei der Vorstellung, meinen Partner nur alle paar Wochen zu sehen, würde ich eingehen wie eine Primel«, gestand er offenkundig.

»Na ja, einfach ist es für uns auch nicht. Natürlich wäre es mir lieber, wenn wir mehr Zeit zusammen verbringen könnten«, gab ich ohne Umschweife zu. »Doch ein Jahr wird er mindestens noch in Spanien bleiben müssen und dann kommt es darauf an, was ihm angeboten wird. Wohin es ihn als Nächstes verschlägt.«

Während unserer Konversation war auch Carsten fast unmerklich ein Stück näher zu uns herangerückt. Er stand zwar immer noch neben Tine und drehte uns den Rücken zu, trotzdem hatte es den Anschein, als höre er uns zu. Ich ließ mich davon jedoch nicht beirren.

»Soviel ich weiß, laufen gerade die Verhandlungen zu einem großen Freizeitpark in Deutschland. Das Ganze ist zwar noch nicht spruchreif, aber ich könnte meinen Vater ja mal ganz dezent darauf hinweisen, dass es da einen fähigen Mitarbeiter gibt, der für die Bauleitung eventuell geeignet wäre und daran Interesse haben könnte.«

»Das würdest du tun?« Ich war fassungslos.

David kannte Jens doch gar nicht und mich kaum. Trotzdem wollte er sich für uns einsetzen?

»Er ist eben durch und durch ein kleiner Romantiker«, sagte Freddy liebevoll, der die letzten Sätze wohl mitbekommen hatte, und strich ihm beinahe zärtlich über die Wange.

»David, das wäre einfach wundervoll. Ich weiß gar nicht, wie ich dir dafür danken soll«, strahlte ich.

»Vorläufig brauchst du dich noch nicht zu bedanken. Ich weiß ja auch gar nicht, ob sich mein Vater durch mich beeinflussen lässt, aber versuchen werde ich es zumindest, das verspreche ich dir.«

»Lust zu tanzen?«, fragte Carsten unvermittelt und zog Tine mit sich, ehe sie protestieren konnte.

Wir sahen ihnen nach, wie sie zur Terrasse liefen und sich unter die Tanzpaare mischten.

»Die beiden geben wirklich ein schönes Paar ab«, bemerkte ich mehr für mich als für die anderen.

»Mhm!«, sinnierte Freddy nachdenklich. »Wobei ich es immer noch nicht ganz begreifen kann. Ich hatte wirklich geglaubt, er interessiere sich für jemand ganz anderes.«

»Ach ja. Und wer soll das deiner Meinung nach sein.«

Freddy erwachte aus seinen Gedanken. »Wie? Was meinst du? Ach, das war nur so ein Gedanke von mir. War nicht wichtig.« Er winkte schnell ab.

Mich interessierte auch gar nicht, was Freddy gedacht hatte. Ich beobachtete David, dessen Blick völlig entrückt auf die Bar gerichtet war, wo gerade ein Kellner, der in etwa in seinem Alter sein mochte, die Stehtische abräumte. Es war unübersehbar, dass David in diesen Mann verliebt war.

Armer Freddy, dachte ich mir. Der nächste Liebeskummer stand ihm unausweichlich bevor.

»Lass uns auch tanzen!«, beschloss Freddy plötzlich.

Ich zögerte. Warum eigentlich nicht? Ich ließ mich von ihm mitreißen. Die Band spielte einige flotte Lieder, die Lust machten, sich im Takt der Musik zu bewegen. Freddy war auch darin perfekt. Ich erinnerte mich an das, was Klaus mir kürzlich anvertraut hatte. Gab es eigentlich irgendwas, wo auch Freddy einmal an seine Grenzen stieß?, fragte ich mich. Wir wirbelten nur so über die Tanzfläche, sodass ich schon bald ganz außer Puste geriet. Aber es machte auch unglaublich Spaß. Das hätte ich unserem Dickerchen gar nicht zugetraut, doch dieser Elan war wohl wieder seinem Temperament geschuldet. Nach einem weiteren fetzigen Lied war auch bei Freddy die Luft raus.

»Sag mal, Freddy«, begann ich vorsichtig, als wir uns eine kleine Verschnaufpause gönnten. »Das mit dir und David ist doch nichts Ernstes, oder?«

Freddy hörte abrupt auf, sich frische Luft zuzufächeln, und sah mich erstaunt an. »Wie kommst du denn darauf, dass ich mit David zusammen bin?«

»Seid ihr nicht?« Ich war verwundert.

»Nein. David ist ein guter Freund und nur meine Begleitung für den heutigen Tag, damit ich nicht alleine hier herumstehe und Trübsal blase. Aber mein Herz hängt immer noch an Kläuschen. Was dachtest du denn?« Er war fast empört über meine Unterstellung.

Ich atmete erleichtert auf. »Tut mir leid, aber ihr beide wirktet so vertraut miteinander, dass ich annahm …«

»Natürlich, wir kennen uns ja schon seit Ewigkeiten. Aber wie gesagt, wir sind nur gute Freunde, nicht mehr.«

»Ich bin ehrlich gesagt ziemlich erleichtert darüber«, gab ich offen zu. »Weißt du, es hatte den Anschein, dass David für jemand anderes schwärmt, und ich wollte nicht, dass du schon wieder eine Enttäuschung erleben musst«, gab ich zu.

»David ist total verliebt in Robert. Der arbeitet heute hier im Service, was auch der Grund dafür war, weswegen ich ihn als Begleitung mitgenommen habe. So konnten wir beide unseren Nutzen daraus schlagen. David hatte eine Gelegenheit, Robert zu sehen, und ich musste nicht alleine hier erscheinen. Erinnerst du dich, Munich Man 2000? Das wäre die zweite Option gewesen. So ist es doch für alle Beteiligten bedeutend besser, oder nicht? Vielleicht auch für dich.« Er zwinkerte mir verschwörerisch zu.

»Und wie steht es mit dir und Kläuschen?«, fühlte ich ihm behutsam auf den Zahn.

»Der hat sich scheinbar schnell getröstet«, gab Freddy betrübt zurück.

»Weißt du, manchmal sind die Dinge nicht ganz so, wie sie auf den ersten Blick erscheinen.«

»Was meinst du damit?«

»Ich meine, du solltest endlich in die Puschen kommen und dich mit Klaus treffen, damit ihr euch aussprechen könnt.«

Freddy zögerte. Darum legte ich nach.

»Er hat keinen neuen Freund und er vermisst dich genauso wie du ihn. Aber wenn du ihn zurückhaben willst, musst du noch ein wenig an dir arbeiten.«

Er plusterte sich empört auf. »Ich? Wer sagt das? Kläuschen? Also das ist doch die Höhe!«

»Freddy! Nicht hier und nicht heute. Über dieses Thema reden
wir ein andermal, in Ruhe. Jetzt will ich tanzen!« Damit zog ich
ihn zurück auf die Tanzfläche.

Kapitel 19

»Partnerwechsel«, erklang eine bekannte Stimme hinter mir, als die Band begonnen hatte, ein paar langsamere Lieder anzustimmen.

»Ich dachte schon, du fragst nie!« Freddy lachte und gab mich bereitwillig frei. Er war total erschöpft. Carsten zog mich an sich und wiegte sich langsam mit mir im Takt der Musik. Eine ganze Weile tanzten wir schweigend dahin, dann sagte er: »Es tut mir leid, dass ich dich damals so verärgert habe.«

»Ist schon okay.« Ich wollte dieses Thema besser nicht mehr anschneiden.

»Ich habe dich angerufen, mehrmals, aber du hast nie abgenommen. Ich möchte nicht, dass wir zerstritten sind, dafür bist du mir viel zu wichtig geworden, Sophie.«

»Es ist okay, wirklich. Können wir das Thema nicht einfach lassen?«, fragte ich.

Carsten sah mich an, als wolle er noch etwas sagen, doch er nickte nur und beließ es dabei.

»Freunde?«, fragte ich vorsichtig.

Er sah mich sehr lange an. Sein Blick war unergründlich. »Freunde«, sagte er schließlich. Irgendwie sah er dabei traurig aus – oder bildete ich mir das nur ein?

Schweigend tanzten wir auch die nächsten Lieder weiter. Sein Arm umfasste meine Taille fester. Ich konnte nicht sagen, ab wann sich diese vertraute Nähe eingestellt hatte. War es dem vielen Alkohol geschuldet, der mir immer noch die Sinne vernebelte, oder lag es an der melancholischen Stimmung, die die

Musik bei mir hervorrief? Irgendwann lag mein Kopf wie selbstverständlich an seiner Schulter. Es passierte quasi wie von selbst. Carsten lehnte sein Kinn an meine Stirn. Unsere Hände fest ineinander verschlungen. Ich fühlte seinen Herzschlag, roch sein Aftershave und fühlte mich unglaublich wohl und aufgehoben dabei. Völlig im Einklang wiegten wir uns zu den sanften Klängen der langsamen Lieder, von denen die Gruppe eines nach dem anderen anstimmte. Für mich hätte es noch ewig so weitergehen können. Plötzlich blieb Carsten stehen und schob mich ein wenig von sich. Mit den Fingern hob er mein Gesicht, sodass ich ihn ansehen musste.

Ich sah in seine dunklen, braunen Augen und vergaß alles um uns herum. Langsam neigte sich sein Kopf zu mir herab. Nur wenige Zentimeter trennten seinen Mund von meinem. Es hätte mir in diesem Moment nichts ausgemacht, wenn er mich geküsst hätte, aber plötzlich vernahm ich Freddys Stimme dicht neben uns.

Er räusperte sich verlegen. »Äh, es … tut mir ja leid, wenn ich euch stören muss, aber … Carsten, du solltest vielleicht mal kurz nach Tine sehen. Ich glaube, da zieht Ärger auf.«

Schlagartig erwachte ich aus dieser unheilvollen, romantischen Stimmung und mir wurde erst richtig bewusst, wer da vor mir stand. Es war mir entsetzlich peinlich. Wir hatten uns beide gehen lassen. Vor den Augen aller hatten wir uns völlig unmöglich benommen. Carsten war mit Tine zusammen und ich mit Jens. Wie konnte uns das nur passieren? Wir waren doch keine Teenager mehr.

Carsten sah mich an, als würde er noch in dieser romantischen Blase festhängen. »Jetzt nicht, Freddy!«, sagte er. »Sag ihr, ich bin gleich bei ihr.«

»Wie du meinst, du musst ja wissen, was du tust. Aber lass dir bitte nicht zu lange Zeit.« Freddy eilte zurück.

Ich wollte ebenfalls verschwinden, allerdings in eine andere Richtung. Eine Auseinandersetzung mit Tine, die mir unweigerlich bevorstand und das aus gutem Grund, wollte ich uns allen ersparen. Das musste nicht ausgerechnet hier vor allen Leuten sein. Und ich musste mich auch erst einmal sammeln. Ich würde mich später für mein Verhalten bei ihr entschuldigen, wenn wir alleine waren. Doch Carsten wirkte nicht, als würde er mich weglassen.

»Sophie, warte, bitte. Ich muss dir das jetzt einfach sagen, auch wenn du mich dafür hassen wirst, aber ich kann nicht anders.«

Bevor er irgendetwas sagen konnte, was unsere oder die Freundschaft zu Tine unweigerlich erschüttern würde, schnitt ich ihm das Wort ab. »Carsten, nicht! Lass es gut sein.«

»Das kann ich nicht, Sophie. Dafür bist du mir zu wichtig. Hör mir bitte zu.«

Ich wollte nicht hören, was er mir zu sagen hatte, versuchte, mich aus seinen Armen zu winden, um wegzulaufen, aber er hielt mich fest am Handgelenk gepackt.

»Ich will nicht wissen, was du …«

»Jens belügt dich!« Er schrie mich fast an.

Erschrocken drehte ich mich zu ihm um und starrte ihn an.

Carsten ließ meine Hand los. Aufgewühlt fuhr er sich durch die Haare.

»Ich weiß nicht, warum er das tut, aber eines ist sicher, er ist nicht ehrlich zu dir! Er spielt ein ganz falsches Spiel«, sprudelte es aus ihm heraus. Der Zauber des wunderbaren kurzen Moments, der noch vor wenigen Augenblicken zwischen uns gewesen war, war mit einem Schlag zerstört.

»Warum tust du das?«, fragte ich ihn maßlos enttäuscht. »Du kennst ihn doch kaum. Jens ist meine große Liebe. Ich vertraue ihm mehr als jedem anderen. Warum erzählst du solche Lügen über ihn?«

»Das sind keine Lügen. Ich habe Beweise.«

»Hör endlich auf damit. Das ist armselig.«

»Ach, ich bin armselig, ja! Weißt du, was du bist. Du bist blind. Du lässt dich von ihm ausnutzen und bist damit auch noch zufrieden.«

»Und weißt du, was ich glaube? Dass du eifersüchtig bist. Auf das Glück anderer anstatt dich darüber zu freuen, dass du nicht mehr allein bist. Weißt du eigentlich, wie froh du sein kannst, Tine zu haben?« Ich wandte mich ab und wollte gehen, doch wieder hielt er mich fest.

»Lass mich sofort los!«, fauchte ich ihn an. »Kümmere dich lieber um deine eigene Beziehung, anstatt dich in meine einzumischen!«, schrie ich ihn an und versuchte weiter, mich loszumachen. Es war mir egal, dass wir die Aufmerksamkeit anderer Tanzpaare auf uns zogen.

»Meine Beziehung? Ach, du denkst … Sophie, hör mir doch zu, Tine und ich …«

Endlich konnte ich mich losreißen. »Hör endlich auf damit. Ich habe keine Ahnung, was Jens oder ich dir angetan haben, dass du so eine schlechte Meinung von ihm hast. Ich bin maßlos enttäuscht von dir, Carsten. Und ich will nichts mehr mit dir zu tun haben!«

Plötzlich stand Freddy zum zweiten Mal vor uns, diesmal ziemlich aufgeregt. »Carsten, bitte – kümmere dich um Tine. Jetzt! Sonst kann ich für nichts garantieren. Das gibt hier gleich einen Rieseneklat und das muss doch wirklich nicht sein. Denk an Janine und Ron«, flehte er ihn an und sah verwirrt von einem zum anderen.

Da Carsten kurz abgelenkt war, nutzte ich den Moment und rannte weg, blind vor Wut und Enttäuschung.

»Sophie!«, hörte ich ihn hinter mir herrufen, doch ich blieb nicht stehen.

Ich bahnte mir schleunigst einen Weg nach oben, um über die Terrasse, durchs Haus auf dem schnellsten Weg von hier wegzukommen, ohne dass mich jemand aufhalten konnte. Und vor allem, ohne dass ich mich vom Brautpaar verabschieden musste. Das schaffte ich momentan nicht. Dafür war ich viel zu aufgewühlt und wollte ihnen durch unseren Disput nicht die Feier verderben. Tränen brannten in meinen Augen, ich hatte Mühe zu sehen, wohin ich stolperte.

Sobald ich im Inneren des Hauses angelangt war, lehnte ich mich zuerst einmal an eine Wand und versuchte, mich zu beruhigen. Ich hielt die Augen geschlossen und atmete tief durch, als ich jäh Freddys Stimme vernahm.

Erschrocken schrie ich auf.

»Ich bin es doch nur, Mäuschen«, beruhigte er mich. Freddy stellte sich stumm neben mich. Ich war ihm dankbar, dass er jetzt keine Fragen stellte. Ungläubig fasste ich mir an den Kopf.

»Was habe ich nur getan?«

»Ihr habt die Party ein wenig aufgemischt,würde ich sagen«, bemerkte Freddy trocken.

Ich sah ihn an. »Habe ich das eben laut gefragt?« Es war mir gar nicht bewusst. »Ist Tine sehr sauer auf mich?«, erkundigte ich mich besorgt.

Freddy, der in der offenen Terrassentür mit Blick nach draußen stand, zeigte über den Rasen. »Nicht nur auf dich, fürchte ich.«

Vorsichtig schielte ich ums Eck. An unserem Stehtisch war eine heftige Diskussion zwischen Tine, Carsten und noch einem weiteren Typen im Gange, den ich allerdings nicht erkannte.

»Wer ist das?«, fragte ich Freddy neugierig.

»Der Pilot.«

Oh nein! Ich wusste sofort, welchen er meinte. Tine hatte mir ihre Bedenken deswegen schon mitgeteilt. Aber nun war sie ja mit Carsten zusammen, darum sollte sie eigentlich vor diesem Mann sicher sein. Doch selbst aus der Ferne konnte ich an seiner Bewegung erkennen, dass er ziemlich angetrunken war.

»Er war ziemlich aufdringlich. Wollte mit Tine tanzen und hat sie immer wieder – ich will nicht sagen begrapscht, aber doch oft angefasst, was sie sich verbeten hat«, raunte mir Freddy zu.

Wir sahen, wie Carsten gerade Tine in den Arm nahm und lange und zärtlich küsste. Wahrscheinlich wollte er damit seine Position bei ihr unmissverständlich verdeutlichen.

Seltsamerweise versetzte mir der Anblick einen Stich. Rasch drehte ich mich ab.

Freddy beobachtete nach wie vor die Szene draußen. Plötzlich weiteten sich seine Augen. »Oh, oh!«, rief er immer wieder und begann mit den Händen zu fuchteln.

Ich schaute wieder hinaus.

Dem Piloten passte scheinbar nicht, dass ein anderer seinen Platz bei Tine eingenommen hatte. Er stand dicht vor Carsten und schubste ihn mit den Händen immer wieder ein Stück von sich weg. Carsten, der sich nicht provozieren lassen wollte, packte in diesem Moment Tine an der Hand und zog sie in Richtung Tanzfläche und somit auch wieder in meine Richtung. Dem wollte ich entfliehen. Doch die beiden kamen nicht weit, denn nach wenigen Metern wurde Carsten von Tines Verehrer grob von hinten zurückgezogen und ehe er sich' versah, verpasste dieser ihm einen ordentlichen rechten Haken.

Carsten stürzte rücklings zu Boden. Fassungslos fasste er sich ans Kinn. Doch der Schock dauerte nur eine Schrecksekunde an. Aufgebracht sprang er auf die Beine und ging auf den Angreifer los. Nur durch das beherzte Eingreifen anderer Gäste konnte eine Schlägerei zwischen den beiden verhindert werden.

Tine stand aufgebracht zwischen den beiden Kontrahenten und schrie abwechselnd den einen oder anderen von ihnen an. Mittlerweile hatte sich eine große Gruppe Schaulustiger um das Trio gebildet.

Carsten wischte sich mit dem Handrücken Blut von der Nase. Danach besah er sich seine Anzughose. Nachdem er seinem Kontrahenten einen letzten, bitterbösen Blick zugeworfen hatte, bahnte er sich einen Weg durch die neugierige Menge zum Haus. Tine folgte ihm wütend.

Das war nun endgültig der Zeitpunkt, an dem ich das Weite suchen wollte. »Geh bitte zurück zu den anderen«, bat ich Freddy. »Ich brauche noch einen Moment für mich. Vielleicht fahre ich besser nach Hause. Mir ist die Feierlaune gerade gründlich vergangen.«

Freddy nickte mir aufmunternd zu. »Wir telefonieren morgen«, sagte er und huschte ins Freie.

Ich beeilte mich, aus dem Raum zu kommen, ehe Carsten und Tine hereinkamen, und riss wahllos eine der Türen auf, in der Hoffnung, dass es der Weg zum Ausgang war.

Ein verwinkelter Flur lag vor mir.

Ohne darauf zu achten, wohin ich lief, bog ich um die nächste Ecke und prallte plötzlich mit jemandem zusammen.

Es schepperte, Scherben klirrten und ich fühlte Nässe, die durch mein Kleid sickerte. In meiner Blindheit hatte ich einen der Kellner umgerannt, der mit einem Tablett voller Getränke auf dem Weg in den Garten war.

»Es tut mir leid«, stammelte ich und sah auf den Schaden, den ich angerichtet hatte.

»Das sollte es auch«, gab er frech grinsend zurück. »Denn jetzt müssen jede Menge durstiger Gäste noch länger auf ihre Getränke warten.«

Diese entspannte Reaktion kam so unerwartet, dass sie mich wieder ein bisschen zur Ruhe brachte.

Er nahm von einem Tisch ein Tuch und gab es mir, damit ich mich abtrocknen konnte. Ein Gemisch aus Alkohol und Saft hatte sich über meinen Körper ergossen. Es roch grauenhaft und ich klebte überall.

»Ich denke, ich sollte auf dem schnellsten Weg nach Hause fahren und mich waschen«, sagte ich zerknirscht.

Er musterte mich einen Moment. »Ich denke, du solltest dir das Nötigste abwaschen und ein Glas auf den Schreck trinken. Du siehst aus, als hättest du ein Gespenst gesehen. So fährt man nicht Auto.«

»Ich nehme ein Taxi.«

»Dann habe ich eine bessere Lösung für dich.« Er sah auf die Uhr. »Du wartest eine Stunde, dann habe ich Dienstschluss und kann dich nach Hause bringen?«

Ich überlegte. »Warum sollte ich das tun?«

»Weil ich der charmanteste Taxifahrer der Stadt bin, unter uns gesagt.«

Ich musste gegen meinen Willen lachen. »Danke, das ist sehr nett von dir, aber ich kann unmöglich in diesem Kleid unter den Gästen bleiben und ich möchte es auch nicht.«

Er öffnete eine Tür. »Die Treppe hoch und dann links. Da befindet sich der Personalbereich, in dem wir uns umziehen und unsere privaten Sachen abstellen können. Du kannst dich dort waschen und, wenn du willst, warten, bis ich fertig bin.«

Ich fühlte mich plötzlich müde und ausgelaugt. Der Typ schien ein paar Jahre jünger zu sein als ich und er sah nicht nach einem Triebtäter aus. Warum sollte ich sein nett gemeintes Angebot nicht annehmen? Hauptsache, ich musste nicht zurück auf die Party. Ich willigte ein.

Er schob mich durch die Tür in den Nebenraum und drückte mir dort noch ein paar Geschirrtücher in die Hand. »Die Treppe hoch und dann die zweite Tür rechts ist die Toilette, da kannst du dich frisch machen. Gegenüber befindet sich der Aufenthaltsraum. Ich erledige noch schnell diese Bestellungen und komme dann zurück.«

Es war gar nicht so einfach, sich von diesem klebrigen Gemisch zu befreien. Am liebsten hätte ich das Kleid kurzerhand im Becken gewaschen. Ich zog es aus und versuchte, es notdürftig mit einem Spültuch wenigstens etwas sauber zu bekommen. Anschließend hielt ich es unter den Händetrockner, bevor ich wieder hineinschlüpfen musste. Danach sah ich mich im Zimmer um. Es war ein schöner Raum mit einem großen Fenster und einer Tür, die zu einem kleinen Balkon führte. Ich hatte plötzlich das Bedürfnis nach frischer Luft und öffnete die Balkontür. Obwohl das Zimmer zur Seite des Anwesens hin lag, konnte man die Musik bis hierher hören. Die Party schien in vollem Gang zu sein. Sie spielten wieder flottere Lieder. Dazwischen konnte ich aufgebrachte Stimmen vernehmen, die sich rasch näherten.

»Das hast du ja fabelhaft hinbekommen!« Tine. Erschrocken trat ich einen Schritt zurück. Es war unsinnig, denn um mich sehen zu können, hätte man nach oben schauen müssen.

»Es tut mir leid. Das habe ich doch schon gesagt!« Carsten!

»Du solltest dich um mich kümmern, stattdessen tanzt du eng umschlungen mit Sophie. Was denkst du, was das bei den anderen für einen Eindruck hinterlassen hat?«

Oh mein Gott. Mir wurde wieder bewusst, wie unmöglich ich mich vorhin benommen hatte. Wie hatte ich mich nur so gehen lassen können? Wie hatte ich mich beim Tanzen nur so an ihn schmeißen und es auch noch genießen können? Ganz präsent war die Erinnerung daran, wie es sich angefühlt hatte. Ich war entsetzt über mich, weil ich Jens so einfach vergessen hatte.

»Tut es noch weh?«, hörte ich Tine fragen.

Carsten gab ein Brummen von sich.

»Es geschieht dir ganz recht, dass du eins auf die Nase bekommen hast.«

»Mir reicht es für heute. Lass uns von hier verschwinden!«, grummelte er.

»Ja, lass uns nach Hause fahren, damit ich dich pflegen kann, mein armer Geliebter.«

Sie entfernten sich. Also doch. Tine hatte es gerade selbst bestätigt. Carsten war ihr Freund. Ich blieb noch einen Augenblick stehen, dann lugte ich vorsichtig über das Geländer. Es war niemand mehr zu sehen. Die Tür öffnete sich und der junge Kellner kam mit einem Tablett und zwei Gläsern Whisky herein.

»Alles okay bei dir?«, fragte er und reichte mir eines der Gläser.

Ich nickte.

»Ich bin Phil«, sagte er und prostete mir zu.

»Sophie.« Ich trank.

Er stellte sein Glas unberührt zurück. »Alkohol im Dienst ist verboten«, sagte er. »Aber ich denke, du kannst auch einen zweiten Drink vertragen.« Er zündete sich eine Zigarette an.

»Auch eine?« Ich nickte.

Er nahm einen tiefen Zug und begann zu lachen. »Oh Mann, das ist vielleicht eine Party. Du hast gerade echt was verpasst. Beinahe hätte es eine handfeste Schlägerei gegeben.«

»Ach ja?«, fragte ich und bekam ein mulmiges Gefühl. »Was ist passiert?«

»Einer der männlichen Gäste hat anscheinend sehr eng mit der Freundin seiner Partnerin getanzt, was wiederum ein anderer Gast zum Anlass nahm, um sich an die heranzumachen. Ihr Freund hat das bemerkt und sein Revier klar abgesteckt, indem er seine Frau vor den Augen des Nebenbuhlers abknutschte, was dem natürlich überhaupt nicht gepasst hat. Darum hat er seinem Kontrahenten einen rechten Haken versetzt.« Phil lachte. »Gut, dass einige Gäste ziemlich schnell die Lage erfasst und beide voneinander getrennt haben. Das hätte eine schöne Schlägerei gegeben. Die zwei waren ziemlich in Rage.«

Ich griff nach dem zweiten Glas Whisky und kippte es in einem Zug hinunter. »Hat das Brautpaar etwas mitbekommen?«, fragte ich.

»Nein, soviel ich weiß nicht. Das hat sich alles im anderen Teil des Gartens abgespielt. Weit weg von der Brauttafel.«

»Gott sei Dank!«

Phil sah mich mit großen Augen an, dann grinste er plötzlich breit. »Scheiße! Du bist eine der beiden Frauen, oder?«

Ich nickte betreten.

Kapitel 20

Bremsen quietschten, dann folgte ein dumpfer Aufprall. Wieder einmal verfolgte mich dieser absurde Traum, den ich mir nach wie vor nicht erklären konnte. Heute fühlte ich mich allerdings so, als wäre ich selbst das Unfallopfer. Mein Kopf tat höllisch weh und das grelle Tageslicht blendete mich, als ich mühsam versuchte, meine Augen zu öffnen. Ich schloss sie gleich wieder. Mein Mund fühlte sich unangenehm trocken und klebrig an, dazu kam dieser eigenartig bittersüße Geschmack. Widerlich. Leise stöhnend befühlte ich mit der Hand meine Stirn. Ich konnte mich nicht mehr daran erinnern, wie ich gestern nach Hause, geschweige denn in mein Bett gekommen war. Vorsichtig versuchte ich erneut, die Augen zu öffnen, um aufzustehen. Ein süßlicher Duft erfüllte den Raum. Die Kopfschmerzen waren fast unerträglich. Erschöpft ließ ich mich zurück in mein Kissen fallen. Meine Hände glitten zur Seite. Ich erstarrte, als meine reichte Hand warme, nackte Haut fühlte. Entsetzt riss ich die Augen auf und drehte reflexartig den Kopf zur Seite. Mir wurde übel, vor Schmerz und Schreck zugleich. Neben mir lag ein nackter Mann in meinem Bett und es war nicht Jens! Panisch kniff ich die Augen zusammen und öffnete sie sogleich wieder. Das Bild blieb leider das Gleiche. Ein fremder, nackter Mann lag bäuchlings neben mir im Bett. Ich versuchte verzweifelt, mich daran zu erinnern, was gestern geschehen war. Ganz langsam, wie durch Nebel, kehrten die Gedanken zurück in mein Gehirn. Da war Carsten, der Tanz, der Streit, und da war Phil, der sich danach um mich gekümmert hatte. Ja richtig, jetzt wusste ich es wieder. Phil hatte mir einen Whisky gebracht. Zwei Gläser, die ich in kurzen Abständen in mich hineingekippt hatte. Wie war sein Wortlaut, nachdem er herausgefunden hatte, dass der Streit unter den Gästen auch teilweise mit mir zu tun hatte? Er hatte gesagt: »Ich glaube, du brauchst etwas Härteres als das hier!« Was zum Teufel hatte er damit gemeint? Meiner augenblicklichen Verfassung nach zu urteilen, waren danach noch einige Gläser Hochprozentiges gefolgt. Ab dem zweiten Glas Whisky hatte ich eindeutig eine Gedächtnislücke. Wie kam dieser nackte Kellner danach in mein Bett? Und vor allem – wie wurde ich ihn auf schnellstem Weg wieder los? Verzweifelt starrte ich immer noch auf Phil, der tief und fest schlief. Ich konnte nur hoffen, dass es nicht zum Äußersten gekommen war. Hoffentlich hatte niemand mitbekommen, dass ich, vermutlich völlig unzurechnungsfähig, mit einem Mann die Party verlassen hatten. Was sollte ich jetzt tun? Sollte ich ihn wecken? Nein, damit wartete ich wohl besser, bis ich selbst angezogen war.

Ich hangelte nach meinem Slip, der in Reichweite auf dem Fußboden lag. Auf Zehenspitzen und unter größter Anstrengung verließ ich das Bett und schlich mich ins Bad. Dort nahm ich erst einmal zwei Aspirin aus dem Schrank, die mich hoffentlich von diesem lähmenden Schmerz befreien würden. Beschämt betrachtete ich mein Spiegelbild. Ich sah genau so aus, wie ich mich fühlte. Und es ging mir gleich noch einen Deut schlechter, als ich an Jens dachte. Was, wenn ich ihn letzte Nacht betrogen hatte? Ich könnte ihm nie wieder unbefangen unter die Augen treten. Zornig wischte ich die aufsteigenden Tränen weg.

Dann stellte ich mich für einige Sekunden unter die eiskalte Dusche. Das schlechte Gewissen ließ sich aber auch damit nicht von mir abwaschen und der fiese Geschmack im Mund blieb, obwohl ich mir die Zähne nun schon zum zweiten Mal geputzt hatte.

Phil schnarchte leise mit offenem Mund vor sich hin, als ich zurück ins Schlafzimmer tapste. Er hing mehr aus dem Bett heraus, als dass er darin lag. Sein rechter Arm, der Kopf und ein

Bein waren bereits außerhalb der Bettkante, doch das schien ihn keineswegs zu stören. Wieder fiel mir dieser süßliche Geruch auf. Ich kippte schnell eines der Fenster, um mich nicht übergeben zu müssen. Behutsam öffnete ich danach den Schrank und suchte ein paar Kleidungsstücke zusammen, bevor ich aus dem Zimmer schlich. Geschafft!

In der Küche brühte ich zuerst einmal starken Kaffee auf. Während das Wasser gluckernd durchlief, versuchte ich mich immer und immer wieder daran zu erinnern, was gestern los war, aber weiter als vorhin kam ich auch jetzt noch nicht. Ab dem Whisky war Schluss.

Das hektische Klingeln an der Haustür riss mich heraus. Wer immer dort unten stand, ich würde ihn mit Sicherheit nicht hereinlassen. Nicht auszudenken, wenn man Phil hier bei mir antraf. Kurze Zeit später klingelte es jedoch an meiner Wohnungstür. Diesmal noch aufdringlicher als zuvor. Vorsichtig, um nur keinen Laut auf dem alten Holzfußboden zu erzeugen, huschte ich an die Tür und sah durch den Spion. Carsten! Hatte der nicht schon genug angerichtet? Was wollte er noch hier? Es klingelte wieder. Ich schrak zusammen und schlug mir die Hand vor den Mund, um nicht versehentlich aufzuschreien. Carsten zappelte noch ein paar Minuten vor der Tür herum, bis er schließlich verschwand. Ich wartete, bis ich die Haustür zufallen hörte, erst dann ging ich zurück in die Küche. Vorsichtig lugte ich von dort aus dem Fenster.

Carsten stand auf der anderen Straßenseite und sah genau in diesem Moment nach oben. So ein Mist! Sicher hatte er mich gesehen. Doch anstatt noch einmal zurückzukommen, wendete er sich ab und stapfte davon.

Ich atmete erleichtert auf. Nicht auszumalen, wenn er Phil bei mir entdeckt und es den anderen erzählt hätte. Dann würde es unweigerlich irgendwann auch Jens erfahren. Das durfte nicht geschehen.

Der Kaffee war durchgelaufen. Die Maschine zischte wie eine alte Dampflok. Ich holte eine Tasse aus dem Schrank und goss sie mit schwarzem Kaffee voll. »Heile Welt« stand auf dem Becher. Von wegen. Meine Welt war gerade alles andere als das, dachte ich, als ich mit angezogenen Beinen auf einem Stuhl hockte und meine Tasse fest mit beiden Händen umklammerte. Ich hatte eher das Gefühl, dass mein Leben gerade völlig außer Kontrolle geriet. Es stimmte auch nicht, dass ich mich mit der Fernbeziehung von Jens und mir arrangiert hatte. Ich akzeptierte sie, weil ich musste, aber ich vermisste ihn jeden Tag mehr und mehr, den wir getrennt waren. Und ich wollte auch nicht mehr länger in dieser Ungewissheit leben, wann damit endlich Schluss sein würde. Ich brauchte endlich ein ganz klares Ziel, einen fixen Zeitpunkt, auf den ich hinarbeiten konnte, und nicht immer seine vagen Versprechungen – in ein oder zwei Jahren – beim nächsten Projekt, gekrönt mit einem vielleicht.

Der Gedanke, dass ich Jens vielleicht in der letzten Nacht betrogen hatte, verursachte mir immer noch Panik. Dafür war auch mein Rauschzustand keine Entschuldigung, so was durfte und darf nicht passieren.

Ich hatte keine Ahnung, was sich in der letzten Nacht hier abgespielt hatte, aber dass ein nackter Mann in meinem Bett lag, ließ sich leider nicht leugnen. Und ich war ebenfalls unbekleidet gewesen. Auch wenn dieser Seitensprung ansonsten völlig bedeutungslos für mich gewesen wäre, gab es mir doch einiges zu denken, was das über mich und meine Beziehung zu Jens aussagte. Hatte ich mich innerlich bereits so von ihm entfernt, dass ich fähig war, ihn zu betrügen? Ich erinnerte mich genau daran, wie wohl ich mich in Carstens Armen gefühlt hatte, als wir tanzten. Wäre ich auch mit ihm irgendwann im Bett gelandet, wenn dieser Streit nicht gewesen oder Freddy dazwischengegangen wäre, weil Tine belästigt wurde?

Plötzlich fiel es mir wieder siedend heiß ein. Carsten und Tine waren als Paar zur Hochzeit gekommen. Sie waren zusammen. Tine war meine beste Freundin – bis jetzt. Oh mein Gott! Was würde sie nun von mir denken? Ich hatte mich beim Tanzen ja regelrecht hinreißen lassen und an ihren Freund geschmissen.

Beschämt ließ ich den Kopf auf die Knie sinken, bis ich von der Tür her ein leises Räuspern vernahm.

»Hättest du für mich vielleicht auch eine Tasse Kaffee?«, fragte Phil vorsichtig und kratzte sich verlegen am Hinterkopf. Er schien ein schlechtes Gewissen zu haben.

Wortlos stand ich auf und goss ihm eine Tasse ein. »Milch und Zucker?«, fragte ich dann aber doch.

»Danke. Am besten schwarz.« Er nahm die Tasse entgegen.

»Oh Mann. Du warst ganz schön stoned gestern Nacht!«, sagte er, nachdem er an dem heißen Gebräu genippt hatte.

»Stoned?« Ich verstand nicht ganz.

»Na ja, bekifft.« Er pustete vorsichtig in den Becher und trank dann daraus.

»Soll das heißen, du hast mir Drogen gegeben?«, fragte ich ihn fassungslos.

»Hey, jetzt mach kein Fass auf. Das waren keine Drogen. Das war nur ein bisschen Gras, okay?«, beschwichtigte er mich.

»Es ist gar nichts okay!«, entgegnete ich aufgebracht. »Wie kommst du dazu, mir so ein Zeug unterzujubeln?«

»Wie ich dazu komme? Jetzt mach aber mal 'nen Punkt! Und was heißt hier unterjubeln, du wolltest doch unbedingt einen Joint!«, rechtfertigte er sich.

»Ich?« Ich konnte es nicht fassen.

»Ja du!«, entgegnete er mit Nachdruck. »Nachdem ich gecheckt hatte, dass du an diesem Schlamassel auf der Hochzeit beteiligt warst, habe ich mir eine Kippe angezündet. Ich habe dich einmal ziehen lassen, weil du unbedingt wissen wolltest, wie das schmeckt. Und plötzlich warst du ganz heiß darauf. Ich hatte dich gewarnt, aber du hast wie eine Irre an der Tüte gezogen und wolltest sie mir gar nicht mehr zurückgeben. Danach warst du natürlich total high und wolltest unbedingt zurück zur Party. Ich glaube, du wolltest den Typ suchen, mit dem du da … Na ja, lassen wir das. Jedenfalls hast du ständig was von einem Jens gequasselt und dass du es ihm schon zeigen würdest, wie viel Spaß du ohne ihn haben kannst. Da fand ich es an der Zeit, dich nach Hause zu bringen. Aber ich hatte echt Mühe dabei, dich aus dem Haus und ins Taxi zu bekommen, ohne dass jemand dich oder deinen Zustand bemerkt. Selber fahren konnte ich dich nicht. Du wärst mir vermutlich aus dem Wagen gesprungen. Das wollte ich nicht riskieren. Also habe ich ein Taxi bestellt. Während der Fahrt hast du dann den Taxifahrer dumm angemacht, ob er seine Frau auch ständig versetzt und lauter so unsinniges Zeugs, völlig aus der Luft gegriffen. Na wenigstens warst du beim Trinkgeld nicht kleinlich. Und als wir dann endlich hier waren, wolltest du unbedingt, dass ich bei dir bleibe. Du hast gebettelt, dass ich dir noch mal was von meinem Gras abgebe.«

»Hast du?«, fragte ich kleinlaut nach.

»Natürlich nicht. Wofür hältst du mich?«

Da mir von der vergangenen Nacht jegliche Erinnerung fehlte, musste ich wohl oder übel glauben, was er mir da auftischte. Auch wenn es sich anhörte, als spräche er von einer völlig fremden Person. Doch die fürchterlichen Kopfschmerzen und der schreckliche Geruch waren wohl Beweis genug, dass er zumindest teilweise die Wahrheit sagte.

Ich nickte. »Es tut mir leid.«

»Schon okay, aber ich sollte jetzt besser gehen. Nicht dass dieser Jens nach Hause kommt, von dem du immer gefaselt hast, und mir eins auf die Nase gibt. Ist das dein Freund?«

Ich nickte.

»Und der Typ von gestern?«

Abwehrend hob ich die Hände.

»Schon gut.«

»Sag mal … gestern … zwischen dir und mir. Da ist doch nichts … wir haben doch nicht … oder?«, stammelte ich herum.

»Weißt du, Sophie, manchmal ist es besser, wenn man sich nicht mehr an alles erinnert«, sagte Phil grinsend.

Ich schluckte die wieder aufkeimende Übelkeit weg.

Phil stellte seine Tasse auf den Rand der Spüle. »Danke für den Kaffee. Tschüss, Sophie, man sieht sich, irgendwann.«

Ich hoffte sehr, dass dies eine einmalige Begegnung war. Aber der Anstand erforderte es, dass ich ihn zumindest noch zur Tür brachte.

»Danke dir, dass du mich nach Haus gebracht hast«, sagte ich.

Gerade als ich die Tür öffnete, schnaufte ein Blumenbote die Treppe herauf.

»Sophie Schmidt?«

Ich nickte.

»Die hier sind für Sie.« Er drückte mir einen riesigen Strauß roter Rosen in die Hand. Sie waren von Jens.

Kapitel 21

Zum ersten Mal in meinem Leben fühlte ich mich wirklich einsam und verlassen. Für dieses Monster an Blumenstrauß gab es in meinem Schrank nicht einmal eine vernünftige Vase. Nun stand er, vorübergehend, in einem großen Putzeimer auf meinem Wohnzimmertisch. Wie ein Mahnmal. Es sah doof aus.

Mir graute davor, mit Jens zu telefonieren, um mich zu bedanken, was unweigerlich bevorstand. Er durfte niemals erfahren, was gestern passiert war. Der Tanz war dabei das kleinere Übel. Die Nacht mit Phil war das eigentliche Dilemma. Und es gab niemanden, mit dem ich darüber reden konnte. Tine hatte ich mit meinem Verhalten brüskiert und enttäuscht.

Mir hallten noch ihre Worte im Ohr, die sie Carsten entgegen geschmettert hatte:

»Du solltest dich um mich kümmern, stattdessen tanzt du engumschlungen mit Sophie!«

Sie wäre die Einzige gewesen, die mir in dieser Situation eine gute Ratgeberin gewesen wäre. Das hatte ich wirklich gründlich vermasselt. Freddy war ein altes Klatschmaul. Bei ihm lief ich Gefahr, dass er sich irgendwann doch noch verplapperte und Jens dann von der ganzen Sache Wind bekam. Andererseits brauchte ich dringend jemanden zum Ausheulen.

Kurz entschlossen wählte ich seine Nummer. Freddy ging nicht ans Telefon. Gäbe es doch nur irgendwo einen Resetknopf, um den gestrigen Tag zu löschen. Mir fiel nur noch ein Mensch ein, den ich anrufen und dem ich mein Herz ausschütten konnte. Klaus!

Bereits nach dem zweiten Klingelzeichen war er am Apparat. Heulend stammelte ich völlig zusammenhangslos, was in den letzten vierundzwanzig Stunden vorgefallen war. Eine Stunde später klingelte es an meiner Tür.

»Ich wusste einfach nicht, wen ich sonst hätte anrufen können.« Ich schluchzte erleichtert, als ich ihn in die Wohnung ließ.

Er nahm mich in die Arme. »Alles gut. Wofür sind Freunde denn da. Ich habe dir was vom Chinesen mitgebracht. Sicher hast du noch nichts gegessen.« Er schwenkte eine Tasche vor meiner Nase. »Du kannst wählen zwischen Pekingsuppe oder was Herzhaftem, Reis mit Rindfleisch Chopsuey.«

Ich schüttelte angewidert den Kopf. »Bitte kein Fleisch«, stammelte ich.

»Dann die Suppe. Eine gute Wahl, sie ist genau das Richtige bei einem ausgewachsenen Kater«, ermunterte er mich.

»Kater? Das ist noch untertrieben. Ich fühle mich, als hätte ich mit einem Tiger gekämpft!« Nach Nahrungsaufnahme war mir bisher tatsächlich eher weniger gewesen, doch die Suppe duftete ganz verführerisch. Ich holte rasch Geschirr und wir setzten uns zusammen ins Wohnzimmer, weil es dort gemütlicher war. Die leichte Schärfe des Ingwers wärmte meinen Magen.

Vorsichtig schlürfend löffelte ich die würzige Flüssigkeit vor mich hin, bis Klaus mich aufforderte.

»Und jetzt erzähl mir doch bitte noch mal ganz langsam und ausführlich, was geschehen ist. Am Telefon habe ich irgendwie nichts verstanden.« Geschickt nahm er dabei mit den Stäbchen das Essen auf.

»Ich habe mit Carsten getanzt, obwohl der mit Tine zusammen ist, und dann haben wir uns gestritten und da war Phil und ich …«, begann ich aufgewühlt.

Klaus unterbrach mich: »Stopp! So kapiere ich wieder überhaupt nichts. Bitte langsam und der Reihe nach. Du hast also mit Carsten getanzt und ihr habt gestritten, weil er mit Tine zusammen ist?«, fasste er zusammen.

Ich schüttelte den Kopf.

Klaus versuchte es noch mal. »Jetzt versuch erst mal, dich zu sammeln. Ich koche uns inzwischen eine Kanne Tee. Du hast doch Tee zu Hause?« Er war so fürsorglich, fast wie eine Mutter, fand ich.

Ich erklärte ihm, wo er alles finden würde, und er verschwand in meine Küche.

»Erzähl ruhig, wenn du so weit bist. Ich höre dich auch von hier«, ermunterte er mich aus dem Nebenzimmer. »Aber diesmal bitte wirklich von Anfang an und der Reihe nach!«

Tja, angefangen hatte das ganze Schlamassel eigentlich damit, dass Jens mich wieder einmal versetzt hatte. Also begann ich meine Schilderung damit.

Aus der Küche vernahm ich gelegentlich ein Klappern. Hin und wieder kam von Klaus ein »Aha« oder »Okay!«. Als ich mit meiner Geschichte am Ende angelangt war, stand er mit einem Tablett wieder im Türrahmen.

»Habe ich das jetzt eben alles richtig verstanden?«, fragte er. »Dein Freund hat dich versetzt, du hast deine beste Freundin brüskiert, weil du dich beim Tanzen an ihren Partner rangeschmissen hast, dann hast du eine beträchtliche Menge Alkohol sowie Haschisch konsumiert und zu guter Letzt die Nacht mit einem der Kellner verbracht?« Klaus stellte das Tablett vor uns auf den Tisch und blickte mich dabei unverwandt an. Es hörte sich noch viel drastischer an, wenn er es in Kurzform zusammenfasste.

Beschämt nickte ich und hielt seinem Blick stand.

Klaus ließ sich schwer atmend neben mich auf die Couch fallen und blies langsam die Atemluft aus. »Alle Achtung! Du hast ja wirklich nichts ausgelassen!« Er sah mich an und plötzlich funkelten seine Augen vergnügt. »Sah er wenigstens gut aus?« Er grinste amüsiert, bevor er in einen Lachanfall ausbrach.

Ich beschmiss ihn mit einem Kissen. Dann schlang ich die Arme um meine Knie und jammerte: »Du bist so ein Scheusal. Sag mir lieber, was ich jetzt tun soll!«

»Das Land verlassen«, sagte er trocken.

»Hä?«

»Du kannst dich hier sowieso nirgends mehr blicken lassen, also kannst du auch gleich deine Koffer packen!«, neckte er mich.

»Klaus!!«, fuhr ich ihn an und mein Selbstmitleid schwand.

»Okay, Spaß beiseite. Weißt du, ich habe irgendwie das Gefühl, dein eigentliches Problem ist Jens. Eure Beziehung.«

»Jetzt fängst du auch noch damit an«, reagierte ich gereizt. »Was habt ihr denn alle gegen ihn? Du, Carsten, Tine!«

Klaus nahm die Kanne und goss uns beiden Tee ein. Dann reichte er mir eine Tasse. »Zucker?«

Ich verneinte.

Er fuhr fort: »Ich habe überhaupt nichts gegen deinen Freund, ich kenne ihn doch kaum. Er ist ja praktisch nie dabei gewesen, wenn wir zusammen etwas unternommen haben. Bei uns zu Hause warst du immer nur mit Tine allein. Ich glaube, ich habe deinen Jens erst ein- oder zweimal gesehen. Das letzte Mal bei der Vernissage von David. An diesem Abend seid ihr zwei aber schon sehr bald wieder verschwunden.«

»Jens war damals ganz überraschend nach Hause gekommen. Er hat sich die Ausstellung nur meinetwegen angesehen. Darum wollten wir bald heim, um einfach noch die restliche Zeit für uns allein zu genießen«, nahm ich ihn in Schutz.

»Darum geht es mir jetzt gar nicht. Ich frage mich, wie der Abend gestern verlaufen wäre, wenn er dich nicht versetzt hätte. Eigentlich hing doch alles damit zusammen, oder? Du hast dich einsam gefühlt, warst enttäuscht, weil er nicht mitgekommen war, hast zu tief ins Glas geschaut und – du wolltest unbedingt Spaß haben, auch ohne ihn, hast du betont.«

»Und der Tanz mit Carsten, eng umschlungen?«, erinnerte ich ihn.

»Reine Sentimentalität. Oder interessiert er dich?«

»Natürlich nicht!«, sagte ich, einen Tick zu schnell. Die Erinnerung an unseren Tanz schob ich rasch beiseite.

»Na siehst du. Der viele Alkohol, die Schmusesongs, du hast dich hinreißen lassen. Es ging in dem Moment nicht um Carsten, sondern rein um die Stimmung. Vermutlich hättest du in diesem Zustand mit jedem anderen ebenso eng getanzt wie mit ihm.«

Das war immerhin eine plausible Erklärung und sie gefiel mir weit besser als der Gedanke, mich an Carsten herangeschmissen zu haben. Ich fühlte mich sogleich bedeutend besser. »Hoffentlich sieht Tine das auch so«, hoffte ich.

»Sophie, was ist denn groß passiert? Ihr habt getanzt, nicht mehr und nicht weniger. Ihr habt euch nicht geküsst. Dramatisiere nicht mehr in die Sache hinein, als war.«

»Gott bewahre, nein, wir haben uns danach gestritten!«

»Na siehst du, und damit kommen wir zum letzten Punkt. Warum habt ihr euch gestritten? Wegen Jens!« Klaus sah mich eine Weile lang stumm an.

Ich musste erst darüber nachdenken, was Klaus mir gerade zu erklären versuchte. Er hatte recht. Nüchtern betrachtet, hing alles damit zusammen, dass ich wegen Jens unglücklich gewesen war. Aber ich war mir nicht sicher, ob er auch damit richtig lag, dass ich nur sentimental geworden war. Mit Carsten zu tanzen, hatte sich unheimlich gut angefühlt. Es war schön, an seiner Brust zu liegen, seinen Herzschlag zu spüren. Ich konnte auch nicht leugnen, dass ich ihn während des Nachmittags mehrmals verstohlen beobachtet hatte. Er sah sehr gut aus, wie er sich zurechtgemacht hatte. Und es hatte mir einen Stich gegeben, als mir bewusst geworden war, dass er nicht nur Tines Begleitung, sondern tatsächlich ihr Freund war. Wäre ich solo gewesen, ich glaube, ich hätte mich ein wenig in ihn verlieben können, gestand ich mir ein. Und zeitweilig war da etwas in seinen Augen, wenn er mich ansah, so als … Was wäre wohl geschehen, wenn wir uns nicht wegen Jens gestritten hätten? Wenn Freddy nicht gekommen wäre und Carsten zu Tine geschickt hätte. Ich mochte diesen Gedanken nicht zu Ende denken, denn ich war mir selbst nicht sicher, wie es ausgegangen wäre.

»Allerdings würde ich die letzte Nacht aus meinem Gedächtnis streichen, wenn ich du wäre, und niemandem auch nur ein Sterbenswörtchen davon verraten, vor allem Jens nicht«, ergänzte Klaus. »Das war wirklich eine absolute Dummheit! Denn auch falls tatsächlich nichts zwischen dir und diesem Phil gelaufen ist, ein gewisses Misstrauen bleibt immer.«

»Ich bin so froh, dass ich dich angerufen habe«, sagte ich erleichtert. »Jetzt sieht meine Welt nicht mehr ganz so schwarz aus.« Ich stellte das benutzte Geschirr zurück aufs Tablett und wollte gerade die Plastiktüte zusammenknüllen, in der das Essen gewesen war, da ertastete ich darin einen kleinen Gegenstand.

»Was ist das?« Ich griff hinein und zog ein kleines goldenen Päckchen hervor.

»Ein Glückskeks«, sagte Klaus. »Den habe ich ganz vergessen. Ich habe ihn dir mitgebracht, als kleine Aufmunterung.«

»Lieb von dir, danke.« Ich legte ihn achtlos beiseite.

»Möchtest du nicht wissen, was drinsteht?«, fragte er.

»Lieber nicht. Ich habe das Gefühl, dass im Moment einiges bei mir schiefläuft. Mein Glück macht wohl gerade Urlaub.«

Klaus überlegte einen Moment lang, dann sagte er: »Weißt du, Sophie, hin und wieder sind solche Begebenheiten auch eine Chance für uns.«

Ich hob den Kopf. »Eine Chance, sich unsterblich zu blamieren, oder eine Chance, um alles kaputt zu machen? Ach Kläuschen!« Da war sie wieder, die Verzweiflung. Langsam kroch sie aus ihrer Ecke hervor, in die ich sie so mühsam verbannt hatte.

»Eine Chance, unserem Leben eine neue Wendung zu geben!«, sagte Klaus mit Entschiedenheit.

Ich horchte auf.

»Manchmal hat sich bei uns alles so eingefahren, dass wir gar nicht mehr bemerken, wie sehr wir in unserem Hamsterrad gefangen sind. Wenn es dann plötzlich aus irgendeinem Grund stillsteht, ist das die Gelegenheit, so weiterzumachen wie bisher – oder auszusteigen. Das muss jeder für sich selbst entscheiden. Sei doch mal ehrlich – wie zufrieden bist du mit deinem Leben?

Den gestrigen Tag und heute mal ausgeschlossen.« Er zwinkerte mir zu.

Ich überlegte kurz. »Es ist eigentlich ganz okay.«

»Und was müsste sich für dich ändern, damit es richtig gut ist?« Er hob abwehrend die Hand, bevor ich antworten konnte.

»Sag nichts! Ich lasse dich jetzt allein, dann kannst du in Ruhe darüber nachdenken.« Er erhob sich. »Vergiss deinen Keks nicht.« Er deutete auf das kleine Päckchen auf dem Tisch. »Wenn du mich brauchst, ich bin jederzeit für dich da!«

»Danke.« Ich drückte ihn fest an mich. »Wie läuft es mit dir und Freddy?«

Klaus zuckte die Schultern: »Der hängt noch immer in seinem Rad fest!«, sagte er mit einem Anflug von Traurigkeit.

Nachdem Klaus gegangen war, räumte ich den Tisch ab und spülte das Geschirr. Dabei hatte ich Zeit, über vieles nachzudenken, was er zu mir gesagt hatte. Das Erste, was ich in Angriff nehmen würde, war das Gespräch mit Tine. Sie war, nach Jens, der wichtigste Mensch in meinem Leben, beinahe wie die Schwester, die ich nie hatte. Ich trocknete meine Hände ab und legte das Geschirrtuch sorgfältig zusammen, ehe ich zurück ins Wohnzimmer ging. Mein Blick blieb am Glückskeks hängen. Unschlüssig hielt ich ihn eine Weile in der Hand. Nein, heute wollte ich nicht wissen, welche Botschaft er für mich enthielt. Noch nicht! Entschieden legte ich ihn zwischen zwei Kerzenleuchter auf das Fenstersims. Dann machte ich es mir auf dem Sofa gemütlich und wählte Tines Nummer. Sie hob nicht ab. Enttäuscht ließ ich das Handy sinken, da vibrierte es plötzlich in meiner Hand. »Tine?«, fragte ich hoffnungsvoll, doch es war Jens. Ich schluckte, jetzt nur nichts Falsches sagen.

»Hast du meine Blumen bekommen?«, erkundigte er sich.

»Sie sind wunderschön, vielen Dank.«

»Es tut mir so leid, dass ich dich gestern enttäuschen musste, aber es ging nicht anders.« Jens klang ehrlich betrübt. »Du weißt, dass ich gerne viel mehr Zeit mit dir verbringen möchte«, beteuerte er zerknirscht.

»Ja, ich weiß«, erwiderte ich ebenfalls niedergeschlagen.

»Wie war es gestern? Hattest du Spaß auf der Hochzeit?« Ohne Übergang wechselte sein Tonfall von traurig zu vergnügt.

Die Hochzeit. Darüber wollte ich nun ganz und gar nicht reden. »Ja, alles super«, entgegnete ich wortkarg. »Wie geht es deiner Mutter?«, versuchte ich stattdessen geschickt, mit einer Gegenfrage das Thema zu wechseln.

»Öhm ja, sie ist schon wieder auf dem Weg der Besserung. Nichts Ernstes, Gott sei Dank.« Er klang etwas verwirrt. Scheinbar brachte ich ihn mit diesem abrupten Themenwechsel etwas aus dem Konzept. »Du, ich habe eigentlich nur ganz kurz Zeit. Weißt du, ich bin schon wieder am Flughafen und mein Rückflug wird gleich aufgerufen. Ich wollte nur mal kurz hören, wie es dir geht. Wir können ja morgen Abend noch mal telefonieren und in vier Wochen bin ich dann wieder bei dir. Ganz sicher!«, fügte er noch hinzu.

»Das hoffe ich doch sehr. Ich weiß schon gar nicht mehr, wie du aussiehst«, neckte ich ihn vorwurfsvoll.

»Ich muss jetzt los, mach's gut – und Sophie, ich liebe dich!«

Plötzlich hatte ich ganz dringend das Verlangen nach frischer Luft. Es war, als müsste ich in den eigenen vier Wänden ersticken. Draußen schien die Sonne, es war Sonntag und mein nächster Arbeitseinsatz war erst für den Montagmorgen angesetzt. Ich hatte jede Menge Zeit. Was sollte ich lange hier auf dem Sofa herumliegen und die Zeit totschlagen? Ich schlüpfte rasch in frische Jeans und T-Shirt, schnappte meine Umhängetasche und die Sonnenbrille und machte mich auf den Weg zur U-Bahn. Kurz überlegte ich, ob ich zum Englischen Garten, an die Isar oder in den Tiergarten fahren sollte. Dann entschied ich mich spontan ganz anders und beschloss, aus der Stadt hinaus an einen der Seen zu fahren.

Ich war an diesem wunderschönen Sonntag nicht die Einzige, die diesen Entschluss gefasst hatte. Das wurde mir schnell klar, denn die S-Bahn, die direkt nach Herrsching fuhr, war am Hauptbahnhof bereits gut gefüllt. Meinen Sitzplatz überließ ich daher einer jungen Mutter, die mit ihrem Kleinkind unterwegs zugestiegen war. Das Mädchen mochte vielleicht zwei Jahre alt sein und betrachtete während der Fahrt fasziniert die bunte Welt, die draußen an uns vorbeizog.

Während ich das Kind beobachtete, wie es sich immer wieder an allem erfreute, was es sah, wurde mir ganz warm ums Herz. Fast beneidete ich die Frau um das kleine Glück auf ihrem Schoß. Ich wollte nicht mehr bis zum Sankt-Nimmerleins-Tag warten, bis Jens endlich bereit für eine Familie war. Für mich war der richtige Zeitpunkt schon lange gekommen. Das würde ich ihm bei nächster Gelegenheit auch sagen.

Nach einer knappen Stunde Fahrzeit erreichten wir die Endhaltestelle. Strammen Schrittes wanderte ich von da aus die Straße entlang Richtung Seepromenade. Es tat gut, sich an der frischen Luft die Beine zu vertreten. Die Kopfschmerztabletten wirkten und nach der Suppe, die Klaus mir mitgebracht hatte, hatte sich auch mein Magen wieder einigermaßen beruhigt.

Sanft plätscherten die Wellen gegen das Seeufer. Enten schwammen am Rand entlang oder spazierten frech schnatternd zwischen den Menschen auf dem Weg und auf der Wiese, von denen sie mit Brotkrümeln und Keksen gefüttert wurden. Nach mehreren Metern Fußmarsch setzte ich mich auf eine Bank und beobachtete eine Weile das Treiben um mich herum und auf dem See. Etliche Boote waren unterwegs. Gerade wieder näherte sich einer der Ausflugsdampfer der Anlegestelle. Ich rutschte etwas tiefer, streckte faul die Beine in die Länge und legte den Kopf in den Nacken. Geblendet von den kräftigen Sonnenstrahlen, die mein Gesicht wärmten, schloss ich die Augen.

Einen Augenblick lang träumte ich vor mich hin, es wären die Sonne und der Wind Spaniens, die mein Gesicht gerade streichelten, und nicht die bayrische Seeluft. In meinen Gedanken saß Jens neben mir, den Arm um meine Schultern gelegt, und das fröhliche Juchzen, das von fern in mein Ohr drang, war das Lachen unseres Kindes. Meine Einbildungskraft war so groß, dass ich seinen Arm tatsächlich spürte, obwohl ich völlig allein dasaß. Ich merkte, wie ich innerlich zur Ruhe kam, völlig loslassen konnte, was mich die ganze Zeit bewegt hatte. In diesem Moment empfand ich nichts als ein unbändiges Glücksgefühl und einen tiefen, inneren Frieden. Und mit einem Mal wusste ich, was sich für mich ändern musste. Alles!

Kapitel 22

Tine war in Dubai gewesen. Deshalb konnte ich sie am Sonntag natürlich nicht erreichen. Zwar hatte sie mir das bereits einige Tage vor der Hochzeit mitgeteilt, auch, dass sie privat ein paar Tage dranhängen würde, angesichts meiner Probleme hatte ich das aber völlig vergessen.

Am Wochenende war sie wieder zurück. Sie schickte mir vorab jedoch eine Sprachmemo, in der sie um ein Treffen bat.

»Wir müssen reden! Es ist wichtig«, hatte sie gesagt und es klang wirklich ernst.

Oh je, ich ahnte, worum es ging. Auf mich warteten in dieser Woche fünf Tage Kurzstrecke.

Freddy meldete sich erst am Mittwoch bei mir. Eigentlich interessierte es ihn nur, warum ich am Samstag so schnell verschwunden war, ohne mich von jemandem zu verabschieden.

Zuerst dachte ich, er wolle mich auf den Arm nehmen, doch die Frage war tatsächlich ernst gemeint. Dann hatte wohl doch niemand meinen desolaten Zustand bemerkt.

Ich atmete erleichtert auf und erzählte ihm nur die halbe Wahrheit, nämlich dass ich tollpatschig einen beladenen Kellner umgerannt und mein Kleid dabei ruiniert hatte.

Freddy hatte vollstes Verständnis dafür, dass ich in diesem Zustand unmöglich zurück zu den anderen Gästen konnte und nach Hause fahren musste, um mich umzuziehen.

Ich schwindelte, dass ich danach noch lange mit Jens telefoniert und keine Lust mehr auf eine Rückkehr zum Fest hatte.

»Die Party war ja nicht gerade um die Ecke«, pflichtete er mir
bei. »Trotzdem schade, dass du nicht bis zum Schluss bleiben
konntest.« Freddy setzte gerade zu einer längeren Ausführung
an, was ich alles verpasst hatte, doch bevor er so richtig loslegen
konnte, wimmelte ich ihn höflich ab. Ich erwartete einen Anruf
von Jens.

»Wir haben da einen wirklich dicken Fisch an der Angel!« Jens
klang total begeistert. »Ein Wahnsinnsprojekt, das kannst du dir
nicht vorstellen.« Er schmiss mit Zahlen und Daten um sich und
geriet dabei immer mehr aus dem Häuschen. »Wenn das klappt,
ist das ein Auftrag für mindestens drei, ach was sag ich, vier,
fünf Jahre. Ich habe gestern per Zufall davon erfahren und werde mich natürlich schnellstmöglich um die Leitung bewerben,
nicht, dass es mir ein anderer wegschnappt. Wer so ein Projekt
in seiner Vita aufweisen kann, dem stehen danach sämtliche Türen offen. Da bist du auf der ganzen Welt gefragt und kannst dir
die Jobs aussuchen. Allein schon die Kohle, die du dabei
machst. Da reden wir von anderen Zahlen als jetzt.«
   Ich grinste still vergnügt vor mich hin, was Jens Gott sei Dank
am Telefon nicht sehen konnte.
   »Ich glaube«, sinnierte Jens selbstsicher, »dass ich ganz gute
Karten habe. Der Strathmann hat neulich am Telefon so eine
vage Andeutung gemacht und nachgefragt, ob ich mich von der
Insel trennen könnte. Ich hab erst nicht recht kapiert, wie er das
gemeint hat, wollte aber nicht dumm dastehen. Jetzt verstehe ich
natürlich die Frage. Mann, Sophie, das wäre echt der Hammer,
wenn sie mich dafür nehmen würden. Vom Zeitraum her würde
es jedenfalls exakt passen, wenn wir hier fertig sind. Es würde
praktisch fast nahtlos weitergehen.«
   Das hörte sich wie Musik in meinen Ohren an. Der Zeitpunkt,
ab dem mein Schatz dann endlich ganz bei mir leben würde,
rückte in erfreuliche Nähe.
   »Du bist einfach der Beste für den Job. Das weiß auch dein
Chef«, bestärkte ich ihn. Es freute mich, dass David sein Ver-

sprechen so schnell in die Tat umgesetzt hatte. Obwohl ich ehrlich gesagt nicht so recht daran geglaubt hatte.

»Unser Investor plant dort eine riesige Ferienanlage. Da entsteht ein komplettes Dorf, ach was sag' ich, das ist schon fast eine kleine Stadt. Mit Bungalows, eigenem Wasserpark, Läden und einer richtigen Vergnügungsmeile. Und das ist noch längst nicht alles. Es ist im Gespräch, eine Krankenstation einzurichten und Ärzte anzusiedeln. Für die Leute, die dort arbeiten werden, ist eine eigene kleine Wohnsiedlung geplant.« Jens kam aus dem Schwärmen gar nicht mehr heraus. Es war so schön, ihm zuzuhören, mit welcher Begeisterung er erzählte.

»Das ist ein noch völlig unverbauter Landstrich«, fuhr er fort. »Die Firma muss zwar noch einige Genehmigungen einholen, und noch ist alles absolut topsecret. Nur ganz wenige wissen momentan davon, darum, Sophie, darfst du keinem ein Wort davon erzählen.«

»Natürlich, du kannst dich auf mich verlassen«, versprach ich. Insgeheim lachte ich mir ins Fäustchen. Wenn Jens wüsste, dass ich schon lange darüber Bescheid wusste. Und zwar vom Sohn des obersten Chefs höchstpersönlich. Irgendwann einmal würde ich ihm das vielleicht verraten.

»Wenn das klappt, dann wird das die Sensation, darauf gebe ich dir Brief und Siegel. Das wird so was wie ein zweites kleines Las Vegas«, fantasierte Jens weiter. »Zwischen Wüste und Meer.«

Wüste? Ich wurde hellhörig. David hatte doch von einem Projekt in Deutschland gesprochen. Eine böse Vorahnung keimte in mir auf. »Ah, Jens, wo genau sagtest du, soll diese Anlage entstehen?«, erkundigte ich mich argwöhnisch.

»Das habe ich dir noch gar nicht gesagt, und noch mal, du darfst es niemandem verraten, weil die Verhandlungen mit diesem Scheich Dingsbums aus Dubai noch gar nicht final abgeschlossen sind. Aber ich bin sicher, dass er die Verträge bald unterzeichnen wird.«

»Dubai!«, schrie ich entsetzt auf und sprang alarmiert auf. Ich hatte das Gefühl, dass der Boden unter meinen Füßen schwankte. Ich musste mich irgendwo festhalten, um nicht einzuknicken. »Ich dachte, du redest von Deutschland«, japste ich und umklammerte mit der Hand die Fensterbank.

»Deutschland? Wie kommst du denn auf so einen absurden Gedanken?«, entgegnete Jens beinahe angewidert.

»Das ist überhaupt nicht absurd. Bei uns soll doch auch ein Freizeitpark entstehen.«

»Woher weißt du das? Das ist doch auch noch gar nicht spruchreif. Ich habe dir jedenfalls nicht davon erzählt!« Jens horchte auf.

»Vielleicht habe ich es irgendwo gelesen«, schwindelte ich. Gedankenverloren griff ich nach dem Glückskeks, der immer noch zwischen zwei Kerzenleuchtern auf dem Fensterbrett lag, und knetete nervös das Päckchen in meiner Hand.

»Das kann nicht sein. Das sind Interna, davon wissen nur die wenigsten!« Jens ließ sich von mir nicht für dumm verkaufen.

Ich schwieg.

»Sophie!« Seine Stimme klang gefährlich, er war echt angespannt.

»Na schön!«, gab ich schlussendlich zu. »Ich habe am Samstag auf der Hochzeit davon erfahren.«

»Von wem? Wer hat dir das erzählt?«

»Irgendwelche Gäste haben sich darüber unterhalten, ich habe es wirklich rein zufällig gehört«, log ich. Alles musste er nun auch nicht wissen. »Keine Ahnung, wer die beiden waren, aber sie sprachen darüber, dass in Deutschland ein großer Freizeitpark entstehen soll. Ich bin natürlich davon ausgegangen, dass es eure Firma ist, die ihn baut. Ich kenne mich in der Branche ja nicht so gut aus. Aber ich wollte dich danach fragen, wenn du das nächste Mal nach Hause kommst.« Ich war selbst überrascht, wie leicht mir diese Lüge von den Lippen ging.

Jens schwieg.

»Ich konnte ja nicht wissen, dass die Sache so geheim ist. Ich dachte, du möchtest dich vielleicht dafür bewerben«, brabbelte ich daher einfach so weiter und hoffte, dass er mir glaubte.

»Wie kommst du denn auf so einen schwachsinnigen Gedanken?« Er klang entsetzt.

Seine Reaktion versetzte mir einen Stich. »Na hör mal!«, empörte ich mich. »Was bitte ist denn daran schwachsinnig? Du willst zurück nach Deutschland, also brauchst du hier auch eine Arbeit, bestenfalls bei der Firma, für die du sowieso schon arbeitest, und wir können endlich ganz zusammenleben. Das war doch unser Plan.«

»Das war dein Plan«, reagierte Jens gereizt.

»Oh nein, mein Lieber. Das ist das, worauf wir seit Langem hinarbeiten. Wofür wir beide unser Geld zurücklegen. Für ein gemeinsames Zuhause. Und dabei war die Rede immer von Deutschland«, erinnerte ich ihn nun mindestens genauso aufgebracht, obwohl sich gerade mein ganzer Brustkorb vor Kummer zusammenzog.

»Irgendwann einmal. Aber doch nicht jetzt!«, manifestierte Jens mit solchem Nachdruck, dass ich nicht wusste, was ich darauf erwidern sollte. Es verschlug mir buchstäblich die Sprache. Ich hätte auch gar nicht gewusst, was ich darauf noch antworten sollte. Hatte ich mir etwa die ganzen Jahre etwas vorgemacht?

Jens schien selbst zu spüren, dass er zu weit gegangen war. Besänftigt lenkte er nach einer Weile des Schweigens ein: »Natürlich werden wir irgendwann einmal ganz zusammenleben. Aber sieh doch mal, wir haben doch besprochen, dass ich hier noch eine Weile bleiben werde, weil ich in Deutschland nie so viel Geld verdienen kann wie hier. Und dieses Riesenprojekt in Dubai, das kann ich mir doch nicht einfach so entgehen lassen. Sophie – das musst du doch verstehen. So eine Chance bekommt man nur einmal im Leben. Da kann ich zeigen, was ich draufhabe. Auf so was habe ich immer gewartet, von dem Geld, das dabei für uns herausspringt, ganz zu schweigen. Du weißt, wie wichtig du mir bist, aber meine Arbeit ist es auch.«

Ich schwieg weiter.

»Ich weiß ja gar nicht, ob sie mich überhaupt nehmen werden. Vielleicht ist der Job schon lang unter der Hand vergeben«, relativierte er weiter.

»Aber du wirst dich dafür bewerben?«

»Ich muss! Das muss ich einfach, Sophie. Kannst du mich denn nicht ein bisschen verstehen?«

»Doch«, gab ich ehrlicherweise zu. Das konnte ich tatsächlich. Auch wenn meine Träume damit in weite Ferne rücken würden.

»Und es sind ja auch nur drei kleine Jahre mehr, um die es geht. Das ist doch nun wirklich nicht so schlimm. Dafür haben wir dann mehr als genug Geld beisammen, um uns ein schönes Heim leisten zu können.«

Nicht so schlimm? »Du sagtest vorhin mindestens vier oder fünf Jahre Bauzeit und noch hat das Ganze nicht einmal begonnen, es ist erst in der Planung«, entgegnete ich fassungslos.

»Die Zeit geht doch so schnell vorbei. Die letzten vier Jahre sind ja auch wie im Flug vergangen.«

Ha, ha, ha! Welch ein Wortwitz. Die letzten vier Jahre bestanden ausschließlich aus Fliegen. Teneriffa – München – Teneriffa. Und das sollte dann weitere fünf Jahre so gehen? Dann konnte ich den Traum von einer Familie endgültig begraben, denn danach wäre ich zu alt, um noch Kinder haben zu wollen.

»Wie gesagt, noch sind die Verträge nicht unterzeichnet und noch ist nichts entschieden«, lenkte Jens ein. »Warten wir einfach mal ab, wie es weitergeht, und lass uns bei dir darüber reden.«

Was erwartete er dann von mir zu hören? Dachte er, ich würde dann anders darüber denken als jetzt am Telefon? Außerdem glaubte ich sowieso, dass Jens seine Entscheidung bereits getroffen hatte, ohne mich dabei zu berücksichtigen.

Das enttäuschte mich mehr, als ich sagen konnte. »Ja, du hast recht, lassen wir das Thema«, sagte ich.

»Ja, lassen wir es. Vielleicht nehmen sie mich ja gar nicht, sondern jemand anderes«, wiederholte er sich, »dann war die ganze Aufregung sowieso umsonst. In drei Wochen bin ich wieder bei dir. Ich freue mich schon darauf.«

»Mhm.«

»Soll ich uns was Schönes mitbringen?« Jens schien bemüht, die angeschlagene Stimmung zu kitten. »Weißt du was? Ich nehme diesen tollen Rotwein mit, der dir so gut geschmeckt hat, und ein paar Gläser dieser besonderen Oliven, die du so gerne magst, und diese Salami. Dann lassen wir es uns mal wieder so richtig gut gehen.«

»Ja, hört sich alles toll an.« Kraftlos stimmte ich ihm zu. Ein paar landestypische Spezialitäten reichten bei Weitem nicht aus, um das Loch zu füllen, in das ich nach diesem Gespräch gefallen war. Irgendwie fanden wir auch kein rechtes Thema mehr und Jens musste auch schon wieder irgendwohin. Heute interessierte es mich nicht. So verabschiedeten wir uns. Den zerkrümelten Glückskeks in der Tüte hielt ich noch immer in meiner Hand. Wütend warf ich ihn in den Müll. »So ein Unsinn!«, schimpfte ich und meinte dabei nicht nur den Keks. War es egoistisch, wenn ich mir wünschte, dass sie Jens' Bewerbung für Dubai ablehnten? Und was würde es für uns als Paar bedeuten, wenn er die Stelle tatsächlich bekam? Hatte unsere Beziehung dann überhaupt noch eine Zukunft? Ich konnte mir nicht vorstellen, dass er dann auch einmal im Monat nach Hause kam. Aber ein Leben ohne Jens konnte und wollte ich mir gar nicht vorstellen. David! Kurz dachte ich darüber nach, mich an David zu wenden. Er würde mich sicher verstehen. Ein kleiner Tipp und … Jens müsste es nie erfahren, dass … Es reichte, wenn er abgelehnt wurde. Dann würde er das Projekt in Deutschland sicher anders bewerten. Aber käme er mit einer Ablehnung zurecht und was würde passieren, wenn es doch irgendwann herauskam, dass ich die Fäden gezogen hatte? Jens war nicht dumm. Er wusste, dass David mit Freddy befreundet war, und er konnte eins und eins zusammenzählen.

Sofort verwarf ich diesen Gedanken wieder. So bist du nicht, Sophie, dachte ich mir. Man baut eine gemeinsame Zukunft nicht auf Lügen auf. David würde sich dafür einsetzen, dass man Jens den Job in Deutschland anbot, alles andere war einfach Schicksal.

Lange nach diesem Telefonat schwirrte mir noch der Kopf davon. Eine ganze Weile saß ich einfach nur regungslos da und starrte Löcher in die Luft. Mein Leben war gerade im Begriff, eine völlig andere Wendung zu nehmen, als ich geplant hatte. Und ich fühlte mich all dem machtlos ausgeliefert. Naiv träumte ich von einer gemeinsamen Zukunft mit Jens, einem Haus voll Kindern, während sich in Spanien bereits etwas anderes anbahnte. Ich fühlte mich fast machtlos und das wurmte mich. Alle unsere Träume rückten in weite Ferne. Waren es jemals unsere gewesen oder waren das alles nur kindische Kleinmädchenträume, die sowieso nie in Erfüllung gingen? Gerade hatte ich das Gefühl, dass Jens und ich nicht mehr an einem Strang zogen. Mutlos ging ich zum Schrank, um mir ein Weinglas für den teuren Rotwein zu holen, den ich neulich gekauft hatte. Ein dumpfes Ploppen war zu hören, als ich den Korken aus der Flasche zog. Eigentlich hatte ich ihn für das letzte Wochenende besorgt. Ich hatte nicht geplant, bis zum Schluss auf der Hochzeitsfeier zu bleiben, sondern wollte den späten Abend allein mit Jens verbringen. Vorsichtig schwenkte ich das Glas mit der tiefroten Flüssigkeit und sog den feinen Duft aus Beeren und Kirschen in meine Nase. »Wieder etwas, das dir entgeht, mein Lieber«, sagte ich mit dem Gedanken an Jens und trank erwartungsvoll den ersten Schluck.

Es gab noch weitere feine Sachen, die ich für unser Schäferstündchen besorgt hatte und die noch immer unangetastet im Kühlschrank lagerten. Besondere Delikatessen, von denen ich wusste, dass Jens sie liebte. Warum soll ich sie kaputtgehen lassen, dachte ich und wanderte zielstrebig in die Küche. Die italienische Salami würde sich zwar noch eine Zeit lang halten, aber ich mochte sie ebenso gerne. Ich schnitt großzügig einige feine

Scheiben ab und legte sie auf ein kleines Holzbrett. Und der französische Weichkäse, den ich direkt an der Theke gekauft hatte, verströmte bereits einen sehr intensiven Geruch. Er war reif, fast schon überreif. Ich legte ihn aufs Brett. Dann griff ich nach dem Becher mit Oliven. Das Stangenweißbrot war schon zäh geworden, darum schnitt ich ein paar Scheiben ab und steckte sie für eine Minute in den Toaster.

Bepackt mit diesen Leckerbissen, marschierte ich zurück auf meine kuschelige Couch. Ich schaltete den Fernseher an, fand aber nicht wirklich etwas, das ich sehen wollte. Mir war nach Schnulze, nach Drama, Herzschmerz und ein bisschen nach Heulen. So eine sentimentale Gefühlsduselei kam sonst eher selten bei mir vor. Momentan häuften sie sich leider. Ich kramte meine wenigen DVDs nach einem passenden Film durch.

Jenseits von Afrika fiel mir in die Hände. Ein Klassiker mit einer starken Besetzung durch Meryl Streep, Robert Redford und Klaus Maria Brandauer. Ich liebte diesen Film, der von der starken und selbstbewussten Dänin Karen Blixen handelte, die ihre Heimat verließ, um im weit entfernten Afrika ihren Cousin zu heiraten. Gemeinsam wollten sie dort in Kenia eine Kaffeeplantage betreiben, die er einfach über ihren Kopf hinweg und von ihrem Geld gekauft hatte. Doch anstatt ihr dabei zu helfen, vertrieb sich der Gatte lieber die Zeit bei der Jagd nach Frauen und Großwild. Karen trennte sich von ihm und begann eine Beziehung mit dem Abenteurer Denys, die ebenfalls nicht von Dauer war. Zum Schluss brannte die Plantage nieder und kurz bevor sie nach Dänemark zurückkehrte, verunglückt Denys mit seinem Flugzeug tödlich. Stoff für jede Menge Tränen. Genau das Richtige für heute. Ich startete die Aufnahme und schon nach kurzer Zeit zog mich die Geschichte in ihren Bann.

Obwohl ich sie gefühlt schon zwanzigmal gesehen hatte, weinte ich wieder, als sähe ich den Streifen zum ersten Mal. Während Meryl als Karen mit ihrem Geliebten im Doppeldecker über die weite Steppe Afrikas flog, dachte ich über diese bemerkenswerte Frau nach. Sie hatte, ohne zu zögern, in Europa alles aufgegeben, weil sie überzeugt davon war, in Afrika ihr Glück zu finden. Mit dem richtigen Mann an ihrer Seite wäre ihr das sicher auch gelungen. Natürlich gab es Rückschläge, doch ich war mir sicher, dass viele davon gemeinsam zu meistern gewesen wären.

Auch meine ehemalige Kollegin Janine ließ sich auf ein gewisses Wagnis ein, denn sie gab für Ron ihr komplettes bisheriges Leben auf. Sie würden fortan in England leben, Janine gab ihren Job auf und machte sich damit auch finanziell von ihrem Mann abhängig. Trotzdem hatte sie keinen Zweifel daran, dass sie das Richtige tat.

Ein irrwitziger Gedanke stahl sich in meinen Kopf. Was wäre, wenn ich mein Leben in Deutschland für Jens aufgeben würde und zu ihm nach Teneriffa ginge? Es müsste zwar mit meiner Fluggesellschaft abgeklärt werden, aber arbeiten könnte ich auch von dort aus. Wir wären zusammen, Jens könnte sein Projekt in Spanien fortführen und wie geplant beenden, und für das nächste Projekt könnte ich einfach mit ihm mitziehen. Wenn es die Emirate werden sollten, würde er genug Geld verdienen, sodass es für uns beide reichte, und für alles andere würde sich eine Lösung finden lassen. Auch das Thema Familienplanung ließe sich damit früher regeln. Sollten wir ein Kind bekommen, könnte es vorerst überall aufwachsen und bis zur Einschulung wären wir ohnehin wieder zurück in Deutschland. Davon ging ich nun einfach einmal aus, denn irgendwann plante Jens ja eine Rückkehr hierher.

Je mehr ich darüber nachdachte, umso perfekter erschien mir dieser Plan. Ich schaltete den Fernseher aus. Es war ohnehin längst Zeit, ins Bett zu gehen, denn am nächsten Morgen musste ich früh aus den Federn. Beschwingt räumte ich mein Geschirr in die Küche. Als ich den Abfall entsorgen wollte, fiel mein Blick wieder auf den kaputten Glückskeks.

Entschlossen zog ich ihn aus dem Müll und öffnete die Verpackung. Die Krümel fielen auf den Boden, aber es störte mich nicht. Viel mehr interessierte mich die Botschaft, die er für mich

enthielt. Ich zog den schmalen weißen Zettel heraus und las.
Eine Gänsehaut überzog meinen Körper. Auf dem Zettel stand:
»Zu wissen, wann man loslassen soll, ist Weisheit. Es auch zu
tun, ist Mut!« Das war eindeutig ein Zeichen.

Es war beschlossene Sache, ich würde zu Jens nach Spanien
ziehen.

Kapitel 23

Tine war die Erste, die von meinen Plänen erfahren sollte.

Wir trafen uns nach ihrer Rückkehr aus Dubai bei ihr zu Hause, allein. Es war mir wichtig, dass sie es von mir erfuhr und wir ungezwungen reden konnten, ohne Freddy und vor allem ohne Carsten.

Tine öffnete mir überschwänglich ihre Wohnungstür. »Hereinspaziert! Schön, dass du da bist, Sophie.« Sie sah total erholt aus, hatte eine wunderbare Sonnenbräune angenommen, der Kurzurlaub schien ihr gut getan zu haben.

Als wäre nie etwas zwischen uns gewesen, drückte sie mich zur Begrüßung fest an sich. Ich hatte mich innerlich auf einen frostigen Empfang eingestellt und war zugegebenermaßen überrascht von dieser herzlichen Begrüßung. War sie zusammen mit Carsten im Urlaub gewesen? Sie würde es mir vielleicht erzählen.

»Möchtest du etwas trinken? Wasser, ein Glas Wein oder lieber ein Bier?«, fragte sie mich, nachdem wir es uns auf ihrer Wohnzimmercouch gemütlich gemacht hatten.

Ich nickte. »Gerne. Ein Glas Wein wäre sehr schön.« Ich war ebenfalls angespannt.

Als Tine kurz hinausging, um eine Flasche Wein zu holen, blickte ich mich im Zimmer um. Es war genauso, wie ich es bisher kannte. Nichts deutete auf eine Beziehung hin. Weder standen Fotos von einem Mann herum, noch entdeckte ich irgendwo liegen gebliebene Kleidungsstücke oder sonst etwas, was darauf deutete, dass sie nicht mehr allein war.

Tine kam zurück, in einer Hand zwei Gläser, in der anderen den Wein. Sie stellte alles auf den kleinen Couchtisch, öffnete den Verschluss. Unter den Arm hatte sie sich eine Tüte Chips geklemmt, die ich ihr abnahm.

»Im Schrank ist eine Schale dafür«, sagte sie und nickte Richtung Sideboard, während sie uns beiden großzügig einschenkte.

Ich holte einen schlichten Glasteller heraus, auf dem ich die Knabbereien ausbreitete, und stellte ihn mit auf den Tisch. Ich war froh, etwas zu tun zu haben.

Tine reichte mir lächelnd ein Glas, ehe sie sich zu mir auf die Couch setzte. »Auf uns.«

Ich nickte. »Auf uns.«

»Wie war es in Dubai?«

»Traumhaft.« Sie geriet ins Schwärmen, erzählte vom Hotel, dem feinen Essen.

»Warst du allein im Urlaub, oder …?« Ich versuchte, nicht allzu neugierig zu klingen.

Das vielsagende Lächeln, das ihre Lippen umschmeichelte, war Information genug.

»Teilweise. Sagen wir mal so, so ein Hotel wie in tausendundeiner Nacht ist der ideale Ort, um sich zu versöhnen.«

Das war mein Stichwort. Ich holte tief Luft. »Tine, ich möchte mich in aller Form bei dir entschuldigen«, begann ich.

Dieses Gespräch machte mir seit Tagen Kopfzerbrechen. Ich wollte es endlich hinter mich bringen. Immer wieder hatte ich mir die richtigen Worte überlegt. Auch, wie sie reagieren könnte oder ob sie vielleicht so enttäuscht von mir war, dass unsere Freundschaft davon Schaden nahm.

Der erste Stein war mir vom Herzen gefallen, als Tine mir eine WhatsApp geschickt hatte, dass sie aus Dubai zurück sei. Sie hatte ein Bild von einem wunderschönen Strand angefügt und die Nachricht mit einem lustigen Smiley beendet. Der zweite Stein war in dem Moment geplumpst, als sie mich bei meiner Ankunft wie immer umarmt und gestrahlt hatte.

So schlimm würde es wohl nicht werden, hoffte ich. Und nun, da ich wusste, dass sie mit Carsten alles geklärt hatte, war für mich der richtige Zeitpunkt gekommen.

Tine trank einen großen Schluck und behielt danach ihr Glas zwischen den Händen. »Ich glaube, wir zwei müssen dringend mal ein paar Dinge klären«, begann sie, wirkte aber nach wie vor nicht so, als ob sie wütend auf mich wäre, was ich irgendwie überhaupt nicht verstand. Im umgekehrten Fall wäre ich stinksauer auf meine beste Freundin gewesen.

»Ich weiß. Ich habe mich unmöglich benommen. Und ich schäme mich dafür. Auch in was für eine blöde Situation ich dich damit gebracht habe.«

»Ja, das war eine sehr – turbulente Hochzeit«, bestätigte sie.

»Das kann man wohl so sagen«, stimmte ich ihr betreten zu. »Und ich fühle mich daran nicht ganz unschuldig.« Auch wenn Carsten ebenso schuld daran war. Fand ich. Ich hätte verstanden, wenn sie ihm deshalb den Laufpass gegeben hätte. Verdient hätte er es gehabt.

Versonnen drehte sie ihr Glas in den Händen. »Vielleicht wäre es gar nicht erst so weit gekommen, wenn ich dir von Anfang an reinen Wein eingeschenkt hätte, was Carsten und mich betrifft, aber Carsten war dagegen.«

»Tine, ich bin ja nicht blöd«, wand ich mich. »Ich wusste doch Bescheid.«

»Echt?« Sie hörte sich ein wenig enttäuscht an. »Schade. Und wir hatten so einen Spaß daran, dass niemand etwas geahnt hat. Seit wann wusstest du es?«

»Na ja«, gab ich zu. »Ich habe schon ein bisschen gebraucht, bis ich es kapiert habe.«

»Und was sagst du dazu? Ist das nicht eine wunderbare Überraschung? Carsten und ich sind …«

»Ja!«, unterbrach ich sie enthusiastisch. »Ich finde es echt super!« Das war total gelogen. Eigentlich fand ich es überhaupt nicht gut, dass die beiden ein Paar waren. Obwohl ich immer noch sauer auf Carsten war, weil er mir meine Beziehung zu

Jens madig machen wollte, war mir trotz allem wichtig, dass er glücklich war. Und ich hatte immer noch Bedenken, ob Tine es diesmal wirklich ernst meinte. Oder ob sie ihn nur als Zwischenmann ansah und irgendwann fallen lassen würde, so wie sie es eigentlich immer machte, wenn eine Affäre zu ernst wurde. Aber das war eine Sache, die nur sie beide etwas anging. Vielleicht hatte ich mit meiner Begeisterung etwas zu dick aufgetragen.

Tine betrachtete mich einen Moment zu lange mit gerunzelter Stirn. Ich hätte gerne gewusst, was gerade in ihr vorging. »Weißt du, ich hätte es dir ja von Anfang an verraten. Carsten war derjenige, der daraus unbedingt ein Geheimnis machen wollte«, sprach sie weiter.

»Hey, du musst dich doch vor mir nicht rechtfertigen.« Ich konnte mir schon vorstellen, warum ihm das so wichtig gewesen war. Tine hatte in Kollegenkreisen einen etwas zweifelhaften Ruf, der sicher auch Carsten zu Ohren gekommen war. Und er hatte mir von seiner tragischen Vorgeschichte erzählt. Vielleicht wollte er mit Tine nur ein kurzes Vergnügen haben und dann war plötzlich mehr daraus geworden. Das konnte ja sein. Ich war nur mehr mit halbem Ohr dabei, hatte gar nicht mehr richtig zugehört.

Tine bemerkte es nicht und sprach immer weiter. »Und dann kamen plötzlich immer mehr Gefühle ins Spiel und auf der Hochzeit ...«

Das war mein Stichwort. Ich unterbrach sie. »Tine, noch einmal. Das, was auf der Hochzeit passiert ist oder besser gesagt, beinahe passiert wäre ... es tut mir alles so schrecklich leid. Ich verstehe selbst nicht, was uns da geritten hat. Es ist einfach so geschehen, das musst du mir glauben. Wobei, es ist ja Gott sei Dank nichts passiert«, stotterte ich und sah betreten auf meine Hände. »Aber es hätte eventuell was passieren können«, faselte ich fahrig weiter, »aber es hat für Carsten und mich überhaupt keine Bedeutung«, versuchte ich, ihr zu versichern.

Tine betrachtete mich eine Weile schweigend. »Bist du dir da ganz sicher?«, fragte sie nach.

»Natürlich, schließlich bin ich mit Jens zusammen.«

»Den du da aber scheinbar ganz schnell vergessen hattest.«

Ich ignorierte den spitzen Unterton. »Ich habe mich nur so gehen lassen, weil mich die Musik so sentimental gemacht hat. Jens hatte mich kurzfristig für seine Mutter versetzt. Ich war sauer und enttäuscht und vermisste ihn ganz entsetzlich. Und weil ich zu Hause schon Sekt getrunken hatte und beim Empfang auch einige Gläser Champagner, war ich schon ziemlich angeschickert. Mit Carsten hatte das überhaupt nichts zu tun«, schwindelte ich. Wobei ich mir da nicht hundertprozentig sicher war. Ich wusste noch ganz genau, wie es sich angefühlt hatte, mit ihm dahinzuschweben. Ich spürte noch den Takt seines Herzschlags, erinnerte mich an den Duft seines Aftershaves. Rasch verbot ich mir diese Gedanken. Was war denn nur mit mir los? »In meinem Zustand wäre mir das mit jedem anderen ebenso passiert.«

»Auch mit Freddy?«, hakte sie nach.

»Natürlich nicht. Du weißt, was ich meine.«

Tine seufzte. »Sophie, ich glaube, du machst dir da selbst etwas vor. Kann es nicht viel eher sein, dass bei Jens und dir die Luft raus ist und du beginnst …«, sie überlegte kurz, »… dich ein wenig für andere Männer zu öffnen? Carsten interessiert dich. Das sehe ich.«

»So ein Unsinn. Nein, bei Jens und mir ist alles in bester Ordnung. Mit Carsten, das ist etwas ganz anderes. Ich fühle mich für ihn – verantwortlich. Schließlich war ich es damals, die ihn zu diesem Picknick eingeladen und dadurch mehr oder weniger in unsere Clique gebracht hat.«

Tine nahm einen Kartoffelchip vom Teller, doch anstatt ihn sich in den Mund zu stecken, zerkrümelte sie ihn gedankenverloren in den Händen. »Wenn du meinst«, sagte sie, doch es klang nicht sehr überzeugt. »Es kriselt in den letzten Monaten aber immer häufiger zwischen Jens und dir, finde ich.« Sie wischte ihre Hände über dem Tisch ab. Kleine goldgelbe Krümel rieselten auf die Tischplatte.

»Mag sein. Aber das ist doch in jeder Beziehung so, dass es auch mal Unstimmigkeiten gibt, oder nicht? Das ist doch völlig normal.«

»Natürlich. Aber wenn man so auf Distanz lebt wie ihr …« Sie ließ den Satz unvollendet.

»Carsten ist ein netter Typ, ein angenehmer Kollege, mehr nicht. Ich fühle mich absolut nicht zu ihm hingezogen«, bekräftigte ich noch einmal, um Tine zu verdeutlichen, dass sie mich nicht als ihre Konkurrenz betrachten musste.

»Jedenfalls hat er mich mit seinem Verhalten auf der Hochzeit in eine ziemlich blöde Situation gebracht. Schließlich waren wir als frisch verliebtes Paar da, was jeder sehen konnte. Und dann tanzt er plötzlich eng umschlungen mit dir und kompromittiert mich fast damit. Es hätte nur noch gefehlt, dass ihr euch küsst.«

Ich schlug vor Scham die Hände vors Gesicht. »Bitte, erinnere mich nicht mehr daran. Ich kann nur immer wieder sagen, wie schrecklich leid mir das tut.« Die Bilder tauchten sofort wieder vor meinem inneren Auge auf.

»Das sollte es auch«, sagte Tine. »Denn es gab deswegen einen Riesenärger, auf den ich gerne verzichtet hätte. Das hast du ja sicher noch mitbekommen.«

»Nicht wirklich«, schwindelte ich. Ich wollte nicht zugeben, dass ich den Tumult aus sicherer Entfernung beobachtet und mich danach aus dem Staub gemacht hatte. »Übrigens habe ich mich auch ziemlich heftig mit Carsten gestritten, mitten auf der Tanzfläche, vor allen Leuten«, bekannte ich stattdessen.

»Ja, Carsten ist ziemlich fertig, wie das zwischen euch gelaufen ist. Ich habe davon gar nichts mitbekommen, ich hatte da schon meine eigenen Probleme«, sagte Tine. »Verrätst du mir, warum ihr euch gestritten habt?«

»Es war wegen Jens. Aus irgendeinem Grund macht Carsten ihn bei jeder Gelegenheit schlecht. Wir sind deshalb schon einmal aneinandergeraten und auf der Hochzeit hat er wieder angefangen zu stänkern.«

Tine kaute nachdenklich auf ihrer Unterlippe herum.

»Er behauptet, Jens wäre nicht ehrlich mit mir.«

»Was denkst du darüber?« Sie fragte nicht, woher Carsten das wissen wollte. Es hätte mich eigentlich stutzig machen sollen. Das tat es aber nicht.

»Ich dachte erst, er wäre einfach nur eifersüchtig. Du kennst seine Geschichte?«, hakte ich vorsichtig nach.

»Sabine. Ja, ich kann mich nur zu gut daran erinnern. Das war echt schlimm.«

»Eben. Ich dachte, vielleicht hat er ein Problem damit, wenn andere in einer glücklichen Beziehung sind und er nicht.«

»Carsten!« Tine lachte überrascht auf. »Im Leben nicht.« Sie steckte sich eine Handvoll Chips in den Mund. »Wie soll es denn nun weitergehen mit euch?«

»Wir werden uns natürlich wieder vertragen. Schon allein deinetwegen.«

»Das wäre mir echt wichtig. Weißt du …« Sie schien zu überlegen, wie sie es formulieren sollte. »Du bist ihm wirklich sehr, sehr wichtig, aber …«

Ich unterbrach sie. »Außerdem hat er auch gar keinen Grund mehr, andere zu beneiden – jetzt, wo ihr euch gefunden habt.«

Sie zog belustigt die Augenbrauen hoch. »Na ja, gefunden … Vielleicht hätte ich dir von Anfang an reinen …«

Ich unterbrach sie. »Was ich sagen wollte. Ich finde es schön, dass ihr zusammen seid.«

»Hä? Sophie, denkst du etwa …?« Tine griff sich an den Hals und begann plötzlich, fürchterlich zu husten.

Ich hieb ihr grob auf den Rücken, doch es brachte nichts.

Tine hustete und rang richtig nach Luft, darum lief ich in die Küche, um ihr ein Glas Wasser zu holen. Dankbar nahm sie es entgegen und trank vorsichtig einen kleinen Schluck. Tränen liefen über ihre Wangen. »Danke. Sophie, wir sind …«, begann sie und musste immer wieder dazwischen husten.

»Bitte sag jetzt nicht, dass ihr euch doch meinetwegen getrennt habt«, flehte ich sie an.

»Nein, aber wir waren …« Tine musste sich immer wieder räuspern. Sie fasste in ihre Hosentasche und zog ein Papiertaschentuch heraus, mit dem sie ihre Augen abtupfte und in das sie sich anschließend laut schnäuzte.

»Gott sei Dank. Das täte mir nämlich schrecklich leid. So fällt es mir nämlich wesentlich leichter, dich allein zu lassen.«

»Stopp! Moment – wieso lässt du mich allein? Ich verstehe gerade gar nichts mehr.«

Und dann ließ ich die Katze aus dem Sack: »Ich werde zu Jens nach Spanien ziehen!«, platzte ich überglücklich heraus.

Tine machte große Augen. »Du machst was?«, rief sie entsetzt. »Bist du völlig verrückt geworden? Wieso?«

»So wie es aussieht, wird Jens für weitere fünf Jahre ein Bauprojekt betreuen. Und weißt du wo?« Ich wartete ihre Reaktion erst gar nicht ab. »In Dubai!«, rief ich begeistert aus. »So ein Zufall, findest du nicht?« Ich tat, als ob es für mich das Tollste überhaupt wäre, obwohl ich mir ein Leben dort noch gar nicht richtig vorstellen konnte. »Und ich werde ihn dahin begleiten.« Es stand für mich völlig außer Frage, dass mein Plan aufging. Dass Jens die Stelle noch gar nicht zugesagt bekommen hatte, verschwieg ich.

»Sophie«, begann sie vorsichtig. »Überstürze nichts. Ich glaube, du machst einen riesigen Fehler.«

Ich lachte auf. »Der größte Fehler war, dass ich so lange damit gewartet habe. Wir könnten schon viel länger zusammenleben, wenn ich nicht so auf eine gemeinsame Zukunft in Deutschland fixiert gewesen wäre.«

»War das Jens' Idee?« Tine sah mich mit einem Blick an, als zweifle sie daran.

»Nein, meine.«

»Und Jens, was sagt er dazu? Er weiß es doch schon, oder?« Manchmal kannte sie mich besser, als mir lieb war.

»Er weiß es noch nicht, aber mein Entschluss steht fest«, gab ich zu. »Jetzt brauche ich nur noch ein passendes Wochenende, an dem ich zu ihm fliegen kann, um ihn damit zu überraschen«, strahlte ich voll Vorfreude. »Ich habe sogar schon bei unserer Gesellschaft vorgefühlt, wie es arbeitstechnisch für mich weitergehen kann.«

Tine schaute eher zweifelnd. »Bist du sicher, dass das ein guter Gedanke ist? Ich meine, ihn so damit zu überrumpeln und vor vollendete Tatsachen zu stellen?«, fragte sie.

»Auf jeden Fall. Was soll er denn dagegen haben, wenn wir dann immer zusammen sein können?«

»Na ja.« Tine zweifelte immer noch. Ich sah es ihr an. Ihr Blick sprach Bände.

»Für uns wird vieles leichter, wenn ich zu ihm nach Spanien gehe. Und ich werde ja auch weiterhin arbeiten müssen. Zumindest so lange, bis wir Kinder haben.«

»Sophie, ich wünsche dir von Herzen, dass du glücklich wirst, aber ich habe Angst, dass du eine riesengroße Enttäuschung erleben musst. Weißt du, ich wusste nie so recht, wann der richtige Zeitpunkt ist, mit dir darüber zu reden, und ehrlich gesagt, ich habe immer gehofft, dass du es irgendwann selber merkst, aber Jens und du … Wie soll ich es sagen? Ihr beide lebt in zwei völlig unterschiedlichen Welten, um es mal diplomatisch zu sagen.«

Erst wollte ich ihr widersprechen und alles abtun, dann erinnerte ich mich an das unglückselige Telefonat mit Jens. Daher wählte ich meine Worte ebenso mit Bedacht wie sie. »Weißt du … ich glaube nicht, dass Jens mich belügt, wie Carsten es ausdrückt. So etwas würde er nie tun. Ich glaube auch nicht, dass ich einen Fehler mache oder eine Enttäuschung erleben werde. Ich will einfach nicht mehr allein sein, Tine. Verstehst du das? Ich habe es so satt, wochenlang zu Hause herrumzusitzen und darauf zu warten, dass er zwei Tage lang heimkommt. Ich habe es satt, dass es so aussieht, als wäre ich ihm nicht wichtig genug. Dass man schlecht über ihn spricht. Wir hatten in den letzten Wochen einige Missverständnisse und ja, auch Differenzen. Aber nicht, weil wir uns nicht mehr lieben, sondern weil jeder dort, wo er lebt, eine andere Sicht auf die Dinge hat und wir uns viel zu selten sehen oder hören, um über alles zu sprechen oder diese Irrtümer aus der Welt zu schaffen. Und da Jens nicht einfach seine Zelte in Teneriffa abbrechen und nach Hause kommen kann, muss ich nun den ersten Schritt tun und zu ihm ziehen.«

Sie überlegte lange. Schließlich sagte sie: »Vielleicht hast du recht! Vielleicht musst du diesen Schritt machen, damit du weißt, wo du hingehörst«, stimmte sie zu. »Aber eins musst du wissen, Sophie, egal was geschieht. Ich bin immer für dich da. Egal wann und egal wo.«

Ich hatte Tränen in den Augen und umarmte sie. »Danke. Das bedeutet mir sehr viel. Du bist wirklich meine beste Freundin.«

Tine räusperte sich leise. »So, und jetzt brauche ich etwas Härteres, bevor ich hier noch rührselig werde«, beschloss sie und stand auf.

Bei mir schrillten die Alarmglocken. Als ich den Satz zum letzten Mal gehört hatte, war ich mit einem Filmriss aufgewacht. Doch Tine holte lediglich eine Flasche Korn und zwei Schnapsgläser hervor.

»Hast du es Freddy schon erzählt?«

»Nein. Ich wollte, dass du es als Erste erfährst«, sagte ich.

»Dann wird es aber höchste Zeit«, sagte Tine und griff entschlossen zum Telefon.

Kapitel 24

Jens hatte mich am Mittwoch angerufen und mir gesagt, dass er am nächsten Tag nach München kommen würde, weil er einen kurzfristig anberaumten Termin in der Firma wahrnehmen müsse. Und ich hatte etwas gemacht, was ich zuvor noch nie in meinem Leben getan hatte. Ich hatte mich am Donnerstag krank gemeldet, obwohl ich topfit war. Mein Immunsystem funktioniert bestens und ich falle so gut wie nie aus, weswegen ich das schlechte Gewissen, das mich kurzzeitig beschlich, leicht abschütteln konnte. Außerdem war ich am Sonntag auf Standby und wusste auch nicht, ob da wirklich jeder krank war, für den ich einspringen musste.

Nun saßen wir zusammen im Wohnzimmer, ich auf seinem Schoß. Er hatte beide Arme um mich geschlungen und erzählte mir vom Grund seines Überraschungsbesuchs.

»Strathmann höchstpersönlich hat mich herbeordert«, sinnierte Jens begeistert. »Nicht einer seiner Untergebenen, und er war mir sehr zugewandt am Telefon. Ich glaube, er wird mir morgen den neuen Job anbieten.« Das freudige Funkeln in seinen Augen verriet, an welchen Auftrag er dabei dachte.

Mein Magen zog sich zusammen. Ich hatte mich zwar mit der Ausrede, mir eine Magen-Darm-Grippe eingefangen zu haben, krank gemeldet, doch dieser Schmerz hatte einen anderen Grund. Ich war mir sicher, sollte es sich tatsächlich um ein neues Jobangebot handeln, würde es den Freizeitpark in Deutschland betreffen. David hatte ich seit der Hochzeit nicht mehr getroffen. Ich konnte ihn nicht mehr davon abhalten, bei seinem Vater ein gutes Wort für Jens einzulegen. Andererseits, wer weiß, wofür es gut war. Es war ja möglich, dass dieses Angebot doch seinen Reiz für Jens hatte. Mehr, als er es sich im ersten Moment vorstellen konnte. Darum verhielt ich mich weiterhin ruhig und ließ den Dingen ihren Lauf. Ich hatte meine Entscheidung ja bereits getroffen. Egal, wohin ihn sein nächster Weg führen würde, ich würde an seiner Seite sein und ihn begleiten.

»Das bringt zwar unseren Turnus durcheinander, weil ich nun außer der Reihe zu Hause bin, aber dann musst du eben sehen, dass du das Wochenende vom vierzehnten September freihast, wenn ich das nächste Mal zu dir komme«, verfügte er ganz selbstverständlich über meinen Arbeitsplan. »Dafür machen wir es uns heute und morgen schön.« Jens küsste meinen Nacken

Natürlich ging er davon aus, dass ich mich nach ihm richten würde. Warum auch nicht. So war es ja die letzten Jahre immer gewesen. Jens bestimmte das Datum, an dem er gedachte, nach Hause zu kommen, und ich gab meinen Request für den nächsten Dienstplan ein. Ich konnte mich nicht erinnern, dass es einmal anders gewesen wäre, dass er einmal nachgefragt hätte, ob oder wann es bei mir passte. Dabei wären durchaus ein paar Langstreckenflüge dabei gewesen, für die ich mich gerne mit Freddy und Tine als Crew beworben hätte. Jens zuliebe tat ich es nicht und flog stattdessen Kurzstrecke, um pünktlich für ihn zu Hause zu sein. Ich hatte mich deswegen nie bei ihm beschwert. Aber heute fiel mir zum ersten Mal auf, wie sehr ich meine Interessen bisher seinetwegen zurückgenommen hatte.

»Und wenn ich da nicht kann?«, entgegnete ich.

Jens sah erstaunt auf und lachte, als hätte ich nur einen Scherz gemacht, wovon er natürlich ausging.

Ich beließ es dabei. Wir hatten in der letzten Zeit häufig genug Differenzen gehabt, darum wollte ich die gute Stimmung heute nicht kaputt machen. »Musst du tatsächlich am Samstag schon wieder zurückfliegen? Kannst du nicht wenigstens bis Sonntag früh bleiben?«, bettelte ich betrübt.

»Nein, es geht wirklich nicht.« Er wirkte etwas unwirsch.

»Und warum nicht?«, bohrte ich weiter.

Ziemlich unsanft schob er mich von sich. »Weil ich arbeiten muss!«, betonte er Wort für Wort. »Haben wir noch ein Bier im Kühlschrank?«

»Keine Ahnung. Da musst du nachsehen«, gab ich leicht verschnupft über seine Reaktion zurück. Sicher ging er davon aus, dass ich nachsehen und es ihm holen würde, weil ich das immer tat, wenn Jens einen Wunsch äußerte. Heute mochte ich nicht. Ich sah ihm nach, wie er genervt das Zimmer verließ und in die Küche stapfte. Nun würden wir uns doch wieder zanken – aus einem völlig nichtigen Grund.

Jens kam ohne Bier zurück. »Wir könnten aber auch in deine Stammkneipe gehen, wenn du möchtest. Oder zum Italiener in der Innenstadt, den du so gerne magst. Hast du Lust auf Pizza oder Pasta?«, erkundigte er sich versöhnlich.

»Ich bin krank«, erwiderte ich und machte Gänsefüßchen mit den Fingern. »Es wäre ziemlich blöd, wenn mich dort zufällig jemand von den Kollegen sehen würde, während ich angeblich mit Darmgrippe das Bett hüte.«

»Richtig. Daran habe ich nicht gedacht. Tut mir leid. Dann lass uns wenigstens etwas beim Lieferservice bestellen und anschließend helfe ich dir dabei, das Bett zu hüten. Ich verspreche dir, ich werde mich ganz gewissenhaft darum kümmern, dass du schnellstmöglich wieder gesund wirst. Dagegen kann niemand etwas haben, oder?«, beschloss er schelmisch grinsend. Und das machten wir dann auch.

Während Jens am nächsten Tag das Gespräch mit Strathmann hatte, kümmerte ich mich um die Wäsche. Ich hatte ein paar dunkle Jeans und Shirts, die gewaschen werden mussten. Die Waschmaschine würde ich damit aber nicht voll bekommen, was eigentlich Verschwendung war. Obwohl Jens nicht wollte, dass ich seine Kleidung wusch, er bestand darauf, das selbst zu tun – in Spanien –, nahm ich die Jeans, die er gestern getragen hatte, vom Stuhl und legte sie zur Schmutzwäsche in den Korb.

Dann öffnete ich entschlossen seinen Trolley und sah nach, ob er noch etwas dabeihatte, was ich mitwaschen konnte. Sein schwarzes Poloshirt roch ebenfalls verschwitzt, ich nahm es mit. Ganz unten im Koffer lag eine Plastiktüte mit einem weichen Inhalt. Ohne die Absicht herumzuschnüffeln, nahm ich sie heraus und sah hinein. Sie enthielt einen weißen und flauschigen Teddybären. Ich zog ihn heraus. Das Preisschild hing noch am Plüschtier. Es war nagelneu. Jens musste ihn hier am Flughafen gekauft haben. Welches Kind bekam denn so ein kostspieliges Spielzeug von ihm? Für mich war es sicher nicht bestimmt. Ratlos steckte ich ihn zurück in die Tasche und verstaute ihn wieder dort, wo er gewesen war.

Als Jens zurückkam, war die Maschine bereits fertig und die Wäsche im Trockner. Ich stand in der Küche und bereitete unser Mittagessen zu. Jens kam aber nicht zu mir herein. Er rief mir lediglich ein muffiges »Hallo« zu und verschwand schnurstracks im Schlafzimmer. Die Tür fiel etwas lauter hinter ihm ins Schloss, was mich erahnen ließ, dass seine Laune nicht die Beste war. Hoffentlich war bei dem Gespräch in der Firma nicht auch mein Name gefallen. Es wäre nicht gut, wenn herausgekommen war, dass ich dabei meine Finger im Spiel hatte, jetzt, wo Jens mir unmissverständlich klargemacht hatte, dass er die nächsten Jahre in Dubai verbringen wollte und nicht in Deutschland. Der Gedanke, dass er es doch herausgefunden hatte, machte mich zusehends nervös.

Jens riss die Schlafzimmertür auf, doch anstatt in die Küche zu kommen, schrie er über den Gang: »Wo ist meine Jeans?«

»In der Wäsche!«, schrie ich zurück.

»Wo?« Es klang ungläubig.

Ich atmete kurz durch, wischte mir die Hände am Küchentuch ab und ging zu ihm hinüber.

Er stand in Unterhose und Socken neben dem Bett. Die gute Anzughose lag achtlos auf dem Boden. Ich ging ins Zimmer, nahm sie hoch und faltete sie sorgfältig zusammen, bevor ich sie auf dem Stuhl ablegte, der beim Fenster stand.

»Deine Jeans ist frisch gewaschen im Wäschetrockner.«

Jens starrte mich entgeistert an.

»Und dein schwarzes Poloshirt übrigens auch«, setzte ich hinzu und ergänzte: »Es hat schon gemüffelt.«

Jens' Blick wanderte zum Koffer. Rasch ging er hinüber und riss den Deckel auf. Ungläubig sah er zwischen dem Trolley und mir hin und her. »Du weißt ganz genau, dass ich nicht will, dass du meine Wäsche machst!«, brauste er auf. »Ich wasche meine Sachen selbst, zu Hause!«, giftete er mich an.

»Hier ist dein Zuhause!«, schrie ich im selben Ton zurück. Ich erhielt keine Antwort. »Nun mach mal halblang«, beschwerte ich mich etwas ruhiger, aber immer noch sauer. »Wir reden hier nur von einer Jeans und einem Shirt und nicht davon, dass ich deinen Smoking zur Kochwäsche gegeben und ruiniert habe. Ich hatte noch Platz in der Maschine und deine Sachen waren durch. Du bekommst sie zurück, bevor du abreist. Ich verstehe überhaupt nicht, wo dein Problem liegt. Aber bitte, wenn es für dich so wichtig ist, dann wasch deine Unterhosen und Socken selbst. Es tut mir leid, dass dein Gespräch vorhin offensichtlich nicht so gelaufen ist, wie du es dir vorgestellt hast. Wenn du deswegen schlechte Laune hast, dann lass sie gefälligst nicht an mir aus. Ich wollte nur nett sein. Sonst nichts.«

Diesmal war ich es, die die Tür hinter sich zuknallte. Wütend stapfte ich zurück zum Herd. Seine Reaktion fand ich ziemlich überzogen. Besser, er beruhigte sich erst einmal und ich mich auch. Es würde ohnehin noch etwas dauern, bis es Zeit zum Essen war.

Meinen Frust lud ich an den Zwiebeln und dem Knoblauch ab, die ich für die Soße kleinhacken musste. Auch mit den Möhren ging ich nicht gerade zimperlich um. Als ich bei den Tomaten angelangt war, die geschält und geschnitten wurden, war auch ein Großteil meiner Wut verraucht. Nachdenklich rührte ich die Soße zusammen und versuchte, mich in Jens hineinzuversetzen. Er war mit völlig anderen Erwartungen zu diesem Gespräch gegangen, da war es nur logisch, dass ihn der Ausgang enttäuschte.

Natürlich gab es keine Entschuldigung dafür, seinen Frust an mir auszulassen. Aber nun lag es an mir, wie der restliche Tag verlaufen würde.

Nachdem ich abwechselnd Soße und Nudelplatten übereinandergeschichtet hatte, streute ich noch großzügig Käse darüber und gab die Lasagne für die erforderliche Backzeit in den Ofen. Anschließend stellte ich den Timer am Herd und sah auf die Uhr. Wir hatten vierzig Minuten Zeit, unseren Streit zu begraben. Ich wusch meine Hände ab und schlich auf leisen Sohlen hinüber zum Schlafzimmer. Dort legte ich zuerst den Kopf an die Tür und lauschte. Von drinnen war kein Laut zu hören, darum öffnete ich und lugte vorsichtig hinein. Jens stand am Fenster, die Arme verschränkt und sah hinaus. Er hatte sich wieder angezogen. Ich trat hinter ihn, umschlang seinen Bauch mit meinen Armen und lehnte mich an ihn. Eine Weile blieben wir einfach so stehen, bis mein Atem den gleichen Rhythmus gefunden hatte wie seiner.

»Dein Gespräch mit Strathmann ist also nicht gut gelaufen?«, fragte ich leise. Ich bekam keine Antwort. Ich drückte mich noch ein wenig fester an ihn. »Es tut mir leid, wenn du deswegen enttäuscht bist.«

Jens schnaubte.

»Und es tut mir leid, wenn ich dich verärgert habe«, fuhr ich fort. »Aber ich fand wirklich nichts Schlimmes dabei, wenn ich deine Sachen wasche.« Langsam zog ich ihm dabei das Hemd aus der Hose. Meine Hände fanden den Weg an seine Haut, streichelten über seine Brust und wanderten von dort nach hinten auf seine Schultern. Vorsichtig kratzten meine Fingernägel seine Rückenpartie entlang, als ich meine Hände behutsam nach unten zog. »Und außerdem riechen sie dann noch ein wenig nach mir, wenn du wieder auf Teneriffa bist«, flüsterte ich.

Jens straffte seine Schultern. »Du weißt, dass ich das nicht leiden kann«, sagte er ernst. »Das war wirklich sehr unklug von dir und ich finde, du hast eine Strafe verdient.« Blitzschnell drehte er sich um und stieß mich, ehe ich wusste, wie mir geschah, vielsagend grinsend aufs Bett.

Kapitel 25

Am Samstag war ich wieder »völlig gesund.« Jens war bereits am Flughafen, in einer halben Stunde ging sein Flug, und ich saß mit Tine zusammen in einem kleinen Café in der Innenstadt.

»Wir sehen uns dann in sechs Wochen wieder, meine Schöne«, hatte Jens zu mir gesagt und mich geküsst, als gäbe es kein Morgen mehr. Innerlich lachte ich mir ins Fäustchen. Wenn du wüsstest, dachte ich. Die sechs Wochen wären kürzer, als er vermutete. Bereits in zwei Wochen, dem Wochenende, an dem er ursprünglich nach Hause geflogen wäre, würde ich ihm meinen Überraschungsbesuch abstatten. Ich hatte ihn gestern beim Abendessen ganz belanglos gefragt, was er denn plane, da er nun überraschend ein freies Wochenende zur Verfügung habe.

»Vielleicht sehe ich mir tatsächlich mal ein wenig die Insel an. Ich lebe zwar schon ein paar Jahre dort, aber für Sightseeing fehlte mir bisher tatsächlich die Zeit. Ich muss ja fleißig sein und arbeiten, wie du weißt, mein Liebling!«, hatte Jens geantwortet.

Das passte perfekt in meinen Plan. Er würde demnach nicht arbeiten und wir hätten viel Zeit für uns.

Die kommenden zwei Wochen reichten aus, um alles vorzubereiten, was ich für den Besuch dort noch erledigen musste. Den Flug hatte ich bereits gebucht. Es waren nur noch Kleinigkeiten, die ich vor meinem Abflug besorgen musste. Um mich nicht doch kurz vor dem Ziel zu verplappern, flunkerte ich Jens vor, die ganze Woche Langstrecke zu fliegen.

So würden wir in den kommenden vierzehn Tagen auch nicht zu oft telefonieren können.

»Ich brauche noch irgendein heißes Teil, mit dem ich ihn in Teneriffa verführen werde«, überlegte ich laut vor mich hin, während ich gedankenverloren in meinem Milchkaffee rührte. »So, dass er mich am liebsten gar nicht mehr nach Hause lassen will.«

Tine grinste mich amüsiert an. »Das sind ja ganz neue Töne. Sie machen sich, Frau Schmidt. Ich wüsste da tatsächlich einen tollen Laden, wo du genau das findest, was du suchst. Nicht ganz billig, das gebe ich zu, aber jedes Teil eine Sünde wert.«

Gebannt wartete ich darauf, dass sie mir die Adresse verriet.

»Aber leider ist der nicht in München, sondern in Mailand«, setzte Tine meiner Hoffnung ein Ende.

»Schade.«

»In meinem Fall eher Gott sei Dank. Ich würde sonst viel zu oft dort einkaufen. Jedes Mal, wenn ich nach Mailand komme und etwas Zeit übrig habe, schau ich da vorbei und immer finde ich etwas, das mir zuflüstert: ›Kauf mich!‹« Sie lachte.

»Würdest du mich bitte zum Einkaufen begleiten?«, fühlte ich vorsichtig vor, wobei ich mir sicher war, Tine sagte zu. »Ich könnte deine Beratung gut gebrauchen.«

»Das würde ich liebend gerne machen, aber ich bin ab Montag die ganze Woche weg und die Woche darauf schon wieder.« Aufmunternd tätschelte sie meine Hand. »Du schaffst das schon.«

Sicher würde ich es schaffen, nur allein machte es weniger Spaß. Außerdem hasste ich es, mich, in einer Umkleidekabine, wo jederzeit jemand Fremdes den Vorhang aufziehen konnte, nackt auszuziehen. »Und eine Flasche exquisiten Champagner und eine Dose Kaviar muss ich auch besorgen. Schließlich werden wir dort etwas zu feiern haben«, sagte ich. »Fragt sich nur, wie ich das durch die Gepäckkontrolle bekomme.«

»Leg sie doch in den Koffer«, riet Tine.

»Schätzchen, ich habe nicht vor, mit viel Gepäck zu reisen. Ich bleibe längstens zwei Tage, dann muss ich wieder zurück. Und vergiss nicht, Jens ist zum Arbeiten dort, nicht zu seinem

Vergnügen. Alles, was ich einpacken muss, ist ein Bikini, ein Sommerkleid und frische Unterwäsche, eventuell noch ein paar bequeme Schuhe zum Wechseln. Das passt problemlos ins Handgepäck. Alles andere trage ich bereits bei der Anreise.«

»Dann müssen wir eben sehen, dass wir dich durch die Sicherheitskontrolle bekommen, ohne dass der Alarm losgeht«, grinste Tine. »Ich glaube, ich habe da eine Idee.«

»Lass hören.«

Tine kannte, natürlich rein zufällig, einen netten, gut aussehenden Mann beim Zoll.

»Er hat mich schon oft gebeten, mit ihm auszugehen«, erzählte sie. »Ich habe aber immer abgelehnt. Mittlerweile hat er es vermutlich aufgegeben. Aber er ist wirklich ein bildschöner Mann. Völlig unverständlich, dass er solo ist.«

»Warum bist du denn nie mit ihm essen gewesen oder hast was mit ihm angefangen, wenn er so gut aussieht, wie du sagst?«

»Der ist viel zu brav für mich. Manchen Männern siehst du das einfach an.«

»Das hat dich doch noch nie gestört«, konterte ich verwundert.

»Du täuschst dich. Der ist wirklich anständig. Keiner, der nur auf einen One-Night-Stand aus ist.«

»Und das hat dir Angst gemacht.«

»Spinnst du?« Tine zögerte. »Nein, er ist mir einfach nur zu schade für eine schnelle Nummer und außerdem will ich keinen Klammeraffen«, fügte sie hinzu.

»Du wolltest keinen. Jetzt hast du ja Carsten«, erinnerte ich sie.

Tine sah von ihrem Handy auf. »Sophie. Carsten und ich, das ist etwas völlig anderes. Aber du lässt mich ja nie zu Worte kommen. Wir sind …«

Ich unterbrach sie grob. Ich hatte absolut keine Lust auf dieses Thema. Seit der Hochzeit ging ich Carsten, so gut es ging, aus dem Weg. »Tine, bitte. Können wir das nicht lassen? Ich bin froh, dass ihr beide sehr glücklich miteinander seid, und ich bin es mit Jens. Damit ist alles gesagt.«

Tine verdrehte kopfschüttelnd ihre Augen. »So wirst du nie erfahren, was ich dir sagen will.«

»Weil es mich nicht interessiert. Alles, was ich wissen muss, weiß ich und für alles andere seid ihr mir keine Rechenschaft schuldig. Was ist nun mit diesem Zollmenschen. Denkst du, du kannst da was deichseln?«, wechselte ich abrupt das Thema.

»Ich kann es ja mal versuchen. Trotz Carsten!«, frotzelte sie und verdrehte dazu theatralisch ihre Augen. »Ich habe ihn zwar eine Weile nicht mehr gesehen«, überlegte sie, »aber ich glaube, er arbeitet noch am Flughafen. Und wir haben uns, obwohl er bei mir abgeblitzt ist, immer gut verstanden.« Tine zog ihr Handy heraus. »Früher habe ich ihm sogar gelegentlich Rum aus dem Ausland mitgebracht. Er hat ein Faible dafür. Und vielleicht hat er für mich auch immer noch eins«, überlegte sie laut und scrollte am Bildschirm herum. »Ich müsste eigentlich noch seine Nummer abgespeichert haben. Ich glaube, ich muss mich mal wieder bei ihm melden. Natürlich nur deinetwegen«, betonte sie schelmisch.

»Das ist ausgesprochen liebenswürdig von dir«, neckte ich zurück und hoffte, dass Tine keinen Blödsinn machen würde – meinetwegen.

Beschwingt stieg ich daheim die Treppen zu meinem Apartment hinauf. Ein wenig leid tat es mir schon, dass ich nicht mehr lange hier wohnen würde. Ich mochte dieses urige Treppenhaus mit seinen knarzigen alten Holzstiegen und dem schmiedeeisernen Treppengeländer. Es war wie ein kleines Stück alter Zeitgeschichte. Oben angelangt, schloss ich die Wohnungstür auf und blieb einen Augenblick im Flur stehen. Als wäre heute schon mein letzter Tag hier, saugte ich alle Bilder in mich auf.

Ich fühlte mich wohl in meinen vier Wänden mit den hohen Decken und den großen Fenstern, die viel Licht ins Zimmer ließen. Als ich die Wohnung damals besichtigt hatte, waren sie noch doppelt und mit antikem Drehknauf gewesen, doch vor meinem Einzug hatte sie der Vermieter mit allen anderen im Haus austauschen lassen. Das gesamte Gebäude wurde damals renoviert, aber der Charme der guten alten Münchener Zeit war erhalten geblieben.

Auch die Wohngegend hier fand ich toll. Nur wenige hundert Meter entfernt befand sich eine U-Bahn-Station, die nächste S-Bahn lag unwesentlich weiter weg und die Innenstadt ließ sich per Fußmarsch ebenfalls gut erreichen. Aber das Beste daran, quasi ums Eck war man an der Isar, dem schönen, grünen Gebirgsfluss, der sich durch die Stadt schlängelte und an dessen Ufer grüne Auen lagen. Gerade im Sommer war das angenehm, denn hier lag ich oft mit einem Buch auf der nahen Wiese am Fluss, im Gepäck etwas zu trinken und ein wenig Obst, und konnte dabei so herrlich entspannen. Oder ich spazierte ein Stück am weichen Uferweg entlang, bis zur nächsten Brücke, die die Stadtteile links und rechts der Isar miteinander verband, schlenderte ein wenig durch das Glockenbachviertel oder traf mich mit Freunden im Barnies.

Das Barnies – meine Stammkneipe. Wie viele durchzechte Nächte hatte ich hier mit Tine, Freddy und Klaus durchlebt. Wie oft hatten wir zusammen Billard gespielt und wie viele Tausend Male musste ich mir Marianne Rosenberg anhören, wenn Freddy vor Liebeskummer verging. Ich musste aufpassen, nicht allzu sentimental zu werden. Es war meine Entscheidung gewesen und ich hatte sie aus freien Stücken heraus getroffen.

Der Abschied von hier würde mir jedenfalls nicht leichtfallen. Auf Teneriffa würde es anders sein, nicht ganz so grün, aber dafür war ich dort nicht mehr alleine.

Kapitel 26

Bitte nicht!

Gerade noch pünktlich, aber auf den letzten Drücker erschien ich zum Briefing. Der Rest der Crew war bereits anwesend. Und mitten unter den Kollegen saß Carsten. Am liebsten wäre ich sofort wieder umgedreht, was natürlich nicht ging. Aber ich fragte mich doch, ob das die Rache des Schicksals für meine Lüge vom Donnerstag war. Carsten nickte mir nur knapp zu und schenkte dann seine volle Aufmerksamkeit wieder dem Chefpiloten.

»Wenn wir dann alle vollzählig sind, können wir ja beginnen«, meinte der Kapitän freundlich und begann, uns über die wichtigen Einzelheiten des bevorstehenden Fluges zu informieren. Eine knappe Stunde später ging es für alle mit dem Crewbus zur Maschine.

Carsten und ich waren unter den Letzten, die ausstiegen. Ehe wir über die Fluggasttreppe zu unserem Arbeitsplatz gingen, zog ich ihn am Ärmel seiner Jacke ziemlich unsanft beiseite.

»Hör zu, Carsten«, sagte ich zu ihm. »Ich bin absolut unfreiwillig hier, weil ich leider das Pech hatte, auf Stand-by zu sein und hier einspringen muss. Ich möchte keinen Streit an Bord haben. Ich will einfach nur in Ruhe meine Arbeit erledigen. Unser Problem geht weder die Crew noch die Fluggäste etwas an. Es wäre mir also sehr lieb, wenn wir unsere Differenzen momentan beiseiteschieben könnten und versuchen, normal miteinander umzugehen. Und ansonsten gehen wir uns einfach aus dem Weg. Das sollte in San Diego ja nicht so schwierig sein, oder?«

Carsten funkelte mich wütend an und starrte dann auf seinen Arm, den ich immer noch festhielt.

Ich ließ seinen Ärmel los.

Er strich ihn sich energisch glatt, als habe er sich verbrannt. »Keine Sorge, Sophie. Ich werde mich dir gegenüber von meiner besten Seite zeigen. Du wirst keinen Grund haben, dich über mich zu beklagen. Im Übrigen bin ich dir ebenfalls sehr dankbar, wenn wir beide vorerst auf Abstand gehen.« Damit packte er seinen Trolley und stapfte die Treppe hinauf. »Manchen Leuten ist eben nicht zu helfen!«, murrte er dabei.

»Das habe ich gehört«, rief ich hinter ihm her.

»Gibt es Probleme?«

Ich wandte mich erschrocken um. Hinter mir stand der Senior Cabin Attendant. Ich hatte gedacht, Carsten und ich wären die Letzten gewesen.

»Aber nein, ganz im Gegenteil. Wir sind gute alte Bekannte und freuen uns auf den gemeinsamen Einsatz«, strahlte ich ihn an. Ich hätte jedem Schauspielkurs die Ehre gemacht, so gekonnt überzeugend fröhlich, wie ich mich gab. »Wir kabbeln uns nur so zum Spaß, das ist eine alte Gewohnheit zwischen uns.«

Der Chef kaufte es mir trotzdem nicht ab, wenn ich seine zweifelnde Miene richtig deutete. Trotzdem beließ er es dabei und überließ mir den Vortritt ins Flugzeug.

Ich musste aufpassen. Unstimmigkeiten unter Crew-Mitgliedern war bei der Arbeit ein No-Go. Der Purser würde uns mit Sicherheit im Blick behalten. Darum nahm ich mich besonders zusammen, wenn ich mit Carsten zu tun hatte.

Er behandelte mich im Gegenzug mit freundlichem Respekt und verhielt sich ansonsten äußerst zurückhaltend. Obwohl ich ganz froh darüber war, vermisste ich die Vertrautheit, die früher zwischen uns gewesen war, den Spaß, den wir zusammen hatten. Und ich fragte mich, wie es so weit kommen konnte, dass uns das abhanden gekommen war. Andererseits sah ich die Schuld weniger bei mir als bei ihm. Hätte er nicht angefangen, sich in meine Beziehung einzumischen und Jens als Lügner darzustellen, wären wir heute immer noch gute Kollegen. Mehr sogar, wir wären bestimmt gute Freunde geworden, schon wegen Tine.

Der Hinflug verlief in jeder Hinsicht absolut reibungslos, was mich erleichtert hoffen ließ, dass wir auch unseren Rückflug problemlos meistern würden. Ich hatte im Crewbus einen der vorderen Sitzplätze belegt, der neben mir war frei. Als Carsten einstieg, nahm ich meine Tasche vom Nachbarsitz, um ihm zu signalisieren, dass es okay wäre, wenn er sich zu mir setzte.

Doch er ignorierte mich und nahm stattdessen neben Monika, einer jungen Flugbegleiterin, Platz, die heute ihren ersten Langstreckenflug erfolgreich gemeistert hatte.

Auch recht, dachte ich und schaute während der Fahrt aus dem Fenster. Ich freute mich tatsächlich auf den Layover, die Pause zwischen Hin- und Rückflug. Sie tat vor allem meiner Seele gut, denn nun hatte ich Jens nicht angelogen. Ich war ja jetzt tatsächlich auf Langstrecke unterwegs, wie ich ihm gegenüber behauptet hatte.

San Diego – eine aufregende Stadt. Ich freute mich, wieder einmal hier zu sein. Der Sonnenuntergang war hier in vollem Gang. Zu Hause in Deutschland war es jetzt mitten in der Nacht, fast schon wieder früher Morgen. Trotzdem war ich noch gar nicht richtig müde. Aus Erfahrung wusste ich aber, dass sich das relativ schnell änderte, sobald ich im Bett war. Morgen lag ein ganzer Tag vor mir, den ich zur freien Verfügung hatte, aber da ich so kurzfristig eingesprungen war, hatte ich mir noch keine Überlegungen angestellt, was ich mir vor Ort ansehen könnte. Spätestens beim Frühstück würde ich mir darüber Gedanken machen.

Die Zimmer der Crew waren über verschiedene Stockwerke verteilt. Meines und das von Monika lagen auf derselben Etage, nur wenige Zimmer voneinander entfernt. Aber sie hatte bereits anderweitig Anschluss gefunden. So empfand ich es nicht als meine direkte Aufgabe, mich um sie kümmern zu müssen. Das Abendessen ließ ich ausfallen, schnappte mir stattdessen einen

Schokoriegel aus der Minibar und eine kleine Flasche Rotwein und machte es mir nach einer heißen Dusche im Bett gemütlich.

Jens hatte mir per WhatsApp geschrieben, wie sehr er mich jetzt schon wieder vermisste und dass er die Tage bis zu unserem Wiedersehen kaum erwarten könne. Er war einfach so süß. Er entschuldigte sich dafür, dass er so spät erst schrieb, aber er habe bis eben gearbeitet. Jetzt freue er sich darauf, endlich ins Bett zu kommen.

Ich hätte es gar nicht bemerkt, denn mein Handy war während des Flugs ohnehin aus. Erst hier im Hotel hatte ich es wieder angestellt. Es tat mir leid, dass mein Schatz so oft bis tief in die Nacht hinein schuften musste und dann noch nicht einmal ein gemütliches Zuhause hatte, um sich zu erholen. Das würde alles anders werden, wenn ich erst bei ihm war. Ich würde mich dann darum kümmern, dass es ihm gut ging, dass er frisch gekochtes Essen bekam und sich auch sonst um nichts mehr kümmern musste, außer seinen Job. Und das Leben in der Baracke mit den anderen Kollegen wäre dann auch erledigt. Von dem, was ich in München für meine Wohnung bezahlte, würden wir in Teneriffa mindestens eine Wohnung, wenn nicht sogar eine kleine Finca mieten können und seine Mietkosten konnten wir komplett einsparen. Beseelt von diesem Gedanken, schlief ich tief und fest ein, das Handy noch in der Hand. Ich träumte von einem Haus mit Blick aufs Meer, im Garten stand ein Kinderwagen im Schatten eines Orangenbaumes. Sogar den Duft der zarten Orangenblüten konnte ich im Traum riechen. Nur einmal wurde ich kurz wach, als ich auf dem Gang lautes Lachen vernahm, das jedoch gleich wieder verstummte.

Erholt erwachte ich am nächsten Morgen. Ich fühlte mich frisch und ausgeschlafen. Das Wetter war herrlich, draußen schien die Sonne und ich hatte große Lust, die fremde Stadt zu erkunden. Vorher brauchte ich aber ein ausgiebiges Frühstück. Flugs packte ich ein paar Kleinigkeiten zusammen, nahm meine Umhängetasche und suchte das Restaurant auf. Es waren einige Tische frei, darum ging ich gleich ans Buffet, um mich dort zu bedienen. Das war auch eines der Dinge, die ich so an meinem Beruf liebte. Wir waren immer in erstklassigen Häusern untergebracht und die Pausen zwischen den Langstrecken ermöglichten mir, fremde Städte und andere Kulturen kennenzulernen. Es war immer wie ein wenig Urlaub in Miniformat, auch wenn danach wieder ein langer Arbeitstag auf mich wartete. Aber ich erlebte und sah tatsächlich sehr viel von der Welt, ohne großen finanziellen Aufwand. Dadurch war es auch nicht so schlimm, dass Jens und ich bisher noch nie zusammen im Urlaub waren. Ich vermisste es nicht, gemeinsam mit ihm die Welt zu bereisen. Was mir fehlte, war die gemeinsame Freizeit, weil er die mit seiner dementen Mutter verbrachte.

Gedankenversunken wanderte ich zu einem leeren Tisch am Fenster, beide Hände beladen mit Teller und einer Tasse Kaffee, als ich jemanden laut meinen Namen rufen hörte. Einige meiner Kollegen saßen an einem großen runden Tisch beisammen. Ein Platz war noch frei, auf den ich nun zusteuerte. Zu spät bemerkte ich, dass auch Carsten bei ihnen saß, doch es sähe dumm aus, wenn ich jetzt kehrtmachte. Darum ließ ich mir nichts anmerken und nahm Platz. Während die anderen Pläne für den Tag schmiedeten, rechnete ich nach, wie spät es in Teneriffa gerade war und ob es schon zu spät für eine Nachricht war. Andererseits, Jens konnte sie ja auch zu einem späteren Zeitpunkt lesen. Das hatte ich ja auch getan. Also zückte ich mein Handy und tippte eifrig eine Nachricht ein.

»Muss Liebe schön sein«, neckte mich Sonja, meine Tischnachbarin. »Schreibst du deinem Mann?«

Ich sah hoch. »Wie kommst du darauf?«

Wissend grinste sie mich an. »Dein verliebtes Lächeln hat dich verraten«, bekannte sie.

»Mein Freund«, berichtigte ich ihre Vermutung. »Wir sind nicht verheiratet, noch nicht«, fügte ich hinzu, weil ich hoffte, dass sich dieser Umstand bald änderte.

»Aber ihr wohnt zusammen?«

Sonjas Interesse an meinem Privatleben klang nicht neugierig, sondern aufrichtig interessiert. Darum hatte ich kein Problem damit, ihr eine ehrliche Antwort zu geben.

»Jens lebt und arbeitet in Spanien. Wir sehen uns leider viel zu selten, aber ich werde bald zu ihm ziehen.«

Aus den Augenwinkeln heraus bemerkte ich, dass Carsten unserer Unterhaltung folgte. Ich hatte aber keine Lust, ihm weitere Informationen zukommen zu lassen. Alles, was es zu sagen gab, erfuhr er ohnehin von Tine. Ich belegte mir für später ein Sandwich, das ich in eine Serviette einwickelte und zusammen mit einem Apfel in meiner Umhängetasche verstaute. Ich war froh, dass Sonja mit dieser spärlichen Information zufrieden war und nicht mehr über mein Privatleben wissen wollte.

»Hast du Lust, heute Vormittag mit uns mitzukommen?« Sie beschrieb mit dem Finger einen großen Kreis über die Runde. »Wir wollen zusammen eine E-Scooter-Tour durch die Stadt machen und am Abend in ein Lokal ins Gaslamp Quarter gehen. Das wird bestimmt lustig.«

Es klang wirklich verlockend. Trotzdem lehnte ich ab, denn ich hatte keine Lust, den ganzen Tag in Carstens Gesellschaft zu verbringen. »Lieb von dir, aber ich habe schon etwas vor«, log ich.

Sonja gehörte zu den wenigen Menschen, die eine Absage ohne Wenn und Aber akzeptierten.

»Okay. Dann hab einen tollen Tag. Wir sehen uns morgen.« Sie blickte auffordernd in die Runde. »Wie sieht es aus, Leute, seid ihr alle fertig? Wollen wir los?«

Allseits zustimmendes Gemurmel. Die Gruppe erhob sich und verließ geschlossen den Raum. Ich ließ mir noch etwas Zeit und packte dann ebenfalls zusammen.

In der Lobby stand ein großer Aufsteller mit Flyern sämtlicher Attraktionen der näheren und weiteren Umgebung. Ich zog ein paar von ihnen heraus und steckte sie in meine Tasche. Ebenso eine City-Map.

Wenige Hundert Meter vom Hotel entfernt lag eine Haltestelle der »Hop on Hop off«-Bustour. Ich liebte diese Rundfahrten, auf denen man die wichtigsten Orte und Bauwerke einer Stadt zu sehen bekam. Alles Wissenswerte darüber erfuhr man über Kopfhörer und man konnte beliebig oft aus- oder zusteigen. Eine komplette Tour dauerte ungefähr neunzig Minuten, aber man durfte den ganzen Tag mit diesem Bus herumfahren, wenn man ein Ticket gelöst hatte. Meine Entscheidung war gefallen. Ich würde die Tour einmal komplett machen und mir dann meine persönlichen Highlights herauspicken. Und falls mir gar nichts zusagte, was ich nicht glaubte, könnte ich immer noch in den Zoo gehen. Das war ein Ort, an dem ich mich immer gerne aufhielt, so wie in unserem in München, Hellabrunn, für den ich eine Jahreskarte besaß. Von Weitem sah ich gerade einen dieser unverkennbaren Tourbusse bei der Anfahrt und lief das letzte Stück des Weges, um ihn noch zu erreichen, den auffälligen orangen Wagen mit den grünen Akzenten, der viel mehr einem Straßenbahnwagon glich als einem Bus. Eine Aussichtsplattform auf dem Dach, wie ich sie von Bussen in anderen Ländern kannte, gab es hier nicht. So quetschte ich mich neben einen gut beleibten jungen Touri. Kurz nach der Anfahrt merkte ich, dass das ein Fehler gewesen war. Der Mann knipste, was ihm vor die Linse kam. Häuser, Fahrzeuge, Menschen. Dabei benötigte er allerdings, wegen seines großen Umfangs, so viel Platz, dass ich nicht mehr an ihm vorbeisehen konnte, sobald er seine gesamte Vorderfront zum offenen Fensterrahmen drehte. Mehrere Meilen fuhren wir dahin, ohne dass ich dabei auch nur einen einzigen vernünftigen Ausblick erhaschen konnte. Mein Sitznachbar machte auch keinerlei Anstalten, den Bus zu verlassen. Zudem verströmte er einen ziemlich aufdringlichen Körpergeruch nach Schweiß und Eau de Toilette, weswegen ich an der nächsten Haltestelle geplättet ausstieg.

Vor mir erstreckte sich eine gigantische Aussicht auf das Meer. Kleinere und größere Jachten lagen festgemacht in einem Privathafen linksseitig vor Anker. Auf der anderen Seite, hinter meinem Rücken, ragte die Skyline San Diegos in den Himmel und auf der rechten Seite lag ein ausrangierter Flugzeugträger vor Anker, die USS Midway, die man zu einem Museum umfunktioniert hatte. Wäre Jens hier, würde ihn das mit Sicherheit interessieren, dachte ich mir. Große Schiffe, Flugzeuge und die US-Armee waren ein klassischer Männermagnet. Die Chance, dass er irgendwann einmal hierherkommen würde, schätzte ich als eher gering ein, daher kaufte ich für mich eine Eintrittskarte und beschloss, möglichst viele Bilder für Jens zu schießen, um ihm ausführlich davon berichten zu können.

Ich hätte nie gedacht, dass mich dieser Ort so faszinieren könnte. Drei Stunden hatte ich mich bereits hier aufgehalten. Es gab unglaublich viel zu sehen. Am meisten beeindruckte mich das Deck, auf dem neben Düsenjets auch Hubschrauber der Navi geparkt waren. Und unter all den fremden Gesichtern entdeckte ich doch tatsächlich einen unserer Piloten.

Etwas leichtsinnig erstand ich im Souvenirshop ein Poloshirt für Jens. Es war nicht ganz billig gewesen, aber die Farbe würde wunderbar zu seiner sonnengebräunten Haut und seinen Haaren passen. Dafür verzichtete ich auf den Ausflug in den Zoo, der mich bestimmt dasselbe Geld für den Eintritt gekostet hätte. Ich sah auf meine Uhr. Laut Plan sollte der nächste Bus in zwanzig Minuten kommen. Ich würde mein Glück noch einmal versuchen und die Tour fahren. Danach wollte ich noch ein wenig in der Stadt bummeln gehen und natürlich einen Abstecher zum Seerosenteich im Balboa Park machen, der so viel beschrieben wurde. Denn er lag ebenfalls auf dieser Route.

Den ganzen Tag war ich durch die Stadt gelaufen, hatte zwischendurch mein Sandwich gegessen und irgendwann auch den Apfel, den ich mir vom Frühstücksbüfett mitgenommen hatte. Mittlerweile schmerzten meine Füße ganz schön und ich sehnte mich danach, meine Sneaker auszuziehen. Ins Hotel wollte ich aber noch nicht zurück. Die letzte Stunde hatte ich mich mehr Richtung Seeseite orientiert und war nun an einem der vielen

Strände angelangt, die zu San Diego gehörten. Beeindruckt blieb ich an der Kaimauer stehen und beäugte das fröhliche Treiben vor mir. Zwei Surfer versuchten ihr Glück in den Wellen, eine Gruppe junger Leute spielte Beachvolleyball. Musik drang in meine Ohren und von irgendwoher zog der verführerische Duft nach frisch frittiertem Fisch in meine Nase.

Der warme Wind, der vom Meer her ins Land wehte, blies mir die Haare aus dem Gesicht. Glücklich reckte ich mein Gesicht der Sonne entgegen, die bald untergehen würde, und sog den typischen Geruch nach Muscheln und Tang auf. Meine Lippen schmeckten leicht salzig, wenn ich mit der Zunge darüber fuhr. Ich suchte nach einem Durchlass vom geteerten Fußweg auf den Strand. Auf halbem Weg zum Meer ließ ich mich zufrieden in den Sand plumpsen, den Blick nach vorne gerichtet. Was für ein herrlicher Anblick. Hier konnte man nicht anders, als zur Ruhe zu kommen. Am liebsten hätte ich Jens angerufen, was natürlich nicht ging, und ihn an meinen Eindrücken teilhaben lassen. Ich wollte ihm erzählen, wie toll das Licht war, welche Gerüche und Düfte meine Nase umschmeichelten und ihm sagen, wie sehr ich ihn vermisste. Und wieder einmal war es für mich die Bestätigung, dass ich das Alleinsein satt hatte. Dass ich diesen und andere schöne Augenblicke mit ihm teilen wollte, koste es, was es wolle.

Mit einem glücklichen Seufzer zog ich die Schuhe aus, streifte die Socken ab und steckte sie in die Sneaker. Meine nackten Füße gruben sich tief in den warmen, feinen Sand. Hie und da kam ein rot lackierter Zehennagel zum Vorschein, ehe ich ihn wieder vergrub. Mein Magen begann ziemlich laut zu knurren. Ich packte meine Sachen zusammen und marschierte zur Bar, von woher die Musik und der Duft von Fisch gekommen waren. Sie hatten verschiedene frittierte Snacks im Angebot. Auch die Burger sahen absolut lecker aus und machten Appetit. Doch ich blieb bei Fish und Chips, dazu eine Cola in der Flasche. Burger konnte ich überall haben, doch Fisch sollte immer dort gegessen werden, wo er gefangen wurde. Frischer gab es ihn nirgends.

Danach suchte ich mir wieder ein ruhiges Plätzchen, von wo aus ich beim Sonnenuntergang mein Abendessen genießen konnte

Meine Entscheidung war goldrichtig gewesen, lobte ich mich selbst, während ich vorsichtig in das heiße, knusprig gebratene, goldene Teilchen biss. Das zarte, saftige Fischfilet war überaus wohlschmeckend, fast zu schade, um es in Ketchup oder Mayo zu tunken. Ich tat es trotzdem.

Nur noch ein winziger Rand der Sonne war zu sehen, als ich wieder auf die Uhr sah. Es wurde endgültig Zeit, sich auf den Weg zum Hotel zu machen. Hatte ich auf dem Weg zum Strand vorhin nicht eine Bushaltestelle gesehen?

Ich stand auf und klopfte den feinen Sand von meiner Hose. Angestrengt kniff ich die Augen zusammen und ließ meinen Blick suchend über die Gegend schweifen. Er blieb an einer Gestalt hängen, die etwa fünfzig Meter weiter rechts von mir auf der Mauer zur Straße saß und ihren Blick aufs Meer geheftet hatte. Carsten! Was machte der denn hier? Wollte der nicht auch den Tag mit den Kollegen verbringen? Das war doch wirklich kaum zu glauben. Es war ja nicht so, dass San Diego nur diesen einen Strand hatte. Es gab einige, manche wesentlich berühmter und schöner als der hier vermutlich. Und ausgerechnet hier musste ich ihm über den Weg laufen. Und genau hinter Carsten entdeckte ich auch das Schild, nach dem ich Ausschau gehalten hatte. Super! Mein Schicksal ließ gerade wirklich nichts aus, um mir das Leben schwer zu machen.

Ich hatte die Wahl: Bus und Carsten – oder Taxi? Was soll's, dachte ich ergeben, so schlimm wird es schon nicht werden. Schließlich hatten wir es die letzten beiden Tage auch geschafft, wie zivilisierte Menschen miteinander umzugehen.

Die Dämmerung schritt immer weiter voran. Wenn ich hier nicht übernachten wollte, musste ich an Carsten vorbei. Falls er mich bisher nicht gesehen hatte, würde er es spätestens dann tun, wenn ich zum Bus ging. Es half nichts. Ich hob seufzend meine Schuhe auf. Erst auf der Straße würde ich sie wieder anziehen. Dann nahm ich meine Tasche und den Abfall, den ich noch im

Mülleimer entsorgen wollte. Ich straffte meine Schultern, warf den Kopf in den Nacken und marschierte erhobenen Hauptes Richtung Straße.

Carsten war weg. Er war nirgendwo zu sehen. Oder war er am Ende gar nicht dagewesen? Hatte mir mein Gehirn einen Streich gespielt und ich hatte ihn mit einem anderen Mann verwechselt? Langsam zweifelte ich an meinem Verstand.

Kapitel 27

»Und du meldest dich sofort, sobald du angekommen bist!« Tine umarmte mich. Sie und Freddy ließen es sich nicht nehmen, mich vor meiner Abreise nach Teneriffa zum Flughafen zu begleiten.

»Ja, Mama.« Es war wirklich super nett von den beiden, obwohl sie mir gerade gewaltig auf die Nerven gingen. Es war ja nicht so, dass ich eine Reise zum Mars unternahm.

Freddy zappelte hibbelig wie ein kleines Kind von einem Bein auf das andere. »Ach, ich wäre ja so gerne mitgekommen«, jammerte er.

»Das fehlte noch!«, entfuhr es mir.

Tine warf einen kurzen Blick auf ihre Armbanduhr. »Tja, ich fürchte, ich muss los. Lissabon wartet. Küsschen! Mach's gut!« Sie warf mir zum Abschied eine Kusshand zu, schnappte sich ihren Business-Trolley und stöckelte von dannen.

Freddy blickte ihr verzückt hinterher. »Sie ist schon ein ganz heißer Feger, unser Tinchen.« Dann besann er sich wieder auf meine Anwesenheit. Verlegen schlug er sich die Hand vor den Mund. »Entschuldige, Herzchen. Du natürlich auch.«

»Geschenkt.« Ich winkte ab. Verglich man uns beide, spielte Tine wirklich in einer ganz anderen Liga. Das musste ich ihr neidlos zugestehen.

»Nein, wirklich. Du siehst heute besonders schön aus«, betonte er. »Und wenn ich daran denke, was du darunter trägst …« Verschwörerisch deutete er auf meinen leichten Mantel, unter dem ich, zugegebenermaßen, recht wenig anhatte. Dafür hatte

Freddy gesorgt. Er blickte immer noch wehmütig hinter Tines gertenschlanken Beinen her, die sich mittlerweile schon weit von uns entfernt hatten. Er beneidete Tine darum, denn seine Statur war etwas – kompakter. Doch daran würde selbst ein schlankes Fahrgestell nicht viel ändern.

»Ja, auch bei mir ruft demnächst die Pflicht. Wir sehen uns.«

Wir küssten uns rechts und links.

»Soll ich dich am Sonntag abholen? Wenn Schiphol pünktlich rausgeht, bin ich kurz vor dir hier. Dann könnten wir zusammen nach Hause fahren und du kannst mir brandaktuell Bericht erstatten.«

»Wir schreiben uns am besten«, sagte ich.

»Dann bis Sonntag. Wie gesagt, außer die Holländer streiken, aber dann können sie sich auf etwas gefasst machen.« Er formte zwei Siegerfäuste. »Toi, toi, toi!«

Nachdem auch Freddy gegangen war, reihte ich mich in die lange Warteschlange vor der Sicherheitskontrolle ein. Ich hoffte inständig, dass alles nach Plan verlief und ich meinen dünnen Frühlingsmantel anbehalten durfte. Eigentlich war selbst der für Spanien um diese Jahreszeit viel zu warm. Aber meine Reise hatte das Ziel, einen Mann zu verführen, darum trug ich darunter nur das Negligé, das ich mir extra wegen Jens gekauft hatte. Bei der Ankunft dürfte es in Teneriffa bereits später Nachmittag sein. Die Fahrt mit dem Taxi zur Baustelle mit eingerechnet, müsste ich ihn da am frühen Abend antreffen. Und von dort aus wollte ich mit ihm direkt zum Hotel fahren, in dem ich mir ein Doppelzimmer für zwei Nächte gebucht hatte.

Tine fand die Idee an sich nicht übel und Freddy hatte sofort ein Kopfkino und ließ uns, ob wir wollten oder nicht, daran teilhaben. Er malte sich in den buntesten Farben aus, was passieren, wie Jens reagieren würde, und wäre seitdem am liebsten selbst mitgefahren, um ganz nahe am Geschehen zu sein und alles live mitzuerleben.

Tine hatte ihr Versprechen gehalten und ihren Bekannten vom Zoll kontaktiert. Wir hatten uns vor zwei Stunden kurz in ihrem

Beisein kennengelernt. Er hatte mir genau erklärt, wo ich mich anstellen sollte. Um alles andere kümmere er sich. Als ich nun bei der Kontrolle an der Reihe war, sah ich ihn bereits stehen. Er flüsterte seinem Kollegen etwas zu, ließ sich aber nicht anmerken, dass wir uns kannten. Wie alle Passagiere musste auch ich den Ganzkörperscanner passieren, konnte dabei aber Mantel und Schuhe anlassen. Ich atmete auf. Auch mein Trolley wurde, wie jedes andere Gepäckstück, durchleuchtet. Niemand störte sich an der Flasche Champagner und auch der Kaviar ging durch, als wäre er gar nicht vorhanden. Keine Ahnung, was Tine ihrem Bekannten dafür versprochen hatte.

Das ganze Wochenende war bestens durchgeplant. Es konnte gar nichts schiefgehen.

Grinsend erinnerte ich mich an die Shoppingtour mit Freddy, der sich mir förmlich als Einkaufsberater für meine Dessous aufgedrängt hatte. Er wusste ja, wofür ich dieses verführerische Accessoire brauchte. Mir selbst wäre nie in den Sinn gekommen, ihn darum zu bitten. Was hätte ich nicht alles versäumt. Der Stadtbummel mit Freddy war erstklassig. Es stellte sich nämlich heraus, dass mein engster Freund einen hervorragenden Geschmack hat, was Frauenkleidung respektive Unterwäsche betrifft. Freddy hatte sofort etliche Adressen parat, die seiner Meinung nach lohnenswert waren, um dort vorbeizuschauen. Er führte in jeder Boutique, die wir betraten, sofort Regie, verwies die verdutzten Verkäuferinnen auf die Zuschauerbank und mich in eine Umkleidekabine. Meinen Versuch, mir selbst etwas zu suchen, erstickte er im Keim.

»Nein, nein, Herzchen, du verlässt dich jetzt ganz auf meinen exzellenten Geschmack. Vertrau mir einfach, Täubchen, ich weiß, was Frau zu so einem Anlass tragen muss!«, bestimmte er und verschwand, ehe ich wusste, wie mir geschah, zwischen den Wäscheständern.

Im ersten Laden war ich noch äußerst skeptisch, doch bald merkte ich, dass Freddy wirklich Ahnung hatte, und probierte daher folgsam alles an, was er mir reichte. Überraschenderweise machte es sogar Spaß, so von ihm hofiert zu werden. Ein klein wenig fühlte es sich an wie Pretty Woman. Fehlte nur noch der Sekt. Freddy begutachtete selbstredend an mir, was er mir zur Anprobe reichte. Aber das störte mich nicht. Nicht bei Freddy. Ich wusste, dass ich mich zu hundert Prozent auf ihn verlassen konnte. Er hätte mir nie etwas empfohlen, was mir nicht stand.

»Erotisch, aber nicht nuttig«, war sein Anspruch an das Kleidungsstück, das wir suchten. Dafür durchforsteten wir mehrere Läden. Im achten Laden, ich hätte die Suche alleine schon längst aufgegeben, fand Freddy endlich das besagte Etwas.

Hingerissen betrachtete er mich durch den Spalt im Vorhang. »So reizvoll, dass einem der Atem stockt«, schwärmte er verzaubert.

Der Preis ließ mich ebenfalls kurz nach Luft schnappen. So viel hatte ich noch nie für ein Kleidungsstück ausgegeben und schon gar nicht für eines, das aus so wenig Stoff bestand.

Sollte ich wirklich diese horrende Summe für dieses tragbare Nichts ausgeben?

Freddy deutete mein Zögern völlig richtig. »Schätzchen, ganz oder gar nicht! Wir machen hier keine halben Sachen! Du zahlst ja nicht für das bisschen Stoff, sondern dafür, was er aus dir macht und wie du dich darin fühlst«, ermahnte er mich. Erst als die Verkäuferin meine Kreditkarte durch das Lesegerät gezogen hatte, entspannten sich seine hochgezogenen Augenbrauen, und ein zufriedenes Lächeln überzog sein Gesicht. »Und jetzt – Champagner!«, forderte er enthusiastisch.

Es war das Mindeste, nach diesem Einkaufsmarathon, dass ich ihm diesen Wunsch erfüllte. Wir suchten uns einen Platz beim Ausschank am Viktualienmarkt und bestellten je ein Glas Champagner.

»Möchtest du eine Kleinigkeit essen?«, erkundigte ich mich bei Freddy, doch der winkte ab.

»Keine Zeit, mein Mäuschen. Jetzt brauchen wir noch etwas Luftiges für oben drüber.« Mein Dementi erstickte er im Keim.

Ergeben und leicht beschwingt von meinem Einkauf und dem Alkohol zogen wir erneut los. Dieses Mal gestaltete es sich weit einfacher als vorher. Bereits im zweiten Laden fand ich den leichten Sommermantel und schwupp, wanderte er in eine Tüte.

Großzügig gestattete mir mein Einkaufsberater, dass ich die Pumps bei einer Billigkette erstand.

»Wenn er bei deinem Anblick seine Augen weiter abwärts wandern lässt als bis zu deinen Knien, ist er den Aufwand nicht wert. Außerdem sieht man diesen Hacken den Preis absolut nicht an. Die sind wirklich hübsch gemacht«, bekannte er.

Freddy bestand darauf, etwas zu meinem Outfit beizusteuern. Wir diskutierten ein wenig, ob ein Fußkettchen eher anregend oder billig wirkte. Schlussendlich einigten wir uns auf ein feingliedriges Modeschmuck-Armkettchen.

Sonnenklar, dass Freddy daher liebend gerne miterlebt hätte, wie sein Styling beim Objekt meiner Begierde ankam. Diesen Augenblick wollte ich jedoch ganz für mich alleine und nur mit Jens zusammen auskosten.

Kapitel 28

Beschwingt zog ich mein kleines Köfferchen hinter mir her zum Gate. Ich hatte nicht viel eingepackt. Lief es so, wie ich hoffte, würde ich nicht viel Wäsche brauchen. Zahnbürste, Kamm, Schminke, frische Unterwäsche und Kleidung für den Rückflug am Sonntag. Mehr hatte ich nicht dabei. Sogar den Bikini hatte ich zu Hause gelassen. Den Champagner hatte ich in meine Hose gerollt und den Kaviar hatten wir der Kühlkette wegen dick mit Kühlpads ummantelt und in ein Handtuch gewickelt. Für die kurze Zeit bis zur Ankunft im Hotel sollte es ausreichen und danach wanderte er bis zum Verzehr in den kleinen Kühlschrank der Minibar. Beim Gedanken an die nächsten Stunden fühlte ich unzählige Schmetterlinge im Bauch. War die Liebe nicht etwas ganz Wunderbares?

Zum ersten Mal in meinem Leben nahm ich das Gewusel, die Rastlosigkeit, diese freudigen Erwartungen im Flughafen ganz bewusst wahr. Obwohl ich diese Gebäude nur allzu gut kannte, die Gerüche und den Lärm fast tagtäglich um mich hatte, fühlte es sich komplett anders an, wenn man selbst Fluggast war. Zufrieden mit mir und der Welt, schlenderte ich auf einer Wolke der Glückseligkeit an den Auslagen der zollfreien Waren vorbei. Im Duty-free gönnte ich mir ein Parfüm, dessen Duft ich äußerst betörend fand. An der Kasse lockte zudem ein Angebot mit Pralinen, dem ich ebenfalls nicht widerstehen konnte. Die Maschine war bereits da. Ich genoss es, einmal selbst Gast zu sein. Bis zum Boarding blieben mir noch etwa dreißig Minuten Zeit und ich setzte mich in den Wartebereich. Es bereitete mir Freude, die anderen Reisenden zu beobachten.

An der langen Fensterfront zum Rollfeld drückten sich zwei Jungs die Nasen platt. Dicht an dicht gedrängt, versuchte jeder, den anderen von seinem Platz abzudrängen, als habe er von dort eine bessere Sicht auf das Geschehen außerhalb.

Der Flug selbst war ruhig und angenehm, doch je näher wir dem Reiseziel kamen, umso mehr wuchs meine Nervosität. Es war durchaus kein unangenehmes Gefühl. Mehr die freudige Erwartung dessen, was geschehen würde. Wie bei kleinen Kindern am Weihnachtsabend vor der verschlossenen Zimmertür. weil sie genau wissen, dass das Christkind dahinter Geschenke für sie bereitgelegt hat. Ja, genau so fühlte ich mich in diesem Moment.

Zügig machte ich mich nach der Landung auf den Weg zum Ausgang. Während andere Passagiere noch auf ihre Koffer warten mussten, war ich schon an der Zollkontrolle vorbei Richtung Ausgang. Ein Schild wies mir den Weg zum Taxistand.

Heiße Luft schlug mir entgegen, als sich die Glasschiebetür öffnete. Ich hatte das Gefühl, gegen eine Wand zu rennen, und spürte erste Schweißperlen auf meiner Stirn. Hoffentlich überstand das mein Make-up. Die Hitze des Tages schien vom Asphalt abzuprallen und schlug mir mitten ins Gesicht. Der Boden glühte förmlich von der Sonne.

Ich fühlte, wie ich unter meinem dünnen Mantel zu schwitzen begann. Das fehlte mir noch. Wenn das so weiterging, war ich durchgeschwitzt, bis ich bei Jens ankam. Dann war die ganze Mühe mit meinem Outfit umsonst gewesen. Ich ärgerte mich, so blauäugig gewesen zu sein und die Temperaturen auf der Insel nicht berücksichtigt zu haben. Klüger wäre es gewesen, erst zum Hotel zu fahren, um mich dort für Jens aufzuhübschen.

Ich betete, dass der Wagen, auf den ich nun eiligst zustöckelte, eine funktionierende Klimaanlage besaß. Rein äußerlich machte er zumindest einen gepflegten Eindruck. Ebenso der Fahrer, der meinen Trolley in den Kofferraum packte. Bereits von hier konnte ich das Meer riechen. Ich nahm einen tiefen Atemzug, bevor ich die Wagentür öffnete und einstieg.

Mittlerweile war es Abend geworden. Jens hatte heute noch einen regulären Arbeitstag und erst morgen frei. Sollte ich ihn vorsichtshalber anrufen? Ich sah auf meine Armbanduhr. Nein, um diese Zeit war Jens sonst immer noch auf der Baustelle. Das wusste ich sicher, weil er sich immer sehr kurzhalten musste, wenn er anrief, und sofort wieder zurück zur Arbeit hetzte. Hier gab es keinen festen Feierabend. Es war auch schon vorgekommen, dass er bis spät in die Nacht hinein arbeiten musste. Das hatte ich ja letztens erst wieder mitbekommen. Trotzdem ging ich vorsichtshalber auf Nummer sicher und deutete dem Chauffeur an, dass ich noch kurz telefonieren musste. Es dauerte eine Weile und ich wollte schon auflegen, als Jens sich ziemlich gehetzt meldete.

»Hallo? Sophie? Du, jetzt ist es gerade ganz ungünstig bei mir, ich bin mitten in einer Besprechung. Ich rufe dich in einer Stunde zurück.«

»Halt!«, rief ich dazwischen, ehe er die Verbindung abbrach. »Du kannst mich nicht erreichen.« Im Hintergrund war Fluglärm zu hören. Es war ohrenbetäubend laut. Mir war klar, dass er das durchs Telefon hören konnte, darum brauchte ich rasch eine Erklärung dafür. »Ich fliege heute außerplanmäßig«, das war noch nicht einmal gelogen. »Ich wollte nur mal kurz deine Stimme hören, bevor es bei mir losgeht. Bist du noch auf der Baustelle?«

Der Fahrer drehte sich um und deutete auf sein Taxameter, das bereits zählte.

Ich gestikulierte stumm, dass das in Ordnung war und er leise sein sollte. Die Sache war brenzlig.

Jens zögerte kurz mit der Antwort. Die Hintergrundgeräusche bei ihm waren jetzt leiser geworden. Ich nahm an, dass er nach draußen gegangen war, um ungestört reden zu können. »Ja«, hörte ich seine Stimme nun wieder. »Natürlich. Ich bin noch hier mitten bei der Arbeit. Wie gesagt, wir haben gerade eine echt wichtige Besprechung. Ich kann jetzt nicht länger mit dir reden. Schreib mir, wenn du wieder erreichbar bist. Ich rufe dich dann an, sobald es geht. Okay?«

»Natürlich. Ich melde mich bei dir. Ich habe nämlich eine große Überraschung für dich.« Den letzten Satz konnte ich mir nicht verkneifen.

Jens ging nicht darauf ein. »Okay. Dann Küsschen, ich liebe dich.« Die Verbindung war tot.

Ich nannte dem Taxifahrer den Ort. Eine genaue Adresse hatte ich nicht, aber eine Baustelle dieser Größenordnung sollte nicht zu übersehen sein und notfalls könnten wir uns durchfragen. Auf Englisch erklärte ich dem Fahrer so gut wie möglich, wo das Ziel war. Er schien zu verstehen und fuhr los. Ich lehnte mich entspannt zurück. Ich freute mich diebisch darauf, bald in Jens' verdutztes Gesicht zu sehen, und verstaute mein Smartphone in der Handtasche.

Wenig später hatten wir den Flughafen Teneriffa Süd und damit auch den Touristenrummel hinter uns gelassen und waren unterwegs zur Nordseite der Insel. Dort gab es ebenfalls einen Flughafen, der heute jedoch von unserer Linie nicht angeflogen wurde. Das Tageslicht schwand immer mehr, vereinzelt standen Häuser am Wegrand, doch je weiter nördlich wir fuhren, desto verlassener erschien die Gegend. Wir waren jetzt eine halbe Stunde unterwegs und obwohl sich die Straße meist an der Küste entlangzog, war hier wirklich gar nichts los. Im Süden, wo sich ein Hotel an das andere reihte, steppte der Bär, und auch der Norden war wieder dichter besiedelt. Dazwischen herrschte öde Landschaft, karg bewachsen. Nein, hier war nichts los. Falls mich der Fahrer ausrauben und aussetzen wollte, fände mich hier kaum jemand.

Während ich noch solch kruden Gedanken nachhing, bog er plötzlich nach rechts in eine breite Sandstraße ein, die zum Meer hinführte. Nach etwa einem Kilometer passierten wir ein Tor und kamen dann vor einem weitläufigen Gebäudekomplex zum Stehen, der sich noch weitestgehend im Rohbau befand. Fenster waren nur im Seitentrakt eingebaut, eine Baustellentür verhinderte ein Eindringen in den Eingangsbereich. Von Straßen und Wegen oder Grünanlagen war hier noch keine Rede. Kaum zu glauben, dass da in einem Jahr Urlauber ihre Ferien verbringen sollten. Aber laut Jens lagen sie exakt im Zeitplan.

Jetzt gerade wirkte alles wie verlassen. Von irgendwelchen Arbeitern war nichts zu sehen. Und im großen Container, den ich als Büro ausmachen konnte, brannte auch kein Licht mehr. Seltsam – das Telefonat mit Jens war nicht einmal eine Stunde her.

»Estamos aquí, Senora«, kam es von vorne. Der Chauffeur wiederholte die Zieladresse und deutete auf das Gebäude.

Unschlüssig stieg ich aus. Aus dem Fenster eines Bauwagens fiel spärlicher Lichtschein auf den sandigen Boden. Das Wagenfenster des Taxis wurde heruntergekurbelt.

»Sie sicher, hierher?« Mein Fahrer zweifelte immer noch an der Richtigkeit der Zieladressen. Ungläubig betrachtete er die Umgebung, während er sich in gebrochenem Deutsch bei mir erkundigte.

Ich nickte. »Un momento, por favor«, bat ich und stapfte zielstrebig zum Bauwagen hinüber. Natürlich waren wir hier richtig. Kleine Staubwölkchen wirbelten auf und bedeckten meine schicken Hacken mit einer feinen Schicht. Doch darauf konnte ich jetzt keine Rücksicht nehmen. Nur noch wenige Meter trennten mich von Jens. Ich strich mir die Haare zurück, zupfte meinen Mantel zurecht und klopfte fest an die Bauwagentür.

Das Herz schlug mir bis zum Hals, als geöffnet wurde. Doch statt dem Traum meiner schlaflosen Nächte stand ich einem dunkelhaarigen, braun gebrannten Mann gegenüber.

»Sí?«, bellte mich der Alte an.

Erschrocken stolperte ich einen Schritt zurück.

Der Wachmann sah mich böse an. Ich nannte Jens' Namen. Eine Flut spanischer Wörter traf mich. Unwirsch schüttelte er dabei den Kopf. Ich verstand leider überhaupt nichts.

»Es tut mir leid, ich kann Sie nicht verstehen. Ich komme aus Deutschland«, versuchte ich seinen Redeschwall zu unterbinden.

Er verstummte, runzelte die Stirn und sah mich abwägend an. Dann tippte er zuerst auf seine Armbanduhr und dann auf die verlassene Arbeitsstätte. »Tiempo para dejar de fumar!«, sagte er.

Ich hatte keine Ahnung, was er mir sagen wollte. »Jens Jäger«, wiederholte ich. Den Namen musste er doch kennen. »Chef!«, fügte ich hinzu.

Er kratzte sich am Kopf und schien zu überlegen. Dann sah er mich an. »Club del Mar«, betonte er.

»Club del Mar?«, wiederholte ich. Woher wusste er, wie mein Hotel hieß?

Er nickte. »Jäger. Club del Mar.«

Endlich fiel bei mir der Groschen. Er meinte, dass Jens im Club del Mar war. So ein Zufall aber auch. Die Besprechung fand demnach nicht hier, sondern in einem Hotel statt. Daher hatte er auch gezögert, als ich ihn fragte, ob er noch auf der Baustelle sei.

Ehe ich mich bei ihm für die Auskunft bedanken konnte, verschwand er zurück in seine Behausung und knallte die Tür hinter sich zu.

Mein Taxifahrer lehnte rauchend am Wagen, als ich zurückkam. Den Trolley hatte er wohlweislich noch nicht ausgeladen. »No?« Fragend zeigte er mit dem Kopf in Richtung Gebäude. Er grinste mich belustigt an, als wolle er sagen: »Ich habe mir ja gleich gedacht, dass wir hier falsch sind.«

Ohne Erwiderung stieg ich ein. Die unfertig gerauchte Zigarette flog in hohem Bogen davon. Kurz vor der Hauptstraße blieb er stehen und warf mir einen Blick durch den Rückspiegel zu. »Aeroporto?«, fragte er.

Ich schüttelte den Kopf. »Club del Mar«, erwiderte ich.

Er nickte, setzte den Blinker und bog Richtung Norden ab.

Ich zog währenddessen mein Handy heraus, um zu sehen, ob Jens sich gemeldet hatte. Doch es war nur Freddy, der mir eine Mail mit Daumen hoch geschickt hatte und dazu viele, viele Herzchen. Wie süß. Und auch von Tine war eine Nachricht da. Sie erinnerte mich noch einmal daran, mich bei ihr zu melden. Ich antwortete beiden, dass sich meine Anreise verzögert habe, und versprach, mich am nächsten Morgen zu melden. Dann öffnete ich mein Portmonee und überflog kurz den Inhalt. Nicht gerade ein Vermögen, was sich darin befand. Ich konnte nur hoffen, dass ich mein Ziel bald erreichte, sonst musste ich Jens zuerst um Geld anpumpen.

Kapitel 29

Ich hatte Glück. Die Strecke zum Club war wesentlich kürzer als die vom Flughafen zur Baustelle. Wenige Minuten später hielt das Taxi vor einer tollen Anlage. Nachdem ich die Rechnung inklusive Trinkgeld bezahlt hatte, blieben mir noch genau zwanzig Euro übrig. Tine hatte mir das Hotel empfohlen. Sie war vor Jahren einmal hier gewesen. Ich hatte es gebucht, ohne mich danach zu erkundigen. Jens hatte immer von einer Containeranlage in der Nähe der Baustelle gesprochen, in der er mit anderen Kollegen hauste. Mir war auf dem Weg hierher nichts aufgefallen, was dem entsprach, aber es war ja auch schon dunkel.

Ich stand mit meinem Köfferchen auf dem Gehsteig vor dem Hotel und besah mir die Gegend. Auf der Straße war relativ viel Verkehr unterwegs. Hier im Norden nahm der Touristenstrom wieder zu. Zwar nicht ganz so stark wie im Süden der Insel, aber man spürte, dass hier wieder eine Urlaubsgegend war. Und ich stand vor einer der Nobelherbergen. Entschlossen betrat ich die Hotelhalle. Mindestens vier Sterne, wenn nicht fünf, dachte ich mir. Teure Lüster hingen von der Decke und erhellten die große Eingangshalle mit einem angenehmen Licht. Es spiegelte sich auf den glänzenden Granitfliesen am Boden. Zwischen weich gepolsterten Sitzecken standen hohe Vasen mit Strelizien und anderen exotischen Blumen, deren Namen mir nicht geläufig waren. Hoffentlich war ich hier nicht wieder am falschen Ort. Hatte ich den Wachmann missverstanden, eventuell gab es einen Club, der ähnlich hieß?

Während ich noch zweifelnd in der Halle stand, kam eine sehr attraktive spanische Mitarbeiterin des Clubs auf mich zu. Woran sie erkannt hatte, dass ich Deutsche war, wusste ich nicht, aber sie sprach mich akzentfrei in meiner Landessprache an.

»Kann ich Ihnen behilflich sein?« Sie trug ein perfekt sitzendes Kostüm und ein Namensschild, das sie als Manager auswies.

»Oh.« Ich zögerte. »Verzeihung, aber ich denke, ich habe mich in der Adresse geirrt. Ich bin auf der Suche nach einem Herrn Jäger. Jens Jäger«, ergänzte ich.

»Herrn Jäger?« Sie musterte mich kurz von oben bis unten. »In welcher Angelegenheit, wenn ich fragen darf?«

Oh mein Gott! Sie kannte Jens. War er tatsächlich hier?

»Das ist vertraulich«, erwiderte ich und versuchte, meine Stimme geschäftsmäßig klingen zu lassen. Ich würde doch einer Hotelangestellten nicht auf die Nase binden, dass ich mehrere Tausend Kilometer angereist war, um einen Mann zu verführen.

»Ist Herr Jäger im Haus?«

»Er befindet sich im Restaurant. Allerdings muss ich kurz mit ihm Rücksprache halten. Es ist bei uns nicht üblich, dass Gäste Besuch ohne vorherige Anmeldung bekommen. Wenn Sie mir daher bitte sagen könnten, worum es sich handelt?« Sie taxierte mich mit einem Blick, als wüsste sie nicht, wie sie mich einordnen sollte.

Dass sie mich nicht einfach ins Restaurant ließ, wenn Jens dort eine wichtige Besprechung hatte, verstand ich noch. Aber dass ich mich erst anmelden müsste, fand ich dann doch etwas übertrieben. Beinahe hätte ich keck behauptet, seine Frau zu sein, entschied mich dann aber dagegen.

»Man soll den Tag nicht vor dem Abend loben«, hätte Freddy gesagt.

»Es ist geschäftlich und wirklich wichtig«, antwortete ich stattdessen.

Abwartend zog sie eine Augenbraue nach oben. Ich fand es ganz schön dreist von ihr, mich so auszuhorchen. Aber sie saß eindeutig am längeren Hebel. Also nannte ich den Namen seiner

Firma und log, dass ich dringende Unterlagen abzugeben hätte. Persönlich. Es erzielte die erwünschte Wirkung.

»Und Ihr Name ist?«, hakte sie nach. Nachdem ich ihr auch noch meinen Nachnamen genannt hatte, wandte sie sich ab und griff zum Telefon, um mich bald darauf zu erlösen.

»Folgen Sie mir bitte, Frau Schmidt«, sagte sie und schritt voran. Schade, nun war die Überraschung nur halb geglückt. Jens konnte eins und eins zusammenzählen. Hastig griff ich nach meinem Gepäck und folgte ihr. Elegant wie eine Katze bewegte sie sich zielstrebig durch die Hotelhalle. An der Tür zum Restaurant musste ich kurz stehen bleiben, um ein älteres Paar durchzulassen. Wo war sie hin? Ich sah mich suchend um. Dann sah ich sie plötzlich, und Jens. Er saß allein an einem Tisch, mit dem Rücken zu mir. Die Managerin beugte sich zu ihm hinunter und sprach mit ihm. Dabei deutete sie zu mir. Irritiert sah ich, dass sie ihre Hand dabei auf seine Schulter gelegt hatte.

Gleich war es so weit. Mein Herz begann, wie verrückt zu schlagen. Oh mein Gott, ich war wirklich am Ziel angekommen. Jens rückte den Stuhl nach hinten und hob ein kleines Mädchen von seinen Knien. Es mochte etwa vier Jahre alt sein. Ein Kind, durchfuhr es mich. Wieso saß ein Kind auf seinem Schoß und wessen Kind war das? Soweit ich erkennen konnte, saß er ohne Begleitung am Tisch. Langsam erhob er sich, drehte sich um und sah lächelnd zur Tür.

Ich strahlte ihm entgegen und winkte aufgeregt, damit er mich sah.

Sein Lächeln erstarb. Fassungslos starrte er mich an. Dann fasste er sich, übergab das kleine Mädchen mit einigen Worten an die Managerin und kam mit raschen Schritten auf mich zu.

»Überraschung!«, rief ich ihm entgegen. Ich wollte die Arme ausbreiten, um ihm um den Hals zu fallen, doch Jens packte mich grob am Handgelenk.

»Nicht hier«, zischte er mich an und zerrte mich durch die schicke Hotelhalle hindurch zum Ausgang hinaus. Die Räder meines Reisegepäcks hüpften über den Boden und ich hatte

Mühe, mit seinem Tempo in den hohen Schuhen mitzuhalten. Draußen verlangsamte er sein Tempo und ließ mich wenige Meter neben dem Eingang los. Abrupt drehte er sich zu mir um. »Bist du von allen guten Geistern verlassen, Sophie?«, fuhr er mich an. »Was fällt dir ein, einfach so hier aufzutauchen? Ich denke, du sitzt am Flughafen!«

»Da war ich ja, als ich dich angerufen habe. Allerdings hier in Teneriffa«, entgegnete ich völlig überrumpelt. Was war das denn für eine Begrüßung? Ich war total perplex. Jens schien richtig sauer zu sein, was ich überhaupt nicht verstand. Damit hatte ich absolut nicht gerechnet.

Jens sah sich immer wieder gehetzt um.

»Du kannst dieses Wochenende nicht bei mir in München sein, darum komme ich dich auf Teneriffa besuchen. Überraschung!«, versuchte ich es noch einmal.

»Das geht nicht!«, wehrte er entschieden ab.

»Warum nicht, du hast doch ein freies Wochenende, hast du gesagt.«

Jens begann zu schwitzen und fuhr sich mit den Händen verzweifelt durch seine Haare.

»Das hat sich geändert«, stieß er hervor. »Ich habe keine Zeit für dich. Ich muss nun doch arbeiten. Du musst sofort wieder zurück nach München. Ich rufe dir ein Taxi.«

»Auf keinen Fall. Wie stellst du dir das vor?«, entgegnete ich entschieden. »Ich habe in diesem Hotel für zwei Tage ein Zimmer gebucht.«

»Hier?«, krächzte er.

Ich verstand die ganze Aufregung nicht. Ja, es war teuer, aber so exorbitant nun auch nicht. »Okay, es tut mir leid, wenn meine Pläne nicht so aufgehen, wie ich gehofft hatte«, sagte ich. »Wenn du nun doch arbeiten musst, ist das für mich okay. Ich werde mir inzwischen die Zeit vertreiben und auf dich warten, bis du Feierabend hast.«

Jens nahm mich wieder bei der Hand und zog mich noch ein Stück weiter vom Hotel weg. Ich verstand nicht, was das sollte.

Freute er sich denn kein bisschen, dass ich da war? Dass ich nur seinetwegen gekommen war?

»Ich bin extra zu dir geflogen, weil ich dich so sehr vermisse. Es dauert immer so entsetzlich lange, bis wir uns wiedersehen«, jammerte ich und schlang meine Arme um seinen Hals.

Er machte sich sofort wieder von mir frei, trat einen Schritt zurück. »Das ist absolut unmöglich«, beharrte er.

»Warum nicht?« Langsam wurde ich sauer.

»Weil wir eine klare Abmachung haben«, presste er hervor.

»Das ist doch Quatsch«, regte ich mich auf. »Ich verstehe überhaupt nicht, warum du so abweisend reagierst, seit ich hier bin.«

»Eben, du verstehst es nicht!«

»Nein. Erklär es mir!«, forderte ich ihn enttäuscht auf.

Wir standen immer noch in der Nähe des Hotels am Rande einer vielbefahrenen Straße und stritten über den Verkehrslärm hinweg. Eine völlig absurde Situation.

»Hier ist mein Arbeitsplatz!«, stellte Jens klar. »Bei dir in Deutschland findet mein Privatleben statt. Du hast auf der Insel einfach nichts verloren!«

Ich zuckte unter seinen harten Worten zusammen.

»Ich schufte hier von früh bis spät. Freizeit ist für mich ein Fremdwort.« Er strich sich mit der Hand die zerzauste Frisur glatt. Als ich nichts entgegnete, fuhr er fort: »Du und ich – das gibt es nur in Deutschland und sonst nirgends. Ich kann dich hier nicht brauchen. Verstehst du. Du musst sofort wieder abreisen.«

Ich fühlte mich, als habe mir jemand einen Eimer Wasser über den Kopf geschüttet. Abreisen? Hatte ich ihn wirklich richtig verstanden? Wie konnte er das nur von mir verlangen? Ich war Tausende Kilometer geflogen, nur um ihn zu sehen. Und er wollte, dass ich wieder verschwand? Das musste der Schock der Überraschung sein. Ich hatte Jens zu sehr überrumpelt und bei dem permanenten Stress, dem er täglich ausgesetzt war, konnte er damit nicht umgehen. Das war die einzig logische Erklärung, die mir dazu einfiel. Außerdem war der letzte Flug ohnehin weg.

Ich musste hierbleiben, ob es ihm nun recht war oder nicht. Mit einem kleinen Anflug von Triumph teilte ich ihm dies mit.

»Du bleibst auf gar keinen Fall hier im Hotel!«, beharrte Jens noch einmal. »Ich rufe dir jetzt ein Taxi, das dich nach Los Cristianos bringt. Dort findest du mit Sicherheit eine Unterkunft für diese Nacht und bist schon nahe am Flughafen.«

Jens wollte mich sofort und unter allen Umständen loswerden, wurde mir klar. Und das lag nicht daran, dass er überrumpelt oder überrascht war. Er wollte mich nicht hier haben, in seiner Arbeitswelt, wie er sagte. Tränen der Enttäuschung stiegen mir in die Augen. Mühsam versuchte ich, sie hinunterzuschlucken. Auf keinen Fall wollte ich flennend auf der Straße stehen.

»Weißt du was«, unternahm ich einen letzten Versuch. »Ich verhalte mich ganz ruhig und unauffällig. Du wirst gar nicht merken, dass ich da bin, und ich werde dich auch überhaupt nicht bei deiner Arbeit stören. Wenn du dann spätabends zurückkommst, dann warte ich auf dich und wir machen es uns einfach nur gemütlich.«

Jens schüttelte müde den Kopf. »Du kapierst es einfach nicht, oder? Sophie, ich bin nicht allein. Du musst verschwinden. Sofort!«

»Aber der nächste Flug nach München geht erst morgen. Wo soll ich denn hin, wenn ich nicht hierbleiben kann?«, jammerte ich verzweifelt.

»Nimm dir auf der Südseite der Insel ein Hotelzimmer, was weiß ich!« Die Schärfe in seiner Stimme nahm wieder zu.

»Ich habe fast mein gesamtes Geld für die blöde Taxifahrt hierher ausgegeben«, sagte ich trotzig, doch anstatt einzulenken, zog Jens seine Geldbörse aus der Hosentasche und drückte mir drei Fünfzig-Euro-Scheine in die Hand.

»Hier, das müsste reichen.« Er winkte einer Taxe, die gerade einen Fahrgast am Hotel aussteigen ließ, und küsste mich flüchtig auf die Backe. »Tut mir leid, aber es geht eben nicht anders. Sei brav. Wir sehen uns bald wieder.«

Jens ließ mich einfach so mitten auf dem Gehsteig stehen und verschwand zurück ins Hotel.

In meinem Kopf schwirrte es, alles drehte sich. Ich verstand nicht, was gerade passiert war, realisierte kaum meine Umwelt. Das war wie in einem schlechten Film.

»Jens!«, schrie ich ihm nach, doch er war schon außer Hörweite. Das konnte doch alles nicht wahr sein. Die teuren Dessous, das aufregende Outfit, der Flug, sollte alles umsonst gewesen sein? Ich schlug die Wagentür, die ich schon in der Hand hielt, mit Wucht zu. Dann wischte ich mir zornig die Tränen weg und stapfte selbstbewusst zurück ins Restaurant. So nicht, mein Liebling! Ich hatte hier gebucht, in diesem Haus, und ich hatte teures Geld dafür bezahlt, um hier übernachten zu können. Mein Geld. Da würde ich doch sicher nicht mit dem Taxi nach Los Cristianos fahren und mir dort eine andere Unterkunft suchen, nur weil ihm nicht passte, dass ich im selben Hotel war wie er. Gut, das Wochenende war für uns beide sowieso gelaufen. Ich war so sauer und enttäuscht von Jens, dass mir der Kopf nicht einmal nach Versöhnungssex stand, selbst wenn er nun reumütig angekrochen käme. Morgen würde ich nach Hause fliegen, aber heute bestand ich auf meinem Recht, die Nacht hier zu schlafen. Er war nicht allein. Pah, ja und? Was interessierten mich denn seine Kollegen!

Als ich die Empfangshalle des Hotels zum zweiten Mal betrat, stand Jens noch an der Tür zum Speisesaal.

Ich ging zur Rezeption und hoffte, er bemerke es gar nicht, als das Kind, das vorhin auf seinen Knien gesessen hatte, auf ihn zulief und rief: »Papa, wer war die Frau?«

Ich wandte den Kopf. Das Mädchen hielt einen flauschigen weißen Teddy im Arm.

Papa? Hatte ich das eben richtig verstanden? Papa? Ich konnte meinen Blick nicht von dem Stofftier wenden. Es war dasselbe, das sich unlängst in seinem Koffer befunden hatte.

Jetzt war ich es, die erstarrte. Das war seine Tochter?

Jens hob die Kleine hoch und wirbelte sie durch die Luft. Sie jauchzte vor Vergnügen. »Niemand. Niemand, der so wichtig ist wie du, Prinzessin!«, sagte er zu ihr.

Sie warf den Kopf mit ihren langen braunen Locken in den Nacken und quietschte.

Ich traute meinen Ohren nicht.

»Lass uns gehen«, sagte Jens zu ihr. »Mama wartet sicher schon auf uns.«

Das Mädchen ließ seine Hand los und sauste voraus ins Restaurant.

Das war der Moment, wo bei mir der Groschen fiel. Jens hatte Frau und Kind hier auf Teneriffa. Darum wollte er nie, dass ich ihn besuchte. Und was war ich für ihn? Ich hatte es ja gehört. Tiefe Enttäuschung und Zorn brodelten in mir hoch wie Magma in einem Vulkan.

»Ich bin also nicht wichtig!«, schrie ich ihm verletzt nach. »Ein Niemand?«

Jens zuckte zusammen. Wie der Blitz fuhr er herum. Seine Augen funkelten mich zornig an. Noch nie hatte ich ihn so wütend erlebt wie jetzt, als er auf mich zustapfte. Ich hätte ihm in seiner Erregung gerade alles zugetraut, wog mich aber im Schutz des Hotels und der Menschen, die hier waren. Ehe ich mich's versah, hatte er mich zum zweiten Mal an diesem Abend durch die Hotelhalle hindurch ins Freie befördert. Mein Rollenköfferchen holperte wieder hinterdrein. Diesmal überquerte er mit mir sogar die Straße. Ich hatte keine Ahnung, wohin er mit mir wollte. Vielleicht war hinter der Hecke eine Klippe, über die er mich gleich schubsen würde. Jens stapfte, mich weiter fest im Griff, ein Stück die Straße entlang, bis wir außer Sichtweite des Hotels waren.

»Lass mich sofort los!«, schrie ich ihn an. »Du tust mir weh!«

»Hast du es immer noch nicht kapiert? Du sollst verschwinden, Sophie! Du machst alles kaputt!«

Oh doch. Ich hatte ihn nur zu gut verstanden. »Ich mache alles kaputt? Du hast ein Kind, von dem du mir nie ein Sterbenswort erzählt hast. Eine kleine Tochter, die dich vor allen Leuten laut Papa nennt. Wo ist die dazugehörige Mutter, frage ich mich? Die ganzen Jahre über hast du mich belogen und betrogen. Hast mir vorgegaukelt, dass du nur zum Arbeiten in Spanien bist. Ich habe dich bemitleidet, weil du hier so einsam bist. Dabei hast du eine Familie, lebst in Saus und Braus.« Ich zitterte vor Zorn am ganzen Leib.

»Ich habe dich nie betrogen. Ich war schon vor unserer Zeit verheiratet«, behauptete Jens.

»Du bist verheiratet?«, schrie ich fassungslos. »Die ganze Zeit schon?«

Jens nickte.

»Das wird ja immer besser. Denkst du, das macht es für mich einfacher? Du Idiot!« Ich rang nach Luft.

»Was regst du dich denn so auf«, echauffierte sich Jens. »Es hat dir doch bisher an nichts gefehlt. Du hattest das perfekte Leben, wie es war. Konntest tun und lassen, was du wolltest, wenn ich nicht da war. Und im Bett bist du auch auf deine Kosten gekommen, wenn ich dich daran erinnern darf.«

Für diesen Satz hätte ich ihm am liebsten eine geknallt. Nur mühsam hielt ich mich zurück.

Jens war noch nicht fertig. »Sobald ich bei dir war, hattest du mich ausnahmslos für dich. Es hätte ewig so weitergehen können, wenn du nicht einfach hier aufgetaucht wärst und alles zerstört hättest.«

War ich jetzt an allem schuld? Drehte er wirklich den Spieß um und machte mich zum Buhmann? Es juckte mich unglaublich, ihm eine zu knallen. Was bildete sich dieser Mistkerl eigentlich ein. Jens hatte nicht die geringsten Skrupel, mich mit seiner Frau und sie mit mir zu betrügen. Ganz im Gegenteil, er tat auch noch so, als wäre es völlig in Ordnung.

»Deine Frau tut mir wirklich leid!«, sagte ich bitter. »Aber noch mehr deine Tochter. Eine Frau kann sich jederzeit einen anderen Mann suchen, der besser ist, aber eine Tochter kann nichts daran ändern, wenn der Vater ein Arsch ist!« Ich sah ihm fest in die Augen.

Jens blitzte mich zornig an. »Wage es nicht, dich in irgendeiner Form in meine Familie einzumischen!«

Drohte er mir?

»Fahr zu Hölle, Jens! Verschwinde aus meinem Leben und lass dich nie wieder bei mir blicken!«, schmetterte ich ihm entgegen. Es gab für mich nichts mehr zu sagen. Ich drehte mich um, packte meinen Trolley und stapfte aufgewühlt die unbekannte Straße entlang, vorbei am Hotel in Richtung Zentrum, wie ich hoffte. Dabei bemühte ich mich, mir nicht anmerken zu lassen, wie verletzt, verzweifelt und innerlich zerrissen ich war.

Jens hielt mich nicht zurück. Er wusste, dass ich nicht noch mal ins Hotel gehen würde. Dass ich nur wegwollte von ihm. Es war aus und vorbei, für immer. Dabei war ich mit ganz anderen Erwartungen hierhergekommen, aber nie im Leben damit, als Single wieder heimzukehren. Ich spürte, dass ich am ganzen Leib zitterte. Kurz hielt ich inne, um mich zu fassen. Ich hatte keine Ahnung, wohin der Weg führte, den ich lief. Ich wollte nur weg von hier! Weit weg, raus aus diesem Albtraum. Tränen der Wut und der Enttäuschung liefen in Bächen über meine Wangen. Hinter mir ertönte erst hektisches Hupen, dann folgte ein dumpfer Knall. Menschen schrien panisch durcheinander. Mit einem mulmigen Gefühl drehte ich mich um. In der Dunkelheit konnte ich nur schwer erkennen, was geschehen war. Menschen liefen aufgeregt auf die Straße. Langsam ging ich zurück. Erst auf Höhe des Hotels konnte ich sehen, was passiert war.

Es fühlte sich an wie ein Déjà-vu.

Auf der gegenüberliegenden Straßenseite lag eine Gestalt am Boden. Sie musste kurz zuvor von dem Wagen, vor dem sie lag, erfasst worden sein. Die Frontscheibe war zersprungen.

Wie ohnmächtig stand ich da, den Blick unverwandt auf die leblose Person gerichtet. Ich war außerstande, irgendetwas zu unternehmen.

Auf dem Boden lag Jens.

Kapitel 30

Meine Schuhe versanken tief im weichen Sand. Keine Ahnung, wie ich hierhergekommen war. Ich erinnerte mich nur noch daran, dass mich jemand grob angerempelt hatte, von da an begann ich, ziellos zu laufen. Blind vor Tränen, die mir sturzbachartig übers Gesicht rannen und die Sicht vernebelten. Ich machte mir auch nicht die Mühe, mein lautes Schluchzen zu unterdrücken. Viel zu sehr schmerzte mich das soeben Erlebte. Das Gegaffe und Getuschel der Touristen, die mir unterwegs begegneten, ignorierte ich und irgendwann endete die schier endlose Straße an einer langen Strandpromenade. Vor mir lag das Meer. Darauf steuerte ich zu. Ich wollte weg. Weg vom Lärm, weg von den Menschen, die meine Verzweiflung nicht kannten, sie gar nicht verstehen konnten. Ich musste mich selbst erst sortieren.

Vorsichtig stieg ich über die kleine Brüstung, die den Strand von der Straße trennte. Und da war ich jetzt. Am dunklen, schwarzen Sandstrand von Teneriffa. Links von mir reihten sich einige Bars und Lokale wie Perlen aneinander. Dazwischen unzählige Souvenirläden. Rechts schien es dagegen ruhiger zu sein. In einiger Entfernung waren Felsen zu erkennen. Der Strand musste dort enden. Ich hoffte, dort die nötige Ruhe zu finden. Nach nur wenigen Metern in diese Richtung hatten sich meine Schuhe mit Sand gefüllt. Tapfer stapfte ich weiter. Die Rollen meines Koffers hatten längst ihren Dienst quittiert, weshalb ich ihn schon die ganze Zeit über trug. Für diesen Untergrund waren sie einfach nicht gemacht.

Erleichtert stellte ich fest, dass es auch in diesem Bereich Liegen gab. Als ich das Gefühl hatte, weit genug von allem entfernt zu sein, ließ ich mich völlig erschöpft auf einer von ihnen nieder. Mein Puls raste immer noch.

Wie konnte mein Leben nur so aus den Fugen geraten? Bisher schien alles perfekt zu sein. Na ja, wenn man es genau betrachtete, stimmte das nicht. Sonst wäre ich nie auf diese absurde Idee gekommen, daran etwas ändern zu wollen. Es wäre einfach so weitergelaufen wie bisher. Aber wollte ich das wirklich? Wäre mir wirklich lieber gewesen, nicht zu wissen, welches Doppelleben Jens führte? Dass er mich nach Strich und Faden belog und betrog?

Carstens Worte fielen mir wieder ein. »Jens belügt dich. Er ist nicht ehrlich zu dir.« Was oder wie viel wusste Carsten? Und wer hatte noch gewusst, dass Jens verheiratet war und Familie hatte?

Die Wahrheit drang wieder mit voller Wucht in mein Bewusstsein. Jens hatte eine Familie. Wie konnte er das all die Jahre vor mir verbergen? Warum hatte ich nie etwas bemerkt? Er hatte mich über so lange Zeit betrogen, mir vorgemacht, dass ich neben seiner Arbeit das Wichtigste für ihn sei. Dabei … was war ich eigentlich für ihn? Ein Lückenbüßer für die Wochenenden in Deutschland? Eine Affäre? Die All-inclusive-Pension mit persönlichem Rundum-Sorglos-Paket, für die er noch nicht einmal einen Cent bezahlen musste? Dieser miese Schmarotzer hatte sich die ganzen Jahre von mir aushalten lassen. Miete, Nebenkosten, Strom und Lebensmittel, alles hatte ich bezahlt. Von meinem Geld. Jens musste sich nirgends beteiligen, weil wir ja das Geld für unser gemeinsames Heim sparen wollten. Ein Heim, das er nie mit mir geplant hatte. Ich war so naiv gewesen. Aus lauter Wut und Selbstmitleid heulte ich schon wieder los. Faszinierend, wie viele Tränen in einem Menschen Platz haben.

Auf der Suche nach einem Taschentuch fiel mir mein Handy in die Hand. Tine war sofort am Telefon.

»Darf man gratulieren?«, frohlockte sie fröhlich.

»Es ist aus. Alles vorbei!«, schluchzte ich völlig verzweifelt. »Jens ist verheiratet und hat eine kleine Tochter. Er hat mich die ganze Zeit nach Strich und Faden belogen!«

»Wo bist du?« Tine war mit einem Mal todernst.

»Ich weiß es nicht«, heulte ich wie ein Schlosshund. »Ich habe keine Ahnung.«

»Sophie! Reiß dich gefälligst zusammen!«, schimpfte Tine mit mir.

»Ich weiß es echt nicht. Ich konnte nicht im Hotel bleiben, denn dort war Jens. Ich glaube, er wohnt dort, denn er wollte mich nicht hineinlassen.«

»Wo – bist – du – jetzt?!«

»Am Strand irgendwo auf dieser verdammten Insel. Ungefähr einen Kilometer weg von diesem beschissenen Club. Jens hatte einen Unfall. Ich wollte nur noch weg.«

»Bist du verletzt?«

»Nein. Ich sagte doch, Jens hatte einen Unfall, nicht wir! Ich weiß nicht, wie es passiert ist. Ein Auto, es hat ihn, glaub’ ich, angefahren. Er lag einfach nur auf der Straße und hat sich nicht mehr bewegt. Vielleicht ist er tot. Tine, es ist alles so furchtbar. Ich will nach Hause«, jammerte ich.

»Sophie, hör mir zu. Du steigst jetzt in ein Taxi und lässt dich zu einem Hotel in der Nähe des Flughafens bringen. Teneriffa Süd. Ich kümmere mich von hier aus um alles Weitere.«

Genau das hatte Jens vor wenigen Minuten auch von mir verlangt. Hätte ich das nur gemacht.

»Okay?«, erkundigte sich Tine.

Ich nickte, was sie natürlich nicht sehen konnte.

»Für wann ist dein Rückflug geplant?«, fragte sie weiter.

»Für Sonntag.« Ich fühlte mich schon etwas leichter. Es tat gut zu wissen, dass da jemand war, der die Lage im Griff zu haben schien. Auf Tine konnte ich mich verlassen.

»Du fliegst auf jeden Fall morgen zurück. Notfalls auch mit einem Zwischenstopp. Ich kümmere mich um die Umbuchung.

Sobald ich die genaue Flugzeit habe und welche Destination, melde ich mich wieder bei dir.«

»Danke«, schniefte ich erleichtert. »Du bist wirklich die beste Freundin, die es gibt.«

»Kopf hoch, Sophie. Es kommt alles wieder in Ordnung. Und dieses Arschloch soll sich hüten, mir jemals wieder unter die Augen zu kommen«, verabschiedete sie sich von mir und legte auf.

Eine große Last fiel von mir ab. Tine würde sich um alles kümmern. Aber ich war noch viel zu aufgewühlt, um mich sofort auf die Suche nach einem Hotel zu machen. Die Luft fühlte sich angenehm warm an und das Rauschen des Meeres beruhigte meine aufgewühlte Seele. Außerdem schmerzten meine Füße von der vielen Herumlauferei in den hohen Hacken.

Erledigt streckte ich mich auf der Liege aus. Nur für eine Stunde die Ruhe genießen. Eine kurze Zeit lang an nichts denken müssen. Die Fassung wiedergewinnen, damit ich nicht ganz so einen desolaten Eindruck machte, wenn ich unter Menschen kam.

Vom vielen Reden war mein Mund ganz trocken geworden. Ich wusste, dass im Koffer noch immer der Champagner lag, mit dem ich auf unsere Zukunft hatte anstoßen wollen. Was soll's! Ich nahm die Flasche heraus und ließ den Korken knallen. Sprudelnd ergoss sich ein Teil des Inhalts über meine Hände und auf den Sand. Dass er mittlerweile warm geworden war, war mir in diesem Moment völlig egal. Ich setzte die Flasche an und nahm einen tiefen Schluck. »Auf mein verkorkstes Leben!«, prostete ich laut gen Himmel. Das Prickelwasser kitzelte im Mund, aber es schmeckte nicht schlecht. Ich leckte über meine Lippen und setzte noch mal an. Den Kaviar hatte ich ja auch noch, erinnerte ich mich. Der war viel zu teuer gewesen und zu schade, um nun weggeworfen zu werden. Besteck hatte ich allerdings keines eingepackt. Ich versuchte, ihn mit meinen Fingern aus der Dose zu bekommen, merkte aber rasch, dass das so gut wie unmöglich war. Suchend sah ich mich um. Bis auf das spärliche Licht, das der Vollmond auf die Erde warf, war es dunkel.

Ich kickte meine High Heels weit von mir und marschierte Richtung Wasser. Unterwegs entledigte ich mich des Mantels. Es war mir sowieso viel zu warm damit. Weg damit.

Dort, wo die Wellen den Sand berührten und wieder zurück ins Meer flossen, wusch ich mir erst einmal meine klebrigen Hände ab. Das Wasser war so herrlich erfrischend. Ich ging noch etwas weiter hinein, bis zu den Knien. Mit den Händen spritzte ich das Wasser um mich. Es tat einfach nur gut. Kam eine Welle auf mich zu, hüpfte ich hoch, wie ein Kind. Ein wenig vergaß ich darüber meinen Kummer. Manche Wellen waren höher, manche flacher. Kam eine hohe Welle, versuchte ich, höher zu springen. Es machte unglaublich Spaß. Ein Geräusch vom Strand her lenkte mich ab und so übersah ich die nächste große Welle, die mich fast überrollt hätte. Ich taumelte ein paar Schritte zurück und konnte gerade noch verhindern, rückwärts ins Wasser zu stürzen. Ich spürte zwar den Alkohol etwas im Kopf, war aber noch klar genug, um zu erkennen, dass hier jetzt Schluss war, darum drehte ich mich um und watete zurück. Am Spülsaum lagen einige Muscheln im Sand. Das war doch der ideale Löffelersatz, dachte ich und begann zu suchen. Nach kurzer Zeit hatte ich eine Muschelhälfte gefunden, die groß genug war. Ich stapfte zum Wasser zurück, wusch notdürftig den Sand aus der Schale und kehrte damit zur Liege zurück.

Es war immer noch viel zu viel Champagner in der Flasche, den ich wegschütten würde. Ein Schlückchen konnte ich mir noch genehmigen. Den Kaviar aus der Muschel zu schlürfen, fand ich dennoch etwas ungewohnt. Ich probierte verschiedene Techniken aus, ließ ihn einmal von der Muschel in den Mund gleiten, leckte ihn ein anderes Mal mit der Zunge heraus und spülte ihn mit ordentlich Champagner hinunter. Langsam machte sich der Alkohol im Blut bemerkbar. Kein Wunder. Seit dem Frühstück hatte ich nichts mehr gegessen. Doch dieses leichte Karussellfahren im Kopf war gar nicht mal so unangenehm. Es fühlte sich eher wie ein sanftes Kitzeln im Gehirn an. Und die prallen Fischeier platzten im Mund wie ein kleines Feuerwerk, wenn ich sie mit der Zunge gegen den Gaumen drückte. Wieder spülte ich mit einem großzügigen Schluck aus der Flasche nach. Den Punkt, an dem ich aufhören wollte zu trinken, hatte ich längst überschritten. Ich aß und trank abwechselnd, was eigentlich für unsere Verlobungsfeier gedacht war. Jens und mich. Das gab es nun nicht mehr. Nie wieder! Ich legte mich auf die Liege. Der runde Mond stand genau über mir. Lachte er mich aus? Es sah so aus, als würde er hüpfen. Ich setzte mich wieder auf.

»Was glotzt du mich an?«, schrie ich hinauf.

Erwartungsgemäß kam keine Antwort zurück. Die Schampusflasche in meiner rechten Hand, stand ich auf und torkelte vorwärts, den Blick gen Himmel gerichtet.

»Sas findest du wohl alles siemlich komisch, du dicker, dummer Mond!«, lallte ich. Die Buchstaben ließen sich nicht mehr so leicht aneinanderreihen, was eindeutig der Überschreitung der Promillegrenze geschuldet war.

»Aua!« Aus Unachtsamkeit stieß ich mir das Bein an einer anderen Liege. Es kümmerte mich kaum. Ein Schluck aus der Flasche nahm den Schmerz. »Lachst du über mich? Alle lachen über mich. Weil ich so dumm gewesen bin. Aber weisschu was, sas is' mir egal, jawohl.« Ich sank auf die Knie. »Nein«, jammerte ich. »Es is' mir absolut nich egal. Ich wollte heiraten, eine Familie. Jetzt bin ich wieder allein.« Erschöpft legte ich mich in den Sand.

Irgendwann musste ich wohl eingeschlafen sein. Keine Ahnung, wie lange ich schon so dalag. Plötzlich stupste mich etwas mit feuchter Nase an. Vorsichtig öffnete ich ein Auge, was gar nicht so leicht war. Die Lider fühlten sich schwer wie Blei an. »Jens, bis' du das?« Auch das Sprachzentrum funktionierte noch nicht eindeutig. Ich ertastete mit meiner Hand etwas Weiches. Eine raue Zunge fuhr erst über meine Hand, dann über mein Gesicht. Schwerfällig hob ich den Kopf und bemühte mich zu erkennen, was es war. Vor mir stand schwanzwedelnd ein kleiner Mischlingshund. »Hast du auch niemanden?«, fragte ich ihn traurig. Er sah aus, als könne er eine Streicheleinheit vertragen. »Dann sind wir schon zu zweit.« Der Hund legt seinen Kopf auf seine Vorderpfoten. Man hätte denken können, er höre mir zu. »Vielleicht bist du ja auch von jemandem verlassen worden, so wie ich? Mach dir keine Sorgen, ich werde mich um dich kümmern. Tine kümmert sich um mich und ich mich um dich. Wie wäre das?« Der Hund bellte kurz. »Zuallererst brauchst du einen Namen.« Ich überlegte kurz. »Ich könnte dich Moses nennen. Nein, das passt nicht zu dir. Oder Felix, der Glückliche.« Ich schüttelte den Kopf. »Auch nicht. Carlos. Wie gefällt dir Carlos?« Der Hund setzte sich auf. Scheinbar gefiel ihm der Name. »Abgemacht, ab heute heißt du Carlos.«

Als ich das nächste Mal wach wurde, war es kein Hund, der mich geweckt hatte. Ich schlug die Augen auf und blickte auf zwei Füße, die in Badesandalen steckten. Das Sonnenlicht blendete mich, mein Kopf tobte vor Schmerz und mir war speiübel. Gequält schlug ich die Hände vors Gesicht. Es war, als würde hinter meinem rechten Auge ein Zwerg mit einem Hämmerchen sitzen und wie verrückt gegen meine Schädeldecke schlagen. »Geh weg, lass mich einfach hier liegen«, jammerte ich.

Fremdländische Wörter prasselten auf mich ein. Ich tastete mit der Hand um mich, so gut es ging. Wo war der Hund? Zwei Arme griffen mir unter die Achseln und versuchten, mich hochzuziehen. Ich wollte mich dagegen wehren, aber mir fehlte die Kraft. Der Mann reichte mir eine Wasserflasche. Mein Hals war wie ausgedörrt. Dankbar nahm ich sie entgegen. Mit jedem weiteren Schluck kamen langsam die Lebensgeister zurück. Er beugte sich zu mir herab und schaute mich sorgenvoll an. Ich musste schrecklich aussehen, schoss es mir durch den Kopf. Haare und Gesicht waren voll Sand. Genauso mein Negligé. Doch das war mir alles gleichgültig. Als ich versuchte aufzustehen, drehte sich mir der Magen um und ich übergab mich an Ort und Stelle. Der junge Spanier konnte nur rasch zur Seite springen, ehe ihn der Schwall getroffen hätte. Er rief einen zweiten Mann zu Hilfe und gemeinsam schafften sie es, mich in den Schatten zu bringen. Was immer sie auch mit mir machen wollten, ich würde es ohne Widerspruch erdulden.

Immer wieder musste ich mich übergeben, bis jegliche Kraft aus meinem Körper gewichen war. Mir wurde schwarz vor Augen. Ich wollte nur noch sterben.

Kapitel 31

»Na, da sind wir ja wieder. Herzlich willkommen zurück im Leben.«

Ich blinzelte gegen die Helligkeit an. Vermutlich war ich tot und im Himmel angekommen. Gott sprach mit mir. Oder war es sein Türsteher? Aber konnte man Kopfschmerzen haben, wenn man tot war? Redeten nicht alle, die einmal eine Nahtoderfahrung gemacht hatten, von diesem wunderbaren Gefühl der Leichtigkeit? Davon konnte bei mir wirklich keine Rede sein. Alles an mir fühlte sich schwer an. Meine Beine, der Kopf, die Bettdecke. Die Bettdecke? Moment mal, warum zum Teufel lag ich in einem Bett? Wo war ich überhaupt? Langsam gewöhnten sich meine Augen an das Licht. Ich blinzelte umher. Ich lag in einem hellen kleinen Krankenzimmer.

»Soll ich die Jalousie etwas herunterlassen?« Neben dem Bett stand ein junger Arzt und fühlte meinen Puls.

Ich nickte. Nachdem ich mich geräuspert hatte, fragte ich ihn, wo ich war.

»Sie sind im Hospital in Santa Cruz De Tenerife«, erklärte er mir.

Ich nickte verstehend. »Und woher können Sie so gut Deutsch?«, erkundigte ich mich.

»Ich bin Deutscher.« Er notierte etwas im Krankenblatt.

Ich versuchte, mich zu erinnern, wie ich hierhergekommen war. Es ging nicht.

Als könne er meine Gedanken lesen, erklärte er mir, dass mich der Vermieter der Strandliegen am Morgen des gestrigen Tages am Strand gefunden hatte. Ich sei kaum ansprechbar gewesen und hätte mich mehrfach übergeben, bevor ich ohnmächtig geworden war. Aufgrund meines desaströsen Zustandes sah er sich gezwungen, die Ambulanz zu rufen. Ich hatte einen leichten Filmriss, konnte mich nicht an alles erinnern. Ich hatte noch nicht einmal bemerkt, wie man mich ins Krankenhaus gebracht hatte. Streng genommen fehlte der gestrige Tag in meinem Gedächtnis.

»Können Sie sich noch an irgendetwas erinnern?«, fragte mich der Arzt. »Wurden Sie überfallen, ausgeraubt oder vergewaltigt?«

Ich schüttelte wieder den Kopf. »Könnte ich bitte einen Schluck Wasser bekommen?«

»Natürlich.« Mit geübten Handgriffen stellte er das Kopfteil des Bettes etwas höher, sodass ich zum Sitzen kam. Dann reichte er mir das Glas. »Lassen Sie sich Zeit mit dem Erinnern«, sagte er. »Ich schaue später noch mal nach Ihnen.«

Tine! Oh mein Gott. »Ich muss zum Flughafen!«, rief ich panisch.

Er hinderte mich daran, aus dem Bett zu steigen. »Daraus wird erst einmal nichts. Sie bleiben vorläufig hier, bis wir wissen, was mit Ihnen los ist. Und die hier«, er deutete auf eine Nadel in meinem Arm, »muss auch noch durchlaufen.«

Mein Blick wanderte den Schlauch entlang bis hinauf zur Infusionsflasche. Sie war noch fast voll. Nachdem er leise die Tür hinter sich geschlossen hatte, sank ich matt zurück ins Kissen und starrte an die Zimmerdecke. Langsam kehrte die Erinnerung zurück. Die Vorfreude, das verheerende Wiedersehen mit Jens, der Strand. Die Wut, die Enttäuschung, der Schmerz und diese grenzenlose Leere in mir. Und noch ein Gefühl stellte sich ein – Scham. Ich schämte mich entsetzlich dafür, dass ich mich so hatte gehen lassen. Dafür, dass mich völlig fremde Leute in einem dünnen Nachtkleid völlig besinnungslos am Strand aufsammeln mussten. Wer weiß, wie viele mich dort liegen sahen. Es war mir unangenehm, dass ich jetzt hier lag, weil ich mich fast ins Koma gesoffen hatte. Sollte ich dem Arzt gegenüber zugeben, dass ich mich aus lauter Kummer hatte volllaufen lassen, wie ein verlassener Teenager? Eine Frau Anfang dreißig? Oder sollte ich ihn belügen, dass man mir K.-o.-Tropfen verabreicht hatte und ich nicht wusste, wie ich an den Strand gekommen war? Doch dann würde er vielleicht die Polizei rufen, und dann? Das wollte ich nicht. Ich wollte ihn nicht belügen, aber die Wahrheit war mir ebenfalls unangenehm.

Ich musste hier weg, so schnell es ging. Wenn mir der gestrige Tag fehlte und ich am Donnerstag angereist war, dann hieß das, heute war Samstag. Heute ging mein Rückflug nach München, denn morgen war ein regulärer Arbeitstag für mich. Wie spät war es überhaupt? Ich brauchte dringend mein Telefon. Nur, wo waren meine Sachen hingekommen? Verzweifelt drückte ich den roten Knopf.

Die Schwester verstand leider nur Spanisch.

Wild gestikulierend versuchte ich ihr zu erklären, dass ich mein Gepäck vermisste. Sie ging hinüber zum Wandschrank und öffnete ihn. Es war alles da. Der Trolley, meine Handtasche. Sogar den Mantel und die Schuhe hatten sie gefunden. Auf mein Bitten und Gestikulieren hin reichte sie mir die Handtasche. Der Akku meines Handys war leer. Verdammter Mist! Das hatte mir gerade noch gefehlt. Ein Ladegerät hatte ich natürlich nicht mit eingepackt. Ich deutete der Schwester meine missliche Lage an. Diese konnte nur bedauernd die Schultern zucken. Ihren Gesten konnte ich jedoch entnehmen, dass es im Erdgeschoss einen Münzapparat gab. Doch wegen dieser verflixten Infusion konnte ich nicht vom Bett weg. Mein Blick fiel auf einen mobilen Infusionsständer, der in der Ecke stand, und nachdem sie die Flasche umgehängt hatte, versuchte ich auf wackeligen Beinen, vorsichtig ein paar Schritte zu gehen. Es klappte. Anfangs noch etwas zittrig, doch langsam wurde es immer besser. Für andere mag es erheiternd ausgesehen haben, wie ich im Krankenhaushemd, barfüßig und mit einer Infusionsnadel im Arm über den Flur tapste. Die Handtasche baumelte lustig um meinen Hals. Für mich war es eine kleine Herausforderung, mit einer Hand die Halterung zu schieben, während die andere mühsam den Rückenschlitz meines Krankenhaushemdes zuhielt, damit ich nicht vor allen Leuten blankzog. Langsam ging mir dabei auch die Puste aus. Meine private Strandparty hatte doch mehr an meinen Kräften gezehrt als gedacht. Nur noch ein kleines Stückchen, feuerte ich mich selbst an. Der Münzapparat war schon in Sichtweite. Noch ein Schrittchen und noch ein kleines. Geschafft!

Erschöpft lehnte ich mich an die durchsichtige Seitenwand. Die wenigen Münzen, die sich in meiner Geldbörse befanden, würden lediglich für ein sehr kurzes Gespräch reichen. Ich überlegte einen Moment, was ich Tine sagen müsste, damit sie alle wichtigen Informationen bekam, ehe die Verbindung kappte. Dann wählte ich ihre Nummer.

»Der Teilnehmer ist derzeit nicht zu erreichen!« Verdammt! Was jetzt?

Ich hatte keine Wahl, ich musste Freddy anrufen.

»Hallooooh!«, flötete es aus der anderen Leitung. Bandansage. »Hier ist der Anschluss von Alfred Morgenroth. Im Moment bin ich leider nicht zu Hause. Bitte legen Sie nicht auf. Wenn Sie ein Freund oder eine Freundin, mein Arbeitgeber oder mein Vermieter sind, sprechen Sie mir bitte aufs Band. Falls Sie mir aber sagen wollen, dass ich bei einem Gewinnspiel gewonnen habe oder sonst einer räuberischen Organisation angehören, legen Sie bitte unverzüglich auf! Piiiep!«

»Freddy, hier ist Sophie, ich …« Weiter kam ich nicht. Freddy platzte dazwischen. »Oh mein Gott, Sophie, wo bist du? Wir haben uns solche Sorgen um dich gemacht. Tine sucht überall nach dir. Wir dachten, du seist tot!«, schrie er hysterisch ins Telefon. Seine typisch, theatralische Art.

»Freddy, ich …«

Er ließ mich nicht zu Wort kommen. »Wir wollten schon die Polizei einschalten oder das Auswärtige Amt. Jens war auch nicht zu erreichen. Na aus gutem Grund wohl. Dieser elendige Schuft. Tine hat mir bereits alles erzählt. Wie konnte er dich nur so belügen? Er hat uns alle belogen, dieser fiese, hinterhältige, gemeine … Na wenn ich den in die Finger kriege, dann kann er sich aber warm anziehen. Mein armes Schätzchen, wie fühlst du dich denn?« Freddy redete ohne Punkt und Komma. So oft ich ansetzte, ich kam einfach nicht zu Wort. Es war zum Aus-der-Haut-Fahren und die Münzen ratterten nur so durch.

»Stopp!«, brüllte ich, bevor es zu spät war.

»Ja du hast recht, ich rede und rede, dabei wolltest du mir doch sagen, wie es dir geht. Wo steckst du eigentlich, mein Täubchen?«

»Ich bin im …« Tut, tut, tut. Die Verbindung war getrennt.

»Krankenhaus«, wollte ich noch sagen. Wütend knallte ich den Hörer auf die Gabel. Ich musste mich beherrschen, um nicht laut loszuschreien.

Ich hatte die Nase gestrichen voll von Spanien. Während ich im tiefsten Selbstmitleid versank, öffnete sich die elektrische Schiebetür der Pforte und die hübsche Spanierin aus Jens' Hotel betrat den Vorraum. Sie hatte ein kleines Mädchen an der Hand. Beim genaueren Hinsehen erkannte ich das Kind als Jens' Tochter wieder. War sie seine Frau? Die Hotelmanagerin?

Ich verstand die Welt nicht mehr. Und Jens schon zweimal nicht. Wie um alles konnte er so eine Frau mit mir betrügen. Umgekehrt hätte es Sinn gemacht. Ich möchte mich nicht als hässlich bezeichnen, aber im Vergleich mit dieser rassigen Schönheit fand ich mich selbst eher durchschnittlich.

Ich versuchte, ihr so unauffällig wie möglich zu folgen, was bei meiner Aufmachung nicht leicht war. Sie schien genau zu wissen, wohin sie musste. Jens war demnach nicht tot. Er lag hier, im selben Krankenhaus wie ich. Zufall oder Schicksal. Die beiden nahmen den Lift. Ich blieb in gebührendem Abstand stehen. Sobald sich die Tür schloss, wartete ich, um zu sehen, in welchem Stockwerk er stehen blieb. Leider hielt er sowohl in der dritten als auch in der vierten Etage. Zurück im Erdgeschoss, stiegen mehrere Personen aus. Jens lag mit Sicherheit auf einem der beiden Stockwerke. Ich würde herausfinden, wo. Darauf

konnte er sich verlassen. Dann würde ich ihn endlich zur Rede
stellen. Diesmal konnte er mir nicht entkommen oder mich weg-
schicken. Ich wollte ihm all die Dinge an den Kopf werfen, die
mir noch auf der Seele brannten. So einfach sollte er nicht
davonkommen, schwor ich mir. Bei der nächsten Gelegenheit
fuhr ich in den vierten Stock. Natürlich war seine Frau nirgends
zu sehen. Unschlüssig blieb ich auf dem Flur stehen. Ich konnte
unmöglich jede Zimmertür öffnen und nachschauen, ob Jens
dort lag. Während ich noch darüber nachdachte, trat eine Krankenschwester aus einem der Zimmer heraus. Ich marschierte auf
sie zu und nannte Jens' Namen. Wieder wurde mir die fremde
Sprache zum Verhängnis, denn was immer sie mir mitteilen
wollte, ich verstand es nicht. Und es war eine ganze Menge, was
sie mir zu sagen hatte. Da ich aber immer wieder das Wort »No«
aufschnappte, war anzunehmen, dass ich hier falsch war. Ich
bedankte mich höflich und schob zurück zum Lift. Im Dritten
lag er zu hundert Prozent nicht. Jens war kein Kind mehr und
dass ich hier in der Pädiatrie stand, war anhand der bunten
Wandbilder mit Kindermotiven zu erkennen und auch nicht zu
überhören. Es war natürlich auch möglich, dass die Frau wegen
des Kindes im Krankenhaus war. Eine psychische Krise durch
den Unfall des Vaters.

Es wurde Zeit, in mein Zimmer zurückzukehren. Ich fror auch
mittlerweile an den nackten Füßen. Also ging ich zum Fahrstuhl
und fuhr zurück in die erste Etage.

»Wo hast du nur gesteckt?«

Erschrocken stolperte ich rückwärts zurück in den Aufzug,
aus dem ich soeben getreten war.

Tine sprintete regelrecht auf mich zu. Sie hatte eine Weile in
meinem Zimmer gesessen und auf mich gewartet und wollte
sich justament auf die Suche nach mir machen, da ihr niemand
sagen konnte, wo ich, außer zum Telefonieren hin sei. Stürmisch
umarmte sie mich, vorsichtig darauf bedacht, die Infusionsnadel
nicht herauszureißen.

»Wie hast du mich gefunden?«

»Ich habe Himmel und Hölle in Bewegung gesetzt! Weißt du, was ich mir für Sorgen gemacht habe, nachdem du dich nicht mehr gemeldet hast?«, schimpfte sie mit mir. »Keiner konnte dich erreichen. Ich bin fast gestorben vor Angst, dass dir etwas passiert ist.« Sie hakte mich bei sich unter und brachte mich zurück auf mein Zimmer.

Erschöpft schlüpfte ich zurück ins Bett. Gerne hätte ich eine Runde geschlafen, doch jetzt, da Tine sah, dass ich so weit in Ordnung war, prasselte eine gehörige Standpauke auf mich ein.

»Warum hast du dich denn nicht daran gehalten, wie wir es besprochen hatten? Es kann doch nicht so schwer sein, eine Taxe zu finden, die dich in ein Hotel bringen sollte? Herrgott noch mal!« Sie fuhr sich mit den Händen durch ihr perfekt sitzendes Haar. »Besäufst dich wie ein Teenager.«

»Woher weißt du das?«

»Ich habe mit dem Arzt gesprochen, der dich behandelt. Ein interessanter Typ, übrigens.«

Ich verdrehte die Augen. Nicht einmal mein persönliches Elend hielt sie davon ab zu flirten. »Du bist vergeben, schon vergessen?«, erinnerte ich sie.

Sie tat es mit einer lästigen Handbewegung ab. »Er sagte, du seist mit einer handfesten Alkoholvergiftung eingeliefert worden. Und eine Fischvergiftung wäre auch diagnostiziert worden. Das ist nicht lustig, Sophie!«

»Das hätte er dir alles gar nicht sagen dürfen!«, maulte ich beleidigt. »Du bist weder verwandt noch eine enge Angehörige.«

»Aber ich bin die Einzige, die alles stehen und liegen lässt, um dich aus dieser Scheiße herauszuholen. Oder siehst du vielleicht sonst noch jemanden? Und komm mir jetzt nicht damit, du schaffst das allein. Wohin das führt, hast du ja hinreichend bewiesen.«

Ich schwieg betreten.

Tine war noch nicht fertig. »Ich finde es absolut doof, dass du dich nicht mehr gemeldet hast, Sophie. Ich hatte echt Angst, dass du dir was angetan hast.«

Nun bekam ich doch ein schlechtes Gewissen. »Tut mir leid«, flüsterte ich zerknirscht, ohne sie anzusehen. »Ich hatte gar nicht vor, mich zu betrinken. Es ist einfach so passiert«, versuchte ich, mich zu verteidigen. »Ich war durstig, es war einsam am Strand und so verheult, wie ich war, wollte ich in keine Bar gehen. Und dann ist mir plötzlich eingefallen, dass ich den Champagner noch in meinem Koffer hatte.« Ich musste schlucken, als ich daran dachte, weswegen ich ihn eingepackt hatte. »Irgendwann habe ich dann die Kontrolle verloren und ab da – Filmriss. Stell dir vor, ich hatte noch nicht einmal bemerkt, dass man mich ins Krankenhaus gebracht hat. Das Erste, was ich heute gemacht habe, war, bei dir anzurufen, aber dein Handy ist aus. Dann habe ich es bei Freddy versucht, aber der ließ mich einfach nicht zu Wort kommen und dann war mein Guthaben aufgebraucht.«

»Wie fühlst du dich?«

Die Tränen kamen, ohne dass ich es wollte. Ich drehte mich weg.

Tine legte tröstend ihre Hand auf meinen Rücken. Wortlos ließ sie mich still vor mich hin heulen. Ich war froh, dass sie da war. Es war beruhigend, nicht mehr allein zu sein. Eine ganze Weile verging.

»Ich habe es nicht gemerkt. Nicht einmal geahnt«, sagte ich fast tonlos. »Ich frage mich immer wieder, wie ich die ganzen Jahre übersehen konnte, dass mein Freund ein Doppelleben führte.«

Wir sprachen lange. Das heißt, ich redete und Tine hörte mir geduldig zu. Ich rechnete es ihr hoch an, dass sie nicht einmal sagte: »Ich hatte ja schon immer meine Zweifel, ob Jens der Richtige für dich ist«, oder: »Carsten hatte dich gewarnt, doch du wolltest ihm nicht glauben.«

»Kannst du mich bitte nach Hause bringen?«, bat ich sie leise.

»Was glaubst du, weshalb ich da bin?« Sie zwinkerte mir zu. »Ich könnte in der Abendmaschine zwei Plätze für uns reservieren. Wir fliegen vom Flughafen Nord mit der Konkurrenz über Düsseldorf zurück nach München. Denkst du, du schaffst das?«

Ich nickte tapfer.

»Dann müssen wir nur noch deinen Arzt überzeugen. Er fand, es sei dafür noch zu früh.«

»Ich muss morgen fliegen. Brüssel«, sagte ich und konnte mir überhaupt nicht vorstellen, schon wieder zu arbeiten.

»Ist alles schon geregelt. Ich habe dich krankgemeldet. Laura springt für dich ein.«

Wie gesagt, Tine war die beste Freundin, die ich mir wünschen konnte.

Kapitel 32

Es kostete uns einiges an Überzeugungskraft, damit ich am Nachmittag entlassen wurde.

Tine ließ ihren ganzen Charme spielen und flirtete hemmungslos mit dem Arzt. Sie schrieb ihm doch tatsächlich ihre Handynummer auf, falls er sich bei ihr nach meinem Befinden erkundigen wolle. Dabei war ich felsenfest davon überzeugt, dass sie hoffte, er würde sich nach ihrem erkundigen. Typisch Tine. Nur nichts anbrennen lassen. Sie blieb noch bis zum Mittagessen. Wir teilten uns das »Menü«, ich hatte eh kaum Hunger. Danach brach sie auf. Bevor ich das Krankenhaus verlassen durfte, musste noch der übliche Schreibkram erledigt werden. Es würde aber noch ein wenig dauern, bis die Papiere fertig waren.

Tine fuhr währenddessen zurück ins Hotel, um auszuchecken. Sie war bereits seit gestern Nacht hier. Später käme sie zurück um mich abzuholen. Ich fühlte mich inzwischen wieder kräftig genug, um sie bis hinunter zum Ausgang zu begleiten. Dafür schlüpfte ich in meinen leichten Sommermantel, denn ich wollte mit dem geöffneten Rückenteil des Nachthemdes kein Aufsehen erregen. Tine wollte sich eben verabschieden, da erschien Jens' Frau wieder auf der Bildfläche.

»Das ist sie!«, stieß ich sie aufgeregt an.

»Wen meinst du?« Tine verstand nicht.

»Seine Frau! Die Dunkelhaarige mit den langen Beinen.« Mit dem Kopf wies ich die Richtung, in die sie sehen musste.

»Die da?« Tine war platt.

»Du musst mir deine Sonnenbrille leihen, bitte!«, bat ich sie aufgeregt. Diesmal wollte ich sie nicht entkommen lassen, aber es bestand die Gefahr, dass sie mich erkannte.

»Mach keinen Blödsinn, Sophie, hörst du?« Tine reichte mir ihre Brille, sah erneut hinüber zu der ihr unbekannten Frau. Dann verschwand sie und ließ mich allein.

Ich setzte die Brille auf und eilte zum Lift. Das war meine letzte Gelegenheit. Mir fiel beinahe das Herz in die Hose, als sie mir den Vortritt ließ. Allerdings beachtete sie mich kaum. Mucksmäuschenstill verzog ich mich in eine Ecke des Aufzugs. Es wollten noch mehr Leute nach oben. Die meisten stiegen im zweiten Stock aus. Beim Einsteigen war ich so mit meiner Deckung beschäftigt gewesen, dass ich nicht sah, welchen Knopf sie gedrückt hatte. In der vierten Etage stieg sie aus. Also doch. Hatte ich mit meiner Vermutung doch nicht ganz falsch gelegen. Ich drückte zur Tarnung den Knopf für die zweite Etage und folgte ihr unauffällig nach draußen.

Vor dem Lift blieb ich kurz stehen. Umständlich begann ich, in meiner Manteltasche zu kramen, aber aus den Augenwinkeln heraus beobachtete ich genau, in welches Zimmer sie eintrat. Gemächlich schlenderte ich den Gang entlang. Ohne Infusionsständer war das wesentlich einfacher. Vor der Zimmertür blieb ich unschlüssig stehen. Und jetzt? Sollte ich ohne Vorwarnung ins Zimmer platzen? Ihm vor seiner Frau eine Szene machen? Verdient hätte er es. Ob sie mittlerweile Bescheid wusste? Hatte er ihr reinen Wein eingeschenkt? Aber welche Frau besucht ihren Mann zweimal am Tag im Krankenhaus, wenn sie erfuhr, dass er sie über Jahre hinweg mit einer anderen betrogen hatte? Oder sah sie in mir keine Konkurrenz und hatte ihm bereits verziehen?

Da ich allein auf dem Flur war, lehnte ich meinen Kopf gegen die Tür, um zu lauschen, was drinnen vor sich ging. Außer einer Frauenstimme, die leise sprach, konnte ich nichts hören. Während ich angestrengt versuchte, irgendetwas davon zu verstehen, tippte mir jemand auf die Schulter. Vor Schreck schlug ich mit dem Kopf gegen die Tür und schrie laut auf. Die Krankenschwester war wie aus dem Nichts aufgetaucht.

Sie drückte sich an mir vorbei, öffnete die Tür und wollte mir den Vortritt lassen.

Eilig trat ich einen Schritt zurück, aber es war zu spät. Jens' Frau hatte mich bereits gesehen.

»Sie?«

Ich versuchte, einen Blick auf Jens zu erhaschen, neugierig, wie er auf mich reagieren würde, wenn ich schon wieder völlig unerwartet bei ihm auftauchte, aber sie versperrte mir die Sicht.

»Ich habe gehört, dass Herr Jäger einen Unfall hatte, und wollte mich erkundigen, wie es ihm geht«, stammelte ich verlegen. Es war ja auch ungemein glaubwürdig, wenn man mein Aussehen betrachtete. Ungewaschen, die Haare strubbelig vom Kopf abstehend, ohne Schminke, dafür mit tiefen Augenringen, mit einem Trenchcoat bekleidet und in Einweghausschuhen des Krankenhauses. Ich konnte förmlich ihre Gedanken lesen.

»Ich hatte ebenfalls eine kleine Unpässlichkeit und bin hier gelandet«, versuchte ich, mein desolates Aussehen zu erklären. »Eine Lebensmittelvergiftung«, fügte ich hinzu.

Sie sagte noch immer nichts. Sah mich nur mit dem gleichen, seltsamen Blick an.

»Muscheln. Muss wohl eine schlechte darunter gewesen sein.« Ich räusperte mich nervös. »Also dann …«, ich trat den Rückzug an. »Gute Besserung für Ihren Mann, Frau Jäger.«

»Hernández.«

»Wie bitte?«

»Mein Name ist Hernández, nicht Jäger.« Sie sprach Deutsch, als wäre es ihre Muttersprache.

»Verzeihung, ich dachte …«

»Sie denken richtig. Wir sind verheiratet, aber ich habe meinen Mädchennamen behalten. Klingt besser in Spanien als Jäger.« Sie trat nun ganz zu mir auf den Flur und schloss hinter sich die Tür.

Mir war nicht ganz klar, was das werden sollte. Wusste sie doch Bescheid? Würde sie mir hier auf dem Gang eine Szene machen?

Sie lehnte sich mit dem Rücken an die Wand und schloss für einen Moment die Augen. Sie wirkte erschöpft.

Ich hatte das Gefühl noch irgendetwas sagen zu müssen.

»Sie sprechen hervorragend Deutsch«, sagte ich daher und schickte mich an, von hier zu verschwinden. Was sagt man in so einem Moment? Grüße an Ihren Mann? Auf Wiedersehen? … Ganz gewiss nicht. »Adieu«, stammelte ich. Etwas Besseres fiel mir nicht ein. Ich kam ganze zwei Schritte weit.

»Mein Vater ist Spanier, die Mutter Deutsche«, vernahm ich ihre Stimme in meinen Rücken. Wir waren noch nicht fertig. Ich drehte mich wieder zu ihr um.

Jens' Frau stand selbstbewusst vor mir, die Arme verschränkt, und sah mich dabei fest an. Ihr Blick glich einer Kampfansage, als sie fortfuhr: »Genau umgekehrt wie bei uns. Unsere Tochter wächst ebenfalls zweisprachig auf. Das macht es einfacher im Leben, wenn man mehrere Sprachen spricht.«

»Sicher«, erwiderte ich verunsichert. Ich wollte mich gerne aus dem Staub machen, bevor es hier zu einem Eklat kam. Zum Streiten fehlte mir auch schlichtweg die Kraft. Eines brannte mir aber dennoch auf der Seele. »Wo haben Sie sich kennengelernt?«, wagte ich vorsichtig zu fragen.

Sie schien kurz zu überlegen und begann dann freimütig zu erzählen: »Jens' Arbeitgeber war auch für den Bau des Club del Mare zuständig«, begann sie. »Ich war vorher bereits für diese Hotelkette tätig und mir wurde die Stelle als Managerin für den Club in Aussicht gestellt. Bei der Endphase der Bauarbeiten gestattete man mir in gewissen Punkten ein Mitspracherecht bei der Gestaltung des Hotels. Ich konnte persönliche Wünsche und Anregungen einbringen. Dadurch lernte ich Jens näher kennen. Wir sind seit sieben Jahren verheiratet. Lara ist jetzt vier.«

Ich nickte stumm. Was hätte ich auch darauf sagen sollen? Sieben Jahre – er hatte die Affäre mit mir begonnen, als seine

Frau schwanger oder das Kind vielleicht gerade geboren war. Dazu fiel mir erst recht nichts mehr ein. Erneut wollte ich gehen, wieder hielt sie mich zurück.

»Sie liebt ihren Papa abgöttisch. Und er ist vernarrt in die Kleine. Wir waren immer sehr glücklich hier.« Ihre Miene ließ erkennen, dass sie dieses Glück mit allen Mitteln verteidigen würde. Wahrscheinlich schon wegen ihrer Tochter.

Ich wandte den Blick ab, nickte fast unmerklich. Von mir hatte sie jedenfalls nichts mehr zu befürchten. Ich war mit Jens durch. Um nichts in der Welt wollte ich ihn noch einmal zurückhaben. Noch nie zuvor hatte mich jemand so sehr enttäuscht wie er. Doch wie sollte ich ihr das erklären, ohne zu viel von unserer Vergangenheit preiszugeben? Während ich nach den richtigen Worten suchte, ließ die Anspannung bei Jens' Frau nach. Sie wirkte nun fast ein wenig zerbrechlich.

»Ich weiß nicht, was passiert ist. Wie das alles geschehen konnte.«

Ich hielt die Luft an. Sprach sie vom Unfall oder von Jens und mir? Zu feige, um sie darauf anzusprechen, wartete ich, was sie als Nächstes sagen würde.

»Nachdem er mit Ihnen nach draußen gestürmt ist, habe ich ihn nicht wieder gesehen. Erst als er bereits auf der Straße lag und man ihn versorgt hat. Er sah in diesem Moment so fremd aus. Nicht wie der Mann, mit dem ich so lange zusammen bin, und doch war da diese Verbundenheit einer langen Liebe. Verstehen Sie, was ich meine?«

Innerlich zerrissen, stimmte ich ihr stumm zu. Sie beschrieb exakt die Gefühle, die ich bei diesem verrückten Traum immer empfunden hatte. Und die ich vorgestern ebenfalls empfunden hatte. Dabei war es nie ein Traum, sondern eine Vorahnung gewesen. Eine unglaubliche Erfahrung im Nachhinein, denn ich sprach mir weder übersinnliche Kräfte zu, noch befasste ich mich mit derartigen Themen.

Ich rang innerlich mit mir. Diese Frau war eine unglaublich taffe Person, fand ich. Sollte ich ihr gestehen, dass Jens sie seit vier Jahren mit mir betrogen hatte, oder hatte sie gewusst, dass es mich gab? Was er trieb, wenn er nach München flog? Aber warum hätte sie sich das die ganzen Jahre über gefallen lassen sollen? Eine so attraktive Frau wie sie, finanziell mit Sicherheit unabhängig, bei diesem guten Posten. Sie hatte doch jede Menge Chancen, sowohl beruflich, als auch bei anderen Männern. Selbst mit einem Kind. Oder erduldete sie das alles nur wegen des Kindes? Liebte sie ihn so sehr, dass sie selbst eine Affäre akzeptierte, wenn er sie dafür nicht verließ? Ich würde es wohl nie erfahren. Und es hatte auch keine Bedeutung mehr für mich. Jens hatte seinen Zauber auf mich verloren. Unsere Zeit war unwiederbringlich vorbei. Es war gut, dass er hier lebte, denn so würden wir uns hoffentlich nie mehr wieder begegnen müssen.

»Ich wünsche Ihnen, dass alles wieder gut wird. Ich fliege heute Abend noch zurück nach Deutschland.« Sie sollte wissen, dass von mir keine Gefahr mehr für ihre Ehe bestand.

»Gut werden?« Sie sah mich zweifelnd an.

Sie wusste eindeutig Bescheid. Wie sonst hätte ich das deuten sollen. »Ich wollte mich eigentlich nur von Jens verabschieden. Unsere Wege werden sich hier trennen. Für mich stehen demnächst einige Veränderungen an, daher werden wir nichts mehr miteinander zu tun haben«, umschrieb ich es diplomatisch. »Aber vielleicht ist es besser, wenn er sich erst einmal von dem Unfall erholt. Am besten sagen Sie ihm gar nicht, dass ich hier war«, bat ich sie.

»Es würde ohnehin nichts bringen. Jens hat durch den Unfall sein Gedächtnis verloren. Die Ärzte denken zwar, es könnte wieder zurückkommen, aber sicher ist es nicht. Er braucht seine Familie, sein gewohntes Umfeld jetzt mehr denn je«, erklärte sie mir völlig emotionslos.

Ich konnte es nicht fassen. Dieser jämmerliche Mistkerl machte es sich wirklich verdammt einfach. So eine Frau hatte er in meinen Augen gar nicht verdient. Machte sich den Unfall zunutze, um so zu tun, als könne er sich an nichts mehr erinnern. Damit ging er geschickt einer Aussprache aus dem Weg. Er musste sich nicht erklären, geschweige denn entschuldigen, und sie konnte nun für ihn sorgen. Täte sie es nicht, war sie es, die das Gesicht verlor, denn niemand wusste von seiner Vergangenheit, seinem Verhältnis mit mir. Sie wäre die Böse, die ihren Mann verlässt, weil er krank war.

Chapeau, Herr Jäger! So viel Unverfrorenheit hätte ich Ihnen nicht zugetraut, denn dass Jens tatsächlich an Amnesie litt, kaufte ich ihm nicht ab.

»Sie können sich gerne selbst vom ihm verabschieden, wenn Sie wollen. Ich muss sowieso kurz telefonieren. Aber erwarten Sie nicht zu viel.«

»Danke.« Ich bewunderte sie aufrichtig für ihren Großmut.

Jens lag kraftlos in seinem Bett und sah mit ausdruckslosem Blick aus dem Fenster, als ich eintrat.

Wachsam beobachtete ich seine Reaktion auf mich. »Hallo Jens«, begrüßte ich ihn. Nichts. Keinerlei Gefühlsregungen. Nicht der geringste Anflug von Schreck, Wut oder Panik. Er zuckte noch nicht einmal zusammen, als er meine Stimme hörte.

Langsam drehte er den Kopf in meine Richtung. In seinem Gesicht spiegelten sich keine Emotionen. Jens sah mich an wie eine Fremde. Wie irgendeinen Menschen, der ihm auf der Straße begegnete. Ich wartete darauf, dass er etwas sagen würde, dass seine Maske zu bröckeln begann.

»Sophie«, stellte ich mich ungeduldig vor und setzte missmutig hinzu: »Du erinnerst dich an mich?« Das Theaterspiel konnte er gerne vor mir lassen. Es nervte mich unendlich. Doch von Jens kam weiterhin keine Reaktion. Es schien, als fühle er sich von mir gar nicht angesprochen, ja fast, als wäre ich gar nicht anwesend. Würde er nicht atmen, könnte man denken, es handele sich um eine Puppe.

»Ich habe gerade deine Frau kennengelernt und wir haben uns sehr gut unterhalten. Über sie, deine Tochter, über mich und natürlich auch über dich. Es war ein sehr interessantes Gespräch, vor allem so informativ! Ich denke, wir sind nun alle im Bilde.«

Keine Regung. Nicht einmal das lockte ihn aus der Reserve, wobei ich sicher war, dass seine Fassade spätestens dann zu bröckeln begann, wenn ich seine Familie erwähnte. Es schien zwar, als höre er, was ich sagte, doch die Worte oder deren Sinn kamen nicht in seinem Gehirn an. Stimmte das mit der Amnesie womöglich doch? Oder war er einfach nur ein brillanter Schauspieler?

»Ich glaube nicht, dass du weißt, was für ein verdammtes Glück du mit ihr hast.« Mit einem langen, letzten Blick nahm ich innerlich Abschied von ihm. Ohne einen Gruß verließ ich den Raum. Draußen atmete ich einmal tief durch.

Seine Frau wartete diskret zwei Türen weiter. Es war mir ein Bedürfnis, mich bei ihr zu verabschieden. Hätten wir uns unter anderen Umständen kennengelernt, ich glaube, wir hätten Freundinnen werden können. Da war eine gewisse Verbindung zwischen uns und die war nicht Jens. Ich ging zu ihr hinüber.

»Danke.« Es war nicht selbstverständlich, dass sie mir die Zeit für den Abschied gelassen hatte. Ich reichte ihr die Hand. »Alles Gute für Sie und Ihre Tochter.«

Sie erwiderte den Druck. »Das wünsche ich Ihnen auch.«

Ich würde wohl nie erfahren, ob sie über sein Doppelleben Bescheid gewusst hatte oder nicht. Aber es ging mich auch nichts mehr an.

Zurück in meinem Zimmer, zog ich die Kleidung an, die ich für den Rückflug eingepackt hatte. Es klopfte und mein deutschsprachiger Arzt trat ein. Er hatte einige Formulare bei sich, die ich noch unterzeichnen musste, bevor ich entlassen werden konnte. Dann ging ich hinunter ins Erdgeschoss, um auf Tine zu warten. Ich setzte mich in den Wartebereich vor der Anmeldung und blätterte lustlos in einer spanischen Illustrierten herum. Mehr, als die Bilder darin zu betrachten, ging jedoch nicht.

Immer wieder sah ich davon auf, versuchte meine Gedanken zu sortieren, um die letzten Stunden und Tage irgendwie zu begreifen. War ich so blind vor Liebe gewesen oder war Jens nur ein genialer Illusionist, der mir eine Welt vorgegaukelt hatte, die es in Wirklichkeit nicht gab?

In der Hoffnung, Tine zu erspähen, die mich abholen wollte, blieb mein Blick an einer eleganten älteren Dame hängen, die an der Anmeldung stand. Offensichtlich genervt von der Angestellten dort, die beschäftigt war, klopfte sie energisch mit ihrem Gehstock an den Tresen, um deren Aufmerksamkeit zu bekommen.

Schmunzelnd beobachtete ich über den Rand der Zeitschrift hinweg das Geschehen. Anscheinend erhielt sie dort nicht die gewünschte Auskunft, denn nun schimpfte sie lauthals los und forderte entschieden nach einem Vorgesetzten. Es dauerte ein paar Minuten, da tauchte mein Arzt auf. Ich merkte auch gleich warum, die Dame kam aus Deutschland. Da sich die Lautstärke bei der Alten nun deutlich gesteigert hatte, konnte ich nun auch problemlos verstehen, worum es bei diesem Disput ging. Sie war extra aus ihrer Heimat angereist, um jemanden zu besuchen, und nun ließ man sie nicht durch.

Aufgebracht wandte sie sich an den Arzt. »Ich verlange, dass Sie mich sofort zu seinem Zimmer bringen!«, forderte sie. »Mein Name ist Margot Jäger, ich bin seine Mutter!«

Mir klappte die Kinnlade nach unten. Die elegante Dame wirkte auf mich weder dement noch sonst in irgendeiner Weise gebrechlich. Von wegen, sie sei ein Pflegefall. Wer sich dieser Person in den Weg stellte, wurde selbst zu einem.

Es war wirklich höchste Zeit, von hier wegzukommen. Noch mehr Lügen konnte ich beim besten Willen nicht ertragen.

Kapitel 33

Ab dem Zeitpunkt, wo wir im Flieger saßen, kam das Selbstmitleid mit voller Wucht zurück. Die ersten tausend Flugmeilen heulte ich durch, dann schlief ich wie erschlagen ein und wachte erst beim Landeanflug auf Düsseldorf wieder auf. Den kurzen Aufenthalt bis zum Weiterflug verbrachte ich wie in Trance und sobald ich wieder im Flugzeug saß, schlief ich weiter oder heulte. Dass es bei unserer Ankunft in München wie aus Kübeln goss, passte genau zu meiner Stimmung. Wie ein Schaf trottete ich hinter Tine her, die mich nach Hause brachte.

»Kannst du nicht heute Abend bei mir bleiben?«, bettelte ich, als das Taxi vor meinem Haus hielt. Der Fahrer warf mir durch den Rückspiegel einen wissenden Blick zu. Es war mir egal, was er dachte.

Tine schüttelte energisch den Kopf. »Tut mir leid, Süße, aber erstens bin ich heute Abend noch verabredet, zweitens muss ich im Gegensatz zu dir morgen früh wieder zur Arbeit und drittens, je eher du die Sache verarbeitest, umso besser für dich. Sei doch mal ehrlich, es ändert sich doch gar nicht so viel für dich. Du warst sowieso die meiste Zeit allein zu Hause. Zwei Tage im Monat und dazu noch ein paar Telefonate – du schaffst das schon.«

Ich umarmte sie, bevor ich ausstieg. »Danke für alles.«

»Sophie! Kopf hoch, das wird schon wieder.«

Das Taxi fuhr los. Ich sah ihm nach, bis es aus meinem Blickfeld verschwunden war, dann ging ich hinein. Ich vertraute nicht darauf, dass alles bald wieder gut werden würde.

Sogar die Stufen knarzten heute anders, schwermütig, wie meine Schritte, mit denen ich mich nach oben zog. Ich holte den Schlüssel aus der Tasche und sperrte die Wohnungstür auf. Es roch verlassen. Der Duft von Einsamkeit schlug mir entgegen. Meine Wohnung war immer noch dieselbe wie die, die ich am Donnerstag verlassen hatte, aber ohne Jens fühlte sie sich so furchtbar leer an, auch wenn er kaum hier gewesen war, wie Tine richtig bemerkt hatte. Aber bisher war es unsere Wohnung gewesen, wenn ich davon sprach. Nun war es wieder meine. Den Koffer ließ ich im Flur stehen. Dann ging ich nacheinander jedes einzelne Zimmer ab. Es war, als beträte ich die Wohnung zum ersten Mal. Ich suchte nach Spuren von Jens, nach Sachen, die ihm gehörten. Doch es gab nichts. So sehr ich mich bemühte, etwas zu finden, nichts in dieser Wohnung war von ihm. Es gab keine Kleidungsstücke von ihm, keine CD und keinen Film, den er gekauft hatte. Keines der Einrichtungsgegenstände trug seine Handschrift, denn es gab nichts, was wir zusammen in dieser Wohnung eingerichtet hatten. Alle Dinge, die Jens je gekauft oder mitgebracht hatte, waren vergänglich gewesen. Wein, Oliven, Pralinen, hie und da mal eine Rose für mich. Sogar seine Zahnbürste und das Aftershave hatte er sorgsam eingepackt, wie alle Gepäckstücke, die er bei seinen Besuchen dabeihatte. Bis heute hatte ich nie verstanden, warum er darauf so pedantisch bedacht war. Nun wusste ich es.

Ich erinnerte mich an die Szene, die er mir gemacht hatte, als ich seine Jeans gewaschen hatte. Er hatte Angst, bei seiner Frau aufzufliegen, wenn er mit gewaschenen Sachen nach Hause kam. Dieser Mistkerl! Jetzt machte das alles einen Sinn.

Jens war nicht weg. Er war niemals richtig hier gewesen. Er war hier immer nur auf der Durchreise gewesen.

Erschöpft ließ ich mich auf mein Bett fallen. Die Schuhe streifte ich einfach von den Füßen. Sie fielen zu Boden. Schon wieder vergoss ich Unmengen an Tränen für einen Mann, der es nicht wert war. Aber ich konnte nichts dagegen tun. Der Mensch besteht zu über neunzig Prozent aus Flüssigkeit. Fünfzig Prozent davon mussten bei mir Tränen sein. Trauern macht müde und schon bald fielen mir die Augen zu. Ich sank in einen tiefen, traumlosen Schlaf und wachte erst am nächsten Morgen wieder auf. Meine Straßenkleidung hatte ich immer noch an. Ich drehte mich von einer Seite des Bettes auf die andere und wieder zurück. Auch wenn mich die Sachen im Schlaf nicht gestört hatten, jetzt fand ich sie unangenehm. Aber zum Aufstehen, Auswaschen und Umziehen fehlte mir der Elan. Ich zog mir die Decke über den Kopf und vergrub mich darunter, bis ich irgendwann zur Toilette musste. Ich vermied es, in den Spiegel zu sehen, eine Morgentoilette fand ich ebenfalls überflüssig. In meinem Zustand würde ich heute sowieso nicht vor die Tür gehen. Sogar zum Kaffeekochen war ich zu erschöpft. Stattdessen nahm ich eine Flasche Orangensaft aus dem Schrank und setzte sie an die Lippen. Dann schlurfte ich niedergeschlagen zurück ins Schlafzimmer. Bevor ich mich das nächste Mal auf mein Bett legte, zog ich zumindest die Jeans aus. Mehr war nicht drin. Ich heulte ein wenig vor mich hin und ertrank im Selbstmitleid.

Im nächsten Moment wandelten sich die Trauer und der Schmerz in grenzenlose Wut. So ging es ständig hin und her, dazwischen schlief ich immer wieder ein paar Stunden.

Es dämmerte bereits, als ich erneut erwachte, weil jemand an meiner Tür klingelte. Ich beschloss nicht zu öffnen. Ich hatte keine Lust auf Gesellschaft, wollte niemanden sehen oder hören. Nur Dunkelheit und Stille ertrug ich. Derjenige war allerdings ziemlich hartnäckig, doch nach einigen erfolglosen Versuchen gab er endlich auf. Dafür begann wenig später mein Handy zu vibrieren. Ich ignorierte auch das. Konnte derjenige mich nicht einfach in Ruhe lassen? Für einen kurzen Augenblick schien es, als habe er kapiert, dass niemand da war. Doch dann begann jemand laut und rücksichtslos an meine Tür zu hämmern und eine altbekannte Stimme brüllte das ganze Haus zusammen.

»Wenn du nicht augenblicklich öffnest, Sophie, trete ich diese Tür ein!«

So einer charmanten Aufforderung konnte ich mich unweigerlich nicht widersetzten. Außerdem wollte ich nicht, dass die Nachbarn die Polizei riefen.

Freddy lehnte völlig außer Atem, eine Hand am Türrahmen abgestützt, im Flur. Die andere hob er mir abwehrend entgegen. »Deinetwegen bin ich gerade um Jahre gealtert«, beschwerte er sich. Wie um das zu unterstreichen, schlurfte er an mir vorbei, als ob es ihn die letzte Kraft kostete, und ließ sich völlig erschöpft auf die Wohnzimmercouch sinken. »Tu das nie wieder!«

»Was denn?«

»Was?« Freddys Kopf schoss empört hoch. »Was denn?«, äffte er mich ungläubig nach. »Ich stehe hier, komme extra vorbei, um dich zu trösten, und du öffnest nicht einmal. Ich hatte alle möglichen Bilder vor Augen. Dass du Tabletten genommen oder in der Badewanne die Pulsadern aufgeschnitten hast …«, zählte er völlig außer sich auf.

»Ich habe gar keine Badewanne«, sagte ich. Er übertrieb wie immer maßlos. Aber seine Sorge rührte mich dennoch. »Es tut mir leid, dass du dir solche Sorgen um mich gemacht hast. Das wollte ich nicht.« Ich kniete mich neben ihn vor die Couch und streichelte über seinen Kopf.

Freddy setzte sich auf und musterte mich lange. Dann fuhr er mit wesentlich ruhigerer Stimme fort: »Tine hat mir alles erzählt, Schätzchen. Ich bin dermaßen enttäuscht, dass wir uns so in ihm getäuscht haben. Das hätte ich nie von Jens für möglich gehalten. Er war ja nie unbedingt das, was man einen geselligen Typen nennt, aber du warst glücklich mit ihm und wir haben das alle akzeptiert. Aber dass er dich nach Strich und Faden belügt und betrügt, hätte ich ihm niemals zugetraut. Was denkt er eigentlich, wer er ist! Eine Frau wie dich bekommt man doch nicht alle Tage.« Freddy redete ohne Punkt und Komma.

Es tat gut, wie er mich verteidigte.

»Ich habe selbstredend alle meine Verabredungen für die nächste Zeit gecancelt, als ich das erfahren habe. Nachdem ich vorhin mit Tine telefoniert habe und sie mir geschildert hat, wie es dir geht, bin ich sofort hierher geeilt, aber du hast mir nicht geöffnet. Da dachte ich zuerst, du bist vielleicht zum Einkaufen gegangen. Frustshopping soll durchaus sehr heilsam sein. Dann habe ich bei dir angerufen, aber du gehst ja nicht einmal ans Telefon. In meinem Kopf haben sich Horrorszenarien abgespielt. Ich weiß doch, wie es sich anfühlt, verlassen zu werden. Es bricht dir das Herz.« Theatralisch ließ Freddy den Kopf zurück auf die Couch sinken und vergoss solidarisch mit mir ein paar Tränchen. Ich setzte mich zu ihm auf die Kante. Ich war mir gerade nicht mehr sicher, ob er aus Mitleid für mich oder wegen seines eigenen Kummers jetzt eben so sentimental war.

»Kannst du dann nicht verstehen, dass ich ein wenig für mich sein muss, um damit klarzukommen?«, fragte ich sanft.

Seine Lebensgeister erwachten wieder. »Auf keinen Fall!« Freddy fuhr hoch und war wieder ganz der Alte. Als hätte man einen Schalter umgelegt. »In so einem Fall braucht man seine Freunde mehr denn je. Die Einsamkeit ist das Schlimmste nach einer Trennung. Glaub mir, Schätzchen, ich weiß, wovon ich spreche. Was du jetzt brauchst, ist jemand, der dich aufmuntert. Der dich mitreißt. Ich werde mich in der nächsten Zeit höchstpersönlich um dich kümmern!« Er sprang mit einem Satz von der Couch hoch und klatschte voller Tatendrang in seine Hände. »Zuallererst werden wir die Überreste dieser unsäglichen Verbindung aus deiner Wohnung verbannen. Nichts soll dich mehr an diesen Schuft erinnern.«

»Und, wie willst du das anstellen?«, erkundigte ich mich gespannt.

»Wir schmeißen alles weg, was ihm gehört. Bring mir einen Müllsack!« Freddy sah sich suchend im Zimmer danach um, was er eintüten konnte.

Ich lehnte mich entspannt auf dem Sofa zurück und verschränkte die Arme. »Das kannst du dir sparen.«

»Ach, das hast du bereits? Respekt!« Freddy klatschte sichtlich beeindruckt Beifall. »Diese Konsequenz hätte ich dir gar nicht zugetraut. Schmeiß ihn aus deinem Leben. Wirf alle Erinnerung auf den Müll. Er war es nicht wert.«

»Ich kann nichts wegwerfen, weil in meiner Wohnung nichts existiert, was Jens gehört hat«, betonte ich mit Nachdruck.

Es dauerte einen Moment, bis Freddy diese Information kapierte. »Du meinst, er hat jedes kleinste Teil mitgenommen? Immer?«, frage er perplex.

Ich nickte. »Du müsstest mich einer Gehirnwäsche unterziehen. Alles, was von ihm noch übrig ist, ist die Erinnerung an ihn. Wie wir zusammen gekocht haben, unsere Fernsehabende auf der Couch. Das Kissen im Schlafzimmer riecht noch nach ihm.«

Überhaupt das Schlafzimmer. Wie viele Stunden hatten wir zusammen im Bett verbracht. Aus und vorbei. Da waren sie wieder, die Tränen. Verstohlen wischte ich sie mit dem Handrücken weg.

Freddy dachte pragmatisch. »Dann lass uns das Schlafzimmer rauswerfen. Den Ort der Erinnerung entsorgen!« Er stemmte sich die Hände in die Seiten und wartete nur auf mein Okay.

»Bist du verrückt? Und wo soll ich schlafen?«

»Wir fahren zu Ikea und kaufen dir was Neues«, beschloss er kurzerhand.

»Und danach werden wir die ganze Wohnung renovieren«, beschloss Freddy enthusiastisch. »Glaub mir, danach fühlst du dich viel besser. Neue Möbel, neue Farben – ein neues Leben!« Freddy strahlte, als habe er die Welt neu entdeckt. Das war ganz nach seinem Geschmack. »Und die Arbeit lenkt dich von deiner Trauer ab.«

»Du bist verrückt«, sagte ich. »Weißt du, was das kostet? Ich habe vor Kurzem ein kleines Vermögen für Kleidung ausgegeben. Erinnerst du dich? Du warst dabei. Ich werde hier nichts übers Knie brechen, was ich vielleicht hinterher bereue.«

Freddy sah mich enttäuscht an.

»Ich muss das alleine schaffen«, sagte ich. »Andere können das doch auch. Ich bin nicht die Erste, die so etwas durchmacht.

Dir ist das doch auch schon oft passiert und du kommst immer wieder drüber hinweg.«

Freddy sank plötzlich in sich zusammen. »Stimmt«, sagte er in sich gekehrt. »Aber diesmal, bei Kläuschen, fühlt es sich ganz anders an. Ich glaube, er war der Richtige für mich.«

»Wir müssen eben beide lernen, mit einer Trennung zurechtzukommen«, sagte ich leise.

Ich fühlte mich wieder müde und k. o. und wollte mich viel lieber zurück in mein kuscheliges Bett verkriechen und Trübsal blasen, als hier über meine Zukunft nachzudenken.

Freddy kam langsam mit einem ernsten Gesichtsausdruck auf mich zu. Dann hob er mit der Hand mein Gesicht in die Höhe, damit ich ihn anschauen musste.

»Schätzchen, du hast dich nicht einfach so getrennt«, erklärte er mit sanfter Stimme. »Das Schicksal hat dich ohne Vorwarnung mit der Hölle konfrontiert. Der Mann, mit dem du dein Leben teilen wolltest, hat dich brutal abserviert. Ihr hattet euch nicht einfach so auseinandergelebt, du wolltest für eine gemeinsame Zukunft mit ihm hier alles zurücklassen. Sogar uns, deine engsten Freunde, weil er dir wichtiger war als alles andere. Aber du warst von jeher nur die Zweitbesetzung, hattest nie eine reelle Chance, die erste Geige zu spielen. Und wärst du ihm jetzt nicht dummerweise auf die Schliche gekommen, wäre das womöglich noch ewig so weitergegangen. Er hätte immer eine Ausrede gefunden und du hättest ihm bedingungslos geglaubt. Du hättest deine besten Jahre an ihn vergeudet. Das ist ein himmelweiter Unterschied. So etwas steckt man nicht von heute auf morgen weg.«

Die Tränen verschleierten mir die Sicht. Freddy nahm mich fest in seine Arme und wiegte mich darin, wie ein kleines Kind. Minutenlang blieben wir eng umschlungen auf der Couch sitzen.

»Warum kannst du nicht hetero sein?«, schluchzte ich nach einiger Zeit, den Kopf an seine Schulter gelegt.

»Nobody is perfect!«, erwiderte Freddy und grinste mich an. »Aber glaub mir, Herzchen, du wärst meine erste Wahl.« Er hielt kurz inne, »oder Tine! Da bin ich mir nicht ganz sicher. Aber eine von euch beiden auf jeden Fall.«

Ich boxte ihn leicht in die Seite.

»Was hältst du davon, wenn ich heute bei dir bleibe?«, bot er sich an. »Ich könnte uns was Schönes kochen, wir trinken ein Glas Wein zusammen und schauen Filme, was denkst du?«

Ich lächelte ihn unter Tränen an. »Genau in dieser Reihenfolge bitte. Das wäre toll.«

»Dann schlage ich vor, du nimmst jetzt ein schönes, heißes Bad, und ich suche so lange in deiner Küche nach etwas Essbarem.«

»Ich habe keine Badewanne!«, erinnerte ich ihn.

Theatralisch verdrehte er die Augen. »Ich könnte niemals in einer Wohnung ohne Wanne leben. Es gibt doch nichts Erholsameres als ein heißes Schaumbad bei Kerzenlicht. Grundgütiger, dann geh duschen, das entspannt auch. Zieh dir danach etwas Bequemes an und mach es dir auf der Couch gemütlich. Und stör mich jetzt nicht. Der Maître muss in sich gehen.«

Zwanzig Minuten später fand ich mich in Jogginghose und T-Shirt wieder in meinem Wohnzimmer ein. Freddy musste in der Zwischenzeit gezaubert haben. Der Raum war abgedunkelt, nur kleine Kerzen brannten auf dem Tisch. Er hatte das Besteck bereits aufgelegt. In den Gläsern schimmerte Rotwein, einzig die Teller fehlten noch.

»Kann ich dir helfen?«, rief ich in Richtung Küche.

»Komme gleich«, flötete er zurück. »Nur noch ein paar Minütchen. Du kannst schon mal den Wein vorkosten.«

Kurze Zeit später erschien er, die dampfenden Teller in den Händen. »Ich will dir ja nicht zu nahe treten, aber mit deinem Vorrat an Lebensmitteln würdest du mich auch in die Flucht schlagen. Eine echte Herausforderung für jeden Koch. Wovon ernährst du dich eigentlich?«

»Wenn ich alleine bin, macht es wenig Sinn für mich, den Herd anzuschmeißen. Meistens schmiere ich mir ein Butterbrot, esse Wurst oder irgendein Fertiggericht aus der Dose. Manchmal hole ich mir auch einen Döner unten an der Ecke oder was von der Frittenbude.« Ich versuchte, einen Blick auf die Teller zu erhaschen. »Es riecht köstlich, was gibt es denn?«

»Spaghetti à la Freddy.« Er hatte die Nudeln mit dem Rest Pesto, das noch im Kühlschrank vor sich hin vegetierte, verfeinert, getrocknete Tomatenstücken und kleine Paprikawürfel darüber gegeben. Eine feine Knoblauchnote stieg mir in die Nase. Und scheinbar hatte er auch noch einen Rest Parmesan entdeckt und damit das fertige Gericht abgerundet.

Freddy stellte einen Teller vor mir ab und seinen daneben. »Buon appetito!«

Es schmeckte köstlich. Ich tupfte mir mit der Serviette den Mund ab und prostete Freddy zu. »Auf den Koch. Es ist echt Wahnsinn, was du aus den wenigen Sachen gezaubert hast.«

Er bekam rosige Wangen, freute sich aber wie Bolle, dass es mir schmeckte.

»Welchen Film wollen wir eigentlich gucken?«, fragte er.

Großzügig überließ ich ihm die Auswahl des Streifens. Freddy kniete sich vor die TV-Bank und begutachtete die spärliche Auswahl. »Hast du keinen Gruselschocker?«, fragte er beinahe ein wenig enttäuscht.

Ich verschluckte mich und musste husten. »Leider nein.«

»Einen Thriller? Oder sonst irgendwas Brutales?«

Wieder schüttelte ich den Kopf. »Seit wann bist du denn so blutrünstig?«

»Gar nicht, aber ich fand es dem Anlass entsprechend angemessen. Irgendeine Liebesschnulze ist doch wirklich blöd, jetzt, wo du gerade eine Trennung hinter dir hast. Dann bist du wieder deprimiert und heulst. Und ich heule mit, aus Solidarität. Der Filmabend soll dich doch ablenken und aufmuntern.«

Er war so süß. Aber diese Art Filme sah ich mir gar nicht an. Ich setzte mich neben Freddy auf den Boden und studierte selbst die Sammlung. Eigentlich blieb nur ein Film übrig, aber ob der das Richtige war? Vorsichtig zog ich die Hülle heraus und hielt sie ihm unter die Nase. Freddy stieß begeistert einen schrillen

Schrei aus. »Ah! Ich liebe diesen Film. Robin Williams war so ein großartiger Darsteller. Ein Jammer, dass er nicht mehr unter uns weilt. Schätzchen, das ist genau der richtige Streifen für uns beide. Die Show kann beginnen!«

Kapitel 34

Fast zwei Stunden später flimmerte der Abspann von *The Birdcage* über den Bildschirm. Freddy und ich sangen *We are family* mit und tanzten auf der Couch, als die Darsteller über die Bühne des Nachtclubs ihren Verfolgern entkamen. Hätte mir gestern oder heute Nachmittag jemand gesagt, dass ich am Abend lachen und singen würde, ich hätte ihn für verrückt erklärt. Aber mein skurriler Freund mit seinen bizarren Ideen tat mir wirklich gut. Spontan drückte ich ihm einen Kuss auf die Backe.

»Danke Freddy, das hat wirklich gutgetan.«

»Was hältst du davon, wenn wir noch auf einen Absacker zu Barnie gehen?«, fragte er plötzlich und blinzelte mich erwartungsvoll an.

In die Kneipe? »Ich weiß nicht so recht …« Ich zögerte. So gut fühlte ich mich doch noch nicht.

»Ach komm schon«, bettelte er. »Nur auf ein Getränk.«

Ich weiß nicht warum, aber ich willigte ein. »Ich muss mich aber noch ein wenig herrichten«, sagte ich. »So kann ich nicht gehen« wies ich auf meinen Schlabberlook hin.

Freddy bot sich an, in der Zwischenzeit das Geschirr zu spülen.

Ich schlüpfte in ein paar frische Jeans und ein Top mit breiten Trägern. Darüber zog ich einen leichten, weiten Pulli. Bis auf etwas Wimperntusche verzichtete ich auf Make-up. Meine zerzausten Haare zupfte ich rasch mit den Fingern zurecht. Nun nur noch die Zähne putzen, dann war ich startklar.

Freddy stellte gerade den Topf in den Schrank. »Bist du so weit?«, erkundigte er sich.

Bereits unter den Rauchern vor der Tür fand Freddy einige Bekannte. Ich zog ihn energisch mit mir in die Kneipe hinein.

Das Barnies war proppenvoll, es gab fast kein Durchkommen mehr. Wir schlängelten uns an der langen Theke vorbei bis zu unserem Stammplatz, der natürlich ebenfalls besetzt war.

Ich schlüpfte aus meinem Pullover, für den es hier drinnen viel zu warm war.

»Möchtest du was trinken?«, rief mir eine Stimme entgegen. Ich drehte mich zum Tresen und zuckte zusammen. Phil!

»Was machst du denn hier?«, rief ich ihm zu.

Er grinste mich herausfordernd an. »Dasselbe könnte ich dich auch fragen.«

»Ich bin hier Gast«, konterte ich frech.

»Und ich bin hier Sohn!«, schoss er im gleichen Ton zurück.

»Wie bitte?« Ich hatte mich wohl verhört.

Barnie stand plötzlich neben Phil und legte ihm den Arm um die Schultern. »Sie nimmt ein Bier und einen Kurzen«, sagte er zu Phil und an mich gewandt: »Ihr habt euch wohl schon kennengelernt?«

»Äh, ja?!« Ich war mir gerade nicht sicher, ob er wusste, dass Phil und ich schon eine Nacht miteinander verbracht hatten. Ich zwängte mich zwischen zwei Gäste an die Theke, damit ich mich besser mit ihm unterhalten konnte.

Barnie klopfte ihm zufrieden auf den Rücken. »Schön. Phil jobbt hier für ein paar Wochen bei mir, bis er genug Geld für seinen Barkeeper-Kurs an einer der renommiertesten Schulen in Barcelona zusammen hat.«

»Ach so.« Ich lachte. »Ich hatte verstanden, er wäre dein Sohn.«

»Ist er auch.« Barnie grinste, schlug seinem Sohn noch einmal kumpelhaft auf den Rücken und wandte sich wieder den anderen Gästen zu.

»Stammgast, hm?« Phil beugte sich zu mir hinab. »Also ein Bier und einen Korn, wie immer?«

»Nur das Bier, bitte.«

Freddy tauchte neben mir auf. »Für mich auch eines, Phil!«, rief er.

Phil quittierte es mit Daumen hoch.

»Du kennst ihn?«, fragte ich überrascht.

»Natürlich. Phil ist Barnies Sohn«, sagte er.

»Ich weiß. Und er macht demnächst in Barcelona eine Ausbildung zum Barkeeper«, fügte ich hinzu, um ihm zu zeigen, dass ich ebenfalls im Bilde war.

Freddy machte eine abwehrende Handbewegung. »Quatsch. Phil studiert Publizistik- und Kommunikationswissenschaften in Berlin«, informierte er mich.

»Aber …«

»Die interessantesten Geschichten erfährst du meistens an der Bar. Und die größten Deals werden dort ebenfalls ausgehandelt«, sagte Phil, der zurückgekommen war und den letzten Teil der Unterhaltung mitbekommen hatte. »Ein zweites Standbein kann außerdem nie schaden. Vor allem dann nicht, wenn der Vater eine eigene Kneipe besitzt.« Er zwinkerte verschwörerisch.

Der Platz neben mir war frei geworden und ich schwang mich auf den Hocker. Freddy stellte sich neben mich. Wir wollten gerade mit unserem Bier anstoßen, da wurde er plötzlich kreidebleich.

»Was ist los?«, fragte ich besorgt. »Ist dir nicht gut?«

»Da ist Klaus«, hauchte er und vermied diesmal die Verniedlichung des Namens.

Ich sah über meine Schulter und entdeckte ihn ebenfalls. Klaus winkte mir fröhlich zu, doch sein Lächeln wurde eine kleine Spur traurig, als er Freddy sah.

»Geh hinüber. Rede mit ihm«, stupste ich Freddy an.

»Ich weiß nicht.« Der Mann mit der großen Klappe war auf einmal schüchtern und unsicher. »Vielleicht will er mich gar nicht sehen«, argwöhnte er.

»Dann wäre er nicht hier, sondern hätte eine andere Kneipe gewählt.« Erneut sah ich hinüber. Klaus unterhielt sich mit einem Mann, aber es war unschwer zu erkennen, dass er immer wieder in unsere Richtung blinzelte.

»Freddy, das ist deine letzte Chance«, warnte ich meinen Freund. »Wenn du diese Gelegenheit nicht nutzt und mit ihm sprichst, ist es ein für alle Mal vorbei. Da bin ich mir sicher.«

Diese Drohung zeigte Wirkung. Freddy trank einen großen Schluck von seinem Bier. Dann nahm er seinen ganzen Mut zusammen und ging zu Klaus.

»Toi, toi, toi!« Ich wünschte den beiden wirklich Glück und eigentlich war ich seit dem Gespräch mit Klaus von damals ziemlich zuversichtlich, dass es mit den beiden noch nicht ganz vorbei war. Von meinem Stuhl aus sah ich, wie sie sich in eine ruhigere Ecke des Lokals verzogen und miteinander sprachen. Das war schon mal ein guter Anfang. Die beiden blieben sehr lange verschwunden. Ich trank derweil in Ruhe mein Bier aus und beobachtete dabei die anderen Gäste des Lokals.

Vor der Tür zu den Toiletten lief ich etwas später Klaus in die Arme, der eben von dort kam. Wir begrüßten uns herzlich.

»Freddy gibt sich wirklich große Mühe«, flüsterte er mir zu, als er mich umarmte. »So ruhig und offen wie heute, konnten wir, glaube ich, noch nie miteinander reden. «

»Gibst du ihm noch eine Chance?«, erkundigte ich mich hoffnungsvoll.

»Sagen wir mal so, wenn er so weitermacht, sind wir auf einem guten Weg, es noch mal miteinander zu versuchen.« Er wirkte erleichtert. »Es ist ja nicht so, dass ich ihn nicht auch vermisse.«

»Ich würde mir so für euch wünschen, dass ihr wieder zusammenkommt. Redet miteinander und macht das Beste daraus, beide«, bat ich ihn.

»Wie gesagt, wir sind auf einem guten Weg. Wie geht es dir?«

»Ich setze einen Schritt vor den anderen und warte darauf, bis es irgendwann nicht mehr wehtut.«

Klaus nickte wissend. Er drückte meinen Arm. »Du schaffst das!«, sagte er zuversichtlich.

»Sophie, ich würde gerne noch ein wenig länger mit Freddy reden. Es läuft gerade so gut. Ich weiß, ihr seid zusammen hier und er hat versprochen, heute Nacht bei dir zu schlafen.«

Ich winkte ab. »Das muss er nicht. Wirklich, ich komme alleine zurecht.«

»Okay, aber ihr seid miteinander gekommen und er will dich bestimmt heimbegleiten. Lässt du uns noch ein wenig Zeit?«

»Natürlich.« Ich sah auf die Uhr. »Ich geh jetzt aufs Klo und bestell mir dann noch mal was zu trinken. Dann möchte ich aber gerne gehen. Ist das okay für dich?«

Klaus nickte. Dankbar küsste er mich auf die Wange und eilte zurück zu Freddy.

Ich atmete durch. Zumindest dieses Drama schien sich in Wohlgefallen aufzulösen.

Eine halbe Stunde später war mein Bedarf an Flüssigkeit restlos gedeckt. Auch wenn ich mich sehr freute, dass Freddy und Klaus wieder den Weg zueinander gefunden hatten, irgendwann wollte ich dann aber doch mal nach Hause.

Ich drehte mich auf meinem Stuhl und suchte mit den Augen die Kneipe nach den beiden ab, konnte sie jedoch nirgendwo entdecken. Dann musste ich den Heimweg eben doch alleine antreten. Freddy würde ich eine Nachricht schicken, damit er sich keine Sorgen machte.

Ich deutete Phil an, dass ich zahlen wollte. Als er mit der Geldbörse vor mir stand, winkte ich ihn mit dem Zeigefinger zu mir herunter. Das, was ich ihn fragen wollte, ging nur uns beide etwas an.

»Weiß dein Vater, dass du und ich … also, dass wir …?«

Phil beugte sich bis dicht an mein Ohr. »Du meinst unsere gemeinsame Nacht?«, sagte er bedeutsam.

Ich schluckte, zog meinen Kopf zurück, damit ich ihn ansehen konnte, und nickte verlegen.

Phil entblößte eine Reihe schneeweißer Zähne, als er mich breit angrinste. »Sophie, keep cool – es ist überhaupt nichts passiert.«

»Ist es nicht!«, rief ich erleichtert laut auf, wurde aber sofort wieder leise. »Ich dachte, weil du und ich … weil wir beide ja … praktisch nackt …!«

»Du bist doch nicht prüde, oder?« Phil hob belustigt die Augenbrauen. »Wir haben einfach nur im selben Bett gelegen. Ich schlafe doch nicht mit einer Frau, die nicht mehr merkt, was sie tut«, fügte er fast empört hinzu.

»Sicher?«, hakte ich noch mal nach.

»Ganz sicher. Ich wollte einfach nicht, dass du alleine bist, falls du kotzen musst und Hilfe brauchst. Du warst immerhin ganz schön zugedröhnt«, sagte er, warf mir eine Kusshand zu und verabschiedete sich. »Wir sehen uns. Und wenn du mal wieder Bedarf hast …«

»Danke. Ich glaube, das bleibt eine einmalige Erfahrung für mich.« Erleichtert rutschte ich vom Barhocker, drehte mich um und stolperte genau in Carstens Arme, der mich geschickt auffing. »Was tust du denn hier?«, entkam es mir.

»Freddy schickt mich. Er bat mich, dich nach Hause zu bringen. Wie es aussieht, haben er und Klaus sich wieder versöhnt.«

Ich atmete erleichtert auf. »Gott sei Dank.«

»Dass ich dich nach Hause bringe oder dass sie sich versöhnt haben?«, fragte er und deutete ein Lächeln an.

»Letzteres!«, entgegnete ich und wollte an ihm vorbei.

»Sophie?« Er hielt mich zurück. »Könnten wir beide das nicht auch?« Um seine braunen Augen lag ein wehmütiger Zug.

Rasch wich ich seinem Blick aus und nickte.

»Darf ich dich nach Hause begleiten?«, fragte er sanft.

»In Ordnung.« Ich winkte Barnie zum Abschied zu und lief hinter Carsten her zum Ausgang, wo er mir die Tür aufhielt.

Die Luft hatte sich abgekühlt. Ich nahm den Pulli ab, den ich mir locker um die Hüften gebunden hatte, und schlüpfte hinein.

Carsten wartete auf mich, bis ich fertig war, dann schlenderten wir schweigend nebeneinanderher. Er hatte seine Hände in den Hosentaschen vergraben. Ich wusste nicht, ob er darauf wartete, dass ich das Gespräch begann, und ich hatte auch keine Ahnung, wie ich anfangen sollte. Also schwiegen wir weiter. Nach einer Weile kickte er eine leere Coladose, die auf dem Weg lag. Sie rollte mir quer vor die Füße, ich kickte zurück. Es ging ein paarmal hin und her, bis er plötzlich stehen blieb.

»Es war nicht richtig von mir, dir das alles einfach so vor die Füße zu werfen, damals auf der Hochzeit«, sagte er.

Ich kaute schweigend auf meiner Unterlippe herum.

»Ich weiß auch nicht, was mich da geritten hat.«

»Du hast mich damals sehr verletzt«, sagte ich.

»Ich weiß. Und das tut mir leid. Es ging mich überhaupt nichts an, nur …« Carsten starrte auf seine Schuhspitzen und scharrte mit ihnen über den Boden. Dann hob er den Blick und sah mich an. »Weißt du – ich mag dich wirklich sehr gerne«, sagte er und machte einen Schritt auf mich zu.

Wäre er frei gewesen, hätte ich das feine Kribbeln, das sich bei mir einstellte, so wie er mich ansah, durchaus zugelassen. Aber Carsten war nicht frei. Er gehörte zu Tine und sie war meine beste Freundin. »Ich mag dich auch, Carsten«, sagte ich ohne besondere Emotion, sodass er verstand, dass ich ihn nur als Freund sah. »Und du hattest ja leider recht mit dem, was du über Jens gesagt hast. Er hat mich tatsächlich die ganzen Jahre über belogen.«

»Dieser hinterhältige …«, presste er durch seine Zähne, dann riss er sich zusammen. »Tut mir leid. Es geht mich nichts an. Ich frage mich nur …?«

Aufmunternd sah ich ihn an. »Ja?«

»Wie konntest du ihm so lange vertrauen? Wieso hast du nie etwas davon bemerkt?«

»Er war geschickt. Ein Blender. Er konnte mich einfach perfekt täuschen. Ich war so sehr in ihn verliebt. Und unsere gemeinsamen Wochenenden waren etwas ganz Besonderes für mich. Er war für mich wie …«

»Buttercremetorte«, sagten wir beide wie aus einem Mund. Wir sahen uns an und lachten los. Es war ein entspanntes Lachen. Das erste Mal zwischen uns nach langer Zeit.

Ich dachte nach. »Wer hat das noch mal gesagt?«

»Meine Oma«, sagte Carsten.

»Ja genau!«, stimmte ich ihm zu. »Aber ich habe nicht gemerkt, dass er keine richtige Buttercremetorte war, sondern nur ein billiges Imitat«, führte ich die Metapher fort. »Woher wusstest du das eigentlich, ich meine, dass Jens …«

Carsten rang ein wenig mit sich, ehe er mir eine Antwort gab. »Es gab da ein paar Dinge, die du mir erzählt hast, die einfach nicht zusammengepasst haben«, begann er vorsichtig.

Ich war überrascht. »Zum Beispiel?«, hakte ich nach.

»Zum Beispiel dieses Unwetter damals, erinnerst du dich? Als wir auf Teneriffa waren und er keine Zeit für dich hatte. Er hatte behauptet, die Baustelle stände unter Wasser, alles wäre überschwemmt. Aber auf Teneriffa gab es nie eins. Lanzarote hatte es schwer getroffen, aber an Teneriffa war es spurlos vorbeigezogen.«

»Und weiter?«

Er wand sich etwas, dann schaute er mir offen ins Gesicht. »Ich habe ihn gesehen.«

»Wie, du hast ihn gesehen? Wann und wo?«

»Am Flughafen in Kapstadt. Ich war gerade auf dem Weg zum Crewbus, da lief er mir direkt über den Weg. Ich wollte ihn gerade ansprechen, da kam eine ziemlich attraktive Frau mit einem kleinen Mädchen auf ihn zu. Zuerst dachte ich, es wäre sein Doppelgänger, so etwas gibt es ja immer wieder. Ich dachte, ich hätte ihn einfach verwechselt. Doch dann kreuzten sich unsere Blicke und plötzlich hat er sich wie ertappt weggedreht und ist mit seiner Familie ganz eilig in einem Laden verschwunden. Damit hatte er sich bei mir verraten.«

»Wann soll das gewesen sein?«, fragte ich nach.

Carsten konnte mir sogar noch das genaue Datum nennen. Ich musste erst nachdenken. Dann fiel mir ein, dass es da gewesen war, als Jens wieder einmal bei seiner Mutter war, angeblich, von der ich ja nun wusste, dass sie kein Pflegefall war. Ungläubig schnaubte ich.

»Und jetzt?«, fragte Carsten vorsichtig.

»Das Leben ist eben keine Buttercremetorte, oder? Beim nächsten Mal werde ich wohl das Kuchenbüfett genauer in Augenschein nehmen, bevor ich mir wieder den Magen verderbe. Aber momentan ist er noch sehr empfindlich gegen Süßes.«

Wieder machte er einen Schritt auf mich zu. Ich fröstelte ein wenig. Carsten stand jetzt dicht vor mir. Bedächtig nahm er seine Hände aus den Hosentaschen und rieb mir damit behutsam über die Arme, bis sie warm wurden. Aber das wurden sie allein schon durch seine Berührung, und das wiederum bereitete mir Sorgen.

»Und wenn du es einfach einmal mit Kuchen versuchst?«, fragte er sanft. »Der ist zwar nicht so besonders wie Torte, aber man kann ihn alle Tage essen und er ist auch wesentlich bekömmlicher.« Carsten neigte seinen Kopf zu mir herunter. Gleich würden seine Lippen meine berühren.

Erschrocken wich ich einen Schritt zurück. Verdammt, was machte ich hier schon wieder?

Carsten sah mich zuerst verwirrt und dann verletzt an.

»Carsten, hör auf! Das geht nicht. Wir sind nur gute Freunde. Mehr nicht. Und ich möchte auch, dass das so bleibt«, sagte ich barsch und rannte los.

»Sophie, nun warte doch!«, schrie er mir hinterher.

Ich ignorierte es. Ich rannte die ganze Strecke bis nach Hause. Im Flur blieb ich erst einmal atemlos und mit Seitenstechen stehen. Danach kämpfte ich mich schwer schnaufend nach oben. Das Blut dröhnte in meinen Ohren und ich befürchtete, einen Tinnitus zu bekommen, bis ich bemerkte, dass der helle Ton das jämmerliche Schreien eines Tieres war. Angestrengt lauschte ich, woher es kam. Es musste Poupette sein. Ich legte mein Ohr an die Tür und horchte. Die Katze schrie und von drinnen hörte ich noch einen anderen Laut, der wie ein Stöhnen klang. Ich klingelte und klopfte an die Tür. Sie blieb verschlossen, aber ich hörte deutlich, wie jemand einen gequälten Laut von sich gab. »Frau Schubert, ich bin es, Sophie!«, rief ich. »Ist Ihnen etwas passiert?«

»Sophie?«, kam es matt von drinnen.

»Halten Sie durch, ich hole Hilfe«, versuchte ich, sie zu beruhigen.

Im Erdgeschoss wurde die Haustür aufgedrückt.

»Hilfe!«, schrie ich. »Ich brauche Hilfe! Hier oben im zweiten Stock. Bitte rufen Sie den Notarzt!«

Carsten war mit wenigen Schritten in den zweiten Stock gesprintet. Er nahm immer gleich mehrere Stufen auf einmal. Das Telefon hatte er bereits in der Hand und gab der Notrufzentrale die Adresse durch.

»Halte du hier die Stellung«, bat ich ihn. »Ich hole inzwischen den Reserveschlüssel.« Was war ich froh, dass ihn mir Frau Schubert vor einigen Monaten für genau so einen Fall anvertraut hatte.

Die alte Dame lag in ihrem Wohnzimmer. Poupette saß laut miauend im Flur und konnte wegen der geschlossenen Tür nicht zu ihr hinein. Da sie ihr Frauchen drinnen wusste und auch ihre Futterschale, hatte sie vor Hunger laut maunzend protestiert. Deswegen konnte ich sie hören. Das leise Stöhnen von Frau Schubert, die mit großen Schmerzen am Boden des Zimmers lag, hätte ich sonst nie vernommen. Nicht auszudenken, wie das ausgegangen wäre. Ich legte ihr ein Kissen unter den Kopf und streichelte sie beruhigend, bis der Notarzt eintraf, um sie zu stabilisieren und mitzunehmen. In der Zwischenzeit packte ich ein paar Sachen für sie zusammen.

Carsten stand im Flur und wartete auf mich. Ich ging zu ihm hinaus. »Danke für deine Hilfe«, sagte ich. »Ich kümmere mich jetzt um Frau Schubert. Wahrscheinlich werde ich die Katze zu mir nehmen, bis sie wieder fit ist.«

Er nickte. Dann nahm er meine Hand. »Bist du ganz sicher, dass wir nur Freunde sind. Dass da nicht mehr zwischen uns ist?«, fragte er. In seiner Stimme schwang ein klein wenig Hoffnung mit.

Doch, da war definitiv mehr zwischen uns. Ich spürte es ganz deutlich. Ich hatte es früher schon gespürt, aber nicht wahrhaben oder zulassen wollen, weil ich mit Jens glücklich war. Und es durfte auch jetzt nicht sein, denn Carsten gehörte zu Tine. Darum sah ich ihm fest in die Augen, damit er nicht merkte, dass ich ihn belog. »Ich bin mir ganz sicher. Bitte geh jetzt nach Hause. Vielleicht ist es besser, wenn wir uns ein paar Tage lang nicht sehen.«

Ich konnte sehen, wie sehr meine Worte ihn verletzten, wie enttäuscht er über meine Abfuhr war. Doch ich wollte nicht der Grund für ihre Trennung sein. Und ich wollte Tine als Freundin nicht verlieren.

»Gibst du mir Bescheid, wie es Frau Schubert geht?«, bat er mich.

Ich versprach es und Carsten ging. Und ich fühlte mich zum zweiten Mal an diesem Wochenende von einem Mann verlassen und es fühlte sich ganz schrecklich an.

Kapitel 35

»Sie ist mir einfach zwischen die Füße gelaufen. Ich habe es nicht bemerkt und bin über meine Katze gestolpert. Poupette ist dann vor lauter Schreck in den Flur gelaufen. Ich wollte mich noch an der Tür abstützen, habe sie aber nicht mehr richtig zu fassen bekommen. Na ja, die Tür fiel zu, Poupette saß draußen und hat gemaunzt und ich lag hilflos wie ein Käfer am Boden. Den Rest kennen Sie ja.«

Frau Schubert saß aufrecht im Bett, die Wangen rosig und frisch. Sie sah aus wie eh und je. Wäre da nicht das geschiente Bein gewesen, das auf der Bettdecke thronte. Ich hatte mich am nächsten Morgen sofort im Krankenhaus nach ihr erkundigt. Man bat mich, ihr den Tag noch Ruhe zu gönnen und erst am nächsten Tag, also heute, vorbeizuschauen.

Der Unfall war glimpflich ausgegangen. Ein glatter Bruch, der schnell verheilen würde. Vorsorglich sollte sie aber noch zwei Tage hierbleiben.

»Wie geht es denn der kleinen Übeltäterin?«, erkundigte sie sich munter nach ihrer Katze.

»Oh, wir kommen prächtig zurecht«, beruhigte ich sie. »Am Morgen wird sie von mir gefüttert und bekommt frische Katzenstreu in ihre Toilette und am Mittag sehe ich wieder nach ihr. Gestern wollte sie am Nachmittag unbedingt mit nach draußen. Ich denke, sie hatte einfach Langeweile.«

Frau Schubert hörte interessiert zu. »Ja, ihr fehlt sicher die Unterhaltung. Sie ist es nicht gewöhnt, allein zu sein. Wir waren bisher noch nie getrennt«, seufzte sie jetzt.

»Wenn es Ihnen recht ist, nehme ich sie nachher mit zu mir nach oben«, bot ich an.

Die alte Dame wirkte erleichtert. »Würden Sie das wirklich tun? Das wäre natürlich sehr schön für sie. Wissen Sie, Poupette mag Sie und das will was heißen.«

»Abgemacht, versuchen wir es. Ich hole Poupette und bringe sie am Abend zum Schlafen wieder zurück in Ihre Wohnung. Wenn es gut läuft, mache ich das so lange, bis Sie wieder zu Hause sind.«

»Sie sind ein Engel. Es ist eine große Erleichterung für mich zu wissen, dass es ihr gut geht. Wir beide sind schon ältere Semester, da gewöhnt man sich nicht mehr so leicht an eine neue Situation, aber mit euch beiden könnte es funktionieren.«

Ich stand auf. »Gut. Und morgen komme ich wieder vorbei und schaue nach Ihnen. Brauchen Sie etwas aus Ihrer Wohnung? Oder kann ich Ihnen sonst etwas mitbringen?«

»Danke, ich habe hier so weit alles. Ich freue mich auf Ihren Besuch.« Zögernd sah sie mich an. »Aber haben Sie denn auch wirklich Zeit für uns zwei Alten? Sie müssen doch sicherlich arbeiten und jetzt haben Sie uns beide auch noch am Hals.«

»Machen Sie sich keine Sorgen«, winkte ich ab. »Ich bin diese Woche noch krankgeschrieben und bis Sonntag sind Sie ja wieder daheim.«

»Moment, Moment«, stoppte sie meinen Aufbruch. »Sie sind krank?« Einladend klopfte sie auf ihren Bettrand. »Was fehlt Ihnen denn, oder ist es unhöflich, das zu fragen?«

Ich schüttelte fein den Kopf und setzte mich wieder. Dann erzählte ich Frau Schubert die ganze traurige Geschichte von Jens und mir. Ich weiß nicht wieso, aber auf einmal sprudelte alles aus mir heraus und es tat gut, mit jemandem zu reden, der nicht in irgendeiner Weise voreingenommen war.

Meine Nachbarin war eine gute Zuhörerin. Sie unterbrach nie, nickte höchstens oder runzelte ihre Stirn.

»Es braucht seine Zeit«, sagte sie, nachdem ich ihr alles erzählt hatte, »bis man einen so großen Vertrauensbruch verarbeitet hat. Und es braucht auch seine Zeit, bis man eine neue Liebe wieder zulassen kann oder jemand Neues vertraut. Aber machen Sie nie den Fehler zu glauben, dass es im Leben nur eine große Liebe geben kann, sonst verpassen Sie womöglich noch den Richtigen.«

»Haben Sie das?«, fragte ich sie. »Den Richtigen verpasst?«

»Nicht verpasst, aber ihn aus den falschen Gründen ziehen lassen«, sagte sie feinsinnig. Und dann erzählte sie mir ihre Geschichte. Von zwei Männern in ihrem Leben. In den Ersten war sie verliebt gewesen, der andere war sein bester Freund.

»Wir waren fast immer zusammen, haben alles gemeinsam gemacht. Uns gab es nur zu dritt. Walter, Carl und ich. Walter und ich wollten heiraten, Carl wäre Trauzeuge geworden. Und dann kam dieser schreckliche Unfall und Walter war tot. Eine Woche bevor ich seine Frau geworden wäre.«

So eine traurige Geschichte hatte ich noch nie gehört.

Tröstend griff ich nach ihrer Hand. »Wie schrecklich«, sagte ich mitfühlend.

Sie legte ihre Hand auf meine. »Ja, das war es. Es hat mir den Boden unter den Füßen weggezogen. Carl war in dieser schweren Zeit rund um die Uhr für mich da. Er hat mich aufgefangen, aufgemuntert, obwohl es ihm ja selber schlecht ging. Aber wir haben uns beide gegenseitig Halt gegeben. Ich hatte meine große Liebe verloren, er seinen besten Freund.« Sie machte eine kleine Pause, dann sprach sie weiter. »Ich hatte mich immer gewundert, dass Carl nie eine Freundin gehabt hatte. Er sah gut aus, war charmant, zuvorkommend, die Mädchen haben sich nach ihm umgesehen. Eines Tages, Walter war schon ein paar Monate tot, vertraute er mir an, dass er schon lange in mich verliebt sei.«

Ich hielt den Atem an. »Oh wie romantisch«, sagte ich ergriffen. Ihre Geschichte berührte mich sehr. »Das ist ja beinahe wie im Film.«

Frau Schubert sah mir offen ins Gesicht. »Ich konnte dieses Geschenk damals nicht annehmen. Es kam mir falsch vor, eine

Beziehung mit dem besten Freund meines Verlobten einzugehen. Es war, als würde ich Walter betrügen, was völliger Unsinn war. Darum sagte ich Carl, dass ich für ihn nicht so empfinden würde, wie er es für mich tat. Ich hatte das wirklich geglaubt.«

Gespannt beugte ich mich nach vorne. »Und dann?«

»Zwei Wochen später hat Carl die Stadt verlassen. Er sagte, er habe ein sehr interessantes Angebot bekommen und wolle sich beruflich verändern, aber ich glaube, er wollte mir einfach aus dem Weg gehen. Er versprach, mir seine Adresse zukommen zu lassen, sobald er eine feste Bleibe gefunden habe, aber ich habe nie wieder etwas von ihm gehört. Erst als er weg war, wurde mir bewusst, dass ich auch Liebe für ihn empfunden hatte. Aber da war es zu spät.«

»Haben Sie nie versucht, ihn zu finden?« Ich konnte mir nicht vorstellen, dass sie nicht alle Hebel in Bewegung gesetzt hatte, nachdem sie ihren Irrtum erkannt hatte.

»Wie denn? Das war damals eine ganz andere Zeit als heute. Ich hatte nichts als seinen Namen und sein Geburtsdatum. Internet, Facebook – das gab es alles noch nicht. Und ich wusste auch nicht, wohin er wollte. Carl hatte es mir nie gesagt.« Frau Schubert sah mich fest an und drückte meine Hand. »Machen Sie nicht denselben Fehler, Kindchen!«

Ich hielt die Luft an. »Wie meinen Sie das?«

Sie lächelte fein. »Ich bin zwar alt, aber nicht blind. Und auch wenn ich vor Schmerzen fast schon im Delirium war, konnte ich doch erkennen, wie ihr beide euch angesehen habt. Der junge Mann und Sie. Da waren ganz viele Gefühle dabei.«

»Carsten ist der Freund meiner besten Freundin Tine«, seufzte ich. Niedergeschlagen erzählte ich ihr nun auch diesen Teil der Geschichte, den ich bisher weggelassen hatte. Poupette würde noch etwas warten müssen, bis sie ihr Futter bekam und zu mir nach oben durfte.

»Aber er ist eindeutig in Sie verliebt«, beteuerte Frau Schubert. »Dann kann die Liebe zwischen den beiden nicht so groß sein. Er machte nicht den Eindruck, als wäre er unehrenhaft.«

Mir gefiel dieser altmodische Begriff, den sie verwendete. Er klang wie aus einem Roman von Jane Austen, für die ich sehr schwärmte.

»Ich denke, Sie sollten mit Ihrer Freundin reden. Wenn sie wirklich ihre beste ist, wie sie sagen, sollte sie es Ihnen wert sein«, riet mir Frau Schubert.

»Und wenn ich mich täusche? Wenn ich einfach zu viel in dieses Gefühl hineininterpretiere?«

»Dann gebe ich Ihnen einen guten Rat. Stellen Sie sich vor, er würde morgen verschwinden und Sie würden ihn nie wiedersehen!«

Ich schwieg eine Weile.

»Aber wenn Sie meine Meinung hören wollen …«

Ich wollte, und wie!

»Sie sagten, dieser Jens war ihre Buttercreme-Liebe.«

Der Begriff brachte mich tatsächlich kurz zum Lächeln. »Ja, so in etwa. Ich dachte immer, er wäre perfekt für mich.«

»Den Vergleich finde ich äußerst passend.« Sie hob beschwichtigend die Hände. »Nicht, dass ich jemals einen Grund gehabt hätte, mich über ihn zu beschweren oder sonst etwas. Verstehen Sie mich bitte nicht falsch, aber er hatte immer …« Sie suchte nach dem richtigen Begriff. »Wie soll ich sagen …?« Plötzlich schien es ihr einzufallen. »Der Zug um seinen Mund, wenn er vorbeikam, um sich den Schlüssel zu holen, was ja nicht oft der Fall war, denn meistens waren Sie vor ihm zu Hause, jedenfalls, der Zug, der wirkte immer leicht blasiert. Herablassend trifft es wohl genauer. So als halte er sich selbst für den wichtigsten Menschen.«

»Was er wohl tat«, stimmte ich ihr traurig zu. Früher hätte ich das nie so gesehen.

»Er war tatsächlich wie eine Buttercremetorte, die sich für die beste, schönste und edelste Torte von allen hält. Sie war früher die Königsklasse der Backkunst«, fuhr Frau Schubert fort.

»Und Carsten?«, hakte ich vorsichtig nach.

»Den habe ich nur einmal gesehen, aber das hat gereicht. Er hatte etwas luftig leichtes Spritziges«, schwärmte sie. »Eine fruchtige Sommerliebe oder, wenn Sie so wollen, wie ein Obstkuchen-Traum!«

Ich lachte laut auf. »Was für ein appetitlicher Vergleich.«

Sie ließ meine Hand los. »Und nun hinaus mit Ihnen und grüßen Sie mir Poupette.«

Kapitel 36

Der Besuch bei Frau Schubert hatte mir doch einiges zu denken gegeben. Trotzdem wollte ich daraus keine voreiligen Schlüsse ziehen. Aber je länger ich über unser Gespräch nachdachte, desto gewisser war ich, dass ich mit Tine sprechen musste. Das ging aber nicht einfach so am Telefon und auch nicht mal kurz bei der Arbeit. Schließlich musste ich ihr beichten, wie viel ich mittlerweile für ihren Freund empfand. Denn dass es so war, konnte ich nicht mehr leugnen. Carsten ging mir scheinbar aus dem Weg, denn seither waren wir nicht mehr zusammen geflogen. Und so schob ich das Thema feige vor mir her.

Frau Schubert war wenige Tage nach ihrem Unfall aus dem Krankenhaus entlassen worden. Da es in unserem Haus keinen Lift gab, wurde sie per Krankentransport nach Hause in ihre Wohnung in den zweiten Stock gebracht. Dort kam sie mit ihren Krücken jedoch gut zurecht. Es war ein freudiges »Hallo«, als sie ihre geliebte Katze wieder um sich hatte, und man konnte sehen, wie sehr Poupette zu ihrer Genesung beitrug. Nicht, dass dadurch der Bruch schneller verheilt wäre, aber die alte Dame hatte eine Aufgabe und das gab ihr Schwung. Mindestens einmal am Tag sah ich nach den beiden, solange ich noch krankgeschrieben war. Später reduzierte ich die Besuche, aber irgendwie war es mir trotzdem ein Bedürfnis, mich bei ihr abzumelden, wenn ich mehrere Tage am Stück unterwegs war, und kam ich zurück, sah ich auf einen Sprung vorbei.

Meine Arbeit war es auch, die mich von meinen trübsinnigen Gedanken abhielt. Es gab Tage, da war die Welt in Ordnung, und im nächsten Moment kam diese fürchterliche Leere zurück. Obwohl ich eine unglaubliche Wut auf Jens entwickelt hatte und ihn absolut nicht zurückhaben wollte – etwas fehlte. Dann dachte ich an die schönen Tage zurück, die ich mit ihm gehabt hatte. Die Zeit, in der ich geglaubt hatte, er würde mich genauso lieben wie ich ihn. Dann heulte ich wieder stundenlang vor mich hin.

Manchmal schob sich auch ein anderes Bild dazwischen, das von Carsten. Sein hoffnungsvoller Blick, als er mich fragte, ob nicht doch mehr zwischen uns sei als nur Freundschaft, und die Enttäuschung darin, als ich ihn wegschickte, wegen Tine, die zum ersten Mal eine richtige Beziehung hatte und die ich nicht zerstören wollte. An solchen Tagen hielt ich es auch nicht lange bei Frau Schubert aus. Meist begleitete mich dann Poupette in meine Wohnung. Sie hatte einen ungeheuren Spürsinn dafür, wenn es mir nicht gut ging, war eine echte Seelentrösterin und kuschelte sich zu mir auf die Couch. Oder sie legte sich auf meine Fensterbank und beobachtete die Vögel draußen am Himmel und in den Bäumen. An guten Tagen fing sie Fliegen, was ich sehr praktisch fand. Wenn ich mit einer Tasse Tee auf meiner Couch in einem Buch schmökerte, legte sich Poupette zu mir und rieb ihren Kopf an meinem Oberschenkel, bis ich sie endlich kraulte. Dann schnurrte sie laut und zufrieden vor sich hin. Meist stand sie aber nach einer Stunde wieder maunzend vor der Tür und wollte nach unten zu ihrem Frauchen.

Freddy und Kläuschen hatten sich wieder versöhnt und arbeiteten intensiv an ihrer Beziehung. Darüber waren wir alle sehr, sehr froh. Äußerst zufrieden erinnerte ich mich an den letzten Kochabend, den sie zur Feier von Kläuschens Wiedereinzug gehalten hatten. Sie standen beide in der Küche und ich bemerkte erleichtert, dass Freddy gelernt hatte, Flecken zuzulassen. Seine Schürze zierten Spritzer. Das machte ihn ein wenig menschlicher und nicht ganz so perfekt. Dafür beteiligte sich Klaus nun mehr am Gespräch als früher, fragte nach, wenn wir uns in unserem Flugjargon unterhielten, von dem er wenig Ahnung hatte, und er wirkte allgemein gelöster.

Mein persönlicher Herzschmerz wurde tatsächlich mit der Zeit ein wenig leichter.

Tine hatte recht gehabt. Es hatte sich nicht wirklich viel für mich verändert, da Jens nur selten dagewesen war und keine Spuren hinterlassen hatte. Zumindest das hatte etwas Gutes.

So verging Woche um Woche.

Ja und dann stand eines Tages Tine völlig aufgelöst vor mir und hatte mir eine wichtige Ankündigung zu machen!

»Ich glaube, diesmal hat es mich wirklich erwischt«, überrumpelte sie mich sofort, als ich die Tür öffnete, und stürzte an mir vorbei in mein Wohnzimmer, wo sie sich auf die Couch plumpsen ließ. Ich kuschelte mich gegenüber in den Sessel und fühlte einen leichten Druck in meiner Magengegend.

»Wie schön«, sagte ich mit leichter Ironie in der Stimme, die Tine geflissentlich überhörte.

»Hast du vielleicht was zu trinken für mich«, fragte sie stattdessen.

»Möchtest du ein Glas Wasser?«, fragte ich und stand auf.

Tine hob empört die Augenbrauen. »Sehe ich so aus, als würde ich Wasser trinken?« Hektisch fuchtelte sie mit ihren Händen herum. Sie war wirklich total von der Rolle. »Hast du vielleicht irgendwas mit Alkohol?«, fragte sie. »Ein Glas Wein oder Sekt?«

»Gibt es denn etwas zu feiern?«, hielt ich dagegen.

»Ich weiß es nicht. Jedenfalls ist mir das noch nie passiert, dass ich von einem Mann nicht mehr loskomme. Kannst du dir das vorstellen? Bei mir?!«

Ich stand auf und schlurfte energielos in die Küche, froh, dass sie mein Gesicht nicht sehen konnte. Es war gut, dass ich bisher nie mit ihr über meine Gefühle zu Carsten gesprochen hatte.

»Ich muss ständig an ihn denken und jeden Tag schreiben wir uns mehrmals kleine Nachrichten über WhatsApp!«, rief sie.

»Wie schön«, rief ich zurück, wobei ich das ganz und gar nicht fand. Ich öffnete den Kühlschrank und zog lustlos eine Flasche

Weißwein heraus, die ich zum Kochen gebraucht hatte. Seit Freddy sich über meine Ernährung moniert hatte, bemühte ich mich tatsächlich öfters, etwas Gesundes auf den Tisch zu bringen. Manchmal brachte ich auch Frau Schubert etwas vorbei und wir aßen dann zusammen in ihrer Wohnung und unterhielten uns. Sie hatte mich noch einmal gefragt, ob ich mit Tine gesprochen hätte, danach nie wieder. Bei meinem nächsten Besuch konnte ich ihr nun sagen, dass sich das erübrigt hatte.

»Da wird Carsten sich aber freuen!« Ich goss den Wein in zwei Gläser und trank das erste aus, ehe ich es erneut füllte. Dann ging ich zurück ins Wohnzimmer.

Tine saß mit angezogenen Beinen auf meiner Couch, im Arm mein Kuschelkissen, das sie fest umklammert hielt. »Und weißt du was? Es wird mit jedem Tag schlimmer«, sagte sie. Kopflos nahm sie das Weinglas entgegen und trank, ohne auf mich zu warten. »Das ist der erste Mann, der auch schon bei mir zu Hause war«, bekannte sie, von sich selbst beeindruckt.

»Ich weiß«, nickte ich.

»Hä? Woher willst du denn das wissen?«, gab sie sich überrascht.

Ich wollte sie daran erinnern, dass ich ja dabei gewesen war, wie sie Carsten mehr oder weniger abgeschleppt hatte. Damals, nach unserem Picknick im Englischen Garten. Doch Tine sprudelte einfach weiter.

»Wir haben uns jetzt fünfmal getroffen und jedes Mal war es noch schöner.«

Das überraschte mich jetzt. Tine wurde enthaltsam. »Nur?«, rutschte es mir heraus.

Empört sah sie mich an. »Na hör mal. Für meine Verhältnisse ist das was Besonderes«, rügte sie meine Reaktion. »Er ist etwas Besonderes«, schwärmte sie. »Ich glaube, ich bin verliebt.« Tines Gesichtsausdruck war ganz entrückt.

»Herzlichen Glückwunsch!«, gratulierte ich. »Das wird Carsten sicher freuen.« Ich setzte mein Weinglas an und nahm einen großen Schluck.

»Carsten, Carsten, was hast du denn immer mit Carsten?«, ging Tine mich genervt an.

»Na Carsten wird sich freuen, wenn du ihn liebst.«

Tine schüttelt unwirsch den Kopf. »Natürlich liebe ich Carsten. Aber wer spricht denn jetzt von Carsten? Ich rede doch von Christoph!«

Mir schwirrte der Kopf vor lauter Namen – oder war es der Wein? »Wer zur Hölle ist Christoph?«

»Der Mann, in den ich mich verliebt habe. Davon rede ich doch die ganze Zeit.«

Ich verstand nur mehr Bahnhof. »Und Carsten?«, fragte ich wie ein Schaf. »Habt ihr euch getrennt?«

»Sophie?« Tine lehnte sich zurück und sah mich ganz lange und bedächtig an.

Ich hatte Mühe, meine Gedanken zu sortieren.

»Ich denke, du weißt schon lange Bescheid?«, sagte sie ruhig.

»Ja?«, fragte ich. Gerade wusste ich überhaupt nichts mehr.

»Wie kommst du denn dann darauf, dass Carsten und ich ein Paar wären?«, fragte sie lauernd.

»Seid ihr nicht?«, erkundigte ich mich vorsichtig.

»Nein. Und wir sind es auch nie gewesen«, erklärte sie mir einfühlsam.

»Aber … im Park – ihr habt euch geküsst. Und damals bei der Hochzeit auch.«

Tine nickte wissend und begann dann, breit zu grinsen. »Hast du ihm meinetwegen einen Korb gegeben?«

»Du weißt davon?«

»Natürlich. Er hat mir alles erzählt, weil …«

»Weil ihr beste Freunde seid?«, unterbrach ich sie vorsichtig.

»Weil er in dich verliebt ist und – weil er mein Cousin ist und wir uns sehr gut verstehen«, sagte sie und sah mich liebevoll an.

Darauf fiel mir nun wirklich nichts mehr ein.

»Unsere Mütter sind Schwestern. Ich wollte es dir schon lange sagen, aber Carsten hat daraus immer ein Geheimnis gemacht. Und dann hast du behauptet, du wüsstest Bescheid.«

»Ja, ich hatte gedacht, ihr wärt ein Paar. Das hatte ich damit gemeint.«

Tine verdrehte die Augen. »Er ist doch gar nicht mein Typ!« Sie grinste mich an. »Aber deiner vielleicht, oder?«

Ich wurde rot.

»Jedenfalls hat er sich neulich noch mit dem Spruch unserer Oma verraten und er dachte, du wüsstest nun Bescheid. Doch dann hast du ihn abserviert. Du hast ihm echt das Herz gebrochen. Er denkt sogar darüber nach, die Airline zu wechseln«, sagte sie und sah mich ernst an.

Elektrisiert fuhr ich hoch. »Wo ist er jetzt?«

Tine sah auf ihre Armbanduhr. »Er fliegt heute Abend nach Abu Dhabi und kommt morgen zurück«, sagte sie.

»Das kann ich schaffen!« Ich sprang auf und rannte ins Schlafzimmer. Dort zog ich meine kleine Reisetasche heraus. Den Trolley hatte ich nach Teneriffa in den Müll geworfen. Zu viele schlechte Erinnerungen. »Buchst du mir einen Flug in seiner Maschine?«, rief ich Tine zu.

»Habe ich gerade«, rief sie fröhlich zurück.

Wie gesagt, sie war und ist meine beste Freundin. »Du sitzt am Gang, Reihe zwanzig«, sagte sie und stand auf einmal hinter mir. »Und du hast eine sehr nette Sitznachbarin. Wenn du lieb bist, lässt sie dich vielleicht auch mal ans Fenster.«

Verwundert drehte ich mich zu ihr um.

»Ich komme mit.«

Mir blieb die Spucke weg. Ehe ich etwas dagegen einwenden konnte, zuckte sie entschuldigend die Schultern.

»Christoph ist der Pilot. Das war es, was ich dir eigentlich erzählen wollte, aber so weit sind wir nicht mehr gekommen.«

Ich lachte laut los. »Na das kann ja ein heißer Flug werden!«

Auf dem Weg zum Flughafen gab ich noch kurz Frau Schubert Bescheid, dass ich die nächsten Tage weg sein würde.

Das Anschnallzeichen über mir erlosch. Ich stellte meine Sitzlehne ein wenig nach hinten und machte es mir gemütlich. So unauffällig wie möglich hatte ich mich auf meinen Sitzplatz begeben. Carsten hatte mich bisher noch nicht entdeckt. Tine hatte ihre In-Ears an und lauschte Popsongs, während sie mit geschlossenen Augen vor sich hindöste. Von hinten näherte sich langsam der Getränkewagen. Ich konnte Carstens ruhige Stimme schon hören. Bald würde ich an der Reihe sein.

Langsam nahm ich das Tuch ab, unter dem ich meine Haare verborgen hatte, und fuhr mir einmal kurz mit den Händen durch. Dann setzte ich die Sonnenbrille ab.

Der Wagen war nun neben mir.

»Haben Sie einen Wunsch?«, hörte ich seine Stimme.

Langsam hob ich meinen Kopf und versank direkt in seinen wunderschönen, braunen Augen.

»Ich hätte gerne ein großes Stück Kuchen«, sagte ich und strahlte ihn an.

Danke

Dieser Roman wäre ohne die Unterstützung von einigen Personen nie zustande gekommen. Darum ein ganz herzliches Dankeschön an
  - Hermine Kick, Barbara Wloch, Sebastian Eder und Daniela Gansl, die mich bei der Recherche tatkräftig unterstützt haben,
  - Agnes, Conny, Maria und Renate, fürs Probelesen,
  - Veronika Fuchs für das tolle Buchcover,
  - meiner Lektorin Bianca Weirauch, für die wie immer wunderbare Zusammenarbeit und
  - meiner Familie, die mir immer genügend Freiraum für mein wunderbares Hobby, das Schreiben, lässt.
Zu guter Letzt bedanke ich mich bei euch, liebe Leserinnen und Leser, für die vielen lieben Rückmeldungen zu meinen Büchern.

Claudia Sagmeister, Juli 2024

So hatte sich Maxi ihren Einstand in Niederbayern nicht vorgestellt!

Ihre Siebensachen hängen in Frankfurt beim Döner-Ali fest und der neue Dienststellenleiter will sie gleich wieder loswerden, denn „Mord gibt es hier nicht!".

Nichtsdestotrotz wird das Donauufer bald zu einem Leichenfundort und eine Reihe Mordversuche erschüttern das beschauliche Schnaipfing.

Die Kriminalkommissarin mit den blonden Dreadlocks findet sich im Wettlauf mit der Zeit wieder.

Und zu allem Überfluss ist da auch noch die Mama, die nicht akzeptieren will, dass ihr „Mädi" eine erwachsene Frau ist und ganz gut alleine klarkommt …

„*Willkommen* im Leben",

sagte der *Tod*

Ein Regionalkrimi mit Humor

von Claudia Sagmeister
Band 1 der Meisinger-Reihe
ISBN: 978-3.7557-01927

„Ich komme jetzt doch mit!", sagt die Tante Rosa und steigt in den Reisebus, der Maxi für fünf erholsame Tage an den Gardasee bringen soll.
Doch die eigensinnige Seniorin macht sich sofort bei einigen Leuten äußerst unbeliebt und wittert überall ein Verbrechen. Als sie plötzlich wie vom Erdboden verschwindet und die hiesige Polizei sich weigert zu ermitteln, beginnt
die Kommissarin mit den blonden Dreadlocks langsam zu hinterfragen, ob ihre Tante nicht doch mit einigen Behauptungen recht hatte, und ob bei dieser Reisegruppe tatsächlich jeder ist, wer er vorgibt zu sein.

Mit freundlichen Grüßen
Ihre Mafia!

Ein heiterer Kriminalroman
von Claudia Sagmeister

ISBN: 978-3-7568-1369-8

»Die haben da eine Leich' im Kühlfach«, sagt der Knogl.
»Aha. Und wer sind *die?*«, hake ich nach.
»'s Krankenhaus.«
Das sollte eigentlich nicht ungewöhnlich sein, außer – es handelt sich dabei um den hauseigenen Physiotherapeuten, der ermordet wurde.
Während Maxi und ihr Kollege Knogl diesmal unter erschwerten Bedingungen ermitteln müssen, fühlt sich die junge Kommissarin immer wieder von einem Motorradfahrer verfolgt.
Und auch zu Hause ist Chaos vorprogrammiert, denn das Räum- und Renovierungs-Kommando Mama / Tante Rosa hat seinen Besuch angekündigt …

Ruhe sanft
in Kühlfach vier

Ein Regionalkrimi
von Claudia Sagmeister

ISBN: 978-3-7583-1143-7